傅学敏 著

"活的鲁迅"
鲁迅影像史研究

中国国际广播出版社

图书在版编目（CIP）数据

"活的鲁迅"：鲁迅影像史研究 / 傅学敏著. --北京：中国国际广播出版社，2024.12. --ISBN 978-7-5078-5695-8

I.I210

中国国家版本馆CIP数据核字第2024KU8957号

"活的鲁迅"——鲁迅影像史研究

著　　者	傅学敏
责任编辑	乌誉菡
校　　对	张　娜
版式设计	邢秀娟
封面设计	赵冰波

出版发行	中国国际广播出版社有限公司［010-89508207（传真）］
社　　址	北京市丰台区榴乡路88号石榴中心2号楼1701 邮编：100079
印　　刷	北京启航东方印刷有限公司

开　　本	710×1000　1/16
字　　数	280千字
印　　张	19
版　　次	2024年12月　北京第一版
印　　次	2024年12月　第一次印刷
定　　价	58.00元

版权所有　盗版必究

序
影像鲁迅与经典的传播

李 怡

傅学敏教授送来了她的新著文稿《"活的鲁迅"——鲁迅影像史研究》，这是她近年来致力完成的一个重要项目。虽然类似的话题已经在学界陆续问世，我还是十分看重这里所展开的工作：影像是百年来对我们的生活影响深远的艺术，鲁迅的影像是鲁迅历史影响得以建立的重要形式，尤其是在新中国成立以后的历史进程中，鲁迅的影像可以说直接参与了这位思想与文学大师的历史塑造，也重塑了一代又一代普通中国人的感受和认知。正如学敏教授通过大量例证所证明的那样，通过影像鲁迅，鲁迅作为文学经典的意义才最终变得家喻户晓。

学敏教授通过影像史来追溯鲁迅文学经典的传播，这不禁让我想到了在我个人的人生经验中，我见证了孩子们走进和接受鲁迅文学经典的过程。虽然我目睹的不是影像而是普通的文字，但是，同样的大众化的经典生成，真的让人感动和深思。我想，我的经验和学敏教授对影像的历史叙述一样耐人寻味。

我愿意讲述我的故事，愿意以这样的日常故事来回应学敏教授关于经典传播的关切。也许，生动的人生故事比我那些理论的饶舌更能够让读者体会到学敏教授著作的现实意义。

我的故事来自我大学毕业后的一次乡村支教，在那里，我遇到了贫困的乡村孩子，体验了鲁迅成为自我生命一部分的意义，也就是说，十分真切地发现了鲁迅传播的现实过程。

那时，没有高铁、动车和高速公路，我好不容易才到达了这个偏僻的乡村中学。我随身携带的行李箱中，只够塞下最基本的被褥、衣物，除了一本教书必备的字典，其他书籍都难以装入。学校办公室里有个报架，上面有《人民日报》《参考消息》《四川日报》等几种，但是一律都是三天以前的。因为当天的大报都得在成都印刷，印好后发往达州得整整一天，在达州分装好再运送到渠县又得一天，第三天能够从渠县县城到达三汇镇，再从三汇镇送到学校最快也是下午光景了。办公室里还有一台电话，但是没有拨号键盘，打任何一处的电话都必须先使劲摇动，这样才能接通总机，说出你要拨打的地方，由总机接线员统一外接，完全是民国时代的风范。当然，电话常常也是无法接通的。我们男生宿舍里有一台9寸的黑白电视机，不知道是学校的配置还是原来房主李主任所有，但只有被反复拍打才可能突然出现一片雪花，偶有人影晃动，总之我们从未成功收到任何一段连续的节目，后来也就永远闲置了。

不过，学校里却有一处小小的图书室，宽大粗糙的阅览桌上堆着一些过期报纸，还有数排藏书架，上面主要是各科的教材、教参和其他教学资料，少许陈旧的小说。有一位慈眉善目的老太太值班，但几乎没有人进来，她就不紧不慢地织毛衣，做手工。百无聊赖之中，我也去图书室翻翻过期报纸，于是和老太太熟络起来。她说："靠里还有些旧书，你可以自己进去找找。"于是我掠过那些花花绿绿的读物来到了最里层的书架，在这里，发现了一长排的鲁迅著作的单行本，半新不旧的，全都是1973年的版本。

这当然不是大学学术的推荐书目，遥远的乡村没有可能跟随20世纪80年代的学术发展，为这些初涉语文的孩子备好新版的《鲁迅全集》。但这些20年前的印刷物，已经能够满足我此时此刻的阅读需求了。

那么，就从鲁迅读起吧！

在大学的现代文学课堂上，我也是从鲁迅读起的。

20世纪80年代，王富仁老师的《中国反封建思想革命的一面镜子——〈呐喊〉〈彷徨〉综论》打开了我们这一代人的视野。一时间，阅读鲁迅、评论鲁迅成为理所当然的事情，借着评论鲁迅来"自我发现"却是更大的企图。学生年代胆子大，竟然首先就从老师的论著中寻找破绽，于是我写出了《〈伤逝〉与现代世界的悲哀》，也因为王老师的宽容，文章被推荐到当时大名鼎鼎的《名作欣赏》上发表，我从此走上了阅读鲁迅的学术之路。

虽然历经中国历史的变幻，鲁迅却始终屹立不倒，这曾经引起了某些愤世嫉俗者的疑惑，质疑鲁迅精神与某些基因的内在关系。其实并不是鲁迅一定要拽住历史中的我们，以"导师"自居，而是每当中国社会发展进入某些时刻，当那些眼花缭乱的学说和思想都隐身不见的时候，能够在暗影重重中支撑我们的精神、激励我们生存的恰恰就只剩下了鲁迅。王富仁老师的"思想革命"学说固然彰显了一个新时期的鲁迅形象，但是真正打动他的"鲁迅记忆"却延续在最朴素的生存之中，当我读到这样的文字时，心中激荡的回响久久不息：

"《鲁迅全集》没有给我带来什么好处，反而把我可以有的'锦绣前程'给毁了。但我没有后悔过，因为我觉着有些人活得怪没有意思。活得巴巴结结的，唯唯诺诺的。鲁迅虽然一生不那么顺，但活得却像个人样子。人就这么一生，窝窝囊囊的，想说的话不敢说，想做的事不敢做，明明对人对己都有好处，却还是不说，专捡那些对人、对己都没有好处但能讨人喜欢的假话、大话说。我喜欢鲁迅，就喜欢他说的不是假话、大话，说的不是专门讨人欢心的话，虽然当时年龄还小，懂得的事理不多，但这点感觉还是有的。直至现在，一些学者仍然认为鲁迅对人是很恶毒的，但我读鲁迅作品却从来没有产生过这种感觉。我从我的经历知道，鲁迅实际是对人、对自己的民族、对人类没有任何恶意的，只是他不想讨好人，别人听了他的话感到不舒服。"（王富仁《我和鲁迅研究》）

鲁迅不仅打动了少年王富仁（虽然他那个时候可能还没有想到过什么

"思想革命",什么"研究体系"),在20世纪80年代结束的时代,其实也继续打动着我。虽然我已经知道了"思想革命",也自觉地认同了新的"研究体系",但是任何理性的学习都不能代替真切的人生感受。当我不得不栖身在城市的远方,在校园思潮的边缘重新生活的时候,我也必须重新面对周边的荒寂和自我精神的孤独,某些历史的情景似乎因此被"重建",而我则别无选择地只能与鲁迅相遇,在那个缺少知识和当下信息的角落,鲁迅是唯一可以拂去尘埃、自由捧读的内容。我觉得,人生的境遇让我不仅走进了鲁迅的世界,其实也走进了少年王富仁的世界,在这个现代中国人都有可能经历的"典型"环境中,我们都有机会阅读和体验那一种"典型"的情感。

《呐喊》《彷徨》我都读过了好多遍,那就再读《故事新编》吧。图书室里的老太太让我随意借阅任何书籍,我抱了一大堆的鲁迅读物回宿舍,既有作品,也有各种各样的注释和阐发。这些阐发与鲁迅的原作堆叠在一起,构成了一种奇异的"学术氛围",告诉我这是一件有无数人积极参与的思想事业。它们的存在多多少少给了我信心和动力,或者在我后来捉笔表达心得的时候,成了我可以讨论的对象。现在,我明白了,生活的寂寞也可以通过这种学术氛围的形成和解构获得超越。

面对《故事新编》的文字本身,我投入、沉浸、咀嚼,努力辨认那些奇谲诡异的神话叙述的真切人生意味,然后记录下各种新鲜的感受。《呐喊》《彷徨》之后的精神世界好像正在为我徐徐展开,那里有夷羿"英雄末路"的尴尬,有眉间尺义无反顾的复仇,也有不肖子孙对创世之主女娲的纠缠。这仿佛是一个五四退潮、"启蒙"终结的故事,而鲁迅似乎从现实的沙漠被抛入了历史的荒原,在当代生活的远方回望人生。不知怎的,这样的情景令脱离城市喧嚣、置身田野乡村的我更能"共情"。

于是,我开始用文字叙述自己的阅读发现,只是出于对鲁迅文字世界的再现,并不需要太多的理论的周旋,这样的读书体会反倒更加真实和朴素。当然,我渴望回应和印证,于是在一番表达的挣扎、文字的搏斗之后,我试探着在身边支教的同事中寻找知音。同事鼓励我说:"你可以找个杂志投出去啊!"

对啊,投稿吧!我马上想到了北京的《鲁迅研究月刊》。1987年,因为王富仁老师研究的争议,我连续关注和阅读了这份杂志上的许多文章,那些质疑、批评老师的论文令人莫名地紧张,有时甚至产生隐隐的窒息之感。但是也是这一份杂志,连载了王老师数万字的长篇回应,一时间传诵广泛,让很多关心老师的北京师范大学师生深感宽慰。我记不得杂志社的准确地址了,只好在信封上写下一个笼统的"北京阜成门北京鲁迅博物馆",当然,装入的稿件是整整齐齐的。三汇中学附近没有邮件寄送处,第二天一早,我就出发,先走半小时的机耕道,再乘轮渡过河,找到三汇镇上的邮政所,用挂号信寄往北京。

偏远的乡村与北京,在我的心中隔着千山万水,我并不期待很快就有什么消息。不过,等待却也没有那么长久,数月之后,一封北京鲁迅博物馆的邮件寄到,告诉我论文将在近期刊出,落款署名"高远东"。再过了一段时间,杂志也寄到了。我激动地拆开装有两册样刊的大信封,轻轻抚摸着信封上的蓝色名字:《鲁迅研究月刊》。想象着它如何来自我曾经熟悉的北京,又如何穿越崇山峻岭来到这偏远的川东乡村,由此打通我感受过热烈的1980年代和冷寂落寞的1990年代,似乎也打开了我人生的一条新路。或许对《故事新编》的阅读就是这一新路上的正确选择?

我不记得《鲁迅研究月刊》的喜讯让我有怎样的庆祝,是不是拉上朋友,在校外的田野上乘兴而行;是不是渡河上街,到三汇镇里游走、畅饮了一番;又或者是在夜色降临之后,在台灯下兴冲冲地扬声朗读,向同事炫耀杂志精美的印刷和新鲜的墨色。这一段记忆很可能还是被《故事新编》带给我的通向未来的光亮所掩盖了。总之,我记得最清楚的还是我愈加勤奋地阅读和写作,到最后,竟然完成了对这部小说集的完整阐释。

对于我来说,《故事新编》是完整走进鲁迅的一次尝试,对于我曾经寂寞的支教生活来说,鲁迅是我重新发现人生意义的一个契机。这也让我的语文教学焕发出了新的光彩，那时的高中语文没有《故事新编》的篇目，但这并不妨碍我在自己的课堂上为学生讲述这部小说的热情，而且我很快发现，其中那些神异的想象可能更能引起学生莫大的兴趣。在几次关于鲁迅的补充阅读之后，学生们都让我继续为他们推荐鲁迅的作品，似乎课文中反复出现的鲁迅也不能满足他们的渴望。翻过年的五一劳动节，就在学校放假的前夕，我正在收拾东西，准备回重庆看望父母，一位学生找到我，问我能不能在重庆替他买《鲁迅全集》。这是一位家庭条件并不宽裕的孩子，我看到过他背着大米来学校"搭伙"，用自家的粮食换取日常生活的饭票。他的要求让我吃惊不小。当然，那个时候，重庆的书店里也买不到《鲁迅全集》，我也一时不能帮他完成这个心愿。

新时代的今天，我们常常听到这样的感叹：鲁迅对今天的中学生还是有点难，或者说离他们有点远。有时候，我百思不得其解：难道当下的孩子在理解能力上大幅退化了？或者社会本身发生了什么翻天覆地的变化？在我的记忆中，鲁迅在遥远的乡村找到了知音，而且深深地影响了一代质朴的孩子。

今天，在阅读学敏教授的这部书稿的时候，我想起了我所经历的鲁迅传播故事，虽然我的故事中没有多少"影像"，但是鲁迅之于新中国普通人的价值却毫无二致。我觉得，这就是我们需要重述鲁迅传播史的特殊意义。在影像中，在其他的媒介形态中，当然也包括在文字中，鲜活的鲁迅始终伴随着我们，鲁迅和我们一起度过了那些明亮或者暗淡的岁月，并由此成为某种生命的元素，进而被学者一次次打捞。

祝贺学敏教授新著的出版，也祝福那些和我一样亲身见证过鲁迅传播细节的人们！

2024年7月16日于长滩一号

目 录

绪 论 ·· 001

第一章 鲁迅影像的文化语境 ······································ 019

  第一节 "民族魂"与鲁迅影像的生成 ························ 022

    一、国民性:《阿Q正传》的改编 ·························· 022

    二、民族魂:成为主角的"鲁迅" ·························· 028

    三、通俗化:越剧《祥林嫂》的成功 ······················ 033

  第二节 "新电影"与"新中国"意识形态建构 ············ 037

    一、国产电影:进行社会主义教育 ·························· 038

    二、电影《祝福》:"很早很早以前" ······················ 042

    三、《鲁迅生平》:"人民史观"立场 ······················ 046

  第三节 "拨乱反正"与"人间鲁迅"的重构 ················ 052

    一、启蒙时代:知识分子群像登场 ·························· 054

    二、传记影像:"无情未必真豪杰" ························ 056

    三、思想解放:艺术形式多样化 ····························· 062

  第四节 "后经典时期"与多元化鲁迅影像 ··················· 065

    一、文化多元催生多样性 ······································ 067

    二、主体意识驱动创新性 ······································ 070

    三、对话互动凸显当代性 ······································ 072

第二章 形象与话语的纠缠：鲁迅形象的塑造 077

第一节 形象话语的历史变迁 080
一、"革命鲁迅" 081
二、"孤独鲁迅" 086
三、"先锋鲁迅" 091
四、"大众鲁迅" 094

第二节 话语主体的权力建构 100
一、政党力量的主宰性 101
二、学界话语的学理性 106
三、文艺表达的柔软度 112
四、商业资本的市场化 115

第三节 形象话语的价值体现 121
一、话语真实：知识与想象的共同体 122
二、话语力量：强弱互补的构成体系 124
三、话语稳定：历史性与当代性的融合 130

第三章 忠实与创新：影像重构的两难处境 135

第一节 理论困境：忠实性与创造性的平衡 137
一、忠实是客观的吗？ 138
二、忠实是衡量改编的唯一标准吗？ 143
三、"我注六经"：改编理念的突破 146

第二节 视觉转化：文字到影像的信息传达 149
一、强化戏剧冲突 151
二、影音元素的心理显现 156
三、重叠交错的叙事策略 159

第三节 视觉艺术：再度创作的精神延承 163
一、导演艺术：解码者与编码者 165

二、表演艺术：表现力与舞台魅力 …………………………… 174
　　三、技术辅助：视听元素的叙事张力 ………………………… 180

第四章　批评与传播：鲁迅影像的社会影响 ………………… 187
第一节　鲁迅影像的传播特色 ……………………………………… 190
　　一、政令性普及主导价值 ……………………………………… 191
　　二、民间性丰富媒介呈现 ……………………………………… 196
　　三、市场性导入商业运作 ……………………………………… 202
第二节　经典生产的文化热点 ……………………………………… 206
　　一、图文并茂的新闻盛宴 ……………………………………… 207
　　二、鲁迅影像的"穿越、热议、玩火" ……………………… 221
第三节　社会评价的共识形成 ……………………………………… 231
　　一、业界：文艺奖项 …………………………………………… 232
　　二、受众：信息反馈 …………………………………………… 237
　　三、学界：文艺批评 …………………………………………… 242

结　语 …………………………………………………………………… 249

参考书目 ………………………………………………………………… 269

附　录 …………………………………………………………………… 275

致　谢 …………………………………………………………………… 289

绪 论

绪　论

一

鲁迅是现代中国不可忽视的文化巨人。20世纪上半叶，他以冷中有热、辛辣精辟的笔墨，描绘着中国半殖民地半封建社会的众生万象，表达现代知识分子在历史与现实夹缝中对启蒙主义的执着与怀疑，对现实出路的犹豫、挣扎与自我审视。他的文章成为唤醒一代青年的呐喊，其言行成为现代知识分子的良知高标。《呐喊》从1923年到1930年共发行43000册，《彷徨》从1926年到1930年发行了30000余册[①]，其启蒙思想也随之传播，影响深远。鲁迅的启蒙意识虽然针对的是社会各阶层，其接受群体却主要局限于知识分子范畴。鲁迅思想的深刻复杂，鲁迅文章的隐喻曲折，加之鲁迅生活时代的矛盾多元，意味着鲁迅及其作品并非不言而明的对象。因此，在不同的历史时期，如何阐释鲁迅、传播鲁迅成为中华民族重塑自我的强大动力源；如何使鲁迅及其作品走出书斋，成为社会文化有机组成部分，是后代知识分子义不容辞的文化使命。鲁迅逝世时，郁达夫说："没有伟大的人物出现的民族，是世界上最可怜的生物之群；有了伟大的人物，而不知道拥护、爱戴、崇仰的国家，是没有希望的奴隶之邦。"[②]值得欣慰的是，以多种途径纪念与普及鲁迅已经成为现代中国文化的特色之一，其中最有影响力的途径则是：语文教材、语录引用、影像传播。

[①]　王本朝：《中国现代文学制度研究》，西南师范大学出版社，2002年，第19页。
[②]　郁达夫：《怀鲁迅》，载于《文学》1936年第7卷第5号。

语文教材影响最为广泛深远。据调查，中国69%的中学生是通过语文教材第一次接触鲁迅的。①最早也是收录鲁迅作品最多的教科书是沈仲九、孙俍工合编，上海民智书局于1922年初版的《初级中学国语文读本》，选入鲁迅文章13篇（另有8篇鲁迅译作，未计算）；1923—1924年叶圣陶主编的《新学制国语教科书（初级中学用）》选入鲁迅文章4篇；沈星一编写的《新中学教科书 初级国语读本》于1924—1925年发行，选入鲁迅文章3篇（《故乡》《孔乙己》《呐喊·自序》）；1926年《北京孔德学校初中国文选读》收入鲁迅文章6篇（另有6篇鲁迅译作，未计算）；20世纪30年代傅东华主编的《复兴初级中学教科书·国文》共选入6篇鲁迅作品；1935—1938年夏丏尊、叶圣陶主编的《国文百八课》选入4篇鲁迅文章（第二册第三课《风筝》、第二册第十课《秋夜》、第三册第一课《孔乙己》和第四册第五课《鸭的喜剧》）；20世纪40年代叶圣陶、朱自清编写的《精读指导举隅》选入鲁迅文章《药》，《略读指导举隅》选入《呐喊》。中华人民共和国成立之后，鲁迅作品在中小学语文课本中的数量最高峰时期达到31篇。②经常选入语文课本的作品有《故乡》《伤逝》《孔乙己》《阿Q正传》《狂人日记》《祝福》《鸭的喜剧》《风筝》《社戏》《从百草园到三味书屋》《拿来主义》《"友邦惊诧"论》《记念刘和珍君》《藤野先生》《中国人失掉自信力了吗》《聪明人和傻子和奴才》《灯下漫笔》等，文体涉及小说、散文、散文诗、杂文。其中，《故乡》《祝福》《孔乙己》《从百草园到三味书屋》等可谓语文教材中的"常青树"。这还没有包括虽非鲁迅作品，但涉及鲁迅的篇目，如唐弢的《琐忆》、吴伯箫的《早》等。

鲁迅语录的影响也不可忽视。1936年12月，雷白文出版的《鲁迅先生语录》以编年体方式选取1918—1936年的鲁迅语录200条，该书为自行印刷，印数2220册；1940年10月，宋云彬编的《鲁迅语录》由桂林文化供

---

① 郑以然：《当代中学生对鲁迅接受状况的调查报告（一）》，载于《鲁迅研究月刊》2005年第10期。

② 张勇：《盘点近百年语文书中的鲁迅作品》，载于《北京青年报》2013年9月10日。

应社初印5000册,1942年3月再版加印3000册;1941年1月,舒士心编的《鲁迅语录》由鲁迅出版社出版;1946年10月,尤劲编的《鲁迅曰——一名鲁迅名言钞》由上海正气书局出版,分15个专题收集鲁迅语录416则。[①]民国时期鲁迅语录多为个人选编,尽管出发点各有差异,但都通过语录汇集和传播了鲁迅的救国救民思想。"文化大革命"时期鲁迅语录大量出现,目前所见最早版本为1967年9月"首都红代会、新北大井冈山兵团鲁迅纵队"编印的《鲁迅语录》,"文化大革命"结束后,鲁迅语录逐渐淡出。20世纪90年代,鲁迅语录重现,湖南、北京、四川、广州、天津等地的出版社出版了多种版本,例如,1992年,湖南师范大学出版社出版了陈漱渝、耿之涛主编的《鲁迅语录》;1993年,北京的华夏出版社出版了钱理群、王乾坤主编的《鲁迅语萃》;1995年,四川人民出版社出版了单力主编的《鲁迅语录》;1998年,中国文联出版公司出版了廖诗忠主编的《鲁迅箴言录》;2006年,广州花城出版社出版了林贤治编注的《鲁迅语录新编》;等等。

　　鲁迅的社会传播还有一个重要渠道:鲁迅影像。自1928年鲁迅的学生陈梦韶把《阿Q正传》首次搬上话剧舞台后,近百年产出了林林总总的鲁迅影像,其中不乏影响重大的作品。1936年,《鲁迅先生在上海逝世》全程拍摄了鲁迅出殡的过程,为鲁迅逝世这一重大历史事件留下宝贵的历史资料,也成为后期鲁迅纪录片经常采用的历史场景。1946年,越剧《祥林嫂》在上海滩一举成名,之后一再改编,成为现代越剧的经典作品,也使越剧由一个地方剧种变成全国人民熟悉喜爱的大剧种。1956年,北京电影制片厂拍摄的《祝福》是新中国第一部彩色故事片,该片不仅在国内受到观众热捧,而且走出国门,获得多项艺术荣誉,可谓新中国第一部经典影片。1981年,陈白尘编剧、岑范导演的电影《阿Q正传》上映,扮演阿Q的演员严顺开因其出色的表演获得第六届大众电影百花奖最佳男演员,成为国人心中最成功的阿Q形象。1996年,先锋戏剧《阿Q同志》虽未公开

---

① 冯英:《民国时期〈鲁迅语录〉版本之比较》,载于《鲁迅研究月刊》2008年第6期。

演出，但以现实与历史的穿插展开与鲁迅艺术世界的对话，成为先锋戏剧的一面旗帜。此后，林兆华导演的《故事新编》、王延松导演的《无常·女吊》、张广天导演的《鲁迅先生》等先锋戏剧再度通过新颖的艺术方式思考鲁迅提出的国民性问题，批判当今时代与鲁镇时代的同质性现象，成为跨世纪之际话剧界及文化界的一大亮点。2011年，电视纪录片《先生鲁迅》在中央电视台纪录频道和凤凰卫视先后播出，该片以"故乡记忆""歧路彷徨""思想风暴""铁屋呐喊""黑暗闸门""我可以爱""上海岁月""1936年"八个单篇串联起鲁迅的一生，制作专业精良。这些影像或史料价值高，或社会接受面广，或艺术探索性强，或紧扣时代话题，成为鲁迅影像的佼佼之作。当然，也不乏制作粗糙、被指责为消费鲁迅、亵渎鲁迅的作品。但总体而言，鲁迅影像都不同程度地完成了传播鲁迅精神、丰富鲁迅文化的历史责任。

值得注意的是，图像时代的来临使得鲁迅影像越来越成为现代社会与鲁迅精神对话的重要方式，原因有三：第一，相对于静态的文字，人们对运动的、有色彩的、不单一的影像有更为敏锐的观察力，文本图像化之后，人们能更直观地了解到文本的内涵，这是人类惰性心理产生的潜在要求。第二，影像是全新的传播途径，鲁迅影像将教材与语录传播结合在一起，在基础教育阶段接触过鲁迅作品的观众，面对熟悉的文字具象化，被鲁迅影像唤醒当年的课文研习记忆；鲁迅语录则成为影像中的人物话语，印证和加强了鲁迅精神的再传播。第三，鲁迅影像以鲁迅本体为基础，但并不等同于鲁迅本体，它更为直接地塑造和阐释着时代所理解与需要的鲁迅形象，是不同历史时期社会文化思潮与鲁迅精神对话的产物。

二

鲁迅影像是指根据鲁迅生平及其作品演出的舞台剧和拍摄的影视作品。它包含两方面的内容：一是根据鲁迅作品改编的舞台剧、影视作品等；

二是舞台、银幕、屏幕上以鲁迅为题材的艺术创作。从影像本身的意义而言，鲁迅照片等也应该被归纳入内，但以鲁迅照片为资料考察鲁迅生活经历的专著已有多部①，它们在为高度符号化的鲁迅还原了现实生活场景与具体文化场域之后，其研究空间也就相对封闭了。因为鲁迅生前照片不仅数量有限，而且不可再增，其解读途径在历史背景与生平经历之外也非常有限。因此，本文所谓影像主要是一种动态生成的图像化叙事，它在鲁迅在世时就已初试牛刀，之后随着社会文化思潮的波动起伏、技术手段的日趋完善以及视觉文化对人类生活的渗透，鲁迅影像日益丰富，从而成为体现鲁迅当代性的重要窗口。鲁迅影像的制作至今已达近百年，就技术层面而言，影像已经延展到现代声光电、摄影、网络多媒体等手段产生的能传达信息的图形符号，走向非物质的、互动的、立体的、动态的多媒体综合；就质量而言，制作精良的鲁迅影像已然成为鲁迅传播、鲁迅研究以及艺术领域的经典样本；就数量而言，据不完全统计，鲁迅影像已有百余部，而且，随着社会生活的发展变化，可以预见，新的鲁迅影像还会不断出现，继续丰富已经比较厚实的鲁迅文化。它已然成为中国现代文学与现代文化不可忽视的存在，真正标志着鲁迅及其作品的阐释与传播已经走出书斋，成为社会文化的一部分。

然而，鲁迅影像的研究却远远未跟上鲁迅影像的发展。首先，这与鲁迅研究的自我封闭有关。作为现代学术之显学，鲁迅研究越来越学院化，其专业门槛越来越高，"鲁学"似乎成为一种特权，这反而限制了"鲁学"的发展②，"鲁学"成为肃穆的"古堡"，无法参与当代思想与文化最重要的潮流③。在"鲁学"中，鲁迅影像顶多被视为鲁迅作品的衍生品，处于鲁迅

---

① 周令飞主编的《鲁迅影像故事》（人民文学出版社 2011 年出版）与黄乔生的《鲁迅像传》（贵州人民出版社 2013 年出版）即以展现鲁迅照片的事件和隐含的背景信息为主。
② 张富贵：《鲁迅研究的三种范式与当下的价值选择》，载于《中国社会科学》2013 年第 11 期。
③ 汪晖：《鲁迅研究的历史批判》，载于《文学评论》1988 年第 6 期。

研究的边缘地带，很少有学者予以认真的、系统的梳理和研究。其次，这与既有研究的僵化模式有关。在相当长一段时间，鲁迅影像研究主要流于制作者（含编者、导演、演员）创作感言，或者批评者对照原著的评价。前者多为体验式、灵感式、碎片式的感悟，后者则是文本性大于视觉性，历史性大于当代性。最后，鲁迅影像的深入研究需涉及文学、艺术、文化各领域，学科分类过细使得跨学科、跨专业的研究模式受限。归根到底，鲁迅影像之研究不足与对鲁迅文化意义的认识不足有关。鲁迅不是一个简单的文学家，他对现代中国的深刻见解至今仍然振聋发聩，正如研究者所言："鲁迅，其实已经超越了一般文学研究对象的范畴，成为我们这个民族这个时代的一种多面体的精神资源。新世纪的鲁迅研究似乎可以跳出具体的鲁迅解读，在较为宏观的鲁迅认知意义上确认鲁迅作为现代精神资源主体的价值。"①鲁迅影像无疑是鲁迅作为现代精神资源主体的重要体现，因为它一头与鲁迅及其文本相连，一头与社会思潮及其时代话语相连，前者是后者的精神资源，后者是前者时代性与当下性的体现，使鲁迅研究真正走出书斋，走入社会生活。

20世纪90年代以后，较为深入的鲁迅影像研究得以在一定程度上展开。这与鲁迅影像在90年代以后的激增有关，也与学术界不断打通学科界限、文化研究异军突起有关，更与视觉文化时代、图像时代的到来有关。其研究状况大致梳理如下：

第一，鲁迅影像数量和种类的整理。主要以葛涛的《鲁迅文化史》和周海婴、周令飞主编的《鲁迅是谁？》为代表。《鲁迅文化史》以鲁迅在20世纪的影响为主题，梳理鲁迅如何成为具有多种象征意义的文化符号。全书共12章，从不同历史阶段对鲁迅文化进行梳理，其中有8章设有"鲁迅著作的改编与鲁迅的艺术形象"部分，书中所提到的鲁迅影像作品有40余种（含国外改编作品）。②《鲁迅是谁？》将鲁迅"著作改编影视作品"作

---

① 朱寿桐：《研究作为精神资源的鲁迅》，载于《学术研究》2001年第9期。
② 该数据根据葛涛的《鲁迅文化史》（东方出版社2007年出版）相关章节整理所得。

为"鲁迅相关产业之三"进行了较为全面的梳理：中华人民共和国成立前，鲁迅剧本有13个；1950—1989年间，鲁迅著作的改编有23个；1990—2009年间有26个，国外改编有13个。其中连环画以及小说、音乐的改编不属于本书研究的范畴，有5个，除去后，鲁迅改编有70个。[①]《鲁迅文化史》的统计数目少于《鲁迅是谁？》的原因有两个：其一，后者的统计时段大于前者。《鲁迅文化史》统计数据截止于2006年，《鲁迅是谁？》统计截止时间为2009年。其二，前者确实在统计上有明显疏漏，比如影响较大的电视人物纪录片《先生鲁迅》、曲剧《阿Q与孔乙己》等未统计入内。不过，这也与两书的研究重点有关，前者不仅要梳理鲁迅作品改编，同时也涉及改编意图以及研究评价、演出活动等历史细节；后者则以梳理名目为主，力求全面，是一种不加任何评述的客观记录。此外，1987年纪维周等人主编的《鲁迅研究书录》共有10项分类，第7类为"鲁迅作品今译与改编"，其中根据鲁迅著作创作的画册有29部，根据鲁迅著作改编的剧本有22部，1939年许幸之编写的《中法剧社首次公演特刊〈阿Q正传〉》与1947年杨震等人的《〈阿Q正传〉特刊》虽非剧本，也纳入其中。

第二，《阿Q正传》的影像研究。《阿Q正传》可能是鲁迅作品甚至是新文学作品中改编次数最多的文本之一，关于它的改编研究也最多。1937年欧阳凡海的《评两个阿Q正传的剧本》是较早的研究文章，之后只要有新的改编版本出现，相关研究也会持续出现。金宏宇、原小平的《〈阿Q正传〉改编史论》对1930—2001年间的13个改编版本进行了梳理和评价，认为忠实于原著是这些改编作品的共同特点，并从经典文本的不可替代性、不可超越性以及先入为主的欣赏距离角度分析改编剧本不尽如人意的原因。王宇平的《镜头下的重述——1957年香港影片〈阿Q正传〉考》对该作品的首次电影尝试进行挖掘，将之与当时香港左派电影的重要地位进行联系。张学义的《〈阿Q正传〉演剧述略》主要从剧本创作、演出情况以及评论文

---

① 该数据根据周海婴、周令飞主编的《鲁迅是谁？》（金城出版社2011年出版）相关章节整理所得。

章三方面对中华人民共和国成立前《阿Q正传》的改编演出进行概述，认为将之改编并搬上舞台，意义非同小可，但多数并不理想。值得注意的是，青年学者对这类选题特别青睐，博士论文中如2004年华中师范大学朱杰的《选择与传播——中国现代文学的当代影视转换》、2006年复旦大学龚金平的《作为历史与实践中的中国当代电影改编》、2006年山东大学赵鹏的《鲁迅与中国电影批评范式的双轨解读》等，均有独立的章节从改编角度谈论鲁迅影像的成败。专题研究的硕士论文则有2006年青岛大学吕萍的《叙事与阐释——鲁迅小说及其电影改编》、2009年首都师范大学余静的《〈阿Q正传〉话剧改编研究》、2009年南京大学成艳军的《〈阿Q正传〉改编研究》、2011年陕西师范大学霍鑫的《〈阿Q正传〉改编探析——兼论精神形象的某种不可改编性》等，对话剧、电影、戏曲、电视等各种改编形式的《阿Q正传》进行详尽的评述，或认为改编本对原著造成削弱，或认为鲁迅作品不可改编，或从叙事学角度对文学与影像之不同载体予以解析。

第三，凌月麟对鲁迅影像的研究以史料梳理和背景资料的丰富见长。1998年至2006年间，他先后在《上海鲁迅研究》发表了6篇论文——《"越剧界的一座纪程碑"——越剧〈祥林嫂〉六次公演》《戏剧舞台上的阿Q形象——鲁迅小说〈阿Q正传〉六个话剧改编本》《银幕上的鲁迅文学名著——根据鲁迅同名小说改编的电影》《鲁迅业绩在银幕上的再现——介绍三部电影文献纪录片》（上中下三篇），以翔实的资料梳理成为同类研究的翘楚。《"越剧界的一座纪程碑"——越剧〈祥林嫂〉六次公演》对1946年至1977年间4个剧团演出的越剧《祥林嫂》进行比较分析，对"砍门槛""阿牛的爱情""卫夫子"等情节及人物设计的由来进行比较分析，将对演员的表演评价及观演体会一一道来，肯定鲁迅的《祝福》对改变越剧才子佳人的传统模式有着举足轻重的作用。《戏剧舞台上的阿Q形象——鲁迅小说〈阿Q正传〉六个话剧改编本》则对1928年到1980年间的6部话剧剧本写作过程、表演过程及特点进行详尽的梳理，特别是对1928年《阿Q正传》在厦门上演的梳理颇为细致。《银幕上的鲁迅文学名著——根据鲁迅同名小说改编的电影》以电影《祝福》《伤逝》《药》《阿Q正传》为样本，对照影像叙事与文学叙事的异同，评价演员表演及影片的社会影响，肯定这几部作品"既保持了原著深邃沉郁的特色，又以电影的独特手段，再现了原著的精髓"，"是在鲁迅感召下进行的成功的艺术实践"。①《鲁迅业绩在银幕上的再现——介绍三部电影文献纪录片》对鲁迅的3部电影文献纪录片进行非常详尽的介绍和评析，作者掌握了大量资料，将电影文献纪录片的分镜头剧本、选景过程、场景寓意、素材选择、配乐及解说风格娓娓道来，既论述了各自在思想内容和艺术表现方面的特点，也对其各自的历史局限进行总结。

  第四，综合研究。日本学者饭冢容的《中国现当代话剧舞台上的鲁迅作品》对20世纪30年代到2000年以后鲁迅作品的话剧改编进行了系统阐述，总结了20世纪30年代、80年代以及2000年三个高峰期体现出的不同改编特点，认为鲁迅作品的舞台化开辟了将当代作家的作品搬上舞台的先河，审视鲁迅作品舞台化的历史是有价值的。②张吕的《被意识形态话语"改编"的鲁迅——追溯新中国鲁迅作品影视戏剧改编六十年》回顾中华人民共和国成立60年来鲁迅小说影视戏剧改编的历程，认为"被阶级化—被真实化—被后现代"是鲁迅形象塑造的历程，认为"从小说到戏剧、电影，到实验戏剧、电视剧，改编载体的变化也在演绎鲁迅改编再阐释的意识形态性，意味着鲁迅由大众化到精英化，再到被大众化、被精英化、被'消费'化的过程"。③余纪的《论鲁迅小说的电影改编》认为鲁迅小说的艺术魅力大大提高了改编电影的成功标准，故成功的改编之作寥寥，夏衍的《祝福》在改编小说视点以适应电影叙事的情况下，仍然忠实地把握住

---

① 凌月麟：《银幕上的鲁迅文学名著——根据鲁迅同名小说改编的电影》，见《上海鲁迅研究（11）》，百家出版社，2000年。

② 饭冢容：《中国现当代话剧舞台上的鲁迅作品》，载于《文化艺术研究》2009年第5期。

③ 张吕：《被意识形态话语"改编"的鲁迅——追溯新中国鲁迅作品影视戏剧改编六十年》，载于《鲁迅研究月刊》2010年第11期。

了小说的神韵,为少有的成功之作。①黄淑娴的《鲁迅小说与电影改编》将中国内地与香港鲁迅小说的电影改编差异进行比较研究,探讨改编鲁迅小说时出现的一些问题与这些电影的得失。②陈力君认为鲁迅影像在大力传播鲁迅形象和精神体系的同时,也冲击了既有的鲁迅研究方法和思路,同时,她还将眼光投向了一向冷落的鲁迅作品改编的动画片。③董炳月在《鲁迅形影》中对日本作家霜川远志编写的《戏剧·鲁迅传》及其周边进行了详尽的资料爬梳,对井上厦《上海月亮》的喜剧艺术和意义结构进行了细致分析。④李英凡的《鲁迅小说的电影改编》着重分析了4部影片的改编,认为"《祝福》和谐地传达出与意识形态的对话;《伤逝》中凝结的水华的质朴的心理情感的忧伤;《阿Q正传》中显露的陈白尘深刻的人生阅历及领悟作品内涵的风韵;《药》在极力张扬中突破的探索等",可谓各有风味。⑤

第五,单个作品改编的评述。此类研究不胜枚举。有对复杂的社会历史背景进行史料钩沉的研究,如李新宇的《1961——周扬与难产的电影〈鲁迅传〉》对电影《鲁迅传》的难产过程进行分析,认为其中饱含着那个年代的文化与鲁迅在当时的实际命运,以及文化掌控者的复杂内心。葛涛挖掘了茅盾、巴金、许广平、曹靖华、阳翰笙等谈论《鲁迅传》的佚文,补充和完善了电影《鲁迅传》的创作过程。⑥沈鹏年以《行云流水记

---

① 余纪:《论鲁迅小说的电影改编》,载于《电影艺术》2000年第6期。
② 参见西海枝裕美:《"1999东亚鲁迅学术会议"综述》,载于《鲁迅研究月刊》2000年第12期。
③ 参见陈力君的两篇文章,一是《史料拓展与"鲁迅影像"的建构》(载于《文艺研究》2014年第7期),二是《符码、结构与风格:论鲁迅作品改编的两部动画短片》(载于《鲁迅研究月刊》2017年第2期)。
④ 董炳月:《鲁迅形影》,生活·读书·新知三联书店,2015年。
⑤ 李英凡:《鲁迅小说的电影改编》,河南大学硕士学位论文,2006年,第32—33页。
⑥ 葛涛关于电影《鲁迅传》的系列研究论文如下:《二十世纪六十年代塑造鲁迅银幕形象失败的启示——以夏衍的集外佚作电影剧本〈鲁迅传〉第四稿手稿为中心》,载于《东岳论丛》2012年第12期;《许广平与电影〈鲁迅传〉的创作——兼谈许广平的三则佚文》,载于《新文学史料》2009年第4期;《巴金谈电影剧本〈鲁迅传〉佚文考释》,载于《博览群书》2010年第7期;《曹靖华、阳翰笙谈电影剧本〈鲁迅传〉的佚文》,见《上海鲁迅研究 2012·春》,上海社会科学院出版社,2012年。

往·二记——电影〈鲁迅传〉筹拍亲历记》记录电影《鲁迅传》筹拍亲历过程。① 此外,每种影像上演之后,都会有改编者、制作者、演出者自述创作心路历程,以及批评者就创作、演出等环节发表评论文章。1939 年,许幸之在话剧《阿Q正传》演出后,就将当时认为重要的评价资料加以集中出版。② 张广天导演的《鲁迅先生》演出之后,《文艺理论与批评》于 2001 年第 5 期推出了"《鲁迅先生》争鸣录",包括:黄纪苏《伸出援手——为史诗剧〈鲁迅先生〉作》、苏陂《我看〈鲁迅先生〉——普及好得很》、旷新年《写给〈鲁迅先生〉》、韩毓海《"赤手空拳打碎规律"——民谣清唱剧〈鲁迅先生〉及其他》、亚子《从鲁迅到〈鲁迅先生〉》、傅谨《〈鲁迅先生〉的音乐语法》、郝立来《鲁迅的还魂和变态——对〈鲁迅先生〉不能不说的话》、西西弗《关于〈鲁迅先生〉的胡想胡说》、张广天《就〈晨报〉三点质疑的回答》。9 篇文章及时记录和体现了演出引发的社会反响。

综上所述,鲁迅影像研究已经具备一定基础。一是史料的钩沉与整理,葛涛、周令飞等人对鲁迅影像目录进行了比较详尽的记录整理,沈鹏年等人关于电影《鲁迅传》的资料考证比较突出,纪维周的《鲁迅研究书录》也是极好的基础材料。二是鲁迅影像与意识形态关系成为研究重点,这是中国电影社会学批评的特点,它与马克思主义文艺批评原则联系起来,为鲁迅影像批评进入中国主流意识形态话语体系打下了坚实的基础。三是以改编角度研究鲁迅影像与鲁迅本体的关系,这是多数研究之立足点。这些研究多将鲁迅影像当作鲁迅本体的衍生品以及时代政治的传声筒,或从改编学角度研究鲁迅影像,将是否忠实于原著作为评判优劣的重要标准;或从时代话语对鲁迅本体的遮蔽和扭曲出发,说明鲁迅影像的政治化与简单

---

① 沈鹏年:《行云流水记往·二记——电影〈鲁迅传〉筹拍亲历记》,上海三联书店,2011 年。

② 1939 年 7 月,上海中法剧社演出了许幸之改编并导演的《阿Q正传》,将其作为建社的开幕戏,出版了《中法剧社首次公演特刊〈阿Q正传〉》,收入许幸之的《〈阿Q正传〉的改编经过及导演计划》等 12 篇文章以及唐弢、吴仞之等在座谈会上的发言。

化。当然，其不足之处也同样明显。首先，偏重社会学批评的影像研究重思想、轻形式，重教育、轻娱乐，在一定程度上忽视了电影特性。其次，以文本的忠实度为评判的最高标准，似乎遗忘了一点——鲁迅影像担负的原本就不是鲁迅文本的功能，它源于文本，可能低于文本或高于文本，但很难等同于文本。文本面对的读者和影像面对的观众即使是同一个人，也会在不同载体中有不同的期待心理。何况，正是由于与文本不同，阐释鲁迅的价值立场、知识框架、表述方式才更多方面地体现出来。因此，影像研究不同于文本研究，其着眼点不应当仅仅停留于忠实与否，还应该看看影像想告诉我们什么，怎么借鲁迅之口说出，为什么要这么说，它为鲁迅文化带来了什么，换言之，鲁迅影像建构的表达方式、价值立场是什么。仅仅停留于忠实与否会使得我们埋头于比对，使研究零碎化、片断化、局部化，忘记了影像独特的文化艺术取向。最后，各种研究证明鲁迅影像渗透着意识形态话语，认为这对鲁迅本体具有不可忽视的歪曲作用。鲁迅影像的生产与传播经历了不同的历史阶段，它也渗透了知识分子、艺术家以及大众的理解，政治化的鲁迅为什么具有更为深远的影响？不同话语的渗透塑造出什么样的鲁迅精神？传播是一种双向的行为，一方面是传播者希望塑造的鲁迅，另一方面是接受者愿意看到的鲁迅，二者如何在鲁迅影像的制作中结合？鲁迅影像也许不能获得市场性、艺术性、思想性三者同存的价值意义，那么研究者的坚持和艺术家的探索意义何在？这都是鲁迅影像研究中可以继续深入的地方。

三

鲁迅影像未必是一个广阔的研究论题，但它总在不断生产的过程中获得新的时代话语，成为解读鲁迅与历史的双重密码，因此，它是一个还未穷尽的课题。更可贵的是，鲁迅影像涉及众多的艺术生产部门与传播渠道，它无疑使鲁迅走出书斋，激活了鲁迅精神的开放性与多元性阐释，成为具

有当代性的"活的鲁迅"。因此,本书围绕着"活的鲁迅"主要从以下几个方面进行研究:

第一,鲁迅影像的时代语境。鲁迅影像有三个高峰期,分别与鲁迅逝世一周年和鲁迅诞辰100周年、120周年对应,也分别与中国社会历史的三个重大转折时期——抗日战争全面爆发、"文化大革命"后的拨乱反正、市场经济与大众文化的兴起——对应。每当历史来到重大转折时期,鲁迅影像便大量出现,说明各派社会力量不约而同回到鲁迅这里寻找支撑和声援。民国时期,《阿Q正传》登上话剧舞台,接着是滑稽戏、越剧、电影将鲁迅文本带入城市公众娱乐场所,鲁迅思索的民族性问题超越了知识分子范畴,成为城市新市民共同了解的话题。20世纪50年代,电影《祝福》致力于建构与认同新中国主流意识形态,在批判旧时代封建礼教杀人的同时,通过对比体现出生活在新中国的幸福感。20世纪80年代重在拨乱反正,鲁迅影像全面开花,歌剧、舞剧、话剧、电影、电视剧等各种艺术形式均有奉献,启蒙主义成为鲁迅影像浓墨重彩的一笔。20世纪90年代以后,文化多元时代使鲁迅影像从鲁迅小说辐射到散文诗、杂文领域,"戏说"风格也进入了鲁迅影像。不同历史时期,鲁迅影像都会留下时代密语,留下解读鲁迅的时代最大公约数。

第二,鲁迅形象的变迁与话语建构。鲁迅形象离不开鲁迅本身,更离不开影像制作者的塑造,前者因为鲁迅及其作品的存在而有一定的客观性,后者源于主观的想象与现实的需要,带有主观色彩。鲁迅影像必然呈现出制作者与鲁迅的互动关系,不同的互动关系会塑造出不同的鲁迅形象。鲁迅形象经历了革命鲁迅—孤独鲁迅—先锋鲁迅—大众鲁迅的变迁,一则源于鲁迅世界自身的丰富性与复杂性,二则源于阐释鲁迅主体的多元化与时代语境的变迁。形象话语背后是不同的社会群体:政治团体、知识分子群体、艺术探索者、文化产业集团。它们各自为政又互相纠缠。政党领袖的高度评价与分析评论,鲁迅与共产党人的交往,鲁迅对时政的犀利批判,成为鲁迅政治话语的重心。阿Q意识至今犹存,国民性问题存而未决,历史与现实穿插对话，艺术手法剑走偏锋，是鲁迅先锋意识的发掘。鲁迅对启蒙事业的担当以及对启蒙价值的质疑，使鲁迅既站在传统文化的对立面，也站在启蒙者的质疑面；鲁迅的孤独是反对和赞成鲁迅的人都能感受到的，社会的非议、误解，影像中的黑暗场景、孤独身影、一次次的决裂，这又是一个鲁迅。鲁迅笔下最缺少爱情，鲁迅影像中却从来不乏情感纠葛，鲁镇的风流韵事从许幸之改编的话剧《阿Q正传》开始就不断上演，这是戏剧舞台性与戏剧性的要求，也是商业文化的渗透或明目张胆的戏说，鲁迅开始不再严肃与沉重，而是充满传奇性与故事性。

第三，鲁迅影像的制作困境。由于艺术载体的差异、艺术追求的不同、思想认识的多元，影像叙事不同于文字叙事。力图忠实于鲁迅是大多数鲁迅影像的叙事追求，事件的叙述、历史场景的拍摄、地域因素的表现、增删人物的设计等，都有鲁迅原著为依据。但创造或创新也同样吸引艺术家，历史与现实的对话、多种媒介手段的使用、各种人物关系的新型处理、影像技术的有效利用，都为鲁迅精神带来了当下性和冲击力。忠实不是亦步亦趋，亦步亦趋的忠实最后可能会产生并不成功的作品；创新不是天马行空，着眼于忠实的创新反而易出奇制胜，获得更为持久的艺术生命力。

第四，鲁迅影像的传播。政令性、民间性、市场性是鲁迅影像在不同历史时期的传播特色。其社会影响的扩大和持续发酵往往又通过文艺奖项、文化热点事件以及文艺批评得以实现，观后感的发表以及鲁迅影像教育资源的使用是传播效果的直接体现。其中，批评与传播是鲁迅影像获得社会影响的重要方式，影像批评比较集中于从改编学的角度评析鲁迅影像对鲁迅作品的忠实度，这为鲁迅影像的制作带来影响和压力，也不利于鲁迅影像的创新。但是，批评带来的关注往往使得影像更具有传播性，影像本身其实也融入了批评。传播是影像获得经济效益、社会影响的必然过程。传播的渠道与方式是官方、民间，还是商业化，是鲁迅价值体现的不同意义。

总之，鲁迅影像作为一种重要的现代文化资源衍生物，已然是中国现代文化的有机组成部分，它娓娓道出鲁迅在当下的意义与价值。同时，鲁

绪 论

迅影像也是一种学术的催化剂，促使鲁迅研究走向开放多元，它作为鲁迅文化资源的重要拓展，对鲁迅研究既有的思路与方法形成冲击与更新，启发和培养了一些青年学者。此外，鲁迅的国际影响也往往会通过域外影像作品得以体现，成为文化沟通与交流的桥梁。因此，鲁迅影像既是鲁迅精神文化资源的艺术呈现，也是时代与鲁迅关系的曲折反映，还是文学批评的特殊表现，它超越了孤立的文本解读，呈现出与时代化日益紧密的联系，鲁迅影像也为鲁迅研究走出书斋化和学院化、保持批评性和当代性提供了重要的学术生长点。鲁迅是一个伟大而复杂的探索者，鲁迅研究者也应当是具有行动力的观察者，鲁迅研究是一种有温度的对话，需要强大的主体意识、时代感和宽广的历史视野。而对笔者而言，鲁迅影像史研究不仅是考证与思索鲁迅文化传承流变的具体表现，更是表达一个现代文学研究者尊崇和喜爱鲁迅先生的重要方式。

第一章

鲁迅影像的文化语境

第一章　鲁迅影像的文化语境

美国语言学家克拉姆契（Kramsch）认为文化语境是指"为一个话语团体的所有成员所共享的、能够促成其言语交流意义有效实现的知识储备、信仰、态度和价值观等主观属性"[1]。它"不是针对某一个作家、某一个作品，而是对整个时代的政治、经济、文化发生、变动和发展情况的整体把握"[2]。由此，文化语境对文本的生成有一种主导性、制约性。鲁迅曾期待死后的安静，他在临终前说："赶快收敛、埋掉、拉倒……不要做任何关于纪念的事情……忘记我，管自己的生活——倘不，那就真是糊涂虫。"[3]然而，鲁迅的价值早已超越家庭范畴，进入民族时空，无论身前死后，身为公众人物的鲁迅注定很难安宁。时代需要鲁迅，鲁迅影像总在特定的文化语境中面对特定的接受群体而生成。

语境的特点是变动，没有先验、静止、永恒的语境。中国社会近百年的政治文化变迁烙印也深刻地铭刻于鲁迅影像的生成过程中。因此，鲁迅影像虽然以鲁迅文本为生发点，但并非仅仅阐释鲁迅作品的意义，也不是仅仅致力于还原历史场景，在特定时代语境中，甚至会偏离原著的理念。它会受制于特定时代的生存状态、生活习俗、心理形态、伦理价值、政治理想等组合成的特定的"文化氛围"，这种文化氛围与鲁迅影像有密切的共

---

[1] Kramsch：*Language and Culture*，Oxford University Press，1998，pp.126-127.
[2] 房福贤：《新时期中国文学生成语境研究十六讲》，山东文艺出版社，2009年，第2页。
[3] 鲁迅：《鲁迅全集（第六卷）》，人民文学出版社，1981年，第618页。

生关系。随着时间的推移，鲁迅影像的制作语境与鲁迅文本的生成语境越来越远，这势必使鲁迅影像的阐释带上特有的时代色彩。

第一节 "民族魂"与鲁迅影像的生成

鲁迅先生去世之时，正值民族多事之秋，文艺界每每在纪念鲁迅的活动中汲取勇气和达成社会共识。纪念活动几乎每年都在各地举行，舞台表演也成为纪念活动的重要环节。不过《阿Q正传》在鲁迅生前已经有舞台演出，从1928年陈梦韶改编《阿Q正传》到1948年《祥林嫂》被拍成电影，时间跨度为20年，这期间有记载的鲁迅影像共16个，其间经历了太阳社及创造社与鲁迅的论争、鲁迅先生的去世、民族战争的洗礼等重大历史事件，这些鲁迅影像不断诠释着鲁迅对民族问题的思考、鲁迅精神在民族危急时刻的意义，也不断传递着同时代知识分子与鲁迅之间的思想对话与精神传承。

一、国民性：《阿Q正传》的改编

《阿Q正传》无疑是中华人民共和国成立之前改编最多的鲁迅小说。鲁迅最早关于自己作品的改编意见也源于《阿Q正传》的被改编。这个时期《阿Q正传》主要出现在戏剧舞台上。从1928年到1949年，《阿Q正传》的剧本有7种，其中上演过的应该有5种，统计如下：

第一，1928年鲁迅在厦门的学生陈梦韶将《阿Q正传》改编为话剧《阿Q剧本》（六幕），该剧由陈梦韶导演，厦门双十中学话剧团演出。这大概是最早登上舞台的鲁迅影像，不过鲁迅生前丝毫没有提及此事，陈梦韶也未将此稿送给鲁迅审阅，鲁迅先生极可能并不知晓该剧的改编和演出。

第二，1937年3月，杨村彬、朱振林改编三幕话剧《阿Q正传》。同年

5月，由北平师范大学话剧爱好者组成的北平剧团演出此剧。

第三，1936年，许幸之开始构思如何将《阿Q正传》改编为舞台剧。经过5次修改之后，1937年，剧本《阿Q正传》连载于《光明》，后以单行本发行。1939年，中法剧社成立，该剧作为剧社的开门大戏与社会公众见面。

第四，1937年，田汉改编的剧本《阿Q正传》发表于《戏剧时代》第6卷第1—2期（1937年5—6月），1937年10月由戏剧时代出版社出版单行本，1937年由中国旅行剧团在汉口首次演出。

第五，1938年，张冶儿主演的滑稽戏《阿桂》在上海大世界四楼采用南京方言演出。

以上5个演出版本中，陈梦韶的仅有一次校园演出，影响不大；杨村彬和朱振林的改编剧演出场次不详，因有媒体报道及评论，社会影响大一些，然未见单行本发行；张冶儿以滑稽戏演绎的《阿Q正传》应该没有剧本流传下来，只能通过当时的新闻报道了解一二。相比之下，许幸之和田汉的改编版本接受面比较广。据不完全统计，许幸之版本的演出有：1939年，中法剧社在上海辣斐花园大剧场演出；1981年，郑州市话剧团演出。田汉版本的演出则有：1937年，中国旅行剧团在汉口天声舞台首演此剧，导演洪深，姜明演阿Q；1938年10月，上海业余剧人协会在重庆大剧院演出，导演赵丹，钱千里扮演阿Q；1938年11月，国立剧专在重庆沙坪坝南开中学礼堂演出，导演黄佐临，沈扬扮演阿Q；1940年5月，中国旅行剧团在上海旋宫剧院演出，导演李景波兼任主角。

此外，还有两个只见剧本未见演出的《阿Q正传》改编：

第一，1930年，王乔南想将《阿Q正传》搬上银幕，征得鲁迅同意后，将之改编为电影分镜头剧本，取名《女人与面包》，1931年委托北京辟才胡同的一所工艺学校自费印刷了650册，1932年4月由北平文化学社和东华书店代理发行。不过，《女人与面包》到底没有被拍成电影，剧本也改名为《阿Q》。

第二，1934年8月，袁牧之在《中华日报》副刊《戏》周刊创刊号上开始连载话剧《阿Q正传》，署名袁梅。1935年，因《戏》周刊夭折，剧本没有刊完。

值得一提的是，这可能是鲁迅生前读过的两个剧本，也引发了鲁迅关于该小说"实无改编剧本及电影的要素"的感言。在与王乔南的两次通信中，鲁迅表达了两个意思：第一，《阿Q正传》不适合改编为戏剧，演员和观众都还不够成熟，难免落入油滑，违反作品的本意；第二，作品一旦完成，改编就是别人的喜爱与权利。鲁迅虽以为不妨让阿Q"死去"，但也并没有以版权为由断然拒绝他人的改编，只是宣称作品"化为《女人与面包》以后，就算与我无干了"。[①] 几年以后看到袁牧之的改编，鲁迅比较赞叹他"将《呐喊》中的另外的人物也插进去"的改编方法，而对其使用绍兴口音则有异议，认为对阿Q的理解本不当囿于一时一地，若观看者抱旁观者的心态，则失去了该小说的原意。[②]

这7个版本的《阿Q正传》改编时间跨度是10年，大体而言，正是中国左翼文坛兴起到民族革命战争爆发的10年。这时期围绕鲁迅的争论主要有：太阳社、创造社对鲁迅的批判，两个口号的论争等。其中，"革命文学"的论争直接将鲁迅置于时代旋涡的中心。钱杏邨的《死去了的阿Q时代》是批评文章中较为典型的一篇，文章大意为：在革命文艺与劳动文艺交流的局面下，鲁迅的创作已然落伍，"除去《狂人日记》里表现了一点对于礼教的怀疑，除去《幸福的家庭》表现了一点青年的活性，除去《孤独者》《风波》表现了一点时间背景而外，大多数是没有现代的意味！不仅没有时代思想下所产生的小说，抑且没有能代表时代的人物"。农民是革命文学的重要表现对象，但事实上，鲁迅笔下的农民已经很难概括革命时代的

---

① 鲁迅：《致王乔南》，见《鲁迅全集（第十二卷）》，人民文学出版社，1981年，第26和28页。
② 鲁迅：《答〈戏〉周刊编者信》，见《鲁迅全集（第六卷）》，人民文学出版社，1981年，第145页。

农民形象了，因为"现在的农民不是辛亥革命时代的农民，现在的农民的趣味已经从个人的走上政治革命的一条路了"。因此"《阿Q正传》着实有它的好处，有它本身的地位，然而它没有代表现代的可能，阿Q时代是早已死去了！阿Q时代是死得已经很遥远了！我们如果没有忘却时代，我们早就应该把阿Q埋葬起来！勇敢的农民为我们又已创造了许多可宝贵的健全的光荣的创作的材料了，我们是永不需要阿Q时代了"。①批评鲁迅落伍自然是为了实现对五四新文学运动的超越，实现"从文学革命到革命文学"的跨越。钱杏邨文章发表之际，鲁迅已经由北京到达南方，空间的转移除了因为个人情感和人事冲突，也包含对南方革命政治的接受与认同。②而南方革命青年对鲁迅的欢迎也带来了解读《阿Q正传》的角度变化，即从国民性视角到工农革命视角的变化。就革命文学的倡导而言，钱杏邨的文笔与观点均有可圈可点之处。然而，阿Q有没有死去，涉及两方面：一是对中国国民性的深刻认识，二是对中国革命的深度解读。因此，这不仅是文学问题，更是社会问题与思想问题。问题一旦提出，对它的思考与回答在各个时期与不同领域均有回应。

"国民性"是中国现代文人反思民族文化的基点，这个外来概念经过《阿Q正传》的形象阐释后，成为构建现代性中国的基石。鲁迅所谓"国民"是指全体中国人，"国民性"即全体中国人共有的社会心理特征，阿Q的弱点集中了民族共有的"阿Q主义"，并无清晰的阶级内容。然而，到了大革命时期，阿Q的农民身份被特别强调后，阿Q或成为工农革命的积极参与者，或成为工农革命的解救对象。无论哪一种解读，都选择性地忽略了阿Q虚妄自大、媚上欺下、自欺欺人等弱点。

阿Q是否已经"死去"了？对这个问题的思考驱使王乔南以电影的方式去回应，他在致周作人的信中谈道："有人说现在已是'阿Q死去了'的

---

① 钱杏邨：《死去了的阿Q时代》，载于《太阳月刊》1928年第3期。
② 王烨：《国民革命时期国民党的革命文艺运动（1917—1927）》，厦门大学出版社，2014年，第152页。

时代，但我睁眼一看，各处仍然充满了这个灰色可怜的阿Q，我总想另给他一点生命，驱他到银幕上去。"①这种创作动机如同茅盾在20世纪30年代初期以小说《子夜》参与有关中国社会性质的论争一样，只是王乔南并没有完成这个剧本的最终形式——电影，他的回应也因而落入了自说自话的困境。杨村彬导演的《阿Q正传》演出后，就有人将阿Q的精神胜利与民族命运联系起来，肯定鲁迅作品的现实意义，认为"阿Q式的精神胜利，已经是自促灭亡的主要因子。我们不愿阿Q的悲剧在我们民族中继续演下去，所以把鲁迅的伟大作品搬上舞台，未失掉它的时代意义"②。田汉剧本则将国民性与民族危亡联系起来。1937年，抗日战争全面爆发，为激发民众抗日，田汉放下手中的工作，赶写《阿Q正传》剧本，在演出之前，他愤然题词："河山破碎已如此，我们岂肯做虫豸！亡我国家灭我种，岂是儿子打老子？寇深矣，事急矣，枪毙人人心中阿Q性，速与敌人战到底！"他认为《阿Q正传》在民族革命战争时期仍然有价值，原因有三：第一，主要的革命对象依然存在，赵太爷、钱太爷、假洋鬼子之流以汉奸的姿态出现在我们左右；第二，阿Q的精神胜利法妨碍我们采取有效的策略，妨害我们认清敌友；第三，鲁迅至死不妥协的精神在今天尤其有意义。③这是从抗战角度解读《阿Q正传》，将民族危亡与阿Q性联系起来。

尽管剧作家们以为，这并非阿Q"死去"的时代，批评阿Q的精神胜利法依然具有时代意义，然而，戏剧舞台上的阿Q精神特质却在悄然转移。激化的阶级斗争意识渗透在王乔南的剧本中，他为电影设置的片头字幕是："人生最大的隐痛，莫过于内心之菌，如吃人的礼教，吸人膏血的资产阶级及其保护者是也。故欲除此痛苦，当先杀其菌，若以按摩符咒而医痨疾，讵能根本治疗耶？"④"吸人膏血的资产阶级"是原著中几乎没有的内容，显

---

① 转引自姜德明：《书叶集》，花城出版社，1981年，第120页。
② 马进：《〈阿Q正传〉上演的意义》，载于《北平新报》1937年5月29日。
③ 田汉：《关于"阿Q正传"的上演》，载于《抗战戏剧》1937年第1卷第3期。
④ 转引自姜德明：《书叶集》，花城出版社，1981年，第120页。

然是顺应时代的超文本发挥。剧末,阿Q被处死,行刑前在野外两棵大树下,士兵让他跪下,阿Q不肯,士兵用枪戳他的腿,他才被迫跪下来。"不跪"隐隐透出革命思潮的影响。如果说王乔南的剧本在原著的国民性批判与20世纪30年代革命文学思潮之间进行了折中,那么田汉的改编本中,民族意识和阶级意识似乎冲淡了原著中的国民性批判主题。特别是第五幕,阿Q、狂人、光复会会员马育才、抗租的陈菊生等人在监狱中谈论各自的经历并穿插革命者夏瑜的故事,在民族意识中渗透着反抗阶级压迫的话语。

20世纪30年代,阶级斗争的激化以及抗日战争爆发后抗敌御侮的需要,使得阶级性和民族性成为民国时期《阿Q正传》的改编主调,反封建礼教以及国民劣根性虽也提及,但往往成为附属旋律。陈梦韶将阿Q作为一个可同情的底层劳动者:"阿Q是无产阶级和无知识阶级的代表人物。知道阿Q的人,说他是忠诚的劳动者;不知道阿Q的人,说他是偷窃的无赖。知道阿Q的人,说他是具有'人类性'的孤独者;不知道阿Q的人,说他是猥亵的东西。知道阿Q的人,说他是人间冤抑的无告者;不知道阿Q的人,说他是该死的乱臣贼子。"[①]在"知道"与"不知道"之间,作者的立场自然是前者,强调的是阿Q被压迫的社会地位。田汉对阿Q的最终认识在剧本结尾借旁白表达出来:"死了一个天真无辜的农民。朋友们,中国革命还没有成功,残余封建野兽还在吃人,让我们继续奋斗,替千百个阿Q复仇吧,也让我们去掉每个人心里的阿Q,争取中国穷苦人民真正的胜利吧。"[②]看得出,田汉是矛盾的:一方面,现实社会中的阿Q贫苦无依,天真无辜,值得同情;另一方面,思想层面上他又是民族独立与国家强盛的重要阻力,必须消灭。政治革命与思想革命在田汉的现实选择中产生了冲突。

总之,阿Q形象的重新塑造,除了源于对作品本身的解读与喜爱,也源于与"阿Q的时代已经死去"的对话,以及就阿Q形象特质与鲁迅之间

---

① 陈梦韶:《写在本剧之前》,见《阿Q剧本》,上海华通书局,1931年。
② 鲁迅原著,田汉编剧:《阿Q正传(五幕话剧)》,中国戏剧出版社,1981年,第101页。

的隔空对话，核心语意有两层：一是阿Q没有死去，他的存在使我们看到民族落后的根源；二是阿Q不会白白死去，他的挣扎与可怜让所有人认识到时代与社会的不公。在这样的对话中，阶级话语与民族话语对国民性问题的渗透是因为激烈的阶级斗争和民族危机的需要，因为无论是阶级斗争还是民族救亡运动，都需要并倚重以阿Q为代表的底层民众的广泛参与；而且，阿Q的精神胜利法既然并非底层民众的专利，也就不必对阿Q这一底层民众代表予以特别批评；同时，在抗日战争时期，国民性批判尤其应以不伤害国民自信心与凝聚力为前提。因此，民国时期戏剧舞台上的阿Q往往是社会意义大于思想意义，同情超过了讽刺与嘲弄。原著中超越阶级立场和民族立场的国民性批判已悄然变化。

二、民族魂：成为主角的"鲁迅"

鲁迅绝非一个象牙塔内顾影自怜的文化人，其深刻的思想认识与巨大的社会影响源于其与社会大众血脉相连，只是鲁迅之"为民众"常常以"反民众"的方式表达出来，他感慨："群众——尤其是中国的——永远是戏剧的看客。"[①] "我向来是不惮以最坏的恶意，来推测中国人的，然而我还是不料，也不信竟会下劣凶残到这地步。"[②] 其批判所指最终是民众的奴隶精神。立志于改变民众的奴隶地位和奴隶精神是鲁迅最终获得民众认同的根本原因，民众性也成为鲁迅影像制作初期的关键点。

1936年中国最重大的文化事件莫过于鲁迅逝世。1936年10月19日，鲁迅在上海寓所去世，各大媒体在最快时间以醒目文字表达对这一噩耗的关注："中国文坛巨星陨落 鲁迅先生今晨逝世"（上海《大沪晚报》10月19日），"中国文坛失巨星 鲁迅今晨在沪逝世"（上海《华美晚报》10月19日），"文化巨人鲁迅逝世"（上海《铁报》10月20日），"划时代的作家 鲁

---

① 鲁迅：《鲁迅全集（第一卷）》，人民文学出版社，1981年，第167页。
② 鲁迅：《鲁迅全集（第三卷）》，人民文学出版社，1981年，第282页。

迅昨在沪逝世"（北平《世界日报》10月20日），"鲁迅昨晨在沪病逝"（北平《北平新报》10月20日），"中国新文化运动领导者鲁迅先生在沪逝世"（香港《珠江日报》10月20日），"文化界痛失领导，世界前进文学家鲁迅先生逝世！高尔基逝世后又一震惊世界的噩耗，中国民族解放运动突失一英勇战士"（香港《港报》10月20日）。报刊的密集报道和高度评价不仅是为了哀悼一代文化伟人的离开，还体现了整个社会对鲁迅文化精神的高度认同。当时，鲁迅治丧办公室收集有关鲁迅逝世的剪报有315份，刊登的各类文字554篇，多数集中在1936年10月20日至30日之间。这还仅仅是报纸，不包括期刊，其密度之高、范围之广、评价之高，可见鲁迅逝世在社会引发的震撼。① 中国现代文坛从来不乏笔墨之争，却因为鲁迅的逝世而有了空前的认同，各门派暂停纷争，共同加入悼念鲁迅的行列。

纪录片《鲁迅先生在上海逝世》记录了鲁迅殡葬仪式的历史性时刻。上海明星公司得知鲁迅去世，第一时间派欧阳予倩、程步高、姚萃农、柯灵、王士珍和程勤生赶赴鲁迅寓所，拍摄鲁迅逝世后的情况。接着，明星公司摄影队又拍摄了在万国殡仪馆吊唁鲁迅和万国公墓葬礼的镜头，将此剪辑成纪录片，这是中国第一部关于鲁迅的纪录片。明星公司的及时记录展示了极强的捕捉时代脉搏的新闻敏感和真正介入社会的文化意识。纪录片时间不长，镜头语言也不丰富，却真实记录了鲁迅去世时民众的态度：万国殡仪馆内，鲁迅的四周花圈簇拥；去往万国公墓的路途中，巨大的鲁迅画像和"鲁迅先生千古"的横幅下，广大群众自发为鲁迅送行，参与者除社会各界名流与文艺界人士之外，以青年学生为主体，工人、店员、邮差、黄包车车夫、家庭妇女、警察、士兵、政府工作人员、国际友人也加入其中，这就是著名的"民众葬"。鲁迅灵柩上覆盖了"民族魂"的旗帜，白底黑字，代表哀思。肃穆、沉痛的气氛笼罩着低抑的人群。鲁迅去世让各种人，包括与之笔战的人都感到了中国的损失，多事的文坛暂时进入了

---

① 乐融：《鲁迅逝世时的新闻报道》，见《上海鲁迅研究 2007·夏》，上海文艺出版社，2007年。

精神领袖的认同时期。当然，这次葬仪依然具有非常浓厚的政治色彩，如谁有资格纪念鲁迅、谁有资格抬灵柩以及散发抗日传单等，这些纷争其实是文坛队伍划分的延续，既非鲁迅所愿，也不利于文坛团结，还会分散民众对鲁迅逝世本身的关注。纪录片《鲁迅先生在上海逝世》还处在比较粗糙的实录阶段，主要记录场面活动，很少有深入的观察，更谈不上深入心灵，但也因此过滤了葬仪过程中的政治意味。它以中立立场过滤了鲁迅生后的文坛纠纷，只是如实记录鲁迅逝世引发的公众悼念活动，凸显了一代伟人对民族的影响。

《鲁迅先生在上海逝世》是鲁迅其人第一次通过影像进入公共视野，作为群体记忆保存下来。它的价值在于：首先，这是唯一一部保有鲁迅逝世时的民众情绪与时代氛围的新闻纪录片，是纪念鲁迅的珍稀史料。1946年鲁迅逝世十周年纪念大会，最后环节就是"放映十年前鲁迅先生殡仪的电影，让大家进入景仰回忆的情状"[①]；1981年纪念鲁迅诞辰100周年，浙江省也组织放映了《鲁迅先生在上海逝世》，历史回放让后人真切感受鲁迅作为民族魂的意义。其次，在之后的人物历史文献纪录片中，该片的某些历史镜头被作为史料使用，以印证鲁迅的时代价值。最后，它与当时的新闻报道及各种纪念文章相互对照与印证，共同丰富了"民族魂"的内涵。在鲁迅丧仪举行之后，参与者用文字记录鲁迅去世时群众自发的纪念活动，巴金的《永远不能忘记的事情》就是其中感人肺腑的一篇。

鲁迅去世后，文化界几乎每年都会举行各种纪念活动以缅怀鲁迅，诗歌朗诵、专栏文章、美术展、戏剧演出等是常见的纪念仪式。哪里有进步文艺人士聚集，哪里就有鲁迅纪念活动。20世纪30年代中期，香港的现代文化气氛不算活跃，但鲁迅去世后，香港《大众公报》以《中国的高尔基昨日在沪逝世》为题刊登消息，《港报》以《民族解放的文化战士鲁迅之死 广州文化界将悲痛追悼》为题进行报道，足见鲁迅的影响。1937年抗日

[①] 唐振常：《追悼青年导师 鲁迅十周年祭》，原载于上海《大公报》1946年10月20日，引自《唐振常文集（第七卷）》，上海社会科学院出版社，2013年，第163页。

第一章　鲁迅影像的文化语境

战争全面爆发后,大量文化人士避难于香港,随后直至1941年前,香港各文化团体每年举行各种纪念活动。1940年为鲁迅先生诞辰60周年(按虚岁算),香港文协筹备了盛大的纪念活动,除了演讲、讲座等活动,还安排了戏剧表演:《阿Q正传》、《民族魂鲁迅》和《过客》。其中,《民族魂鲁迅》是正在香港避难的萧红应邀创作的剧本。

萧红是鲁迅生前非常喜爱和器重的青年作家。她在离开上海去日本之前,基本每天都待在鲁迅家中,得到鲁迅先生在生活和创作方面的极大帮助。鲁迅去世的消息,萧红是在日本东京得知的,她很长时间无法接受鲁迅去世的现实,许久不能写纪念先生的文章,感觉鲁迅先生并没有离开。回国之后,她祭拜鲁迅先生墓,写了感人至深的《拜墓》。1939年10月,《回忆鲁迅先生》方才成稿。萧红行文从来天真率性而又稚拙灵气,她以女性视角记录鲁迅先生的生活,真切而饱含深情,她的描写将鲁迅"还原为富有生活审美的民族哲人与文学意义上的诗人"[1],也让鲁迅在生活中亲切、和蔼的一面得以呈现。

戏剧不同于散文,散文《回忆鲁迅先生》和诗歌《拜墓》更多是私人交往中的生活琐事,以情趣、个性以及私密性为主,不讲究冲突、戏剧性、情感张力,更多是三两人之间的闲谈或祭奠者的独语,属于私密空间的絮絮私语。戏剧舞台则直面公共交流空间,众所周知的公共事件更适合在纪念仪式中唤起公众的认同。因此,在戏剧《民族魂鲁迅》中,萧红更多站在民众立场上塑造鲁迅先生。为了表现"他的一生的心血都放在我们民族解放的工作上,他的工作就是想怎样拯救我们这水深火热中的民族"[2],萧红首先选取公众熟悉的艺术形象切入鲁迅的人生经历:单四嫂子找何半仙给怀里的孩子看病,蓝皮阿五却趁机揩油;阿Q与王胡从捉虱子比赛到最后大打出手;少年鲁迅在当铺受到掌柜甲、乙的揶揄,路遇祥林嫂,回答

---

[1] 林幸谦、郭淑梅:《萧红哑剧〈民族魂鲁迅〉及其鲁迅情结》,载于《鲁迅研究月刊》2011年第8期。

[2] 萧红:《八月天》,华中科技大学出版社,2015年,第85页。

她人死之后有没有灵魂的问题。作品将鲁迅成长经历与社会文化心理进行交融。第二幕以弃医从文为中心,选择了幻灯片事件。第三幕以文坛论争为中心,选择了痛打落水狗、嘲讽实验主义者等象征性动作。剧本对鲁迅弃医从文、文坛论争的心理状态和社会背景进行写意的勾勒,熟悉鲁迅作品的人能很快从中发现似曾相识的认知体验,并对哑剧高度的象征性和寓意相视一笑,莫逆于心。另外,剧本重在表现鲁迅对青年人的精神感召。第三幕结尾,鲁迅从青年人手里接过火炬向前走去;第四幕中,四位青年与小贩斗智,偷走鲁迅的作品;其后,八位青年"穿着有的像学生,有的像工人,有的像农夫,有的像商人,还有的像兵士,也有妇女,左手夹着鲁迅先生的作品,右手执旗"而游行,旗帜上的标语都是从鲁迅先生作品中摘录下来的。最后舞台上映照出鲁迅伟大的背影,灯光渐暗,"舞台上现出一面红绒黑字的大旗,上面写着'民族魂'三个大字。旗一直在光辉着"。①如果不看其表演形式,这出戏就其取材而言并无特异之处,所有事件的选取都有明确的文本依据或事件依据,只是作者依照"斗争与拯救"的形象内涵进行了编排和组合。与散文《回忆鲁迅先生》不同,剧中鲁迅先生置身于民族危难、文坛纷争、政治斗争的时代浪潮中,他并非随波逐流者,而是裹挟于其中的引领者。考虑到剧中涉及的历史人物其时多为文坛要人,萧红在此剧中的勇气和单纯也真是卓尔不凡。

  该剧理想的观众群体应该是熟悉与了解鲁迅先生的人,因为剧中使用的猫头鹰意象不易为一般观众所明白,即使是"踢鬼"事件,如果是没有读过《回忆鲁迅先生》的人,也不容易了解其来龙去脉。剧本有些地方失之零碎,比如"踢鬼"与"弃医从文"并置于第二幕中,有时间逻辑,却无思想逻辑;一头羊和猫头鹰的出现,也缺少铺垫与说明;最后一幕青年人举旗帜游行也是剧场效果强于剧情逻辑。但这是第一部以鲁迅先生为主角的戏剧,新颖的艺术表达形式,通过小贩、伙计等人冷待鲁迅凸显出的

---

① 萧红:《八月天》,华中科技大学出版社,2015年,第105页。

国民性主题，引而不发，含蓄又有力量，足以使笔者推测，如果鲁迅泉下有知，也当接受和喜爱这出戏剧。

1940年8月3日，该剧在香港演出。在实际演出时，增加了悼念"左联五烈士"的场面，出现鲁迅在月光下彷徨、音乐中男声伴唱鲁迅七律的场面。鲁迅的扮演者张宗占外形接近鲁迅，又经过画家张正宇化妆，形神兼备。成功演出之后，剧本《民族魂鲁迅》自1940年10月21日到31日，刊登于《大公报》副刊《文艺》《学生界》上。此后，再无该剧的演出记录。

从《鲁迅先生在上海逝世》到《民族魂鲁迅》，这是鲁迅作为主角在影像中的早期亮相。所不同的是，前者是鲁迅遗像与灵柩，后者是鲁迅作为舞台形象的首次塑造。它们记录或体现了有关鲁迅的群体记忆和共识，"民族魂"则成为它们不约而同的选择和高度评价。

三、通俗化：越剧《祥林嫂》的成功

越剧《祥林嫂》轰动上海滩之前，鲁迅作品主要在文艺界以及知识分子群体中传播。越剧《祥林嫂》成功地把《祝福》推广到都市民众的娱乐生活，也使得自身获得质的飞跃。

20世纪初期开始的戏曲改良运动是越剧《祥林嫂》成功的前提。1917年前后以及1941年前后，文化界两度发起旧剧改造的理论探讨，国民政府也因为地方旧戏"不惟无益宣传，抑且贻害风化"而组织或成立相关部门重新整理编修各种剧本。[①] 抗战时期，在新旧艺人的共同努力下，旧剧改革成果突出，田汉的《江汉渔歌》《岳飞》是其中的佼佼者。不过，无论是田汉的京剧改革、欧阳予倩的桂剧改革，还是延安大众艺术研究社编写的《逼上梁山》，都着眼于"旧瓶装新酒"，几乎没有现代题材的成功剧目。

---

① 《国民党汉口市党部关于组织汉口市戏剧编修委员会致军委会政治部公函及审批文件》，见《中华民国史档案资料汇编 第五辑 第二编 文化（一）》，江苏古籍出版社，1998年，第88页。

现实题材内容与传统戏曲表现形式以及观众心理定式之间存在断裂感，因而如何表现现实题材成为旧剧改革的瓶颈。

越剧本是江浙地区的一个小剧种，观众群体主要集中于江浙一带到上海谋生的人群。正如所有的旧剧种一样，它经历了新剧的兴起以及抗战时期旧剧改革的冲击。以袁雪芬为代表的艺人也在探索越剧改革的道路，他们将以南薇为代表的新知识青年招募到门下。这些青年知识分子接受过新思想的教育，热爱和了解传统戏曲，支持戏曲改革，为越剧改革带来了新的生气。当然，从客观上看，越剧选择了《祝福》也是因为鲁迅是浙东人，其小说题材与地域特色跟越剧这一艺术形式有着天然的地缘联系。所以，袁雪芬听南薇读完《祝福》后，觉得这个故事和背景都非常熟悉，自己母亲或者奶奶就是祥林嫂这样的人，她自信能演好这个角色。①

南薇改编的越剧《祥林嫂》和原著相比，更容易吸引大众，原因在于：第一，增加爱情线索，给观众以似曾相识的浪漫情愫。剧中增加了鲁四老爷的儿子阿牛这一角色，他先与祥林嫂有总角之情，后与大户人家小姐订婚，却依旧对祥林嫂心存异想。第二，累积祥林嫂人生的不幸，带来苦情戏、哀情戏的效果。剧中增加了贺老大这一形象，他游手好闲，不务正业，在贺老六死后逼走祥林嫂，卖掉房屋，使祥林嫂无立锥之地，再次回到鲁镇做工。此外，祥林嫂的逃走因为有丈夫的首肯，大大降低了对保守观众的精神刺激。祥林嫂在祥林病重的时候被其婆婆和卫癞子商议卖掉，而且，今晚死、今晚抢，明天死、明天动手，手段狠毒。祥林在灯枯油尽时，不忍妻子遭受如此命运，让妻子在自己眼前逃走才安心。第三，祥林嫂捐门槛之后端祭品受到指责，被鲁家赶走，愤然去砍门槛。情节相对紧凑，戏剧冲突更为强烈。鲁四老爷无情地摧毁了祥林嫂最后的希望："捐了门槛又怎样？难道你，不祥之物就变吉祥？你的命是比山硬，真是时辰八字完全忘。你同两个男人拜过堂，你为两个男人做孤孀。一个儿子遭了狼……这

---

① 章力挥、高义龙：《袁雪芬的艺术道路》，上海文艺出版社，1984年，第109页。

都是，你命里注定无法抗。"①在极大的心理落差下，祥林嫂愤然去砍门槛，形成激烈的情绪宣泄。总体而言，越剧《祥林嫂》丰富了人物关系，加强了戏剧冲突，爱情作为新老市民都喜爱的戏剧元素为该剧增色不少；何况南薇文笔斐然，唱词晓畅明白、自然清新；再加上该剧关注饱受物质和精神凌虐的广大农村妇女，新文化人士也可从中找到文化认同点。由此，普通民众看到它的传承，不排斥它的新；文化人士看到它的改革，不反感它的旧。

1946年5月6日，该剧首演于上海明星大戏院，袁雪芬扮演祥林嫂，张桂凤扮演卫癞子，范瑞娟扮演阿牛少爷。众多文坛名流，如田汉、许广平、白杨、张骏祥、黄佐临、吴祖光、丁聪、胡风、金山、张瑞芳、冯亦代等都来观看，明星大戏院因此名人云集。越剧对鲁迅作品的改编获得主流文艺圈的认可，袁雪芬也成为新文艺圈保护和支持的对象。主流文艺圈不惜笔墨对这次成功的改编给予极高的评价。在此之前，越剧还没有以现实主义手法反映中国现实问题的代表剧作。就在越剧腐化、俗套、行将败落的时候，《祥林嫂》将新文学的内容装进越剧里，废弃了"公子落难中状元，私订终身后花园"的情节模式，利用灯光、布景、规则的步位动作、适当的配音，使之有了新的内容与形式。1948年，上海启明影业公司将《祥林嫂》由越剧舞台搬上银幕，南薇导演，袁雪芬饰演祥林嫂，范瑞娟饰演贺老六。电影"使新越剧的观众范围扩大了许多，那是非常显著的事实，我们好几位同工甚至于从来没看过地方戏的，也怀了莫大的兴致去参观了第一场越剧电影的演出……对于新越剧，从此有了深深的兴趣和注意"②。越剧《祥林嫂》的成功不仅传播了鲁迅作品，也扩大了观众范围，提振了越剧自身。

此后该剧又有若干次改编与上演，只不过越到后来越拘谨于原著，爱情线索自然也完全删掉。1956年10月19日，该剧改编后在大众剧场上演，

---

① 无名：《祥林嫂与鲁四老爷的生死博弈》，http://blog.sina.com.cn/s/blog_4e806e920100qynj.html，2011年4月17日。

② 陆以真：《越剧电影"祥林嫂"》，载于《妇女》1948年第3卷第7期。

结构上采取分幕制,共有十幕之多,每幕换景,戏显得松散。1962年,该剧改分幕制为分场制,将重点转为祥林嫂受到夫权、族权、神权、政权的压迫。该剧于1977年再度男女合演,1978年再次被搬上银幕。从1978年电影版《祥林嫂》来看,值得肯定的是,该剧将戏曲身段融合在现代生活中而不显得古怪,比如贺老六临死前的挣扎与倒下,祥林嫂发现后的碎步向前,均是典型的戏曲身段,能很好地体现人物生理苦痛与衬托人物情感。越剧电影《祥林嫂》还有两处亮色:一是阿毛的儿歌演唱活跃了场景,给全剧带来难得的明亮格调;二是祥林嫂被鲁四老爷家留下后主动擦洗东西,那曲调和心情都是欢快的,仿佛心里一块大石头落了地。此外,鲁四老爷在戏中以批判维新、给节妇写墓志铭的形象出场,使原作中相对模糊的形象明朗起来,符合戏曲舞台要求。唱词明白如话,却不落俗套。《抬头问苍天》的唱段总结了祥林嫂的一生,表达了她的不平。贺老六的唱词不多,但洞房一段也质朴感人。

越剧《祥林嫂》影响巨大,同类改编作品难免受其影响,但也各有特点。1953年王雁、李凤阳的新评剧《祥林嫂》就是在越剧《祥林嫂》(南薇编导)的基础上改编而成,改编者认为这个戏很适合改成评剧演出,原因在于:第一,"《祝福》是鲁迅先生的小说。通过祥林嫂悲惨的一生,揭露了中国封建社会的黑暗。改成评戏演出,对观众有很大的教育意义"。第二,"《祥林嫂》是以女演员为主的一个戏,而评戏也大都以女演员为主;《祥林嫂》是个悲剧,而评戏的腔调又适宜演唱悲剧。这样,在演出方面符合评戏演员的条件"。①新评剧《祥林嫂》加入祥林母亲嫌弃祥林嫂命硬克夫的言语,卫癞子不择手段地敲诈与逼迫祥林嫂,贺老六的哥哥好赌而抵押房产等,让出现在祥林嫂身边的人都成为助纣为虐的帮凶,将原著中杀人于无形的封建礼教都物化为现实行为的逼迫。1959年杨更生、宗铨编写的川剧剧本《祥林嫂》与越剧版本的差异如下:第一,鲁四老爷在川剧中

---

① 王雁、李凤阳:《祥林嫂(新评剧)》,北京宝文堂书店,1953年,第1页。

有更多守财奴的感觉,工钱方面的斤斤计较表现得比较明显。第二,柳妈等人显得和善友好,鲁镇空气的"有毒"并不明显。第三,关于祥林嫂如何来到鲁家,胡大婶的一番交代显得自然。第四,祥林嫂与贺老六结婚后,并非日子越过越好,而是负债累累,导致贺老六带病做工而丧命。此外,就文笔而言,川剧版本亦有可圈可点之处,比如新婚那晚,祥林嫂与贺老六的唱词贴切而有张力;阿毛死后,祥林嫂"我真傻"一段精练而有意味。其实,若不从表演和唱腔看,川剧版本似乎更自然紧凑,但此版本几乎无影响,大概一则地域太偏;二则演出水平有限;三则有越剧影响在前,先入为主,后入者难以取得更大程度的认同。

这一时期,鲁迅影像制作时间与鲁迅文本大致在同一时代,创作者对鲁迅作品感同身受,充满敬意地从时代的号角中捕捉到鲁迅精神的现实意义。但他们的敬仰还没有成为一种政治崇拜或被鲁迅名头压得不敢动作,因而他们的创作往往不囿于原著,能大胆加入自己合理的想象与要求。同时,观众或批评家虽然会对改编作品进行批评和议论,但还不至于在细节和深度上要求改编作品与原著一一对应。最后,因为影像制作语境与鲁迅生活的时代以及鲁迅作品表现的时代比较接近,它们不需要对时代环境进行烦琐的阐释工作,也更多地保留了时代气息。

第二节 "新电影"与"新中国"意识形态建构

"在'民族国家'或'阶级'这些'想象的共同体'的制造过程中,传统的认同方式如种族、宗教、伦理、语言等都是重要的资源。当这个'想象的共同体'被解释为有着久远历史和神圣的、不可质询的起源共同体时,它的合法性才不可动摇。也正是通过这样的方式,现代政治才内化为人们的心理结构、心性结构和情感结构。"[①]文艺无疑是将现代政治内化为人们心

---

① 李扬:《50~70年代中国文学经典再解读》,山东教育出版社,2003年,第288页。

理结构、情感结构的有效方式。早在延安时期,毛泽东就明确提出:"我们要战胜敌人,首先要依靠手里拿枪的军队,但是仅仅有这种军队是不够的,我们还要有文化的军队,这是团结自己、战胜敌人必不可少的一支军队。"①关于"两支军队"的说法充分表明政治家对文人参与现代民族国家叙事话语建构的期待,也成为延安文艺和共和国文艺积极与政治结合的发展走向。1949年,中华人民共和国成立,这个新生的国家政权不仅需要督促创作者生产大量电影作品满足人民群众的精神生活需求,更需要通过艺术手段完成民众思想的重塑,建构具有历史合理性的话语政治。人民英雄纪念碑、五四纪念活动、鲁迅诞辰或逝世纪念日等,在中华人民共和国成立初期迅速被开发为国家意识形态资源,鲁迅人生及其作品经过阶级话语的重新解读,自然成为重要的思想政治教育资源。

这一时段包括"十七年"和"文化大革命"两个历史时期。"文化大革命"是对"十七年"的延续还是反叛,各有所言。不过,鲜明的国家政党组织特性对文艺话语一体化的要求是一致的,想象与建构新中国形象,讴歌社会主义新中国,是其重要特征。鲁迅影像也烙上清晰的时代政治烙印,生产出具有时代价值的经典之作。不过,这一阶段鲁迅影像的生产并不活跃,在缺乏丰富性的前提下,时代就会追求唯一的正确,加之曾经一段时期鲁迅诸多生活经历成为政治禁区,也就难免产量低下、结构单一。

一、国产电影:进行社会主义教育

中华人民共和国成立后,"新中国电影承担着代表中国共产党政治立场、重新书写中国历史、阐释中国社会的政治走向、完成中国大众对自己的身份认同、建构主流意识形态权威性的使命"②。新中国电影发展方针延

---

① 毛泽东:《毛泽东选集(第三卷)》,人民出版社,1991年,第847页。
② 金宜鸿:《新中国文艺政策与中国当代电影发展》,世界图书出版广东有限公司,2014年,第16页。

续了延安文艺政策。1942年，毛泽东《在延安文艺座谈会上的讲话》指出："党的文艺工作，在党的整个革命工作中的位置，是确定了的，摆好了的；是服从党在一定革命时期内所规定的革命任务的。"①延安整风运动之后，"文艺为政治服务"的主张不仅在延安贯彻实施，也获得国统区电影界的支持。1949年3月香港出版的《论电影》一书，发表了于伶等人的文章："今后电影运动的方向，当然是和整个文艺运动底为人民的方向不可分的。"②1949年10月31日，蔡楚生在文化部电影局艺术委员会扩大座谈会上发言说："我们的作品既是人民的，为人民服务的，也就是为政治服务的，因此也就必须把掌握政策，反映政策摆在第一位上。"③"文艺为政治服务"已然成为国家文艺基本方针，纳入国家意识形态建设策略中。

那么，如何为政治服务呢？1949年7月召开的第一次中华全国文学艺术工作者代表大会上，周恩来在政治报告中要求文艺工作者去歌颂、记录和宣扬作为人民战争支持力量的农民，把作为中国建设事业主要力量的工人阶级当作"我们的文艺创作的重要主题"。④1949年，中华人民共和国颁布《中国人民政治协商会议共同纲领》，第五章第四十五条明确规定："提倡文学艺术为人民服务，启发人民的政治觉悟，鼓励人民的劳动热情，奖励优秀的文学艺术作品，发展人民的戏剧电影事业。"⑤也就是说，"人民的戏剧电影"发展是与毛泽东在延安文艺座谈会上的讲话精神高度吻合的，要启发人民的政治觉悟，鼓励人民的劳动热情。"人民性"的评价标准首先是思想内容和人物形象。换言之，能塑造光辉照人的工农兵形象，能启发

---

① 毛泽东：《毛泽东选集（第三卷）》，人民出版社，1991年，第866页。
② 于伶：《新中国电影运动的前途与方针》，见《论电影》，香港艺术社，1949年。
③ 蔡楚生：《在文化部电影局艺术委员会扩大座谈会上的发言》，见《中国电影研究资料：1949—1979（上卷）》，文化艺术出版社，2006年，第49页。
④ 参见周恩来：《在中华全国文学艺术工作者代表大会上的政治报告》，见《中国新文艺大系（1949—1966）理论·史料集》，中国文联出版公司，1994年，第19页。
⑤ 国家广播电影电视总局电影事业管理局、党史资料征集工作领导小组编，陈播主编：《中国电影编年纪事（总纲卷·上）》，中央文献出版社，2005年，第341页。

人民政治觉悟、鼓励人民劳动热情的文艺作品，才是好作品。1949年中华人民共和国成立前夕，东北电影制片厂摄制的故事片《桥》，第一次在中国银幕上表现了中国工人阶级为缔造新中国而进行的劳动和斗争，塑造了新中国工人阶级的崭新形象。剧中人物梁日升大公无私、勇于创造，具有新时代工人的特点。该片放映后，南京等地的工人发起"向老梁同志学习"的热潮，全国37个工会向电影工作者和制片厂献锦旗。[①]1950年出品的电影《白毛女》也是东北电影制片厂制作的，讲述了充满传奇色彩的民间故事：贫苦佃户杨白劳的女儿喜儿被地主黄世仁霸占后，逃入深山，头发全变白，后来被参加革命的大春解救。女主人公喜儿不仅是旧社会被剥削压迫的受难者，也是劳动人民反抗精神的体现者。该片于1951年3月在全国24个城市120家影院同时公映，首轮观众达600余万。《桥》所塑造的工人阶级新形象，《白毛女》表现的"旧社会把人变成鬼，新社会把鬼变成人"的主题，不仅符合国家意识形态对政权合理性的宣传要求，而且也引导观众对新时代产生高度认同，焕发出国家主人公的高度自豪感。

然而，国产电影很快陷入困境。1951年5月20日，毛泽东在《人民日报》发表《应当重视电影〈武训传〉的讨论》，1951—1952年，全国电影创作完全停顿，除了《南征北战》还在继续拍摄之外，没有一部新片投产。1953年，电影逐渐恢复拍摄，但观众并不买账，从1953年到1954年6月，国产片共发行了100多部，其中有70%以上没有收回成本，有的只收回成本的10%，有的甚至广告费都没有收回。[②]1956年，《文汇报》编辑部发表文章《国产影片上座率情况不好、不受观众欢迎的事应引起电影制片厂的重视》，起因于读者来信表示对国产电影的不满意，记者因此访问了中国电影发行公司上海市公司，了解了国产影片在上海的发行情况，对国产影片的上座率表示忧虑。

---

① 金宜鸿：《新中国文艺政策与中国当代电影发展》，世界图书出版广东有限公司，2014年，第83页。

② 钟惦棐：《电影的锣鼓》，载于《文艺报》1956年12月15日。

国产好电影的匮乏使得电影领导部门不断调整政策，为电影题材松绑。其实，电影事业的指导思想和方针政策起初是比较宽松的。1948年10月，中共中央宣传部给东北局宣传部发出《关于电影工作的指示》（简称《指示》）。《指示》明确表示："现在当我们的电影事业还在初创时期，如果严格的程度超过我们事业所允许的水平，是有害的。其结果将是窒息新的电影事业的生长，因此反倒帮助了旧有的有害的影片取得市场。"《指示》还明确表态："我们审查电影剧本的标准，在政治上只要是反帝、反封建、反官僚资本的，而不是反苏、反共、反人民民主的就可以。还有一些对政治无大关系的影片，只要在宣传上无害处，有艺术上的价值，就可以。至于艺术的标准，亦应从大处着眼，不应流于细节的苛求。"《指示》对电影剧本故事的范围有比较宽松的规定："主要的应是解放区的、现代的、中国的，但同时亦可采取国民党统治区的、外国的、古代的。外国的进步的名著，须加以适当的改造，古代的历史故事，亦可以选择。"[①]这个文件在中华人民共和国成立后成为中央电影局制定政策的指导方针。1953年12月24日，为改变电影题材单调的状况，政务院通过并公布了《关于加强电影制片工作的决定》，提出："电影题材计划，必须根据广大观众的需要与编剧力量的实际情况来制定。在题材选择上，应扩大范围，同时注意体裁和形式的多样性。除组织新的创作外，应尽量利用为人民所喜爱的我国现代和古典的优秀文学戏剧作品改编为电影剧本。"[②]该文件明确提出可以将我国优秀文学戏剧作品改编为电影，对电影题材进行松绑。1956年3月，时任文化部电影局局长的陈荒煤在中国作家协会第二次理事会（扩大）会议上，继续强调增加影片产量，提出扩大题材范围的7点要求，其中第4点为"中国古典文学与现代优秀的文学作品的改编，如《水浒传》以及鲁迅、茅盾、

---

① 《关于电影工作的指示》，引自陈荒煤：《当代中国电影》，中国社会科学出版社，1989年。
② 丁景唐：《中国新文学大系1949—1976：第十九集 史料·索引卷1》，上海文艺出版社，1997年，第14页。

巴金、老舍、曹禺等作家的名著的改编"。①加之1956年"双百方针"的实行，名著改编既成为缓解剧本荒、提高电影剧本质量的有效途径，又有利于那些不熟悉工农兵斗争生活，但有较高文化素养的电影工作者发挥自己的创作才能。

名著改编是为了缓解剧本荒，但改编除了介绍与普及名著，更要对大众进行思想教育。在这样的背景之下，根据国务院、中宣部有关领导指示，文化部电影局研究决定首先改编鲁迅的短篇小说《祝福》，同期进行的还有陈西禾根据巴金小说改编的《家》。担任《祝福》改编工作的夏衍清醒地意识到电影的教育意义："一部小说看的人最多不过几百万，一出舞台剧演一年也不过几十万观众，一部电影首轮上映，就可以有上千万观众，改编好一部作品，让一部名作普及化，让更多的人接受爱国主义、社会主义教育，这是十分光荣的任务。"②

那么，电影《祝福》是如何完成社会主义教育的呢？

二、电影《祝福》："很早很早以前"

电影《祝福》出现之前，国产电影已经拍摄的故事片有：《桥》(1949年，王滨导演)、《白毛女》(1951年，王滨、水华联合导演)、《南征北战》(1952年，成荫、汤晓丹联合导演)、《董存瑞》(1955年，郭维导演)等。《桥》讲述东北铁路工人克服困难完成抢修松花江桥的任务，是工人阶级推动历史进步的故事；《白毛女》是延安文艺运动的重要成果，讲述农村女孩喜儿被地主霸占逃入深山，头发全白，后被大春代表的人民军队解救，新旧社会之对比显然符合国家意识形态对新政权人民性、进步性的宣传要求；

---

① 陈荒煤：《为繁荣电影剧本创作而奋斗》，见《解放集》，上海文艺出版社，1980年，第151页。

② 夏衍：《对改编问题答客问——在改编训练班的讲话》，见《电影论文集》，中国电影出版社，1979年，第263页。

《南征北战》以解放战争时期国共两党军事较量为内容，讴歌毛泽东军事思想的伟大、人民战争的巨大威力和人民武装的战无不胜；《董存瑞》是战斗英雄董存瑞的传记片，他从一名普通的农村青年成长为战斗英雄，在隆化战役中，献出自己年轻的生命。这些革命英雄题材类电影对观众形成"召唤结构"，促使人们认识到历史是人民的创造物，新生的中华人民共和国是符合人民利益的，是经历战斗与牺牲之后来之不易的胜利成果，也是历史发展的必然。这几部影片思想意识的正确性、人物形象的时代感显而易见。相比之下，鲁迅作品虽然受到主流政治的高度推崇，然而，小说《祝福》既无英雄人物可以张扬，也没有明显的阶级压迫主题，祥林嫂是"想做奴隶而不可得"的旧式妇女，以柳妈为代表的鲁镇群众则是被批判的庸众。《祝福》要如何改编方能胜任"启发人民的政治觉悟"的教育任务呢？

从影片看，夏衍主要通过三种方式进行"讴歌新时代"的意识形态建构：

第一，新旧社会的隐性对比。《祝福》通过祥林嫂一生的悲惨遭遇反映辛亥革命之后中国的社会矛盾。"过去的事情"如何被纳入新社会的蓝图之中呢？电影很巧妙地利用了画外音。影片一开始推出浙江山村的远景，接着是祥林嫂在山间背柴的中景，画外音响起："对今天的青年人来说，这已经是很早很早以前的事了，大约40多年以前，辛亥革命前后，在浙东的一个山村里。"结尾的时候，画外音则是："祥林嫂，这个勤俭善良的女人，经受了数不清的苦难和凌辱之后，倒下了，死了。这是40多年以前的事情，对，这是过去了的时代的事情。应该庆幸的是，这样的时代终于过去了，终于一去不复返了。"画外音的穿插具有以下两个功能：一是以"很早很早以前的事"对比今天生活的幸福，二是以这样的时代"一去不复返"表达新政权的合理性。

第二，淡化鲁镇文化的吃人性。小说《祝福》中，祥林嫂的悲剧体现了整个社会文化的非人性、反人性和吃人性，祥林嫂在鲁镇对立、冷漠与摧残的人际关系中无法寻求自己的生活出路和精神出路，在鲁镇新年吉祥祝福的气氛中带着极大的精神恐惧绝望地死去。电影的改编则提高了与祥林嫂同处于被压迫地位的角色的精神品质，淡化了鲁镇文化的吃人性。首先，增加贺老六的戏份，使原著中形象模糊的人物富有劳动者善良忠厚的品质；其次，弱化柳妈等庸众杀人于无形的内容。原著对贺老六只有简单的一句话——"他力气多么大呀"；对祥林嫂的再婚生活，也是中间人评论说"现在是交了好运""她真是交了好运"。电影《祝福》大大增加了贺老六的戏份，贺老六忠厚朴质，当他看见祥林嫂被绑着下花轿时，沉默中饱含同情与不忍，祥林嫂撞晕之后，他第一个扶起她，晚上自己躺在稻草堆上休息，第二天给祥林嫂送去食物，还答应送她回去，体现了底层民众善良朴质又不善言辞的特点。从情节逻辑上说，这是对撞香炉后祥林嫂的生活的具体交代；从节奏上说，再婚生活是祥林嫂悲剧人生难得的亮色，短暂的幸福更反衬其人生的坎坷；从意识形态上说，改编淡化了贺老六在买卖婚姻中的买方身份，侧重表现二人在贫苦生活中相濡以沫的美好情感，体现出对底层劳动者的同情和赞美。

第三，省略反思性视角。原著中的"我"是小说的叙述者，内心感受细致丰富，融启蒙的悲哀与自我解剖的勇气于一体。"我"的感受是小说非常重要的一部分，占据三分之一的内容。"我"是鲁四老爷痛恨的新党，与鲁镇的空气格格不入，又对祥林嫂的提问心怀不安，希望尽快离开鲁镇。这个叙述视角使小说带有对启蒙的反思质疑，也具有超越现实的诗性成分。电影改编删去了"我"的存在，画外音也并非原著中"我"的身份与口吻。这一改编虽然失去了知识分子的反思意味，但更符合电影改编"大众化""通俗化"的要求。因为"我"的消失，首先有助于改原著的倒叙结构为电影的顺叙结构，使得故事更集中，主题相对单纯，更适合普通观众的欣赏习惯；其次有助于弱化对启蒙的质疑和新旧文化冲突，重点表现贫富冲突和阶级冲突，更适合共和国建立之初国家意识形态的大合唱；最后更符合艺术载体的差异化要求，原著中"我"的反省和思索多为内心活动和抒情性话语，难以通过具体的舞台形象展示，必须忍痛割爱。随着"我"

的消失，反思性的视角也被淡化，今昔对比的意图自然获得加强。

经过如上处理，电影《祝福》成功加入了新中国国家意识形态的大合唱。该片上映之后，好评如潮，接着剧组又出访苏联，首映时获得满堂喝彩，苏联艺术家和观众对这一改编电影大加称赞。当时中苏关系尚处于蜜月期，"以苏联为师"是中国文艺生产的主导思想，苏联文艺界的认同极大提升了电影《祝福》的标杆价值。因此，电影《祝福》取得的成功是多方面的：一是符合新中国的文化政治与意识形态要求；二是符合传播鲁迅、宣传鲁迅的文化使命；三是满足人民群众欣赏高水平电影艺术的文化需求。该片树立了鲁迅影像的高标准，也反映了知识分子在解放初期对思想革命的真诚乐观。

鲁迅原著是非常强大的存在，夏衍等创作者也是具有高度文学修养的艺术工作者，启蒙意识依然强韧地存在于文本与影片的缝隙中。电影《祝福》中的鲁四老爷并不如田汉版本那般冷漠贪婪，从而有效地避免了对祥林嫂悲剧原因的简单化处理，剧终祥林嫂在倒下之前面对镜头的喃喃自语也尽可能保留了原著对灵魂问题的追问与思考。只不过，封建意识的常态化表现和促人思考的提问已经被刻意强调的久远时空淡化和稀释了。

1956年，《祝福》在中国内地上映。同年，香港长城电影制片有限公司开始筹拍《阿Q正传》，1958年，香港长城和新新影业公司共同完成该片的摄制。影片"无论外在的出品发行公司、它的策划与摄制过程，还是它内部的结构和叙事，里里外外都与新中国的政治文化生活紧密相关"[①]。导演袁仰安自觉以影片联系新中国文化版图："那是从去年春天起，受到百花齐放号召的鼓励，又恰值鲁迅先生逝世二十周年，因此就有一个尝试做一个有意义的工作的念头，在我的心里蠢蠢欲动。"[②]《阿Q正传》的主人公是一无所有的贫雇农，这是香港左派影片几乎没有涉及的题材，却符合内地大力提倡"工农兵文艺"的要求。为了影片更具故事性与可看性，编导通过

---

① 罗岗：《现代国家想象与20世纪中国文学》，上海人民出版社，2014年，第308页。
② 罗岗：《现代国家想象与20世纪中国文学》，上海人民出版社，2014年，第312页。

一系列细节丰富吴妈的形象，串联起阿Q的爱情：吴妈与阿Q在路上相遇，替他打抱不平。阿Q问吴妈新戴的孝，知道短命的阿吴死了。看戏的时候阿Q为吴妈张罗，挤出一条道。被"不许姓赵"之后，阿Q本来对去赵家舂米有所迟疑，却听邹七嫂说吴妈会招呼他，便欣欣然前往。阿Q这个时候已经摸过了小尼姑的光头，"女人"的念头开始浮现于脑海，影片却一再延宕他莽撞的表白。吴妈与邹七嫂闲聊时夸阿Q"干活好"，与阿Q话家常时为他盛饭烫酒，一个善良、热心又隐忍的下层女性使阿Q的爱情不再显得过于突兀和缺乏生活基础。"这是典型的左翼电影惯有的通俗剧模式，更符合市民的观影趣味，也更有利于该片在海外市场的放映。"①它与新中国电影的联系以及内含的启蒙主义思想展示出香港左派电影的特点。

20世纪50年代是香港电影的繁荣期，长城、凤凰、中联等公司先后成立，每年平均生产的影片达到200部，良好的生产环境培养了一大批卓有才华的导演、演员和技术人员。电影《阿Q正传》（1958）获奖之后，左派影评人林欢明确地引导观众观影的历史意识："其中一件非常重要的事，我想是应当使外国千千万万的电影观众们认识到：阿Q的时代是已经过去了，永远不会再回来了；不但是阿Q这个人物，而且是他所代表的精神，在他的国土上已经消灭了。"②这与电影《祝福》开始的画外音如出一辙。电影《祝福》和《阿Q正传》都产生于新中国成立之初，强调讲述的都是"过去的时代"，因为社会主义新中国正在催生新人，新人的出现使祥林嫂、阿Q均成为历史的典型。

三、《鲁迅生平》："人民史观"立场

这个时期以鲁迅为题材的创作还有1956年的纪录片《鲁迅生平》、1976年的彩色文献纪录片《鲁迅战斗的一生》，以及1961—1963年间筹拍

---

① 罗岗：《现代国家想象与20世纪中国文学》，上海人民出版社，2014年，第321页。
② 林欢：《谈〈阿Q正传〉的获奖》，载于《长城画报》1958年第89期。

未果的人物传记性故事片《鲁迅传》。它们共同勾画出这样一个鲁迅：充满战斗热情，坚持不懈与各种非共产主义观念进行斗争，最后全身心地支持与投身于共产主义事业。他与封建保守势力斗争、与北洋军阀斗争、与国民党反动派斗争、与自由主义知识分子斗争、与托洛茨基分子斗争、与党内极左路线斗争，对中国共产党人和进步青年有满腔的同情与热爱。纪录片《鲁迅战斗的一生》（1976）以鲁迅《自题小像》的颂唱开篇："灵台无计逃神矢，风雨如磐暗故园。寄意寒星荃不察，我以我血荐轩辕。"这首充满爱国主义与民族主义情怀的诗歌将鲁迅战斗的人生经历与探寻现代中国出路相结合，鲁迅对中国共产党的热爱和信赖则充分说明：中国共产党是近现代众多仁人志士寻找的能实现救国救民愿望的政党，中华人民共和国的成立是历史的必然。

国家意识形态的建构其实是一个系统工程。在鲁迅影像拍摄之前，人民英雄纪念碑已然落成。鲁迅作为一面精神旗帜，其树立也并不全然靠影像书写，它只是各种建构活动的一部分。1956年是鲁迅逝世20周年，新中国为此举行了隆重的纪念活动，如各地鲁迅纪念馆等实体工程的开工、鲁迅之墓迁往上海虹口公园等，上海电影制片厂拍摄的纪录片《鲁迅生平》（1956）亦是众多纪念活动中的一环。该片由唐弢编剧，分为11场，300多个镜头。主要内容是：①序曲，以钱塘潮为主题，介绍鲁迅生长环境的气势；②鲁迅人生中第一个转折点，书香门第一天天没落，鲁迅开始和劳动人民接近；③青年鲁迅在找寻出路，弃医从文；④爱国主义者鲁迅没有找到新兴政治力量，陷入苦闷；⑤十月革命一声炮响，促发鲁迅旺盛的创作活动，《呐喊》《彷徨》出版；⑥五卅运动后的大革命时期，鲁迅的思想转变在酝酿；⑦横眉冷对千夫指，鲁迅在中国左翼作家联盟（简称"左联"）不断参加各种斗争；⑧俯首甘为孺子牛，鲁迅培养斗争的新生力量；⑨党给鲁迅以力量，鲁迅和苏联文艺界建立联系，和瞿秋白建立真诚的革命友谊；⑩最后三年，鲁迅说，"目前中国革命的政党，向全国人民提出的抗日统一战线政策，我是看见的，我是拥护的，我无条件加入这个战线，那理由就因为我不但是一个作家,而且是一个中国人";⑪尾声,中华人民共和国成立前后,党和人民对鲁迅的纪念活动及鲁迅思想的发扬光大。影片主要讲述鲁迅寻找救国救民道路的过程中,思想的不断转变与进步。除了突出鲁迅和中国共产党的密切关系,也特别体现了鲁迅和苏联人民的友谊,以表达"他对社会主义制度的向往和作为共产主义者的一种信念与理想"①,具有鲜明的时代特点。值得一提的是,1956年10月14日,鲁迅之墓迁移,纪录片《鲁迅生平》记录了这一重要仪式。为此,虹口公园大门入口处至鲁迅新墓地临时铺上了小型铁轨,供拍摄新闻电影专用,摄影机安在轨道上,随鲁迅灵车和护灵队伍的行进连续拍摄现场情景。这与鲁迅逝世时,供职于明星公司的欧阳予倩赴大陆新村录影之举相比,摄制规格更高,画质与声像效果更好。②它可以作为反复展览的"革命教材"存入历史档案。这次迁墓活动完全由政府层面策划安排,隆重庄严,与鲁迅丧仪时群众组织的自发性活动有差异,但与当年民间电影公司自觉记录历史时刻一样具有敏感性,纪录片《鲁迅生平》制作团队充分意识到迁墓活动的历史意义,及时将之设计到影片之中。

该片于1956年10月19日放映,导演黄佐临,编剧唐弢,作曲李焕之,解说石挥。这部纪录片主要展示了鲁迅的一些照片、书籍、文献等实物,并没有出现鲁迅先生的艺术形象。而在此期间,《林则徐》(1959)等人物传记影片成功拍摄,使电影界的心愿越来越强烈:将鲁迅先生搬上银幕。

1961年,上海天马电影制片厂准备拍摄《鲁迅传》,在剧本创作方面,由陈白尘、叶以群、柯灵、杜宣集体编剧,陈白尘执笔,于伶任历史顾问,陈鲤庭执导,甚至演员都已经选好了,赵丹饰演鲁迅,于蓝饰演许广平,孙道临饰演瞿秋白,蓝马饰演李大钊,于是之饰演范爱农,石羽饰

---

① 凌月麟:《鲁迅业绩在银幕上的再现(上)——介绍三部电影文献纪录片》,见《上海鲁迅研究(16)》,上海文艺出版社,2005年。
② 杨姿:《"文化革命主将"的鲁迅形象在国民信仰中的影响与误读》,载于《长江师范学院学报》2013年第4期。

演胡适，谢添饰演阿Q。赵丹为饰演鲁迅已经开始留起一字胡和培养烟不离手的习惯，但是剧本几经修改，积累了厚厚的讨论记录，最后却因为种种原因流产。长达两年的创作与讨论，最后留下的只是电影文本。[①]关于电影《鲁迅传》的流产，说法不一。沈鹏年在《行云流水记往 二记——电影〈鲁迅传〉筹拍亲历记》中用充分的史料展示了《鲁迅传》的筹拍始末，记录虽然客观丰富，却未能跳出资料之外予以更为深刻的剖析。因此，《鲁迅传》流产最客观的说法应该是"意见不一致"，至于为什么意见不一致，笔者分析：一则因为鲁迅自身的复杂性，二则因为鲁迅与时代关系的复杂性，三则因为创作者之间的复杂性，四则因为影片中夹杂着太多的政治意图，五则因为集体创作，难免各执一词，互不相让。《鲁迅传》筹划了3年多，耗去50万元人民币，却仅仅留下半部剧本和一大堆史料，不仅令当事者遗憾，也令后人不平。对于写出来的剧本，曹聚仁评价说，那"并不是以鲁迅为中心的影片，而是追叙鲁迅一生的社会动态，等于一部史事纪录片"。[②]瞿白音给陈白尘的信中说："通过人物来表现时代，也就是说，把人物放在特写和近景中来表现时代的方法，是否比较合理和可取？……剧本中也有某些历史场景，其中鲁迅的形象并没有占近景或特写的地位。另一些历史场景，甚至根本没有鲁迅参与其间。例如，火烧赵家楼，'三一八'惨案等，对于表现时代来说，这些场景也许非常需要，而且确是十分壮丽。但如果从描写人物和表现时代紧密结合的方法来考虑，那么在《鲁迅传》（上集）中这些场景如何选择和如何表现，似乎还可以研究。"[③]对

---

① 电影剧本《鲁迅传》总共发表了三次：第一次发表于《人民文学》1961年第1、2期合刊上，是陈白尘根据创作组《剧本详细提纲》写作修改的第2稿；第二次发表于《电影创作》1961年第6期，是陈白尘在夏衍第4稿的基础上再次修改的第5稿；第三次是1963年3月上海文艺出版社出版的单行本《电影文学剧本：鲁迅（上集）》，这源于摄制组解散之后，陈白尘于1962年8月对剧本的第5稿的修改。
② 曹聚仁：《书林又话》，上海书店出版社，1999年，第507页。
③ 曹聚仁：《书林又话》，上海书店出版社，1999年，第507页。

此，曹聚仁表示认同，他进一步思考《鲁迅传》如何把描写人物与表现时代结合起来。方法有人物在特写或近景画面中，以背景和人物造型材料表现时代；或者展示一幅浓烈开阔的时代画卷，把人物嵌进画卷中，凸显其史诗性；或者人物和历史平行地分别表现，因为火烧赵家楼、"三一八"惨案等历史事件，鲁迅并无直接参与。

影片虽未能完成，留下遗憾，不过即使完成，只怕也是千疮百孔。当然，从研究者的角度，关注的是鲁迅影像构建过程中的时代话语，亦即说了什么和为什么说；而影片成败与否涉及艺术水平、认识深度以及时代思潮等多种因素影响，亦即怎么说和说得怎么样。一部重要历史人物的传记故事，总会受到时代语境的限制，打上政治意识的烙印。

为纪念鲁迅逝世40周年和诞辰95周年，1976年，纪录片《鲁迅战斗的一生》拍摄完成，编剧石一歌，导演傅敬恭，摄影周宰元。该片以大量图片文献史料介绍鲁迅生平。学界很少提及该片，即使提及，也只是以"有浓厚的'左'的痕迹"一带而过。石一歌撰写的《鲁迅传（上）》，充分体现了"战斗"的价值和人民史观。在谈及鲁迅诞生的时代背景时，评价道："历史决不会在黑暗中停滞，伟大的中华民族决不会在灾难中灭亡！决定中国命运的并不是一小撮民族败类，而是千百万劳动人民。人民，这才是中国历史的脊梁。"[①]将人民史观与鲁迅人生硬性联系，是这类纪录片或《鲁迅传》的根本问题。当然，石一歌的《鲁迅传（上）》在措辞方面更具有"文化大革命"特色，其表达更为通俗易懂，也深深刻上了时代烙印。

纪录片《鲁迅战斗的一生》（1976）主要以照片、木刻、水彩画和实景拍摄结合解说词诉说鲁迅的一生，将鲁迅刻意塑造为"战士"形象。为此，影片在叙述和镜头叙事中，不惜将鲁迅的生活经历与中国共产党的发展历程、革命活动时时交织起来，生硬结合；将《狂人日记》的发表与毛泽东的《湘江评论》、中国共产党在上海的成立放在一起叙述；将对祖国统一

---

① 石一歌：《鲁迅传（上）》，上海人民出版社，1976年，第3页。

的期待和台湾问题也纳入影片，提及鲁迅在厦门望着郑成功的像，想起了台湾岛；在论及鲁迅初到上海与创造社、太阳社的论争时，将之归因为瞿秋白"左"倾盲动主义的错误领导。当然，该片也有鲜活的时代画面，影片结尾是各族人民参观鲁迅纪念馆，以及在工地、学校、研究所学习鲁迅的场面，配以解说词："无产阶级'文化大革命'以来，全党和全国人民响应毛主席的伟大号召，掀起了学习鲁迅的新高潮。亿万工农兵认真学习鲁迅……"特定时代气息伴随激昂的配音扑面而来。抛开极左思想不论，该片流畅鲜明，最后十分钟，两处非常有气势的排比，"在病中"和连续5个"要赶快做"也非常有感染力。

"文化大革命"结束后，该片被归为另一种故纸堆。但是，毕竟这是"文化大革命"时期唯一一部有较大影响面的鲁迅纪录片，而且它塑造出来的鲁迅实际上是很多年来人们认为最是鲁迅的鲁迅，影片与"文化大革命"时期的鲁迅课文、鲁迅语录一起，构成一个特定时代对鲁迅的想象和重造。它只是说出了时代认为正确的应该如此的鲁迅而已。

这段时期的鲁迅影像带上了该阶段特有的政治色彩。电影的改编者多是党内人士，夏衍是文化部副部长，唐弢时任中国作家协会上海分会书记处书记，"石一歌"则是上海十一个写手的共同笔名。电影剧本《鲁迅传》不仅是集体创作，还在集体创作过程中成立了党小组，制作部门如上海电影制片厂为国家艺术机关，此类题材受到中央文化宣传部门的高度重视。这时期的鲁迅影像与主流意识形态的要求紧密接轨，比如突出祥林嫂的时代一去不复返是明确建立新政权、解放贫苦妇女的正确性；突出鲁迅对中国共产党的深厚感情与敬仰以及其思想的转变是为了证明中国共产党在意识形态上的先进性。这段时期的鲁迅影像虽然数量不多，但影响很深远。因为高度政治化原本是这段时期的重要特点。这个时期的鲁迅影像与语文课本中的鲁迅、政治语录中的鲁迅保持了高度的一致性，这种简单集中的形象更便于传播和记忆。

第三节 "拨乱反正"与"人间鲁迅"的重构

"文化大革命"结束后，中国历史翻开新的篇章。1978年党的十一届三中全会前后，国家政治生活和社会生活的中心事件是"拨乱反正"。"拨乱反正"语出《公羊传·哀公十四年》："拨乱世，反诸正。"意即消除混乱场面，恢复正常秩序。在20世纪70年代末至80年代初，特指拨"文化大革命"时期"四人帮"之乱，纠正"左"倾错误，回到中国社会发展的正常轨道。在那春风吹动的日子，"左"倾错误造成的冤假错案得到平反，全国范围内开展了关于真理标准问题的讨论，实现了伟大历史转折。作为"文化大革命"重灾区的文艺界，也因此重获生机。1979年10月30日至11月16日，历时半月有余的中国文学艺术工作者第四次代表大会（简称第四次文代会）召开，全国各地3200多名文艺界代表参与盛会，邓小平在祝词中提道："我们要继续坚持毛泽东同志提出的文艺为最广大的人民群众，首先为工农兵服务的方向，坚持百花齐放、推陈出新、洋为中用、古为今用的方针，在艺术创作上提倡不同形式和风格的自由发展，在艺术理论上提倡不同观点和学派的自由讨论。"[①]"党对文艺工作的领导，不是发号施令，不是要求文学艺术从属于临时的、具体的、直接的政治任务，而是根据文学艺术的特征和发展规律，帮助文艺工作者获得条件来不断繁荣文学艺术事业，提高文学艺术水平。"[②]第四次文代会是我国进入新时期以来第一次重要的文艺政策调整变化的会议，为文艺界拨乱反正创造了宽松、自由的政治环境。第四次文代会结束后，1980年7月26日，《人民日报》发表题为《文艺为人民服务、为社会主义服务》的社论，以"文艺为人民服务、为社会

[①] 邓小平：《邓小平文选（1975—1982）》，人民文学出版社，1983年，第182页。

[②] 邓小平：《邓小平文选（1975—1982）》，人民文学出版社，1983年，第213页。

主义服务"取代了"文艺从属于政治、文艺为政治服务"的口号。中央发布1980年11号文件《中共中央关于认真学习贯彻第四次全国文代会精神的通知》，再次申明"双百方针"与"三不主义"（不打棍子、不戴帽子、不抓辫子）。政策松绑对文艺界解放思想、摆脱"左"的羁绊起到巨大的推动作用，文学创作开始出现欣欣向荣的景象，文艺界进入百花齐放的新时期。

鲁迅诞生一百周年纪念活动就是在这样的背景之下举行的。它由一系列纪念活动构成：鲁迅诞生一百周年纪念委员会成立，中外记者会召开，鲁迅研究学术研讨会，鲁迅博物馆剪彩仪式，鲁迅美术、书法、摄影、著作展览会，招待各国来宾的冷餐会，《鲁迅全集》出版，等等。纪念大会在人民大会堂举行，各界代表6000多人参与，这已然成为一个标准的国家级的盛大庆典。大会首席发言多次引用鲁迅语录，将鲁迅思想作为拨乱反正的理论资源，也隐含对"文化大革命"文化专制主义的反思。这场文化盛典"包含着80年代初期国家意识形态话语对于鲁迅形象重构的深意：通过鲁迅重构，悬搁'文化大革命'的伤痛性记忆，强化新时期中国人，尤其是中国知识群体对国家、民族、时代的认同感、凝聚力，为了'四个现代化'的早日实现而齐心协力。概言之，由此仪式而传达出新时期中国社会的稳定和转折，消解仪式背后的冲突"[①]。

鲁迅影像迎来创作高潮，一来因为在纪念鲁迅的活动中，戏剧、电影等文艺形式从来必不可少，何况鲁迅诞生一百周年这样隆重的国家庆典，文艺更要发挥其宣传作用；二则因为"文化大革命"之后，鲁迅评价和鲁迅作品的禁区被打开，编导人员的创造力也获得解放；三则因为鲁迅也需要去除神化色彩，这是思想解放的需要。"人间鲁迅"是此次鲁迅重构的核心指向，消除其高大全的神坛光辉，摒弃概念化、公式化的僵化模式，不再以阶级斗争为纲讲述鲁迅的生活经历，让七情六欲、丰富复杂的鲁迅重新回到历史发展的链条中，成为20世纪80年代鲁迅影像的偏好。

[①] 徐妍：《新时期以来鲁迅形象的重构》，安徽教育出版社，2008年，第45页。

一、启蒙时代：知识分子群像登场

鲁迅作品是五四运动的产物，20世纪80年代的思想解放运动被称为"五四"之后的第二次思想启蒙运动。鲁迅笔下的知识分子形象在二次启蒙时代开始进入影像中。在此之前，鲁迅影像以表现祥林嫂和阿Q这样的底层人物为主，除了因为《祝福》和《阿Q正传》具有的戏剧性与张力符合舞台表现，更因为农村题材和底层民众适合"阶级斗争"和"工农兵文艺"的时代需求，何况祥林嫂和阿Q内在的反抗性更容易纳入阶级斗争范畴。"文化大革命"之后，党中央迅速纠正了一批重大的冤假错案。1978年11月，中共中央组织部印发《关于落实党的知识分子政策的几点意见》，知识和知识分子重新受到重视，知识分子成为经济建设和教育科技事业的主力军，塑造知识分子形象的文艺作品日益增多。1981年，随着鲁迅同名小说改编的电影《伤逝》《药》开始放映，话剧《咸亨酒店》在首都演出，还有电视剧《孔乙己》的播出，涓生、子君、夏瑜、狂人、孔乙己等知识分子群像登上舞台，为鲁迅影像带来崭新的气息。

这时期的鲁迅影像有两类知识分子，一类是社会变革的敏锐感知者、参与者、承受者，在辛亥革命至五四运动时期，也是社会革命和思想革命的启蒙者，电影《药》(1981)、《伤逝》(1981) 以及话剧《咸亨酒店》(1981)是其代表；另一类是成为旧时代殉葬品的传统文人，他们固执地坚持传统的价值追求和生活轨迹，在凉薄的社会中已然成为边缘群体，随着旧时代的余晖沉痛地陨落，以电视剧《孔乙己》(1981)为代表。

电影《药》对原著有较大的改编。小说《药》为明暗两条线索，华小栓"生病—买药—吃药—死亡"是明线，夏瑜"被捕—受刑—杀头"是暗线。双线叙述是鲁迅小说的结构特点，暗线往往通向开放的结局，外部动作频率很慢，而且不完整，但蕴含思想变化；明线通向封闭的世界，外部动作频率快、完整，思想层面却呈现一潭死水。①电影《药》将小说原有的暗线明朗化，夏瑜从实施暗杀行为到被捕的过程，以及在监狱中对红眼睛阿义的启蒙言行，最后在街头的英勇就义，全部正面直接表现出来。这样，革命者夏瑜不再仅仅是一个失败的革命者，更是一个英勇的斗争者。影片不以成败论英雄，而是以其事业的崇高以及英勇无畏的精神肯定其牺牲与付出。电影《药》将夏瑜在监狱的启蒙言行拍摄出来，不仅让人反思革命者夏瑜的血何以成为华小栓的药，更让人看到革命者在黑暗的社会是何等的艰难与危险。

电影《伤逝》增添了很多生活细节。涓生、子君无视路人、邻居的窥视和议论，在集市上坦然并行，是五四时期青年人追求恋爱婚姻自由的现实行为。影片还增加了"军阀净街"和涓生奋笔疾书《洋狗·大帅·国人》的情节，虽然引来拔高涓生的评论，但涓生作为先知先觉者的正义感和社会良知却得到非常有力的表现。而子君与涓生的分离不仅是爱情在外界压力之下的变形与消失，也有平庸琐碎生活对理想的侵蚀。它探讨爱情与独立人格意识养成及其与社会历史的关系等诸多层面，"梦醒之后怎么走"，这个在五四时期就已经提出的启蒙问题，在电影里再度出现。

话剧《咸亨酒店》是梅阡的作品。它以鲁迅小说《狂人日记》、《长明灯》和《药》为主体，旁及《明天》《孔乙己》《祝福》《阿Q正传》里的人物命运，剧中"把《狂人日记》与《长明灯》中的疯子合而为一，作为受了严重精神创伤，要吹熄长明灯的独具性格的反封建的斗士"。②狂人是精神界的战士，在黑暗的时代发出"仁义道德吃人"的呐喊之声，而即使付出生命的代价，那长明灯"还亮亮地点着呢"。新旧知识分子的悲剧性命运在舞台上的重现，反映出创作者除了对知识分子历史地位和作用的重新认识，也有以他人酒杯浇胸中块垒的意图。

---

① 王富仁：《鲁迅小说的叙事艺术（上）》，载于《中国现代文学研究丛刊》2000年第3期。
② 梅阡：《咸亨酒店（四幕话剧）》，中国戏剧出版社，1982年，第86页。

电视剧《孔乙己》表现封建科举制度日益僵化的背景下旧知识分子的悲剧人生，对传统文人在落日余晖下的灰暗身影投去深切一瞥，是鲁迅对知识与世俗社会的关系的深刻理解。其制作不够精致，但却非常忠实于原著，将传统知识分子的可爱可怜比较真实地表现出来。

这类影像大多充溢着低抑孤寂的情调，这自然源于鲁迅原著阴冷悲抑的笔调，也与影像的艺术化表现有关。水华导演的电影《伤逝》是一部非常诗化、抒情化的影片，具有隽永深沉的唯美色彩。在影片中，涓生与子君的分歧在"扔狗"一节中体现出来，涓生来到野外，打算把阿随丢掉，北方秋冬季节空旷的郊外荒地，灰色低抑的天空，树枝周围叫噪的乌鸦，涓生微锁的眉头与匆忙的脚步，沉重压抑的生活以及累赘感，这些非情节性的情绪表现得真切细致，是迄今为止中国最为精致的抒情化电影之一。电影放映之后，毁誉参半，有人曾从丰富影片叙事的角度建议加一场子君和涓生同居后的幸福生活，但恐怕这种诗化影片的长处本就不在叙事而在意境的营造。比如涓生丢掉小狗的部分，如果以叙事为主，应该强调二人生活的困难以至于无法再供应狗粮，是迫于生活的困窘与无奈；或者二人产生激烈矛盾纠葛，通过丢掉小狗达成妥协或爆发。如此反而破坏了电影的诗意之美，因为讴歌与赞美不是电影的主调，人的苦痛与时代的苦闷紧密联系成为这部爱情题材电影的特别着眼点。

当失意的青年男女、失败的革命者、失魂的旧时代知识分子步入鲁迅影像时，鲁迅作品人物谱系中的知识分子形象终于获得长久的关注。新旧知识分子发出的困惑之声、革命之声、哀叹之声不仅将知识分子的心灵历程与历史命运加以展示，知识分子命运的整体性与一体化在经历了历史浩劫之后也得到认同。这未必是鲁迅的自然思考，却是经历"文化大革命"之后的知识分子们心有余悸而又心有不甘的表达。

二、传记影像："无情未必真豪杰"

20世纪80年代以前，鲁迅传记影像主要表现怒目金刚式的鲁迅。他

"横眉冷对千夫指",以凛然正气匹配"三家(伟大的文学家、伟大的思想家、伟大的革命家)五最(最正确、最勇敢、最坚决、最忠实、最热忱)"的高大形象。即使"有情",也属于民族国家社会公共空间的爱国之情、民族之情以及与中国共产党人的亲密之情,鲁迅的日常生活以及家庭时空中的喜怒哀乐被忽略了。除了"横眉冷对千夫指"以外,这个甘为人梯、扛起黑暗闸门的人又是如何"无情未必真豪杰,怜子如何不丈夫"的?让鲁迅走下神坛,让更为丰富、更为生动的鲁迅先生获得大众的关注和了解,成为鲁迅影像的追求。1981年,上海青年话剧团演出话剧《地狱边沿的曼陀罗花》,上海越剧院演出《鲁迅在广州》,中央新闻纪录电影制片厂拍摄《鲁迅传》,贵州省话剧团演出六场话剧《鲁迅与瞿秋白》,浙江电视台拍摄人物传记电视剧《鲁迅》(1—4),还有电视系列纪录片《鲁迅在绍兴》《鲁迅在广州》《鲁迅在厦门》等,传记影像大量出现,对鲁迅生活空间的关注也由北京、上海拓展至广州、厦门、绍兴等地,鲁迅情感世界的丰富性获得了比较充分的表现。

鲁迅的感情生活曾经是一个禁区,此前鲁迅影像几乎不提及鲁迅婚姻。话剧《地狱边沿的曼陀罗花》于1981年10月6日由上海青年话剧团在上海艺术剧场首演。这出十场话剧主要表现鲁迅在北京女子师范大学(简称女师大)风潮中对学生的关照、爱护与声援,对北洋政府强权干涉教育、污蔑和镇压女学生行径的鄙视,也表现了许广平和鲁迅在斗争中相知相恋的过程,以及最后在李大钊的安排下,二人离开腥风血雨的北平,踏上新的征程。为什么选择女师大风潮?创作者认为,这一场经历对于鲁迅日后由革命民主主义者向共产主义者的飞跃,有着十分重要的意义。不过,这出戏最大的看点乃是鲁迅与许广平的爱情,因为在此之前,没有正面表现鲁迅感情生活的舞台戏。越剧《鲁迅在广州》于1981年10月14日由上海越剧院首演于人民大舞台。剧中鲁迅与许广平在广州码头重逢是重头戏,鲁迅身着青灰长衫,脚穿黑色布鞋亮相,浏览四周,吟唱起(尺调):"满怀豪情南国行,辞别燕山到羊城。看珠江,百舸争流放声唱;望古城,云淡风轻天地新。人间沧桑知多少,今临梦境倍觉亲。倍觉亲,无限情,借此摇篮育桃李,愿以心血催新春。"等候间,许广平唱(尺调):"与先生,一别半载如三秋,红豆秋风动情愁。今日巨轮送客到,为满怀欢欣到码头。人如潮,车如流,怎不见先生下船楼?"二人相见后,紧紧握手,合唱:"师生情,战友情,久别重逢更觉亲。千言万语无从起,心弦乐曲诉衷情。"虽然剧中鲁迅的唱词相对含蓄,二人的爱恋也更多被处理为"师生情、战友情",但它理直气壮地告诉人们:鲁迅有情有爱,并非摒弃七情六欲、不食人间烟火的圣人。大型彩色文献纪录片《鲁迅传》(1981)由中央新闻纪录电影制片厂制作,影片讲述鲁迅在厦门的生活时,提到鲁迅与许广平的书信往来,评述说,从北京女师大风潮开始,在患难和斗争中,他们二人的感情逐渐加深。鲁迅到广州中山大学,许广平任助教。影片首次在银幕上展示了鲁迅与许广平的合照。鲁迅的爱情与家庭生活不再是有损伟人光环的话题禁区,而是其生活与成长自然而然的部分。

　　婚恋生活之外,战友情也成为其情感世界的着眼点。1981年,贵州省话剧团在鲁迅诞辰百年演出了六场话剧《鲁迅与瞿秋白》,编剧林钟美,贵州省电视台录像播出。该剧主要表现鲁迅和瞿秋白1932年至1936年期间的交往与友情。瞿秋白与鲁迅初次见面,把围攻鲁迅的文章视为泼妇骂街,对鲁迅杂文进行了中肯的批评,对文艺界论争做了精辟的分析,鲁迅高兴异常,连叫"打酒",可谓相见恨晚。相识两年后,二人临别之际,又有一番感人肺腑的交谈:

　　瞿秋白:这两年本来是我最艰难的两年,却成了最幸运的两年,两年来,您给了我多少有益的教诲和帮助呀!
　　鲁迅:这话应该我说,你的友谊将永远铭刻在我的心里,我是多么不愿你走啊!
　　瞿秋白:我也真想留下来和您一起从事我所酷爱的文艺工作,可是我也确实非常向往我即将要去的那地方。

鲁迅：可以理解，那里是新中国的摇篮。

瞿秋白：不仅如此，你还记得我用过"犬耕"这个笔名吗？

鲁迅：记得，我当时就想问你为什么用这么一个名字。

瞿秋白：耕田是要用牛的，狗去耕田，不仅非常吃力，也是耕不好田的。这些年，我深深感到，我搞政治正像以犬耕田一样的力不胜任啊！

鲁迅：这样的话对我说过就算了，跟旁人就不要再提了。斗争是需要我们永远进击的。

瞿秋白：是的，正因如此，我才觉得急需到那火热斗争的第一线去，到那武装起来的工农大众中去，只有和他们在一起，只有在那实际斗争的烈火中，我这个半吊子文人才能获得真正的知识、力量。

鲁迅：你是对的，你是在为广大的知识阶层开辟着一条光明之路呀，去吧！①

这番洋溢着崇高友谊的临别感言让人们看到"人生得一知己足矣，斯世当以同怀视之"的深厚情谊。剧中还有"思念""找铺保""卖书""编《海上述林》""梦会"等场景，生动表现两个历史人物之间的高尚友谊。当然，剧中鲁迅的语言不太自然，也过于直露，这是该剧的缺陷。不过，正如研究者所言，剧本写了鲁迅的崇高，却没有将之简单化："写他很爱孩子；有广泛的兴趣；不只读革命书籍，也看过讲女人穿着的东西，对女人装束有自己的见解，偶尔还议论两句；他也有夫妻生活，懂得爱情，知道爱。就是描写鲁迅的斗争，也不是一味'呐喊'；既表现了他在斗争中的欢乐，也写出了他在斗争里的痛苦；既不排斥对鲁迅微笑的刻画，也不摈除对他的痛哭流涕、老泪纵横的描写；童稚似的天真、严师般的可敬、旋风

---

① 林钟美、王呐：《鲁迅与瞿秋白》，中国戏剧出版社，1982年。

式的愤慨、春日样的和煦，都可以出现在鲁迅身上。这些笔触，打破了把人写成'神'的框框，表现了作者的艺术创造上的一种追求。"① 换言之，剧中的鲁迅不仅是崇高的，还是有趣的、丰富的，是可亲可爱的。

该剧的演出具有双重意义，一是根据历史事实表现鲁迅对友人的忠厚仁爱，二人的友谊有充分的历史依据：鲁迅日记或文章中均有与瞿秋白友谊的记录；笔战中二人互相声援；瞿秋白为《鲁迅杂感选集》写序言；二人共同编写《萧伯纳在上海》；瞿秋白三次到鲁迅家避难；二人互赠礼物；瞿秋白被捕，鲁迅代找担保；瞿秋白被害后，鲁迅带病编印其遗著。二是确立瞿秋白的政治清白及其对鲁迅先生的积极影响。瞿秋白在"文化大革命"期间被认定为"叛徒"②，1976年纪录片《鲁迅战斗的一生》在谈及上海文坛与鲁迅论战的事件时，瞿秋白被当作"左"倾盲动主义的代表。1980年中共中央办公厅刚宣布对瞿秋白"自首叛变"案的平反③，该戏就及时将二人的友谊搬上舞台。因此，虽然该剧比较单薄，二人的友谊缺乏动态发展，但该剧也可谓同类题材的突破，勇气可嘉。

纪录片《鲁迅传》（1981）展示了鲁迅的成长历程。鲁迅并不是天生的伟人，他的思想发展与辛亥革命、五四运动、大革命时代的形势紧密相连；他以笔为枪，致力于比政治革命更为沉重和艰辛的思想革命。④1976年纪录片《鲁迅战斗的一生》一开篇即以鸦片战争、太平天国运动等重大历

---

① 阮幸生：《〈鲁迅与瞿秋白〉随想》，载于《创作》1982年第2期。
② 1962年香港自联出版社出版司马璐的《瞿秋白传》，书后附录《多余的话》全文，1972年12号文件认定其"自首叛变"。
③ 1980年，中共中央办公厅发出了转发中纪委《关于瞿秋白同志被捕就义情况的调查报告》的通知，结束了对此案的复查工作。该报告明确宣布："《多余的话》文中一没有出卖党和同志；二没有攻击马克思主义、共产主义；三没有吹捧国民党；四没有向敌人乞求不死的意图。""客观地全面地分析《多余的话》，它决不是叛变投降的自白书。"标志着对从1964年就开始罗织的瞿秋白"自首叛变"案的正式、彻底平反。以上内容见雷颐：《孤寂百年：中国现代知识分子十二论》，广西师范大学出版社，2015年。
④ 凌月麟：《鲁迅业绩在银幕上的再现（中）——介绍三部电影文献纪录片》，见《上海鲁迅研究 2005·秋》，2005年。

事件为铺垫,一个在历史浪潮中叱咤风云的鲁迅呼之欲出。纪录片《鲁迅传》则更重视从文学与文化角度展现鲁迅的历史价值。此纪录片一开始列举陆游、王羲之、越王勾践、大禹等人与江浙文化的联系,将人杰地灵作为历史伟人出现的地域因素。解说词中不仅大量引用了《从百草园到三味书屋》《狂人日记》中的原句,还对鲁迅《中国小说史略》的贡献加以赞叹,就连他的《自题小像》也是他到日本之后才在片中吟唱出来,而非一开始就先声夺人,置之于极高的思想和情感起点上。故"在思想内容上,影片采用'平铺直叙'的方法,将鲁迅置于波澜壮阔的社会历史背景中,以他的生平为轴线,从童年时代开始直到盖棺论定为止,同时又以他在每个阶段的重要文学成就、社会活动和思想发展为横断面,一步步真实再现鲁迅的人生历程和精神风貌。在艺术手法上,影片通过电影的特殊手段,在有条理的记述过程中揭示了鲁迅的'神态'境界,挖掘人物的思想深度,从而具有较强的视觉冲击力和艺术感染力"[①]。

这些传记影像从时间上更关注鲁迅在五四运动退潮后的生活经历,从空间上则以北平、广州、厦门等地串联起鲁迅的一生。一方面,这个时期的鲁迅不再是怒目金刚,其平易近人、亲切和蔼的一面被着力描绘。话剧《地狱边沿的曼陀罗花》中,鲁迅细心给刘和珍包扎伤口,为了帮助女师大学生学习,卖掉心爱的《太平广记》;越剧《鲁迅在广州》中,鲁迅给学生捡鞋,唱绍兴大班,在卧室里打蟑螂;这些生活细节都十分传神地表现出鲁迅"俯首甘为孺子牛"的思想性格。[②]正如鲁迅饰演者刘觉意识到的:"剧作者没有故意描写他的伟大,导演也没有要求演员故意去表演他的伟大,而是安排了许多富有生活情趣的场面,试图通过这些平凡场面去表达

---

① 凌月麟:《鲁迅业绩在银幕上的再现(中)——介绍三部电影文献纪录片》,见《上海鲁迅研究 2005·秋》,2005 年。
② 褚伯承:《乡音魅力:沪剧研究与欣赏》,上海社会科学院出版社,2004 年,第 431 页。

他的不平凡精神,在'人之常情'中去表现他的伟大。"①但另一方面,政治禁区刚刚放开,"左"倾惯性思维还在发生作用,各种顾虑也难免存在,此时的鲁迅仍然具有很强的政治色彩,纪录片在评述鲁迅同时代的自由知识分子时仍有明显的政治划分。比如纪录片《鲁迅传》将胡适、梁实秋等人视为"国民党御用文人",解说词中诸如"胡适、梁实秋为碉堡的新月派作为国民党反革命文化围剿的急先锋,向鲁迅发难,围剿革命文艺"的说法就欠妥当。虽然思想解放了,但是关于鲁迅研究和鲁迅评价的学术新成果还没有及时出现和传播,也制约了鲁迅影像呈现出崭新面貌。因此,这个时期的鲁迅影像也往往具有拨乱反正时期新旧交融的特点,其措辞与思维、结构与人物评价都遗留着极左时期的痕迹。

三、思想解放:艺术形式多样化

对文艺创作而言,思想的大解放必然带来形式的大解放。艺术形式多样化是社会生活、社会文化多元化的体现,是艺术理论包容性的体现,也是艺术相对成熟、艺术创造力活跃的结果,它意味着艺术活动受众广泛,艺术创造者与受众能实现互动,达到雅俗共赏。当然,艺术形式多样化也与现代科技进步推动下的媒介多样性有关。影像艺术是技术与艺术的结晶,是艺术与技术的相互渗透。从现象层面而言,艺术中的技术首先就是技术器物,即作为艺术载体、艺术生成手段、艺术传播媒介、艺术接受中介的物质实体,技术器物的发展使艺术形式多样化、完善化。②因此,鲁迅影像艺术形式的多样化不仅向我们传递社会文化的多元化,也展示着"文化大革命"之后释放出来的巨大艺术生产力,还意味着科技进步带来崭新的艺

---

① 刘觉:《酝酿和感觉——〈鲁迅在广州〉演后随笔》,载于《上海戏剧》1982年第1期。
② 肖庆:《文化科技创新:理论建构与实证分析》,湖北人民出版社,2013年,第138页。

术载体，即将迎来新的传播媒介，为鲁迅影像带来不一样的表现方式。这一时期，电视剧《孔乙己》、电视动画片《故乡》等利用了新的传播载体，歌剧《伤逝》、舞剧《祝福》呈现出音乐、舞蹈与戏剧的高度结合。

电视剧《孔乙己》（1981）是一个不到一刻钟的短片，说是电视剧，其实是电视剧发展初期拍摄的一个课本剧。完全以画外音交代人物及事件的来龙去脉，场景是咸亨酒店的一角，一个曲尺台面，几张老式的木质桌凳，人物对话极少，主要以作品为依据，很少有多余的生发与铺展。由于完全依据鲁迅作品，所以高度忠实于原著，而且简洁明了；同时，因为有具体人物与场景，较为形象生动；演员虽然戏份不多，但外形条件好，表演分寸把握得体。屏幕上的孔乙己虽然落魄，但形象气质较为斯文，内心善良，又显得孤单，无人关心，被打断腿出现时，满面憔悴青黄，窘迫无奈。小伙计则清秀本分，懵懂无知。此时电视剧还没有电影的受众广泛，但是作为一种新的艺术载体和传播媒介已经崭露头角。动画片《故乡》及纪录片《鲁迅在北京》、《鲁迅在广州》、《鲁迅在厦门》等都通过电视媒介进行传播。

根据鲁迅《故乡》改编的同名动画片于1981年播出。该片在电视栏目中出现，是一部配图朗诵片。画外音完全是朗诵作品《故乡》，但是该片以动画片的方式吸引儿童观众，画面分为三个部分：回忆"我"和闰土的交往时，色彩鲜明，以蓝色、黄色为主，朗诵也分外明快；回到现实中与杨二嫂、闰土谈论家长里短时，则以沉重的灰色、褐色为主，与低抑阴沉的情绪相呼应；结尾时，以蓝色天空与淡蓝色河水为主要画面，明亮而富整体性和层次感的蓝色充满诗意和哲思。最后由作家张笑天对该剧进行简要讲解，以使观众思考：鲁迅为什么要倾心塑造闰土这一人物形象？鲁迅是怎样用对比手法描写少年闰土和成年闰土的？鲁迅对故乡倾注了很深的感情，为什么要描写杨二嫂这一人物？小说结尾的议论寄托了鲁迅怎样的感情？讲解过程的教学性质很浓，主要是把《故乡》作为中国乡土文学的代表作，学习人物描写方法，学习对比的写作方法。动画片《故乡》开了鲁迅题材动画片的先河，之后动画片《藤野先生》（2012）、《鲁迅 鲁迅》（2012）、《阿长与〈山海经〉》（2015）等具有更高的艺术水平。特别是《阿长与〈山海经〉》选取鲁迅童年的生活记忆，以绿、灰、白主色调的国画风格为主，辅之以绍兴地方口音的简短对话，天真的孩子、胖胖的又凶又善良的长妈妈、留着长胡子的年迈的教书先生，一段不同于"奔走于当铺和药铺之间"的少年生活呈现于眼前。影片流畅清新，童趣盎然。

歌剧《伤逝》（1981）由王泉、韩伟根据鲁迅同名小说改编，由人民音乐家施光南作曲，并于1981年秋由中国歌剧舞剧院在北京首演。这是中国音乐史上第一部由文学名著改编并搬上舞台的歌剧，有着划时代的意义。它在中国音乐界产生过巨大影响："不仅成功塑造了鲁迅笔下上世纪20年代追寻与彷徨的一代青年形象，还在于它融合了鲁迅作品的深刻内涵和施光南音乐的不朽价值。"[①]该剧根据鲁迅原作情节与音乐逻辑分为春、夏、秋、冬四个部分，全剧只有涓生和子君两个角色，另外又安排男、女中音歌者各一名作为旁白，作为剧中男、女主人公的内心独白的补充，并形成完整的四重唱。歌剧主要采用咏叹调和宣叙调表现人物的内心感情，唱词与唱调富于诗意，意境优美。当涓生对子君说出"我已经不再爱你了，忘掉我吧"后，女高音咏叹调《不幸的人生》是子君抒发人生迷茫与内心痛苦的自白。她深情忧伤地唱着"别了，幸福的回忆，少女的痴情；别了，渴望的理想，心头的美梦"，缓慢、流畅的旋律仿佛是她在无奈呼唤远逝的爱情。这是20世纪80年代的重要民族歌剧，也是中国歌剧史上备受音乐界青睐的经典歌剧之一。21世纪之后，中国歌舞团、重庆歌舞团都先后重新排演此剧。

芭蕾舞剧《祝福》（1981）首次将鲁迅先生的著作改编为民族芭蕾舞剧，揭示现实社会中人性的思想内涵。编导蒋祖慧说自己决心"编一出反

---

① 王永慧：《艺术形象从客体到主体的转换和升华——解读小说〈伤逝〉到歌剧〈伤逝〉的重塑模式》，载于《四川戏剧》2011年第3期。

对愚昧、盲从，提倡科学文明的舞剧"①。她紧紧抓住"祥林嫂"这个典型人物，抓住她苦难的人生、痛苦的爱情、悲惨的命运这一特定的人生经历，不但突出地反映了旧中国妇女的悲惨命运，而且强烈地鞭挞了这种社会对人性的摧残、践踏和蹂躏。②第二幕是全剧的高潮，祥林嫂和贺老六成亲，以喜庆作为铺垫，以祥林嫂被捆绑的形象进行突转，以祥林嫂疾风一般的旋转、凌空的跳跃等肢体语言进行控诉与呐喊，收到极好的艺术效果。该剧演出后获得了广泛的好评。芭蕾舞剧《祝福》在创作上具有创新的意义，是继《白毛女》之后，以芭蕾舞表现中国人民和中国社会生活的重要作品，它的成功使中国芭蕾舞向民族化道路迈进了一大步。此外，根据鲁迅小说《祝福》改编的舞剧《魂》于1980年在上海之春演出，也受到广泛好评。

鲁迅诞辰百年纪念活动激发了各个艺术领域的创造力，故事片、电视剧、话剧、评剧、歌剧、芭蕾舞剧、绍剧、越剧、滑稽剧、秦腔等多种艺术形式的表现可谓各有千秋。这个时期鲁迅影像的共同特点是：第一，既忠实于原著，也开始有自我发挥，表现鲁迅的人间性成为亮点，但难以完全摆脱极左政治思潮的束缚。它们在艺术上精益求精，在思想上却难以放开手脚。第二，电影在本时期发挥着巨大的影响力。20世纪80年代初期，电影还处于复苏阶段，每年生产的影片不多，人们对文化生活的需求非常旺盛，这时期每部电影都会引起全国人民的关注，电影《伤逝》《阿Q正传》《药》的上座率非常高。

第四节 "后经典时期"与多元化鲁迅影像

20世纪80年代，以思想解放运动为前导的中国文化充满了启蒙主义热

---

① 见《人民日报海外版》1986年2月22日。
② 马盛德：《用人体语言舞出的生命"呐喊"——观民族芭蕾舞剧〈祝福〉》，载于《艺术评论》2007年第4期。

情和现实批判精神,伤痕文学、反思文学、寻根文学、朦胧诗、第五代电影、探索戏剧、前卫音乐,都表现出重新阐释世界、改造世界的热情。20世纪90年代以后,中国社会政治经济局势发生了根本改变,"中国的文化主流突然离开了启蒙主义的思想、美学和文化传统,人文知识分子对文化的控制权拱手让给了金钱、资本。创造、风格、艺术被策划、工艺、操作所替代"①。换言之,经典文学、英雄叙述、精英立场不再神圣、权威、高不可及,反经典、超经典、模拟经典成为常态。这是后经典时期,也是大众文化兴起和网络霸权时期,文艺的神秘性和神圣感消失了,蒙娜丽莎被画上胡子,哈姆雷特成为杀手,唐僧成为唠唠叨叨的说教者……一切文化经典都成为人们解构的目标,人们更关注能给自己带来享乐的作品,而不是以朝圣般的心态对待经典文艺。消解崇高、去除神圣、远离英雄、及时行乐,经典艺术受到前所未有的戏拟和解构,以青少年为消费主体的后经典文本追求通俗、猎奇、从众、虚幻,这是传媒和市场在文艺创作中的巨大作用所导致的一种文化心态。与此同时,这也是创作者解放手脚、大开脑洞的时代,主体性与个性化充分释放,经典阐释不再定于一尊。

作为现代文学和文化中的经典,鲁迅及其作品也遭受到一系列的挑战。在学术层面,"非鲁"现象开始凸现。"伟大的人物都有两重性:既属于历史,也属于现在。这一特点,使之无论生前或身后,常常很难摆脱世人的纠缠——赞美者有之,诟病者有之,毁誉交加者亦有之。"②不过20世纪90年代以后,学术界与文化界的"非鲁"成为20世纪末重要的文化热点。"非鲁"本身指向鲁迅研究在思维方式与学术方法上存在的问题,具有一定学术价值,但更多时候夹杂复杂的动机,如媒体炒作、借"非鲁"出名等③;在文学圈,1998年《断裂:一份问卷和五十六份答卷》成为文坛热议

---

① 尹鸿:《镜像阅读:九十年代影视文化随想》,海天出版社,1998年,第4页。
② 郭志刚:《理解鲁迅》,载于《文艺报》2000年8月8日。
③ 陈占彪:《反思与重构:中国现代文学研究的学术转型》,南京大学出版社,2009年,第213页。

的话题，对包括鲁迅在内的前代作家的淡漠和否定成为断裂的最强音；在基础教育层面，语文教材中保留的鲁迅作品随着时代屡次变更，数目总体上逐渐被削减，甚至有"让鲁迅退出中学课本"的建议。同时，网络版的《Q版语文》重新改写《孔乙己》，完全颠覆了原著的孔乙己形象。无论是在学术界、文化界还是教育界，"倒鲁"和"保鲁"从来都是相生相克的存在。人们各执一词，互相对话，深化了对鲁迅的认识，也扩大了鲁迅的影响，使鲁迅与当代的关系再度被关注。

一、文化多元催生多样性

文化多元与读图时代的到来使鲁迅影像获得意外的丰富与发展。这一时期话剧有李六乙的《鲁迅》（2001），张广天的《鲁迅先生》（2001），林兆华的《故事新编》（2000），郑天玮的《无常·女吊》（2001）、《出关·入关》（2000），古榕的《孔乙己正传》（2001），鞍山市艺术剧院根据《阿Q正传》等篇目改编的《圈》（2004），三枝橘演出的《野草》（2007）、《狂人日记》（2007），加拿大史密斯·吉尔莫剧团与中国话剧团体演出的肢体话剧《鲁镇往事》（2007），以及日本和中国上海、台湾、香港艺术家联手推出的先锋话剧《鲁迅2008》（2008）；电视纪录片有《百年婚恋·鲁迅》（2002）、《先生鲁迅》（2011）以及《春秋：鲁迅与胡适》（2014）、《民国悬疑奇案实录·鲁迅周作人何故失和》（2009）等等。此外还有越剧《孔乙己》（1998），曲剧《阿Q与孔乙己》（1996）、豫剧《风雨故园》（2005），电影《铸剑》（1994）、《鲁迅》（2005）等。总体而言，鲁迅影像的蓬勃发展可以从两个方面得以证明：第一，数量激增。据不完全统计，1990年后的20多年里，鲁迅影像的数目有40余部之多，换言之，这20余年的生产的鲁迅影像其数量相当于之前40余年的总和。第二，生产周期平稳。1990年之前鲁迅影像的生产时间非常集中，主要集中在1937、1956、1981等年份，分别是鲁迅逝世周年、鲁迅诞辰75周年、鲁迅诞辰百年，特别是鲁迅诞辰百年集中生产了10余部鲁迅影像。1990年以后,生产周期相对稳定,除了2001年先锋戏剧的集中登场之外,几乎每一两年都会有鲁迅影像作品诞生。这说明,鲁迅影像已由纪念日标配节目发展为艺术家的自觉选择,从一般的政治任务成为自觉的艺术表现。

这一时期鲁迅影像制作有三个亮点。一是先锋戏剧。以鲁迅及其作品为题材的先锋戏剧主要在2000年前后形成高潮:2000年10月,林兆华导演的《故事新编》首演;2001年4月,张广天编导的民族音乐剧《鲁迅先生》首演;2001年4月,李六乙编导的《鲁迅》开始排演;2001年8月,郑天玮编剧的小剧场话剧《无常·女吊》首演;2007年,由中法演艺人员组成的三枝橘制作演绎了《野草》《狂人日记》;2007年,加拿大史密斯·吉尔莫剧团与中国话剧团体首次合作排演了肢体戏剧《鲁镇往事》;2008年,日本和中国上海、台湾、香港艺术家联手推出话剧《鲁迅2008》。此外,1996年孟京辉导演的《阿Q同志》虽然没有公开演出,但由于是鲁迅题材在先锋舞台的首次探索,艺术影响比较大,孟京辉编写的《先锋戏剧档案》收录了《阿Q同志》的排演提纲。二是电影电视纪录片。鲁迅题材的优秀人物纪录片获得关注:1999年余纪编导的《鲁迅之路》成为上海电影制片厂第3部鲁迅题材纪录片;2011年,8集电视纪录片《先生鲁迅》在CCTV-9播出,该片是"宣传鲁迅、学习鲁迅不可多得的直观性、形象化的生动教材"[①]。此外,阳光卫视出品了《百年婚恋·鲁迅》《春秋:鲁迅与胡适》,还有《民国悬疑奇案实录·鲁迅周作人何故失和》等,一时之间,电视纪录片蔚为可观,成为鲁迅传记影像的重要载体。三是戏曲的改编。鲁迅作品成为地方戏曲热衷的改编资源:1996年,河南省曲剧团创作的《阿Q与孔乙己》获文化部主办的第三届中国戏曲"金三角"(陕晋豫)交流演出"剧目奖",2011年7月,在此基础上拍摄的戏曲电影《阿Q与孔乙己》在

---

① 参见景迅的《关于电视纪录片〈先生鲁迅〉》。

郑州开机；1998年，茅威涛主演的越剧《孔乙己》为1946年袁雪芬出演的《祥林嫂》之后的又一部优秀越剧，而且茅威涛在《孔乙己》演出中实施分账制，激发参演人员的工作热情，效果显著。时隔多年，戏曲又在鲁迅作品中找到创新的资源，鲁迅作品也通过成功的戏曲再度经典化与普及化。

此外，还值得一提的有：1994年，根据鲁迅先生同名小说改编的中文歌剧《狂人日记》由多国艺术家合作在荷兰首演；2000年6月，电视连续剧《阿Q的故事》在南京试播，引起人们的热议；2001年8月，古榕导演的话剧《孔乙己正传》首演；2002年，电影频道节目中心出品了小成本电影《鲁镇往事》；2004年10月，鞍山市艺术剧院小剧场话剧《圈》引发人们的争议；2005年，濮存昕主演的电影《鲁迅》则是第一部以鲁迅生平为题材的电影作品；2006年6月，为了纪念鲁迅诞辰125周年和仙台留学100周年，日本仙台小剧场在北京等地排演了表现鲁迅1904—1906年间在仙台生活的话剧《远火——鲁迅在仙台》。可见，鲁迅影像在20世纪90年代以后获得蓬勃发展。

鲁迅影像数量激增主要原因有三：第一，鲁迅作品思想深刻、意蕴丰富，具有广阔的阐释空间、发掘深度和内在的吸引力，人们对它的颠覆也好，建构也好，都会形成一种复合文本现象，获得天然的文化标志和较高的艺术起点。第二，后经典时期解除了政治禁忌，鲁迅身上的神圣光环完全被取消了，人们敢于从历史、社会文化、文学艺术等多角度谈论鲁迅，使鲁迅形象获得新的建构。特别是在纪录片的制作中，原来讳莫如深的鲁迅婚姻以及兄弟失和等个人隐私都成为解读鲁迅心灵和人生的密码。第三，后经典时期多元化的文化语境、包容性的文艺理论为鲁迅影像的制作提供了良好的氛围，鲁迅影像制作的民主性、自主性程度得以提升。最后，随着中国政治经济文化的综合发展与需要，鲁迅成为中国在国际文化交流中的重要名片与桥梁，中外艺术家通过舞台共同言说与阐释鲁迅，本身就是一种深层次的文化交流与友好往来。

二、主体意识驱动创新性

除了数量的激增,强烈的主体性也是后经典时期鲁迅影像制作的重要特点,它表现为:创作者有极强的自我意识,对鲁迅的塑造不再定于一尊,而是通过对鲁迅的个性化理解和叙事,使鲁迅形象呈现出多元化特色;敢于进行大胆的构想,其想象力和艺术创造力得到充分释放;更青睐于充满心理张力的作品,以融入创作主体的认识。

不同的"鲁迅"。"革命鲁迅"是鲁迅影像塑造的刻板印象,虽然20世纪80年代有所改观,但"俯首甘为孺子牛"也是"横眉冷对千夫指"的补充,难有亲切感。90年代之后,在"革命鲁迅"之外,"先锋鲁迅""孤独鲁迅""大众鲁迅"等多种鲁迅话语开始出现了。电影《鲁迅》(2005)中,鲁迅独自漫步于黑夜水乡桥头,那些在书中出现过的人物游魂一般飘浮,突出的是这个人物作为思想家和文学家与生俱来的孤独感受。电视连续剧《阿Q的故事》(2000)和鞍山市艺术剧院演出的话剧《圈》(2001),均以多角恋为中心,将阿Q推向故事的中心,通过戏说的方式填补复杂的人物关系和曲折的事件,对原著的颠覆引发了人们的热议。日本仙台小剧场的《远火——鲁迅在仙台》塑造的则是学生鲁迅、市民鲁迅的形象。总之,鲁迅影像不再定于一尊,而是呈现出多元化的发展趋势。多元化打破了鲁迅形象建构一度僵化的局势,创作者勇于不断挖掘被浓厚的政治意识形态遮蔽的鲁迅话语,发现鲁迅不同人生阶段的成长故事,思考鲁迅文本与现实的错位,对鲁迅影像的发展功不可没。不过,多元化的讲述角度和阐释主题既是文化开放、思维活跃的产物,也容易在多元与宽容的尺度中丧失基本的准则和要求,比如话剧《圈》有意表现冲破封建枷锁、冲破桎梏人物思想的圆圈,却被观众认为失之轻薄。

艺术的创新。鲁迅影像虽然以鲁迅作品为基础,却不是鲁迅作品的简单复述,改编者的主体性发挥很重要。以往的鲁迅影像制作中,虽然也存在创造者的主体意识,但鲁迅作为民族魂的崇高地位和鲁迅作品的普及性常常让改编者战战兢兢,如履薄冰①,对"忠实性"的追求大于"创造性"。后经典时期的鲁迅影像中,创作者的主体性表现得更为充分,古榕在制作《孔乙己正传》(2001)时曾语出惊人,声称自己考证出孔乙己是鲁迅父亲②,虽然这一声称并不具有学术依据,但古榕在剧中将科举制度、人生沉浮、爱情故事交织于银幕艺术和舞台造型的江南水乡风情中,全景式展示一幅独特、宏大的史诗性画卷,不失为该剧的一大看点。张广天的《鲁迅先生》以演唱而不是人物表演为中心,没有念白的通篇吟唱,构筑了演讲、内心活动、交锋、议论和叙述的整个戏剧活动,可谓一次大胆的艺术创新,戏剧结尾高唱《国际歌》,也是借鲁迅的酒杯浇自己的块垒。日本仙台小剧场的《远火——鲁迅在仙台》从异域文化视野塑造了一个谦卑好学的鲁迅形象。8集电视纪录片《先生鲁迅》(2011)则在鲁迅的评价上引入了学者们针锋相对的议论。在不同的语境与言说群体中,鲁迅原有的革命化色彩开始减弱,加强的是思想家与文学家的身份认识。③话剧《大先生》(2016)则将傀儡剧与真人表演相结合,带来耳目一新的舞台表现。创作者对艺术创新的追求高于对原著的忠实,尽管有的创造性体现出媚俗特色,将鲁迅笔下的人物强加牵连,在多角恋中寻找市场兴奋点。这是多元化带来的衍生品,可以引导、疏导,不宜因噎废食,一概否定。

---

① 陈白尘就曾用"不寒而栗"来形容自己改编《阿Q正传》时的心情。见鲁迅原著,陈白尘编剧:《阿Q正传(七幕话剧)》,中国戏剧出版社,1981年,第106页。
② 王润:《评论:〈孔乙己〉何必要搞成话剧》,https://ent.sina.com.cn/h/2001-08-29/55501.html。
③ 其实张广天的《鲁迅先生》中再次强化了鲁迅的革命色彩,不过,张广天的态度并不稳定。2001年,他接受记者采访时说:"鲁迅是我极其推崇的,他是我对社会表达观念的最恰当的人物载体。"2006年,他却对记者摆出和鲁迅划清界限的架势:"我不认为我自己和鲁迅有什么关系……导演《鲁迅先生》不过是为了捉弄人,为了让某些人生气,让人生气就是我的职业。"见《张广天:鲁迅其实跟我没关系》,https://www.dzwww.com/edu/school/xyly/200611/t20061109_1860426.htm。

内倾化趋势。后经典时期鲁迅影像的侧重点由故事层面转移到心理层面，因此，改编重点由原来情节性较强的作品转向心理张力更大的作品。20世纪90年代以前，《祝福》《药》《阿Q正传》是改编的热点；90年代以后，《狂人日记》《故事新编》《野草》等受到青睐。即使是同一部作品的改编，后经典时期的鲁迅影像也更重视表达其隐喻意义，而非以塑造人物和讲述故事为主。例如，孟京辉的《阿Q同志》并不致力于在舞台上重塑阿Q形象，而是通过三个不同时代的场面讲述阿Q精神在不同时代与人群中的变形与潜存；林兆华的《故事新编》根本没有具体的人物形象，而是以动作表演和场景隐喻为主。这时期鲁迅影像体现出的特点有：一是重视心灵感受与情感冲突，将《故事新编》以及《野草》、《狂人日记》、《女吊》等搬上舞台，这些作品情节简单或无连贯的情节，人物形象模糊而象征化突出，外部动作少而心理张力特别大，内心对抗性很强，给创作者留下充分发挥的艺术空间。二是拼凑与杂糅，即将鲁迅的众多作品与人物熔为一炉。这与鲁迅作品多为短篇，内容和人物相对较少，很难支撑一台完整的舞台故事有关，也与鲁迅作品的内在统一性有关。例如，话剧《无常·女吊》将鲁迅的《伤逝》《孤独者》《在酒楼上》《头发的故事》《无常》《女吊》六部作品的相关人物进行了串联和关系重组，以阴阳两界时空相连的手法探索伦理困境中人的生命意义；电视剧《阿Q的故事》将《阿Q正传》和《药》、《孔乙己》等几篇小说穿插起来，再现了辛亥革命大背景下鲁迅笔下绍兴未庄的时代风貌和风土人情。拼凑和杂糅中体现出创作者对鲁迅精神世界的文化认识与艺术再现的想象力，也带给观众解读鲁迅作品的新思维。

三、对话互动凸显当代性

活在当下，不追悔过去的时光，不憧憬虚幻的未来，这是后经典时期一种普遍的文化心态。后经典时期鲁迅影像的传播并不是为了再塑鲁迅的光辉形象，而是通过鲁迅影像表达对当下社会的情绪与认识。郑天玮谈到

《无常·女吊》时说道:"我要让观众即使不知道鲁迅是谁,也能看懂这个戏。今天的人演今天的鲁迅——还是活着的鲁迅。我要让观众有一种现场感,况且,我知道观众要的什么——我是一个最重视票房的编剧。"①换言之,鲁迅及其作品不再仅仅是一种寓言,或者一种信念与理想,更是一种方法与态度。鲁迅影像也开始积极介入当下,体现出与现实对话的积极态度,主要表现在:

参与热点问题。20世纪90年代以后,中国处于社会变革和文化创新的转型期,社会生活瞬息万变,文化格局多样发展,不同社会阶层和群体共同关注的焦点问题也层出不穷。鲁迅影像积极介入对当下文化热点问题的探讨。张广天在民谣音乐剧《鲁迅先生》中致力于展现一个无产阶级革命战士式的鲁迅形象,以此表达对90年代解构鲁迅思潮的坚决批判。纪录片《春秋:鲁迅与胡适》实质上牵涉两个社会热点问题:一是如何看待中学语文课本中鲁迅作品篇目的减少,二是鲁迅和胡适两种不同的人格魅力和文化品格,哪一个更值得传扬。这两个问题可以说既涉及后经典时期人们对于经典的态度,又涉及以鲁迅和胡适为代表的两种思想文化在不同历史时期的沉浮。纪录片《春秋:鲁迅与胡适》体现了对当下文化议题的关注,而且并不以给出固定标准和现成答案为满足,而是在对话中充分展开鲁迅的丰富性以及鲁迅作为一个生命个体的历史意义。当然,笔者认为该片还可以做得更好,因为反对鲁迅之声始终作为一个背景出现,而没有代表者进行正面辩解,在无形之中也就降低了该片的对话性和交互性。回应热点、参与互动,使得鲁迅影像保持了较为积极的开放性。

叠加现实世界。鲁迅的人生在20世纪30年代中期就已经终结,尽管他的精神并没有过时,他在作品中提出的问题仍具有现实意义,但是鲁迅和商品经济时代无疑有了很大距离。鲁迅影像要表现鲁迅及其作品,又要与人们的内心期待结合起来,必须将鲁迅与当下密切联系。话题讨论并不适

---

① 冯旭:《〈无常·女吊〉引发争议 郑天玮张广天回应舆论》,https://ent.sina.com.cn/h/2001-09-04/56090.html。

合戏剧舞台对情节性与动作性的要求，但舞台可以通过时态叠加的方式完成历史与现实的衔接。首先是同一人物在不同历史时期的重叠。戏剧《阿Q同志》并没有以鲁迅的阿Q为原本，而是将阿Q分别放在了文明戏时期、"文化大革命"时期和当下的精神病院之中，不同历史阶段的事件与阿Q的故事发生叠加，使这个戏剧成为一个复合性、互文性的事件。其次是文本事件与现实人生的叠加。在李六乙的《鲁迅》中，祥林嫂这样的虚构人物与现实世界的许广平、朱安等人穿插交映，三个女性相互形成特殊的对话形式，再形成女性群体与鲁迅对话，使鲁迅生活与艺术的多侧面及无奈感得以艺术地表达。最后是革命时代与后革命时代的叠加。张广天的《鲁迅先生》是后革命时代的革命话语，它与革命时代的鲁迅形象相呼应，针对的却是消费时代颠覆崇高、解构权威、异化神圣的语境。结尾的《国际歌》和歌队表演其实将创作者的"人民戏剧"观念做了很好的传递，尽管结尾的这种处理方式受到很多人的质疑。① 此外，在先锋戏剧中，多媒体在展示历史画面的时候，也有现实画面，历史与现实的叠加使得鲁迅影像具有很强的当下性。

虚化具体人物。这在先锋戏剧中体现得特别明显。在林兆华导演的《故事新编》中，8个演员不分男女全部身着普通长衫，没有固定角色，也没有贯通的情节，却更能表现鲁迅作品超越时空的当下意义。编剧李静的《大先生》用意识流手法表现鲁迅汹涌澎湃的心灵世界，鲁迅在生命的最后一分钟与生命中牵挂的人相会，陷入争执和对话。舞台上除了鲁迅外，其他人物均为傀儡和戴面具的人，身着白衬衣、牛仔裤的鲁迅与数个傀儡来回对话，富有深意的舞台语汇超越了对鲁迅的模拟化表演，而呈现出当代艺术的诗意化，更能展现一个在爱与自由的悖论中纠结的灵魂。符号化人

---

① 解玺璋就说过："我是不大相信鲁迅会在大庭广众之下演唱《国际歌》的，而张广天相信，也只好由他。"并认为把鲁迅和《国际歌》随意拼贴在一起，有可能恰恰消解了鲁迅精神。见解玺璋：《张广天的"革命秀"——评〈鲁迅先生〉》，https://ent.sina.com.cn/r/m/42863.html。

物淡化了时代色彩，更能超越时代的限制，超越故事层面的限制，进入哲学的境界。

总之，后经典时期的鲁迅影像非常活跃，多元的话语表达、充满朝气的创造力，以及对思想意识和心理张力的重视，使这个时期的鲁迅影像充满朝气和活力。鲁迅的思想与心灵感受成为舞台的重心，它不仅在诉说鲁迅，更是在演绎这个时代人们对鲁迅的解读方式与自我话语。

第二章

形象与话语的纠缠：鲁迅形象的塑造

第二章　形象与话语的纠缠：鲁迅形象的塑造

鲁迅形象的话语建构离不开社会群体的认同："我们在研究群体想象力时已经看到，它特别易于被形象产生的印象所左右。这些形象不一定随时都有，但是可以利用一些词语或套话，巧妙地把它们激活。经过艺术化处理之后，它们毫无疑问有着神奇的力量，能够在群体心中掀起最可怕的风暴，反过来说，它们也能平息风暴。"①鲁迅影像从视觉文化角度利用已有社会理论构建了有关鲁迅的观念、形象，反映了社会群体对于鲁迅的整体认知，同时也引导和制约着社会公众对鲁迅的认识。从形象话语角度分析鲁迅影像，可以将影像从单纯的技术层面、审美视角中释放出来，直面"言说鲁迅"的行为实践中社会实体与社会关系的建构。这使我们不仅要注重鲁迅影像产生的情景背景，也要重视鲁迅形象话语书写的生产过程和解释过程，注重话语作用及历史变化与话语建构中的社会力量的关系。因为话语是社会实践的一种形式，既是一种表现形式，也是一种行为形式，它不仅是社会实践的表现，而且在意义方面说明世界、组成世界和建构世界。正如霍尔所言："话语是指涉或建构有关某种实践特定话题之知识的方式：一组（或一种结构）观念、形象和实践，它提供了人们谈论特定话题、社会活动以及社会制度层面的方式、知识形式，并关联特定话题、社会活动和制度层面来引导人们。"②话语与形象的联系并非依赖推理和论证，而是面

---

① 古斯塔夫·勒庞著，冯克利译：《乌合之众：大众心理研究》，中央编译出版社，2000年，第77页。

② 转引自周宪：《视觉文化的转向》，北京大学出版社，2008年，第84页。

对群体的多次重复，在人们心中唤起宏伟而模糊的力量，获得认同。

第一节　形象话语的历史变迁

我们"每个人都有按照自己喜欢的方式去表达的'自由'，然而语言本身就带有某种约定俗成的强制力，使得个人无法超越词语本身具有的意义和音位结构……有些词语的使用率比其他词语高，所以它们的语境意义就比较多"[①]。在鲁迅形象塑造中，"民族魂"无疑是一个出现频率非常高的词语，它对鲁迅形象的其他词语具有绝对的涵盖力量，从而构成"民族魂"话语体系，鲁迅形象话语的稳定性主要体现在"民族魂"的话语体系之中。

首先，"民族魂"是一种视觉形象：1936年10月22日，覆盖于鲁迅灵柩上的一面白底黑字的旗帜，伴随鲁迅去世的举国哀恸深入人心；1956年10月14日，鲁迅灵柩移往上海虹口公园，一面红底黑字的"民族魂"旗帜覆盖其上。旗帜的价值在于它是一种具有高度象征意义的符号，万众瞩目的殡葬仪式使这一符号与鲁迅其人产生直观的、具体的、不可替代的联系。在不同时代的鲁迅纪录片中，这两次殡葬场面反复出现，认同与加强着"民族魂"话语。1940年萧红创作的《民族魂鲁迅》、1999年上海东方电视台制作的文献纪录片《民族魂——鲁迅》、2015年南京艺术学院演出的多媒体音乐诗剧《民族魂·鲁迅》，标题均直接取自殡葬仪式上的"民族魂"旗帜。它们制作时间前后跨越大半个世纪，但"民族魂"话语保持了相当的稳定性与积极的价值导向。其次，"民族魂"话语体系绝非一个狭小的私人空间与私密事件，它必然将鲁迅放置于近代民族危亡之际的历史进程中，探索鲁迅人生与民族国家发展道路之间的内在联系，宏观的历史角度与广阔的民族空间成为必然取向。即使是以窥探隐私为乐的娱乐栏目也

[①] 海然热著，张祖建译：《语言人：论语言对人文科学的贡献》，生活·读书·新知三联书店，1999年，第322页。

不得不受到这一宏观叙事背景的制约,噱头出尽之后必然正襟危坐,言归正传,肯定鲁迅的历史价值与精神意义。

不过,鲁迅形象话语在稳定中也有变化。因为作为话语的"民族魂"包含了巨大的能指性与模糊感,所有正面价值导向似乎都能在其中找到皈依,巨大的意义弹性使它能充分适应时代语境的变化,将历史演变进程与实现民族振兴的强烈愿望有机地融为一体。

在"民族魂"的话语体系中,鲁迅形象的意义内涵发生过几次根本性的改变:"革命""孤独""先锋""大众"在不同历史时期分别成为话语核心。需要注意的是,话语的改变是鲁迅形象变迁的标志,并不意味着这是线性的、不可逆的走向,也不意味着一个形象占据主导的时候其他形象话语就消失;同时,主导形象的回归也并不意味着历史认识的简单重复,而是新的历史条件下话语核心价值观的凸显,以及话语自身对时代需求的强大适应性、扩展性与转变性。另外,笔者不打算按时间线索梳理鲁迅形象变迁的过程,而是以其影响轻重进行分析。在诸多话语中,"革命鲁迅"具有不可置疑的影响力与接受面,是核心与重点;"孤独鲁迅"具有高贵的生活姿态,是清醒与深刻的思想者必然具有的创伤与财富;"先锋鲁迅"更多是艺术创新与思想叛逆的结合,以及穿越时空的代际对话具有的前卫性,它引发的社会论争与社会关注比较大;"大众鲁迅"拥有的观众群体多,它走向日常化与媚俗化两端,争议颇多,置于最后。

一、"革命鲁迅"

在《"革命"的现代性——中国革命话语考论》中,陈建华对"革命"话语进行考证后提出,"革命"一词既是本土语汇,也借助于日语的翻译和西方的洗礼,成为一种富于包容性,能在急剧变动的时代适应政治、经济和心理变革的话语。"革命"是一种不可抗拒的历史前进方向,应乎天而顺乎平民,"革命"意味着变革或历史性的质变,是一种给现代中国政治和社会带来建设和破坏的动力。"革命"一词在扩张外延后具有了多元指向,也因为其积极正面的因素成为各方政治势力抢夺的旗帜。①李欧梵说:"从晚清到现在,整个二十世纪的中国思想和文学都笼罩在这个革命的'话语霸权'之下。"②对中国近现代史而言,"革命"绝对是一个关键字眼,同时也是一个充满歧义的复杂话语。不同历史时期、不同社会团体、不同个人动机都在言说"革命",其内涵与指向却可能完全不同。如辛亥革命、国民革命、无产阶级革命、革命文学、"文化大革命"等,似乎任何社会运动都以"革命"的名义号召与发动,每一次革命的对象、方式、思想依据却可能截然不同,甚至互为反革命。因此,要甄别名目繁多的"革命"内涵实在不是一件容易的事情。然而,可以肯定的是,一个历史人物被冠以"革命"之名,无论其具体立场为何,都定然是对其历史作用的积极肯定。因为在20世纪中国文化语境之中,"革命"被赋予前所未有的合理性与进步性,它作为褒义词进入中国文化词典里,成为中华民族争取民族独立、追求现代性的必经途径。

在现实层面,鲁迅对"革命"的态度以及与"革命"的关系一言难尽。但这并不影响影像层面对"革命鲁迅"的塑造,不过"革命"的内涵在每个时代也在悄然改变。

在战时舞台上,鲁迅主要成为民族革命战争的支持者与呐喊者。1937年,两个《阿Q正传》剧本同时出现,田汉版的《阿Q正传》为了适合抗日救亡的需要,增添了团结御侮的宣传。第一幕孔乙己在咸亨酒店念告示,"自从甲午一战,迄今一十六年;国家卧薪尝胆,思复已失主权……制造洋枪洋炮,酌加田赋房捐;凡尔爱国臣民,凛此其各勉施",然后又对众人进行解释,宣传抵御外辱。闰土在议论中表示,"中国弄得这个样子,若是真去报仇雪耻的话,不要说要我们捐钱,就是捐性命也干"。最后一幕不仅顺

---

① 陈建华:《"革命"的现代性——中国革命话语考论》,上海古籍出版社,2000年。
② 李欧梵:《小序》,见《"革命"的现代性——中国革命话语考论》,上海古籍出版社,2000年,第2页。

应时势淡化阿Q的民族劣根性，还强化马育才、吴之光与阿Q等人的相同处境——监狱；生死存亡之际，启蒙者、革命者与底层群众团结一体。阿Q被士兵们押出牢房，枪声响起之后，"地字号里的许多人早就起来了，寒蝉似的爬住栏杆，没有一个人响"。吴之光从黄字号里发出呐喊："吃人的人们听到没有？鸡在叫了，天快要亮了，你们可以改了，快从真心改起，要晓得将来容不得吃人的人留在世上的！"光复会会员马育才面向观众严肃地说："死了一个天真的农民。朋友们，中国革命还没有成功，残余的封建势力还非常的大，我们还得继续奋斗。不过我们首先要枪毙我们每个人意识里的阿Q性。"①阿Q被枪毙了，群体力量与使命感却得以凸显，《阿Q正传》原有的国民性批判与个人化立场退场了，时局需求与集体性力量成为主体。鲁迅原本是拥护民主革命、致力于思想革命的反封建战士，在民族革命战争中则成为摇旗呐喊的民族英雄，这是顺理成章、水到渠成的。和许幸之版比较，田汉版之所以有广泛的群众基础，也是因为这种具有时代氛围的创造性改编吻合了民众对鲁迅先生的想象和希望。

中华人民共和国成立初期，影像中的鲁迅成为中国历史发展趋势的印证者。他的思想历程与人生选择是"五四"以来进步知识分子和进步文人验证与选择中国革命道路的典型代表。纪录片《鲁迅生平》（1956）、故事片《祝福》（1956）、电影剧本《鲁迅传》（1961）以及纪录片《鲁迅战斗的一生》（1976）都特别强调鲁迅从旧民主主义革命到新民主主义革命的转变。它们着眼于鲁迅在女师大风潮中展示的正义感与社会担当，在广州与陈延年、毕磊的交往，在上海加入"左联"以及与柔石等"左联"人士的交往，帮助陈赓就医和完成方志敏的委托，在文坛论争中加强了马列主义

---

① 鲁迅原著，田汉编剧：《阿Q正传》，戏剧时代出版社，1937年，第152页。该文本后期经过润色后，基调更为激昂，如"地字号里的许多人愤怒地爬住栏杆，没有一个人响"，在吴之光"将来容不得吃人的人留在世上"的呐喊中，光复会会员马育才面向观众严肃地说："死了一个天真无辜的农民……中国革命还没有成功……让我们继续奋斗，替千百个阿Q复仇吧。"见鲁迅原著，田汉编剧：《阿Q正传（五幕话剧）》，中国戏剧出版社，1981年，第101页。

修养，对唯物论和辩证法赞不绝口，长征胜利时给毛泽东发去的贺电等，将之作为鲁迅生前向中国共产党逐渐靠拢的标志性事件。鲁迅逝世之后，治丧委员会中有宋庆龄和毛泽东。这样，一个与共产党人有亲密接触和交往的鲁迅形象便跃然而出，成为一位政治态度明确、阶级情感深厚、在斗争中成长起来的、有着坚定政治信仰的"党外的布尔什维克"。1956年拍摄的《祝福》中，贺老六被塑造成一个非常善良、质朴的人物，甚至因为祥林嫂抗婚而答应送她回家。而祥林嫂因愤怒而砍门槛的细节更是化解了原著中"争做奴隶而不得"的批判性，强化了祥林嫂身上的反抗性。"善良"、"反抗"与"推翻"，这符合阶级斗争中被反复强调的劳动人民的品质，也符合普通民众对革命的想象，从而引导民众达成对新生政权合理性、进步性的群体认同。

20世纪90年代以后，英雄消解，革命远去，很多人急着为鲁迅脱掉神圣光环，使其从神坛走进人间。当更多人强调鲁迅文学家身份以淡化其革命家称号时，在戏剧舞台上，鲁迅竟然唱起了《国际歌》。不仅是《国际歌》，剧中的话语方式也具有革命的激情化色彩和斗争的煽动性与暴力感。2001年4月，张广天的《鲁迅先生》上演，第一幕第二场叙述杨荫榆治校专横，请来北洋政府的武装警察对付手无寸铁的学生，引起了女师大众师生的愤怒，学生们愤然唱道：

> 打倒你们！
> 一小撮人的败类！
> 打倒你们！
> 男盗女娼的封建门卫！
> 打倒你们！
> 不懂装懂的伪教授！
> 打倒你们！
> 过街的老鼠帮凶的狗！

第二章　形象与话语的纠缠：鲁迅形象的塑造

> 打倒你们！
> 假装天真涂脂抹粉的老太太！
> 打倒你们！
> 丧尽天良厚颜无耻的军阀奴才！
> 打倒你们法西斯！
> 打倒你们黑社会！
> 打倒你们窃国贼！
> 打倒，打倒，
> 把你们统统全打倒！①

"封建门卫""伪教授""帮凶""军阀奴才"，这些符号化色彩极强的称谓代表道德缺陷、思想落后或政治反动，但却因为历史事件的模糊化而指向空洞。这不仅是一场面对历史事件的指责，也是面对现实世界的批判。在第四幕第二场"遗嘱"中，鲁迅交代后事的八段歌词均以"同志们，我死以后"开头。近现代中国历史中，"同志们"是一个非常政治化的称呼，带有极强的组织色彩，虽然鲁迅在文章中有"引为同志"的说法，但这并非一种政治化或身份感的称谓。该剧在这一场的旁白是这样的："1936年秋，某一天，共产党方面的联络人冯雪峰来看鲁迅。他为鲁迅带来了红军胜利的消息，这成了鲁迅在最后的时刻心中最亮的光明。"②可以说是高高举起了"革命"旗帜捍卫鲁迅，也可以说在鲁迅身上插满了红旗。到了"尾声"，所有的表演者都唱起了令人热血沸腾、慷慨激昂的《国际歌》。

民族主体与历史记忆的重构是在一定时空的话语场域里展开的，革命话语在历史流传的过程中，随着话语主体的不断变更，意义也出现变更。然而无论如何变更，革命话语在现代中国都具有无可置疑的先进性与进步性，即使是号称远离革命的21世纪，强烈的怀旧情绪或对社会不公的宣

---

① 见张广天微博，https://weibo.com/1211143443/3448452849836976。
② 见张广天微博，https://weibo.com/1211143443/3448452849836976。

泄，也使革命话语充满了理想主义、英雄主义、爱国主义色彩。由此，"革命鲁迅"的形象话语经过了历史变迁：从民族革命战争时期的民族革命与阶级革命的混杂到中华人民共和国成立之后社会主义建设的需要，再到21世纪对以金钱、市场为代表的新一轮庸俗的生活方式与社会贫富差异的抗议。"革命"之于鲁迅，从一种基于民族革新与社会发展的政治态度发展为以马克思主义、毛泽东思想为内涵的政治信仰，再发展为一种坚韧而激情的理想主义存在，鲁迅始终站在时代思想前沿的前瞻性使他被不同时代挖掘与塑造，这些意义层层叠加，"革命鲁迅"也变得丰富而不单一。当然，需要指出的是，借助强大的意识形态宣传和特殊的文化环境，20世纪50年代的无产阶级战士形象在70年代前出生的人的心目中，仍然是最有影响力的塑造。

二、"孤独鲁迅"

"孤独"是鲁迅本体真实而本质的生命状态与精神特质，也是一个思想启蒙者必然面临的孤绝之境，没有孤独就没有鲁迅与其所生活的时代之间的真实联系。鲁迅在《俄文译本〈阿Q正传〉序》中写道："人人之间各有一道高墙，将各个分离，使大家的心无从相印。"在《影的告别》中写道："我独自远行，不但没有你，并且再没有别的影在黑暗里。只有我被黑暗沉没，那世界全属于我自己。"鲁迅的孤独不是外界给予的，而是内心深植的情感，这是启蒙者的孤独，因为"寂寞又一天一天长大起来，如大毒蛇，缠住我的灵魂了"，但他也环顾四周，深切地意识到"无穷的远方，无尽的人们，都和我有关"。鲁迅的孤独让他的犀利、深刻更有力度。《孤独者》中的魏连殳、《铸剑》中的宴之敖、《过客》中的过客、《复仇》中"裸着全身，捏着利刃"的复仇者等，都投射着鲁迅自身的身影。正如李泽厚所言，鲁迅的"孤独悲凉感由于与他对整个人生荒谬的形而上感受的孤独、悲凉纠缠融合在一起，才更使它具有了强有力的深刻度和生命力。鲁迅也因此而成为中国近现代真正最先获有现代意识的思想家与文学家"[1]。和郁达夫等人的青春期愁怨不同，鲁迅的孤独具有一种力量感，具有一种崇高的悲剧感。鲁迅影像的正确性在于通过鲁迅表明历史发展的趋势，其深刻性则在于鲁迅的孤独是否得到艺术化的表现，特别是热闹中的孤独。实事求是地说，对"孤独鲁迅"的建构并没有特别成功的影像，鲁迅开口说话的时候太多，但在某些片段中，偶尔的沉默、虚妄、寻找与行走的视觉形象却直击人心。

沉默常常是孤独者的表征，也是固守其精神力量的姿态。在哑剧《民族魂鲁迅》中，萧红曾表示，要以群小的跳嚣来反衬鲁迅。为此，她采用了对比的艺术手法。在咸亨酒店，少年鲁迅面对冷眼，沉默相对；在日本仙台，青年鲁迅受到侮辱，沉默不语；无名水池边，许多人在指手画脚，而鲁迅始终保持打狗的姿态，并不开口。鲁迅在生活中遭遇到开电梯的人与书商的前倨后恭，几个青年对他的颐指气使等，但他并不为之恼怒或喧嚣，寂寂如常，与群小的浮躁、功利、浅薄构成强烈对照。剧中鲁迅的沉默更多是一种坚定、不屑一顾，也是内心的坚守、知行合一。鲁迅的对立面形形色色，如封建遗老、伪革命者、商人市侩等，不一而足；鲁迅身后虽也有青年的追随，但常常没有能与之平等交流的同行者，舞台上更多是鲁迅沉默、坚定而孤独的身影。然而，这个孤独的鲁迅给人的感觉却是一种强大的精神力量，令人不自觉地皈依与认同。最后一幕青年们拿着各种标语游行，就是鲁迅精神力量感召的结果。

电影《伤逝》是对小说的忠实改编，涓生和子君经历了恋爱到分离的生活历程，和小说《伤逝》一样，电影以涓生视角进行倾诉和叙事。涓生求婚的时候，涓生在图书馆读书的时候，涓生在夜晚写稿的时候，大量的心理独白或激越，或沉郁，或纠结地喷薄而出，这些独白比较多地保留了小说的原貌，是涓生的心理真实。电影从明媚的春天拍到阴冷的冬日，涓

---

[1] 李泽厚：《中国现代思想史论》，天津社会科学院出版社，2003年，第108页。

生的独白一直阐释着这段平凡而充满纠结的情感经历。对子君的死，涓生的内疚是真诚的，但是他对子君的爱的消失也是真实的。这双重真实的背后，不仅是新旧时代交替的两个年轻人面临的生活困境、社会困境与成长困境，也是身为新文化呐喊者的鲁迅对"启蒙"本身的深沉反思。启蒙唤醒了对爱情的渴盼，促使个性觉醒，然而人身自由与人格独立却没有在社会发展中得到相应的支持。被启蒙的子君以及启蒙的涓生都没有获得幸福，启蒙的意义何在呢？涓生的身上投射着鲁迅的孤独，而鲁迅又超越了涓生，用悲悯而深沉的眼光注视着涓生与子君的分分合合。

"寻找"是影视常用的情节模式，无论寻人寻物，寻找中的探索与意外都使故事充满传奇性。李六乙创作的话剧《再见鲁迅》表现的是鲁迅对自我的寻找。该剧开场即凸显出鲁迅热闹中的寂寞。演员甲乙丙丁以及ABCD在舞台上交叉诵读郭沫若、毛泽东、许广平、叶紫、中共中央、全国学生救国联合会对鲁迅的悼念和赞颂之词，一个孩子却在舞台上问："妈妈，这是什么地方？你们在说什么？"众人散去后，孩子与鲁迅在寂静中对视。疲惫病弱的鲁迅开始寻找自己的影子，这个鲁迅是孤寂而衰弱的。当许广平告诉他"你的思想、你的人格、你的行为催醒了众多沉睡的灵魂，鼓舞了众多的人成为战士"时，鲁迅回答："如今，你要将如此艰巨的责任压在我弱小的双肩。我是无法承受的。本来，我就步履蹒跚，气喘吁吁。当我来到这个世界就注定一切本不属于我。这就是命运。这就是如此孤寂的我……活着的自我，死去的自我……忘掉我吧，忘掉我吧……"[1]在祥林嫂询问人死之后有无灵魂后，鲁迅独自踏上灵魂的寻找之途，在路上遇到铁匠、傻孩子、天使、青年妇女，到达地狱与无常及目连对话，一路之上，音乐声中，鲁迅坚决地独行寻找。他疲惫地行走着，饥饿、寒冷向他袭来，他努力地继续独行。到了乡间，乡人们却是"赶走他，赶走他……这里不需要你，这里不需要你"，用书、用衣服、用鞋、用一切能打的东西，向鲁迅扔去。

---

[1] 李六乙：《李六乙纯粹戏剧：剧本集》，人民文学出版社，2001年，第256页。

第二章 形象与话语的纠缠：鲁迅形象的塑造

〔舞台肃静，渐渐音乐起。

〔满台撕碎的书、纸屑……鲁迅怀里仍紧紧抱着一本作为盾的书。他慢慢地醒了过来，看到周围的一切……

鲁　迅　（轻轻地）"但见泪痕湿，不知心恨谁。"谁？谁？

（突然大叫）你们是谁……谁？

〔鲁迅举起手中的书，作为坚韧的盾，与空中无形的力量，与不相知的对象交战起来……拼搏起来。①

这是一个希望从人们视野中消失的鲁迅，是一个不堪现实重负、希望回归自我的鲁迅，是一个寻找自我而不得的鲁迅。《再见鲁迅》是鲁迅与现实世界的各种鲁迅话语以及阐释意图的对话与作别，鲁迅通过寻找自我以拒绝人们对于他的过度依附和改造。

鲁迅是一个暗夜行走的赶路人。2005年电影《鲁迅》有几个场面令人印象深刻。开篇时，濮存昕扮演的鲁迅在暗夜中于江南水乡缓步独行，他的身边不断游走着闰土、祥林嫂、阿Q等人的幽魂，稍作停留，便又无影无踪。这是鲁迅和他笔下的世界，他笔下诞生的人物并不能陪伴他在黑夜里行走。一个深夜，给《译林》送稿之后，黄源、巴金送鲁迅回家，青年看着鲁迅的背影叫道："先生，让我们和您一起吧，一起做一个暗夜的人。"鲁迅站定，回首说："可是暗夜里的人是孤独的，你们不孤独。"这是鲁迅自觉与青年人的差异。鲁迅听到"左联"解散的消息之后，勃然大怒，不顾病情向许广平索要烟卷，还将烟盒愤然掷于窗外。入夜了，他对许广平说，自己愿意当梯子，却不料有人踩着过墙后居然把墙推倒。这番感慨与其说是表达鲁迅的愤怒，不如说是鲁迅内心孤独的自白，是影片给人印象最深的细节之一。暗夜，是鲁迅思想游走与精神活动的时间段，也是未来

---

① 李六乙：《李六乙纯粹戏剧：剧本集》，人民文学出版社，2001年，第305—307页。

走向蒙昧不明的意象。电影《鲁迅》中,许广平有不少镜头,但鲜有和鲁迅的思想交集,唯一一处:

〔鲁迅躺在椅子上,许广平在旁边编毛衣,两人聊天。
许广平　你到底是革命还是反革命呢?
鲁　迅　你觉得呢?
许广平　你是反革命中的非革命者。
鲁　迅　不对,我是非革命中的反假革命者。

许广平未必理解鲁迅。当得知鲁迅病时,她表现的也更多是一般家庭妇女的悲哀,鲁迅宽慰她之后,看着她离开的身影,回想起女师大期间她充满青春朝气的声音"可是,神未必这样想",鲁迅内心是有些微的失落的。童道明先生也感受到了此点,为此,他特地第二次看了电影《鲁迅》,认为许广平和鲁迅"当然是相濡以沫的夫妻,当然是志同道合的伴侣,但觉得他们之间总还是有一点点隔膜,也就是说,即使是许广平也不能完全理解鲁迅。我不知道这是否是编导的意图,但我自己庆幸能在第二次看电影《鲁迅》时产生这个观感,而且产生这个观感的过程是与濮存昕、张瑜的很细腻、很有分寸感的表演同步的"[①],并感慨伟大的中国知识分子,特别是身处黑暗时代,必定是最孤独的。

鲁迅的孤独在不同历史时期被强调的侧面并不相同,如果说《民族魂鲁迅》更多强调的是鲁迅的坚定与坚守,具有一种孤独中的力量;那么,《伤逝》则渗透着对前路的虚妄感,是一种反思中的孤独;《再见鲁迅》以鲁迅在世俗与实利社会的被利用与被驱逐,或者所有的人都在索取,却很少有人真正关爱为切入点,是一种热闹中痛彻心扉的孤独;电影《鲁迅》最难得的是表现鲁迅与许广平在亲密中的隔膜,如同《伤逝》的现实版。

[①] 童道明《两次看鲁迅》,转引自赵蓉:《十年感悟》,地震出版社,2007年,第300页。

其实，孤独是一种心理状态与人生处境，感受的纤敏与灵魂的悸动是文字可以恣意纵横的地方，影像则无法像文字一样直接和淋漓尽致，它务必借助镜头语言和影像结构艺术化地呈现。例如《民族魂鲁迅》中的夸张与对比是哑剧不得已的艺术选择。但多数情况下，其表现是非常委婉的。《再见鲁迅》启动了"寻找—驱逐"模式，以鲁迅对影子的寻找、对灵魂的寻找、对自我的寻找贯穿，表现其不断被索取、被改造、被驱逐的孤独。电影《鲁迅》中，鲁迅与瞿秋白在夜晚朗诵《野草》，令人体会到"人生得一知己足矣"的快慰，但是鲁迅对许广平说的一句话却耐人寻味："秋白临行前对我说，我的生活太喧嚣和热闹了，所以做不了小说。"言语之中透露出对这种生活的不满，却又力不从心。换句话说，鲁迅的孤独不是无人理睬，而是热闹中的身不由己。其实，就此而言，电影《鲁迅》确实是一部切入心灵的影片。

三、"先锋鲁迅"

广义地说，"先锋"是开辟道路的人，在艺术层面，"先锋"是指以反抗传统为旨归的一种新潮、前卫、探索性的艺术特质。就这个意义而言，鲁迅理所当然具有先锋性。茅盾在20世纪20年代就曾经指出："在中国新文坛上，鲁迅君常常是创造'新形式'的先锋；《呐喊》里的十多篇小说几乎一篇有一篇新形式，而这些新形式又莫不给青年作者以极大的影响。"① 陈思和更多从思想上肯定其先锋性："我们从他（鲁迅）在'五四'时期所发表的杂感对传统文化采取的肆无忌惮的否定态度，以及在《狂人日记》中关于吃人问题的探讨，可以看到鲁迅笔下所呈现的反叛性……《狂人日记》……不仅仅在社会的某一层面上揭露出生活的黑暗和怪异，而是对整个社会生活的人生意义以及人道主义的合理性都提出了质疑。这种彻底性

---

① 雁冰：《读'呐喊'》，载于《时事新报》副刊《学灯》，1923年10月。雁冰为茅盾的字。

正是西方现代主义小说的先锋性的重要特征之一。"[①]可见，鲁迅的先锋性可从文本结构、体裁、叙述视角等进行分析，也可从人物恐惧、厌烦、忧郁、绝望、死亡的感受入手。当然，"先锋鲁迅"的出现还需要先锋艺术的表现。中国的先锋艺术是在改革开放之后，受西方现代和当代艺术思潮影响而出现的艺术现象，中国先锋戏剧则是颠覆传统戏剧表现手法，具有思想性与感染力的实验戏剧。不过，从20世纪80年代兴起至今，先锋戏剧在探索艺术创新的同时，或被纳入主流文化之中，或具备流行文化特点。"先锋鲁迅"是指鲁迅反传统、反现状的姿态在戏剧舞台上获得前卫的、新潮的先锋表现。为什么先锋戏剧会选择鲁迅？因为鲁迅思想的前瞻性与艺术表达的新奇贴切，这使得先锋艺术形式能在鲁迅题材中肆意生长。《鲁迅2008》的创作者们说："鲁迅当时面对的问题，在今天仍然是我们的问题。"[②]在先锋戏剧中，鲁迅思考的问题获得了新颖的、极端的表达，这种表达体现了鲁迅精神穿越时空的力量，加强了鲁迅作品与当下的对话性。在这些先锋戏剧中，改编者并不拘泥于鲁迅作品的原貌，而是融入了自我的创见，使鲁迅精神获得更加激情和生气勃勃的延伸。

先锋戏剧《阿Q同志》的主题是：阿Q没有断子绝孙，他还有千万个子孙存活在今天。戏剧采取"戏中戏"的方式将《阿Q正传》分散在不同历史时期演出。第一部分为20世纪20年代，用早期文明戏形式演出"优胜记略""续优胜记略""恋爱的悲剧"，阐释国民的劣根性；第二部分是"文化大革命"时期在大会议室等地的演出，演绎生计问题、革命、不准革命等文本内容，凸显以阶级性为核心的时代气息；第三部分是20世纪90年代在疗养院的康复中心反思人性，"通过多重代码的阿Q形象的挪置、组合与拼贴，讽喻无处不在的阿Q精神得以畅行无阻的社会前提、历史规定，用

---

① 陈思和：《试论"五四"新文学运动的先锋性》，载于《复旦学报（社会科学版）》2005年第6期。
② 参见《小剧场里的〈鲁迅2008〉》。

闹剧的包装传达出对革命、对政治、对人性的逆向思索的另一种声音"①。历史与现实的穿插是先锋戏剧进行对话的主要方式，除了《阿Q正传》，王延松导演的《无常·女吊》将鲁迅的《伤逝》《孤独者》《在酒楼上》《头发的故事》《无常》《女吊》六部作品的相关人物进行"重组"，讲述青年知识分子涓生的堕落史，无常和女吊在其中穿插游荡。李六乙《再见鲁迅》则将鲁迅作品与鲁迅生活融为一体，通过祥林嫂来到鲁迅家里拜访鲁迅，与朱安、许广平谈论自己的生活的舞台设计，探索鲁迅人生与文学的交集和错位。《鲁迅2008》以《狂人日记》为框架，主要通过肢体语言来表演吃人主题，演员在舞台上任意走动，将对方视为食物，闻他们的气息，想象咬上一口的感觉，个个眼神"似乎怕人，似乎想害人"，彼此垂涎、惊恐、防备。在戏的结尾，四个女演员与其他男演员滚在一起，身体相互交织、缠绕，并做出恐怖的吃人动作。无论男女，每个角色在"众人互吃"的人堆中抹去性别，以身体的最大表现力显示动物性的"兽性大发"。林兆华导演的《故事新编》则是一群演员在一个巨大的煤堆旁烧火、烤红薯、吟唱等，似乎将中国历史的氛围以此方式传递。其实，这已经不是鲁迅的《故事新编》，而是受《故事新编》叙事模式启发的舞台表演形式了。

即使在传统戏剧中，舞台表现也有与作品思想匹配的探索性。许幸之创作《阿Q正传》时，打破了话剧观演空间的限制，让地保从观众席中上场，使观众席也成为舞台的一部分，观众不自觉成为围绕地保的未庄人；萧红的《民族魂鲁迅》中，孔乙己等作品人物构成少年鲁迅的生活环境，道具中的桌椅忽然变动，化身为人，非常有想象力。只是，这些探索多停留于表演手段的创新，还没有同与鲁迅思想灵魂的对话充分结合起来。先锋戏剧在新的技术背景与艺术理念下，对舞台的突破更为大胆。肢体剧《鲁镇往事》充满创意，演员胳膊一端便是太师椅，小辫一甩被用作毛笔，分立两侧蹲下张开大嘴，便是石狮子。2016年，话剧《大先生》更是将话

---

① 高音：《世纪之交的北京戏剧——传统与实验的虚拟现实》，载于《北京社会科学》2000年第3期。

剧、傀儡剧、多媒体融为一体，舞台上的鲁迅没有胡子，不穿长衫，而是白衬衣配牛仔裤，写实的表演在鲁迅题材的舞台剧中成为过去式。民谣史诗剧《鲁迅先生》的舞台后区完全是管弦乐队及合唱队，四个民谣歌手代表鲁迅、许广平、刘和珍、冯雪峰、柔石等不同的人物来演唱，而表现反面人物时，四个人的演唱则用戏曲唱腔。① 剧情发展通过一个演员的朗诵来交代，所谓戏剧的表演被降到最低的限度。

莫言说："先锋并不仅仅是一种姿态，也不仅仅是一种写作态度，实际上是一种人生态度。你敢于跟流行的东西对抗，你敢于为天下先，这就是先锋的态度。"② "先锋鲁迅"不着眼于叙事层面的完整与有序，而着眼于思想层面的深邃与精神世界的复杂。普通的舞台形式不仅难以适应深广的思想内容，而且不能体现后来者与鲁迅文本的对话性，特别是超越时空的精神对话。因此，鲁迅影像中的先锋话语不拘泥于鲁迅原著的限制，却能传达出鲁迅作品的精髓，同时包含自我的认识与发挥。他们大多真诚热爱鲁迅及其作品，从创作上与鲁迅的精神相通。因此，"先锋鲁迅"不仅是指鲁迅思想的超越性，也是指先锋艺术在鲁迅影像中淋漓尽致的生成与发展。

四、"大众鲁迅"

20世纪80年代以后，社会重心由阶级斗争转向经济建设，政府、知识界、民间共同"告别革命"，以消费为核心的大众文化开始兴起。"大众文化由各种组合的居于从属地位或被剥夺了权力的人群所创造，他们丧失了推理的和物质的资源——这由剥夺了其权力的社会体系所提供。因而这与其内核相矛盾、相抵触。这些资源——电视、唱片、服装、电子游戏、语言——承载着在经济上和意识形态上处于支配地位的人的利益，其中蕴含

---

① 杭程：《四月舞台两个鲁迅不期而遇》，http://ent.sina.com.cn/h/35598.html。
② 莫言：《说吧莫言（中卷）：作为老百姓写作——访谈对话集》，海天出版社，2007年，第47页。

着他们的力量架构。"①大众是由内部和底部创造的,其话语为抵制或规避的,大众话语时常在运动之中,只有进入了读者的日常生活或阅读中才能产生社会关系。大众话语的生成一方面缘于主流意识形态政治禁锢的松动,另一方面基于主流文化和精英文化而建立的绝对权威被市场消解,消费主义观念渗透到文化的创造和传播过程中。随着大众文化的兴起,鲁迅影像由政治性、阶级性的宏大叙事转向以消费为中心的私人化叙事。因此,大众文化背景下的鲁迅形象直白浅显,拒绝深度,集中于生活琐事而不关心思想和意识,属于狂欢化、解放性的大众地带。

自20世纪30年代《阿Q正传》被改编为《女人与面包》开始,鲁迅影像就在尽力寻找普及鲁迅之路。尽管鲁迅对其改编口吐微词,认为改编之后就不再是自己的作品,但也没有断然否定或拒绝。《女人与面包》毕竟没有被拍成电影,倒是20世纪40年代越剧《祥林嫂》的改编获得市场与专家的双重认同,而该剧改编时确实也不无市场的考虑,比如在戏中加入祥林嫂与鲁四老爷儿子阿牛的恋情,一是因为演小生的越剧演员当时非常有票房号召力;二是因为越剧本来就以才子佳人的爱情故事见长,让观众突然接受一个完全没有爱情的现代题材戏,只怕未必能取得他们的认同。越剧《祥林嫂》改编成功之后,越剧观众增加,新文化青年也开始看越剧,编剧最后才将祥林嫂与阿牛的爱情线索删掉。

相关性是大众话语的核心,它降低了文本与生活、美学和日常的差异性,信息大于意义。20世纪90年代以后,将鲁迅还原为普通人成为取掉鲁迅头上神圣光环的重要步骤。鲁迅首先是一个人,就意味着鲁迅也如普通人一般有爱情婚姻的纠葛,有亲切的、琐碎的生活事件。就如萧红所写的那样,他对服饰与色彩有自己的见解,他有生活中的困惑和处理办法,他有胆怯的婚恋心理。也正如许广平所写,他有生命最后片刻的不舍,病情转危时紧紧抓着她的手;他有严谨的生活,书籍包装都整整齐齐。当鲁迅

---

① 约翰·菲克斯著,杨全强译:《解读大众文化》,南京大学出版社,2001年,第2页。

的日常生活、家长里短进入影像时，鲁迅形象更为亲切具体，普通大众也觉得其可敬可爱。

"大众鲁迅"在文化多元化、商业环境成熟的情况下开始大行其道，特别是在电视纪录片中，鲁迅不再是怒目金刚、勤于笔战的战士形象，人们把目光对准了他的爱情、婚姻与家庭纠纷。《百年婚恋》是2002年阳光卫视播出的系列纪录片，它以历史人物的婚姻及恋情为脉络，勾画出20世纪中国历史名人的婚恋纠葛，通过婚姻这个最普通的生活视角，展示百年来婚恋变迁和中国社会经济文化的巨变。鲁迅的婚恋故事自然成为其中之一。《见证·影像志》是中央广播电视总台的纪录片栏目，通过纪录片的独特观察方式，为转型期的中国留下一份珍贵的影像志，以客观、平实、深入的讲述风格展现不动声色而又惊心动魄的历史变化。《那一场风花雪月的往事》是民国时期知名人物的恋爱生活记录，鲁迅与许广平的故事以《师生情缘——鲁迅·许广平》为题在2008年4月8日播出。吉林电视台《家事》栏目是金烨菲林文化传媒有限公司和吉林卫视联合打造的一档以名人家庭传奇为主的现场故事讲述型节目，满足了观众爱听故事的天性，2012年12月5日到6日连续推出两集：《鲁迅 周作人：兄弟失和隐情》《鲁迅 许广平：围城内外的爱情往事》。《经典传奇》是江西卫视于2010年2月推出的历史人文故事节目，选题在"传奇性"的基础上，还需有"经典性"，2013年6月25日播出了《鲁迅周作人兄弟反目之谜》。另外，爱奇艺播出的《民国悬疑奇案实录》以《鲁迅周作人何故失和》为题将鲁迅家事与阮玲玉之死、郁达夫之死等并置，以"悬疑"二字引起观众的好奇心。

这些电视栏目纪录片共同特点是：它们不更多关注鲁迅的文学作品或思想成就，而将注意力放在他的婚姻与家庭上，具体而言，一是鲁迅、许广平以及不太为人所知的原配妻子朱安的三角关系；二是鲁迅、周作人的兄弟反目。

在鲁迅婚姻问题方面，女性视角的引入别具一格。《百年婚恋·鲁迅》是从朱安开始叙述的："在浙江绍兴城里，有一位女子叫朱安。像许多中国女人一样，具备了懂规矩和性情好的传统美德，在她24岁那年被鲁迅的母亲相中。因为鲁迅是长子，从鲁迅父亲去世以后，鲁迅的母亲就开始为鲁迅的婚事操心了。鲁迅母亲对朱安的印象很好，觉得她很文雅、很娴静。"① 结尾的时候也以朱安收束："在鲁迅的老家，可怜的朱安也得知丈夫去世的消息。她身披重孝，在住处的南屋陶元庆画的鲁迅像下设置了祭奠的灵位，又供上文房用具，以及丈夫生前喜欢的烟卷、清茶和点心。朱安就用这种老式但非常虔诚的方法，无言地表达了对这个陌生丈夫的哀悼。以后，每逢过年和生日、忌日，她都要焚香祭奠，寄托自己对大先生的无限怀念。"②《师生情缘——鲁迅·许广平》则以许广平的一封信开始，女性视角成为叙述鲁迅婚恋故事的重要补充。《两地书》里充满情趣的细节，许广平给鲁迅编制的毛衣和一张照片的深意，以及鲁迅在巨大的社会和心理压力之下特殊的蜜月之旅，这些事件往往是既不被学术界关注，也不被政治意识形态关注，但却为大众所关注的家长里短。这样的纪录片虽然不涉及鲁迅的创作与思想，但却将鲁迅的婚姻感情生活和盘托出，使对鲁迅生活感兴趣的观众可以深入了解，也可以说是对酷评派中关于鲁迅"压抑正室妻子朱安"的某一种回应。

兄弟失和事件主要以解谜或破案的方式层层设疑、层层剖析，主持人的叙述方式往往比事实更重要。这方面做得比较成功的是《经典传奇》主持人洪禹。他以鲁迅先生家事为中心，以普通大众为接受群体，设置悬念，也不无噱头与故弄玄虚。栏目基本不涉及鲁迅的文学水平、思想意义等话题，而是以名人八卦的方式予以运作。整个栏目的流程是闲话性质的，主持人表达流畅，妙语连珠。从狗仔队探索明星隐瞒婚姻的话题开始，引出许多文人也当过"狗仔队"，再引出鲁迅与周作人之间的矛盾过程，然后通过对经济、名利、绯闻等方面原因的排查，最后落实在许寿裳的一句话：家庭琐事。而在这个过程中，为了紧紧抓住观众，主持人旁征博引，从周

---

① 根据纪录片《百年婚恋·鲁迅》字幕整理而来。
② 根据纪录片《百年婚恋·鲁迅》字幕整理而来。

作人的恋爱说到现在女性的择偶标准等，从日本女性的温柔和顺说到现代男人的幸福人生。总之，节目以猎奇八卦的心态探索名人的生活隐私，以讲故事的方式吸引观众的注意力。为了增加视觉性，节目还进行了情景再现的拍摄，如樱花下模糊的青年男女的身影，一只手从桌上拂去一个茶杯表现人物的愤怒，具有电视专栏纪录片的特点。这类纪录片重点不在鲁迅的文学成就或者如何评价鲁迅的历史地位，也不管涉及鲁迅的各种文学论争以及公私恩怨、政治立场、思想深度，它们主要关注鲁迅人生的传奇性与故事性，而这些传奇性与故事性又因鲁迅的名人效应和"三家五最"的刻板印象而被放大。节目短小精悍，在客观上也厘清了鲁迅人生的谜团。公众不仅知道这个谜团，而且还了解了这个谜团背后的故事。

确实，对于大众而言，鲁迅是新文学的闯将，是中华民族的脊梁，知道这点也就够了，至于为什么，人们未必有兴趣探究，但鲁迅的感情生活、家庭纠纷跟普通人会有怎样的不同，是电视机前多数人愿意了解和能理解的内容。这类纪录片很好地完成了有关鲁迅生活的知识普及，虽然不无噱头，但其结论和态度基本上是客观与公正的，既能满足普通民众对鲁迅生活的好奇心，也可以使喜爱鲁迅作品的人更了解鲁迅，还可能使人们在了解鲁迅生活之后有兴趣深入其精神世界。

20世纪90年代以后，随着商品经济浪潮的兴起，市场化开始无孔不入，大众文化也开始大行其道，以调侃、反讽为主的解构主义成为重要的文化力量，鲁迅也受到市场化的侵蚀。2000年出品的电视连续剧《阿Q的故事》建立了多条爱情线索，阿Q与吴妈、"豆腐西施"以及孔乙己的女儿秀儿之间产生情感纠葛，同时喜欢秀儿的还有假洋鬼子，而秀儿喜欢的却是夏瑜，夏瑜爱上的则是县太爷的女儿子君。最后，阿Q如同情圣一般，为了不让秀儿难受，替夏瑜蹲牢并被斩首示众。该剧将《呐喊》《彷徨》里的众多人物组合在一起，串联起复杂的人物关系和社会结构，但中心却是殉情。无独有偶，鞍山市艺术剧院演出的话剧《圈》根据《阿Q正传》和《药》改编，剧中阿Q不再仅仅是贫苦雇农，他成为多情种，喜爱吴妈和小尼姑。最后吴妈在监狱里对阿Q以身相许，小尼姑则把蘸着阿Q血的馒头给情人县太爷壮阳。

在精英知识分子看来，大众话语是低层次的，大多是声色之娱，是粗俗、低俗、庸俗、便宜之类的同义词，它远离意义与道德，具有偶然性与可替代性，不要思想，只要感性，不求深度，只求享乐。解构与消费鲁迅的背后是市场化、商业化气息，以及变化之后的大众趣味。针对乱改名著、远离生活、陷入媚俗等不良现象，学者们批评改编影像既不顾鲁迅作品的原貌，也不顾鲁迅的创作精神与基本思想，对鲁迅作品进行媚俗化的拆解，将情色、多角恋爱、革命等元素杂糅在拼凑的情节中，"借解构主义、新历史主义之名，急功近利，哗众取宠，热衷于表现自我，迎合低级趣味，追求商业炒作和市场卖点，心浮气躁，把艺术创作和名著改编当成了摇钱树……经典只剩下一个被用来赚钱的壳"[①]。这些与鲁迅作品及鲁迅精神没有关联的作品原本可以自立门户，却偏偏打着鲁迅的旗号，这也从另一个角度说明作为文学资源的鲁迅形象在商业资本的运作下前景堪忧。

流行的、娱乐的、商业化的大众文化与精英意识格格不入，在现代消费社会，精英知识分子或高高在上对大众话语进行批判，或走进大众去理解其文化逻辑与内在机理。但大众并非沉默者，在大众话语中，消费蜕变为一种积极能动话语实践行为，大众通过消费找到主体性与主动性。在演艺市场，鲁迅影像的商业性噱头不仅没有获得大众追捧，反而在媒体声讨中黯然落幕，这说明了一点：大众并不接受戏说鲁迅，鲁迅可以严肃，可以亲切，但绝对不是油腻的类型片男主角。

"革命鲁迅""孤独鲁迅""先锋鲁迅""大众鲁迅"只是鲁迅形象话语的一个层面或者一个侧面，它们之间并非泾渭分明，革命话语着眼于政治层面与行动姿态，孤独话语着眼于启蒙意识与心理层面，先锋话语侧重于艺术创新，大众话语则侧重于传播与影响。它们彼此包含交叉，偶尔也排

---

① 艾莉：《不要拿鲁迅开涮》，载于《光明日报》2004年11月3日。

斥背离，都为丰富鲁迅形象做出了贡献。在这个问题上，我们完全不必纠结哪个才是真正的鲁迅，因为鲁迅的丰富与复杂为形象的多样化提供了基础，而时代的变化也对鲁迅的多元化提出了需要。正如姚斯所说："一部文学作品，并不是一个自身独立、向每一个时代的每一个读者均提供同样的观点的客体。它不是一尊纪念碑，形而上学地展示其超时代的本质。它更多地像一部管弦乐谱，在其演奏中不断获得读者新的反响，使本文从词的物质形态中解放出来，成为一种当代的存在。"[①]不同侧面的鲁迅形象就是时代在鲁迅身上奏响的不同音符，让鲁迅鲜活而具有现实的生命。

第二节　话语主体的权力建构

形象话语的背后离不开权力的博弈。话语与权力关联密切，英国学者弗朗西斯·培根（Francis Bacon）很早就说过"知识就是力量（权力）"（knowledge is power）。葛兰西（Antonio Francesco Gramsci）也从意识形态斗争的角度提到话语的作用："一个社会集团的霸权地位表现在以下两个方面，即'统治'和'智识与道德的领导权'。"[②]前者表现为上层建筑的国家机器，后者体现为文化领导权或话语权。后现代思想家福柯（Michel Foucault）进一步指出，人类的一切知识都是通过"话语"而获得的，任何脱离"话语"的事物都不存在。人和世界的关系是一种话语关系，"'话语'意味着一个社会团体依据某些成规将其意义传播于社会之中，以此确立其社会地位，并为其他团体所认识的过程"[③]。在福柯看来，话语不是单纯的语言学概念，而是一种实践活动，任何话语都是权力关系运作的产物。权力

---

① H. R. 姚斯、R. C. 霍拉勃著，周宁、金元浦译：《接受美学与接受理论》，辽宁人民出版社，1987年，第26页。
② 安东尼奥·葛兰西著，曹雷雨、姜丽、张跣译：《狱中札记》，中国社会科学出版社，2000年，第38页。
③ 王治河：《福柯》，湖南教育出版社，1999年，第159页。

无处不在，所有话语都是权力产生的。"权力不可能为人们获取、把握或分享，人们不能把握它或让它溜走；权力的运用来自无数方面，在各种不平等与运动着的关系的相互影响中进行。"① 权力是一种关系，任何置身于社会权力网络运作机制中的个体都会成为生产权力或抵制权力的一部分。

权力关系先于话语而存在。话语是主体的话语，主体是权力的主体，有强弱之分，从而带来主流话语与边缘话语之别。话语主体拥有的权力以及他们的身份和地位通常不一样，因而在话语分配和影响上也存在不平等。话语结构与主体结构之间存在一定的同构性。鲁迅形象话语的变迁意味着话语权力的争夺与转化，也意味着社会集团在言说鲁迅的权力博弈中的较量。鲁迅形象的建构暗含着各种社会力量与社会结构的争夺，鲁迅的精神内涵是丰富的，但是鲁迅形象的主导话语往往只有一个，它奠定鲁迅形象的基调与走向。在这个过程中，政治意识形态的力量、学界的努力、文艺界的参与、商业资本的关注，都在其中烙下印记。只不过，在不同的历史时期或不同的话语空间里，某一社会力量更为突出。

一、政党力量的主宰性

长久以来，政党力量是鲁迅影像生产合法化的推动者，其推行力度、监管弹性决定了鲁迅影像的合法性、合理性和适度性。这主要体现在两方面：第一，鲁迅影像制作多为政治任务，而且多与鲁迅诞辰或鲁迅逝世的周年纪念活动相结合，比如，为纪念鲁迅逝世二十周年，故事片《祝福》和纪录片《鲁迅生平》上映；为纪念鲁迅逝世四十周年，纪录片《鲁迅战斗的一生》上映；为纪念鲁迅诞辰百年，故事片《伤逝》《药》《阿Q正传》以及纪录片《鲁迅传》上映，众多以《阿Q正传》为题材的舞台剧上演。如果说，中华人民共和国成立之前，鲁迅纪念活动主要以文艺界自发为主，

---

① 米歇尔·福柯著，张廷琛、林莉、范千红等译：《性史（第一、二卷）》，上海科学技术文献出版社，1989年，第92页。

那么在中华人民共和国成立之后，则多带有官方性质，鲁迅影像也因此成为纪念活动中的重要环节。从1956年故事片《祝福》到1981年电影纪录片《鲁迅传》，虽然作品不多，但时间跨度长达25年，在文化产品不够丰富的时代，这种题材集中、主题鲜明的影像自然影响很大。第二，影像制作者多为党内人士或积极分子，政治觉悟高，自觉与党的政策基调保持一致。鲁迅影像的参与者会将之视为光荣的政治任务，1956年夏衍将《祝福》的改编视为一项重要的政治任务[1]；1981年严顺开饰演阿Q感到不适应与压力之时，导演岑范也鼓励他不要辜负党和人民的期望[2]。

政党力量不仅推动鲁迅影像的制作，而且牢牢主宰了形象话语。"革命鲁迅"有两个核心话语：一是"三家五最"，二是"两个转变"。话语来源分别是毛泽东、瞿秋白。毛泽东对鲁迅的经典论述主要见于《论鲁迅》和《新民主主义论》。《论鲁迅》是毛泽东在延安陕北公学纪念鲁迅逝世一周年大会上的专题讲演，这是毛泽东对鲁迅最早的，也是唯一的"专论"。文章从政治远见、斗争精神和牺牲精神三个方面概括了鲁迅的特点，称赞鲁迅不只是文学家，而且是民族解放的急先锋、党外的布尔什维克，并指出："鲁迅在中国的价值，据我看要算是中国的第一等圣人。孔夫子是封建社会的圣人，鲁迅则是新中国的圣人。"[3] 1940年1月，毛泽东在《新民主主义论》一文中，对鲁迅作出了迄今为止最高的评价："鲁迅，就是这个文化新军的最伟大和最英勇的旗手。鲁迅是中国文化革命的主将，他不但是伟大的文学家，而且是伟大的思想家和伟大的革命家。鲁迅的骨头是最硬的，他没有丝毫的奴颜和媚骨，这是殖民地半殖民地人民最可宝贵的性格。鲁迅是在文化战线上，代表全民族的大多数，向着敌人冲锋陷阵的最正确、最勇敢、最坚决、最忠实、最热忱的空前的民族英雄。鲁迅的方向，就是

---

[1] 夏衍：《杂谈改编》，见《祝福（从小说到电影）》，中国电影出版社，1959年，第119页。
[2] 严顺开：《初上银幕》，载于《上海戏剧》1982年第3期。
[3] 毛泽东：《毛泽东论鲁迅》，载于《七月》1938年第10期。

中华民族新文化的方向。"①即使在"文化大革命"时期,毛泽东也多次说过他和鲁迅的心是相通的,号召大家要读点儿鲁迅。瞿秋白于1931—1933年间在上海从事革命文化工作,与鲁迅结下了亲密的友情。1931年12月5日,瞿秋白在给鲁迅的第一封信中就这样写道:"我们是这样亲密的人,没有见面的时候就这样亲密的人。这种感觉,使我对于你说话的时候,和对自己说话一样,和自己商量一样。"②1933年7月,瞿秋白选编的《鲁迅杂感选集》在上海青光书局出版,随之面世的还有著名的序言,在序言中,瞿秋白在高度肯定鲁迅杂感文体的现实意义之后,对于鲁迅的主要评价如下:"鲁迅从进化论进到阶级论,从绅士阶级的逆子贰臣进到无产阶级和劳动群众的真正的友人,以至于战士,他是经历了辛亥革命以前直到现在的四分之一世纪的战斗,从痛苦的经验和深刻的观察之中,带着宝贵的革命传统到新的阵营里来的。"③鲁迅不仅是近代中国杰出的思想者、文学家,而且是中国共产党的同盟战友,是中国共产党领导新中国的历史必然性、正确性、先进性的重要佐证。政治意识形态以强有力的方式参与了鲁迅影像制作的过程,多数影像制作都具有政治任务的性质,参与的制作者往往还有较高的行政级别或组织身份④,制作出来的成果又在大型纪念宣传活动中演出或播放,因此,政治正确势必会放在首要位置。毛泽东和瞿秋白对鲁迅思想的深刻认识,他们剖析鲁迅与现代中国息息相关的联系以及鲁迅的价值,具有极强的理论色彩和政治远见,不仅在学理层面上自成一体,在政治评价上也是一言九鼎,之前和之后的革命党人很少有超越二人的鲁迅评价。

政治权力非常强势地存在于制作过程中。1960年,周恩来总理对电影

---

① 毛泽东:《新民主主义论》,见《毛泽东选集(第二卷)》,人民出版社,1968年,第658页。

② 鲁迅:《关于翻译的通信》,见《鲁迅全集(第四卷)》,人民文学出版社,1981年,第377页。

③ 瞿秋白:《〈鲁迅杂感选集〉序》,见《瞿秋白文选》,四川文艺出版社,2009年,第192页。

④ 例如电影《祝福》的编剧夏衍,时任文化部副部长,主管电影及外事工作。

《鲁迅传》有明确指示："应以毛主席在《新民主主义论》中对鲁迅的评价为纲。"①此后很长一段时间，这成为鲁迅影像的金科玉律。创作者不仅以此奠定影片的拍摄基调和思路，还会将他们的话语直接引用或以字幕形式展现于电影中。1956年纪录片《鲁迅生平》在片头选用毛泽东评论鲁迅的经典性论述作为字幕："鲁迅是中国文化革命的主将，他不但是伟大的文学家，而且是伟大的思想家和伟大的革命家。鲁迅的骨头是最硬的，他没有丝毫的奴颜和媚骨，这是殖民地半殖民地人民最可宝贵的性格。鲁迅是在文化战线上，代表全民族的大多数，向着敌人冲锋陷阵的最正确、最勇敢、最坚决、最忠实、最热忱的空前的民族英雄。鲁迅的方向，就是中华民族新文化的方向。"②字幕叠印在著名雕塑家萧传玖创作的鲁迅胸像上，逐渐往上推进，并予以朗诵，给观众以富有震撼力的视觉与视听印象。1976年《鲁迅战斗的一生》不仅在开篇以红底黄字逐渐往上推进并朗诵这段文字，结尾处还推送了毛泽东的另一段话："鲁迅的两句诗，'横眉冷对千夫指，俯首甘为孺子牛'，应该成为我们的座右铭。……一切共产党员，一切革命家，一切革命的文艺工作者，都应该学鲁迅的榜样，做无产阶级和人民大众的'牛'，鞠躬尽瘁，死而后已。"1981年纪录片《鲁迅传》片头虽没有直接引用此段文字，但却在片名推出之前，以红字标明"谨以本片献给伟大的文学家、思想家和革命家鲁迅先生诞生一百周年"。政党领袖的评价奠定基调，余下的就是围绕这一基调的叙事。

叙事意味着事件与关系的选择。政治背景中的鲁迅传记片，往往有倾向性地选择了富有标志性的私人交往与政治事件，如强调鲁迅与共产党人的交往，李大钊、陈延年、方志敏、瞿秋白、陈赓等都成为鲁迅生活中的重要人物。其实除了瞿秋白之外，其他人与鲁迅之间的文化关联并不大。政治事件则比较突出女师大风潮、声讨国民党杀害柔石等"左联"作家事

---

① 沈鹏年：《巨片〈鲁迅传〉的诞生与夭折》，见《行云流水记往（上）》，上海三联书店，2009年，第90页。

② 本节涉及字幕文字，均出自相关联的纪录片字幕或解说词中。

件、为长征胜利发出贺电的事件等。1961年电影《鲁迅传》剧本中,出现红军到达陕北以及毛泽东对红军讲话的画面,然后出现鲁迅欣然北望的画像和他得知红军长征到达陕北后的贺电,用字幕写出"在你们身上寄托着中国和人类的希望"。政治意识形态已经深入人心,因此,《鲁迅传》初稿征求意见后,陈白尘为了增强政治作用,又进行了修改,增加了"十月革命一声炮响,为中国送来马克思主义"等解说词。故事片《祝福》的改编同样如此。"《祝福》的改编或许除了其故事的情节与节奏比较适宜构造电影戏剧冲突外,更重要的在于它在人物过滤与情节改造中隐形置换的阶级斗争主题,因而既被倡导'文艺是阶级斗争的工具'说的主流意识形态话语认同,也获得了在主流话语语境中建构起审美趣味的大众对'痛说革命家史'的'苦情戏'的品味与想象性满足。"[①]鲁迅"被阶级化"成为政治话语渗透的典型标志。

政治需要和历史真实之间并非剑拔弩张的关系,话语选择也并非非此即彼,然而在政治需要之下,创作者的选择往往是牺牲细节真实,以至周扬批评《鲁迅传》把鲁迅过分革命化,因为一些涉及重大历史事件、政治事件的地方,没有充分根据,有编造之嫌:"例如写'三·一八'惨案前李大钊和鲁迅的幕后活动、鲁迅和许广平一起去通风报信,把鲁迅说成'三·一八'的参加者甚至组织者,这就不真实。此外,写鲁迅在船上听到秋收起义的消息,读《湖南农民运动考察报告》等等,也不真实。"[②]不过,从形象学的角度来看,形象塑造从来不以历史真实为最终目的,感觉与想象的真实更是形象传播背后的推手。受众真正感兴趣的未必是鲁迅的人生经历,影片无论如何也不可能重现鲁迅的真实人生,"鲁迅应该是怎样"比"鲁迅本来是怎样"更重要,当然,前者建立在后者的基础之上,更是对后

[①] 张吕:《被意识形态话语"改编"的鲁迅——追溯新中国鲁迅作品影视戏剧改编六十年》,载于《鲁迅研究月刊》2010年第11期。

[②] 周扬:《关于电影〈鲁迅传〉的谈话》,见《周扬文集(第三卷)》,人民文学出版社,1990年,第277页。

者的阐释。简单、鲜明、集中，如同简笔画一样勾勒出来的鲁迅，配合教科书中的鲁迅，成为一个完整的鲁迅形象塑造工程，反而影响深远。

二、学界话语的学理性

在福柯的权力哲学里，知识和权力存在着共生关系，知识是权力的眼睛，具有权力功能，真理不过是权力的一种特殊形式。加尔布雷斯认为，权力总是与最难获得或最难替代的生产要素联系在一起，谁拥有这样的生产要素，谁就自然而然拥有相应的权力。现代社会中知识的精细化、复杂化、系统化，使得知识成为财富和暴力的增殖器。学界主要以专家学者、学术团体、学术机构为主体，专家学者是知识的生产者与传播者，也是掌握文化资本的社会群体。所谓文化资本是指"一种标志行为者社会身份的，被视为正统的文化趣味、消费方式、文化能力和教育资历的价值形式"[①]，文化资本与文化实践、教育程度、修养修为等息息相关，需要相当的时间积累和精力投入才能获得。一般而言，教授、研究员、博士等职称资格和学历文凭的拥有者都是学术资本的占有者。"学术资格和文化能力的证书的作用是很大的，它给了拥有者一种文化的、约定俗成的、长期不变的、得到合法保障的价值。我们可以说，正是社会炼金术生产了这种文化资本，这种文化资本相对于拥有者而言，甚至相对于该拥有者在一定时期内有效占有文化资本而言，均具有一种相对独立性。"[②]在某种意义上，鲁迅研究队伍就是由这样的文化资本拥有者构成的，他们在鲁迅形象话语中具有举足轻重的地位。

鲁迅研究是现代文学与文化研究重镇，每年关于鲁迅研究的论文不计

---

① P.布尔迪约、J.-C.帕斯隆著，邢克超译：《再生产——一种教育系统理论的要点》，商务印书馆，2002年，第18—19页。

② P.布尔迪约、J.-C.帕斯隆著，邢克超译：《再生产——一种教育系统理论的要点》，商务印书馆，2002年，第21页。

其数,正如研究者所言:"从80年代初起,鲁迅研究业已逐渐形成了一个相对平衡、稳定的学术生态系统:首先是形成了衔接紧密、环环相扣的学术梯队;其次是多种阐释系统在相互竞争、相互促动中不断开辟着自己的生长空间。"①其研究的繁荣可以从以下方面得以证实:其一,专门的鲁迅研究刊物持续发挥重镇和领军作用,如《鲁迅研究月刊》(创刊于1980年,为国家文物局主管、北京鲁迅博物馆主办的中国社会科学类核心期刊)、《上海鲁迅研究》(其前身为1979年上海鲁迅纪念馆创办的内部刊物《纪念与研究》,1988年更名为《上海鲁迅研究》,季刊)、《绍兴鲁迅研究》(创刊于2006年,是绍兴鲁迅纪念馆主办的学术期刊,年刊);其二,各高校学报、各省社会科学研究刊物以及众多学术期刊大量发表鲁迅研究论文,特别是每到鲁迅诞辰或逝世逢十的周年都不约而同地开辟鲁迅纪念专栏和纪念专题;其三,每年鲁迅议题的学术会议催生了大量鲁迅研究论文;其四,每年的研究生毕业论文使得更多的青年学者走入鲁迅研究。同时,海外鲁迅研究的最新成果也格外受到重视,成为国内研究的重要补充。新的研究领域和视野得以不断开拓,鲁迅与当代中国、鲁迅与传统文化、鲁迅与地域文化、鲁迅与基础教育、鲁迅的教学研究、鲁迅的资料整理、鲁迅研究的研究等议题不断生发,成为鲁迅文本解读之外的新热点。

正由于此,学者在鲁迅形象塑造中担任着非常重要的角色。他们是鲁迅作品与鲁迅思想的主要阐释者,也是各种鲁迅研究专著和鲁迅传记的撰写者,这些论著不仅塑造了鲁迅形象,也为鲁迅影像的拍摄提供了良好的学术依据。不过,话语建构往往还通过更直接的方式体现在影像中,这主要表现在两方面:第一,鲁迅影像在制作过程中对学术成果的积极汲取;第二,鲁迅研究者在鲁迅影像中的现身说法。

鲁迅影像在制作过程中非常看重对学术研究成果的积极汲取。这既体现于剧本写作过程中,也体现于作品演出之后。创作伊始,创作者往往广

---

① 王家平:《20世纪八九十年代鲁迅研究的生态系统》,载于《首都师范大学学报(社会科学版)》2002年第4期。

泛听取鲁学专家的意见，以杜绝知识性错误、积极吸收学术研究的新成果为主；演出之后，则以举行专题讨论会，邀请鲁学专家评价与指正为主。2001年上映的20集电视连续剧《鲁迅与许广平》写作期间，编导者也翻阅了鲁迅纪念馆的资料，并与鲁学专家交流。2001年上海电视台制作纪录片《民族魂》，导演王韧先后访谈过80多位学者，包括鲁学老专家陈漱渝、朱正、林非和青年学者汪晖等，他回忆道："就在这静静的聆听、无声的对话和交流中，鲁迅仿佛就在我眼前，片子的灵魂和骨架也清晰地立了起来。"①电视纪录片《先生鲁迅》在制作过程中为学者准备了5个访谈问题，分别是：第一，"五四新文化运动知识分子的思想特征和性格特点，以胡适、陈独秀、蔡元培、鲁迅为例，五四时期，知识分子走上历史舞台有何必然性和偶然性？"；第二，"鲁迅批判国民性最深刻的意义在什么地方？"；第三，"学界认为鲁迅的论战多是'文明的批评和文化的批判'，比如，他对京剧和梅兰芳的批评等，您怎么看这种意见？"；第四，"鲁迅葬礼实际上演变为社会各界广泛参与的政治反抗运动，如何理解？"；第五，"有人说鲁迅身上有'绍兴师爷'的影子，您如何理解故乡文化对鲁迅的这种影响？"。②这些问题，学术性非常强，不是学者也难以有较为准确全面的认识和评价。而这对整个纪录片的拍摄以及认识鲁迅文化思想的意义很有价值。至于影像播出之后，召开专题座谈会，与会代表也多是鲁迅研究的重要学者，他们及时表达对影片的肯定，并从专业知识方面提出建设性意见，在研究现状与影片之间寻找制衡点，以表达自我对鲁迅影像的设计和想象。电影《伤逝》和《药》放映后，1981年8月11—13日，中国电影评论学会、北京电影制片厂、《电影艺术》编辑部联合召开了"鲁迅作品电影改编座谈会"，会议由中国电影评论学会会长钟惦棐主持，李何林、陈漱渝等鲁迅研

---

① 王韧：《望古格——王韧电视新闻作品选》，上海人民出版社，2007年，第5页。
② 吴中杰：《纪录片〈鲁迅〉摄制组访谈录》，见《上海鲁迅研究 2007·秋》，上海社会科学院出版社，2007年，第134—142页。

究专家对电影进行了细致深入的思想艺术分析。①

如果说，专家学者幕后积极奉献是非常普遍的现象，那么，鲁迅研究者在鲁迅影像中现身说法则是20世纪90年代以后出现的新情况。20世纪90年代以后，学者在鲁迅题材纪录片中发挥了越来越明显的作用，主要体现在以下方面：

第一，众多学者现身于鲁迅影像中。电视纪录片《先生鲁迅》中，出现了近20个学者解说自己所理解的鲁迅，海外学者如东京大学的尾崎文昭、哈佛大学的杜维明，国内学者如钱理群、孙郁、严家炎、王晓明、陈漱渝、汪晖、孙玉石等，均是国内外现代文学和文化思想研究领域的专家。所涉及的高校及研究机构众多，尤以北京大学、北京鲁迅博物馆、中国社会科学院、复旦大学为最，学术顾问为兰州大学中文系的吴小美教授以及时任北京鲁迅博物馆馆长的孙郁研究员。电视纪录片《春秋：鲁迅与胡适》中，则有林贤治、王富仁、陈漱渝、孙郁等学者，该片基本上以林贤治的观点和描述为主。2003年央视《记忆》栏目播出《鲁迅1936年》，以半小时时长交代鲁迅去世一年中的事件，其中访谈了两个现实人物，一个是王富仁，知名学者；另一个是曹白，当年与鲁迅有书信往来的一位青年学生，拍摄时已经是高龄老人。王富仁从两个方面谈到他对鲁迅之死的认识：一是鲁迅是医生，深知自己的命运；二是鲁迅为何不饶恕，不饶恕的是什么。姑且不论学者之间对鲁迅的看法差异，电视从媒介层面就开拓和加强了学者的话语权。

第二，及时将学术论争置于鲁迅形象的塑造背景中。《春秋：鲁迅与胡适》是针对新时期鲁迅地位面临挑战而拍摄的专题纪录片，在第一集中涉及的鲁迅问题有三个：一是鲁迅与胡适谁才是真正的自由主义知识分子；二是鲁迅在新时期之后的去神圣化，特别提及葛红兵的《为二十世纪中国文学写一份悼词》中对鲁迅婚姻生活的论断；三是中学课本中大量删掉了

---

① 本刊记者：《忠于原著 有所创造——鲁迅作品电影改编座谈会纪实》，载于《电影艺术》1981年第10期。

鲁迅的作品。第一集很精彩，可惜这之后并没有展开各种思想的讨论与激战，完全成为鲁迅研究者的一言堂，即便是最关键的鲁迅与胡适问题，也主要是通过一句很诗意的比喻来概括："如果阳光和闪电是面对黑暗的两种方式，在比拟的意义上，平和的胡适不妨是阳光，犀利的鲁迅更合适的是闪电。"更多的篇幅还是叙述鲁迅的人生历程。从这一点看，这个专题并不成功。

第三，普及学术观点。电视纪录片《先生鲁迅》中，学者王晓明谈道，鲁迅最后十年看了许多电影，其实这里隐含了鲁迅对于洋场的认识，从《上海文艺之一瞥》可粗略看出，可惜鲁迅没有更多时间了。钱理群谈到众所周知的铁屋子寓言中所体现出来的鲁迅的怀疑精神，一是铁屋子能否被打破；二是打破之后能否给人指出道路；三是对自己怀疑的怀疑，从怀疑的精神气质剖析了鲁迅的复杂性。这都是学术性很强的剖析，深入浅出，展现了学术的魅力与说服力。

笔者以为，电视纪录片《先生鲁迅》的学术话语特别有代表性，全剧插入的学者采访片段共有61次，其中"歧路彷徨"9次，"思想风暴"8次，"铁屋呐喊"12次，"黑暗闸门"9次，"我可以爱"7次，"上海岁月"7次，"1936年"9次。近20名学者现身说法，其中有海外学者如哈佛大学教授杜维明、日本东京大学教授尾崎文昭，国内学者有北京大学中文系教授钱理群、陈平原、孙玉石、副教授高远东，西北大学中国思想文化研究所所长张岂之，中国社会科学院副研究员赵京华、程凯，复旦大学中文系教授吴中杰、副教授张业松，北京鲁迅博物馆馆长孙郁、研究员陈漱渝，清华大学人文学院教授解志熙、汪晖，上海大学文化研究系教授王晓明，南京大学文学院教授吴俊，上海师范大学中文系教授薛毅等。该片播出之后受到知识分子群体的好评，众多顶级学者同时亮相一部纪录片，鲁迅先生对于当代文化和学术的意义可想而知，他们的学识见解也对一般民众心目中的鲁迅形象有所丰富和纠正。比如高远东对鲁迅批评传统戏曲和梅兰芳的现象进行解读，提示观众这里面超越了鲁迅个人志趣的好恶，深含着鲁迅对中国社会和中华文明现象的批判。提到鲁迅与许广平的结合时，涉及许广平言说"神未必这样想"等细节，让观众了解二人之感情基础。学者们尽量对复杂的文化现象予以深入浅出的介绍，比如将新文化运动的三个重要人物（蔡元培、陈独秀、胡适）称为改变中国文化的"三只兔子"；解读《阿Q正传》和《祝福》时，引用了电影片段，使得电视画面更形象、生动、丰富。

值得一提的是，这些学者大多是鲁迅研究的专家。电视纪录片《先生鲁迅》的撰稿人是肖同庆和刘红梅，学术顾问为孙郁和吴小美。其中，肖同庆在兰州大学中文系获得文学学士和文学硕士学位，1996年在北京师范大学中文系获文学博士学位；孙郁是北京鲁迅博物馆馆长、《鲁迅研究月刊》主编、《中国现代文学研究丛刊》副主编，长期从事鲁迅和现当代文学研究，著有《鲁迅与周作人》《鲁迅与胡适》等学术专著；吴小美是兰州大学中文系教授、博士生导师，兼任中国现代文学研究会常务理事，同时从事文化传播学研究、影视研究，著有《虚室集》《鲁迅与东西方文化》等。其他被采访人员中，杜维明是哈佛大学教授，主要谈论五四运动以及"破旧立新"的价值；钱理群是北京大学教授，长期致力于鲁迅研究，主要著作有《心灵的探寻》；高远东主要著作有《现代如何"拿来"——鲁迅的思想与文学论集》；陈漱渝为北京鲁迅博物馆研究员，参与过1981年《鲁迅全集》的编注工作，著有《民族魂：鲁迅传》；吴中杰为复旦大学教授，是《鲁迅年谱》（安徽人民出版社1979年出版）的主要策划人、撰稿人、定稿人，主要研究成果有《论鲁迅的小说创作》《鲁迅传略》《鲁迅文艺思想论稿》《论鲁迅的杂文创作》等；王晓明系上海大学教授，《无法直面的人生：鲁迅传》是其鲁迅研究的代表作；王富仁是中国最早的现代文学专业博士生，其博士论文《中国反封建思想革命的一面镜子——〈呐喊〉〈彷徨〉综论》为新时期以来学界公认的鲁迅研究的突破，《中国鲁迅研究的历史与现状》等专著将鲁迅研究推向深入，他不仅是鲁迅研究的中流砥柱，而且是现代文学研究的领军人物，从鲁迅研究到思想研究，也是从鲁迅出发切入时代热点问题的途径。这些资深学者在学术界具有非常高的声望和认同率，他们的观念认识成为圈内认可度很高的文化资源，电视媒介的覆盖率、曝光率与文化资本的创造性结合起来，扩大了鲁迅形象话语的意义和影响。

短促的篇幅很难将学者们的鲁迅认识悉数论述，而且面向电视大众的影片也不适合过于深入与专业的探讨。尽管如此，该纪录片中不乏一些有意思的学术思考甚至认识分歧，比如在鲁迅与梁实秋的论争中，钱理群认为，鲁迅没有私仇，只有公怨，他的批判并不指向具体的个人，而是指向这类事物所代表的旧的思想。在梅兰芳问题上，高远东也如是认为。吴俊则认为，不要把鲁迅想得那么高，他的批判既是超越个人的，但也指向具体的人与事，他也会因为单纯的不喜欢而批判，比如对徐志摩的批判就是因为"我不喜欢他"。精彩的评析还有：孙郁提到《伤逝》的美好和快慰不仅是两个人的事，也是社会的事情；在提到鲁迅喜欢看电影之后，影片插入王晓明认为鲁迅对农业中国有深透了解，但却不了解洋场文化的片段；等等。

学术人物在电视纪录片的频频出现是20世纪90年代以后的事情，一则因为"非鲁"思潮本身涉及复杂的学术表述，需要在大众领域进行阐释与纠正；二则因为鲁迅研究走向封闭后，急需与现实社会发生联系与共鸣；三则因为电视纪录片在发展过程中也急需专业人士的参与以提升文化档次，实现观众的细分化与针对性。毋庸置疑，学者的现身说法加强了鲁迅影像的专业性，提升了认识高度。

三、文艺表达的柔软度

文艺在塑造人们的信仰和价值观以填补心灵和情感缺失方面发挥着越来越大的作用。影像是文艺作品，政治意图的渗透、学术意义的思考最终都要经过艺术家的加工，形成生动形象的艺术作品。文艺创作团体是鲁迅形象的直接生产者，他们在鲁迅形象中渗透了认知与理念，并将认知理念通过专业技术手段表现出来。由于掌握着形象代码和技术手段，他们对信息编码中鲁迅形象符号的掌控力度高于政治家和学者，文艺表达虽不具备政治与学术话语的权威性，其话语方式更多是非强制性和隐蔽性的，却能柔软、滋润和照亮人的心灵，宣告生命的在场。

在鲁迅影像中，艺术家的话语建构主要通过三种方式进行：

一是对怀念鲁迅文章的直接引用。鲁迅生前交流过的文学青年和青年作家在鲁迅去世之后，多数都曾提笔书写怀念文章，其中一些在鲁迅影像中反复使用。电视纪录片《先生鲁迅》第8集讲述鲁迅去世时，引入郁达夫记录当时心情的文字："这不是寻常的丧葬，这也不是沉郁的悲哀，这正像是大地震要来，或黎明将到时，充塞在天地之间的一瞬间的寂静。没有伟大的人物出现的民族，是世界上最可怜的生物之群；有了伟大的人物，而不知拥护、爱戴、崇仰的国家，是没有希望的奴隶之邦。"①纪录片不能过多宣泄情感，这段文字的引用却能准确概括鲁迅去世的时代悲恸与创作者的主观情感。同样是第8集，解说者念了一首诗："一个高大的背影倒了，在无花的蔷薇的路上——那走在前头的，那高擎着倔强的火把的，那用最响亮的声音唱着歌的，那比一切人都高大的背影倒了……"这是聂绀弩的《一个高大的背影倒了》，该诗写于鲁迅病逝后，被鲁迅纪念委员会选入《鲁迅先生纪念集》的首页，代表了鲁迅纪念委员会共同的心声。电视纪录片《鲁迅1936年》则引用了巴金和萧红的文字记录鲁迅先生去世前后的情境，当镜头缓慢扫过殡仪馆时，解说者念出巴金先生当年的感受："20年前那个秋天的夜里，我站在上海万国殡仪馆礼堂中鲁迅先生的灵前，半截玻璃棺盖下面现出他那清瘦的、祥和的面颜。铜棺的四周都是芳香沁鼻的鲜花，他仿佛酣睡在万花中间。我还清清楚楚地记得那个情景，我仍然有这样一种感觉：他不会死，他会活起来。的确，他怎么会死呢？他那抽着烟含笑谈话的姿态，永远不会在我眼前消去……"②这段文字传达出青年巴金对鲁迅的真切情感。片中还引用了萧红回忆海婴拿出药瓶跟别的孩子炫耀

---

① 纪录片《先生鲁迅》中的解说词，该段文字源自郁达夫《怀鲁迅》。
② 纪录片《鲁迅1936年》中的解说词。

的文字，少年不知愁滋味的天真与鲁迅之即将死亡形成强烈的对比。郁达夫、巴金、萧红、许钦文、许寿裳等人在回忆性散文中构建了鲁迅作为青年导师的形象，这些文章即使没有被引入影片之中，也为后人认识和想象鲁迅提供了重要参考。例如萧红的《回忆鲁迅先生》充满了女性对生活细节的灵敏感知，鲁迅家里的万年青，鲁迅对于服饰与色彩的认识等，成为影像拍摄的依据。电影《鲁迅》（2005）以及《黄金时代》（2014）都有取材于萧红《回忆鲁迅先生》的片段。

二是亲自参与鲁迅影像的制作。应该说所有的鲁迅影像都有艺术家的参与，一旦政治权力、学术话语过于强势和坚硬，艺术家的自我展示与探索空间就相对狭窄，创造性也就相对弱小。不过，在创作空间相对自主的情况下，他们更乐意在鲁迅思想中寻找艺术的共鸣，先锋戏剧或者抒情化电影的制作更是如此。其实，所有的话语构建中都留有艺术家的身影。即使是高度政治化的纪录片《鲁迅生平》与未完成的电影《鲁迅传》，也因为有唐弢、孙道临等文学家、艺术家的参与，使得起码的艺术基准获得保证。部分纪录片也借用了艺术工作者对鲁迅的画像和雕刻，例如纪录片《鲁迅先生在上海逝世》中显眼的鲁迅遗像就是青年画家司徒乔的创作。任何鲁迅影像都离不开艺术家亲自操刀写作，但那些完全出于艺术家创作冲动的影像，更能展示出他们对鲁迅形象建构的话语权。比如许幸之早就希望把《阿Q正传》搬上戏剧舞台，从而有了话剧《阿Q正传》；萧红在香港为纪念先生而创作哑剧《民族魂鲁迅》；梅阡也早有改编鲁迅作品的想法，最后成就了《咸亨酒店》。这些自然而然的创作冲动来自他们内心对原著的真诚喜爱，但他们的创作又能跳出原著的形式束缚，加入自我的感受。相对于政治需要而言，艺术家更关注的是艺术手法以及对作品的真实感受，因此对鲁迅艺术的先锋性特别感兴趣，也正因为如此，散文诗《野草》乃至《女吊》等杂文才会成为他们改编的选择。不过，影像的视觉化使得文化修养以及它所代表的文化等级制度被搁置起来，文化秩序的深度感被平面化，文艺欣赏更多成为一种感官的盛宴。文艺话语以感性化、个体化为特征，它并不刻意追求思想的深刻和表达的客观，而是在视觉化形象中融入了非常感性的场面。比如电影《鲁迅》中，鲁迅与瞿秋白卧床谈心，二人开始背诵起《野草》中的诗篇，纷飞的雪花并非来自自然界，但是却非常诗意地提升了鲁迅身上的艺术家气质，而这仅通过拍摄鲁迅深夜伏案工作的身影以及与文艺青年谈话的场景是难以凸显的，也只有艺术家才能通过感性的方式为我们虚构出这样一个真实而感人的场面。

三是艺术家在影像中现身说法。直接在鲁迅影像中现身说法的艺术家不如学者多，但是也为纪录片《先生鲁迅》增添了亮色。《先生鲁迅》中，截取了莫言和陈丹青两个采访片段。莫言主要对鲁迅惊人的创作能力表示赞叹，认为鲁迅对当代作家的影响是无可否认的。这是从一个文学家的角度对一个前辈伟大作家的肯定。陈丹青首先对鲁迅先生的人格予以很高评价，认为鲁迅先生的挣扎很美、很有境界，鲁迅这样的人物对中国的价值如同叔本华和尼采对德国的。二位艺术家或对文坛"断裂"事件，或对人们热议的鲁迅婚姻事件做出了回应，是该片为数不多的文艺界的发声。在民族清唱史诗剧《鲁迅先生》中，编剧张广天则直接登台演唱。当然，所有的角色都是演员扮演的，他们都在扮演中融入了自我对作品和人物的理解。演员不同，艺术效果不同，就说明了演员的创造力。不过，张广天身为编剧和导演亲自登台，戏剧又夹叙夹议、半演半讲，特殊的艺术探索极大程度地融入了创作者的创造力，个人言说的成分更为突出。

艺术家更关注鲁迅作为文学家的创作能力、创作特性与人生姿态。在某种意义上，文艺话语是软性的，不同于政治话语的硬性、学术话语的学理性、大众话语的通俗性，软性意味着文艺话语对当事者心灵、情感的真挚关怀，对艺术创新的真诚敬仰。因此，文艺话语建构为鲁迅形象提供了诗意的光辉。

四、商业资本的市场化

"商业资本是产业资本中商品资本的独立化形式，是处于流通领域即处于形态变化中的流通资本的转化形式"①,它有助于缩短流通时间、扩大市场等,但究其根本而言,资本真正追求的是资本的增殖。商业资本是追逐高额利润的野兽,对文艺市场具有翻云覆雨的功能,它屈从于政治权力,但可游刃于政治禁忌之外拓展经营权利空间。商业资本在市场化环境中有得天独厚的施展空间,是否投资、投资多少、题材走向、演艺人员构成等,都会在投资收益的考量中予以定夺。因为纳入市场化领域的文艺,要满足人民群众日益增长的精神需求,也要获得生存与发展。就鲁迅影像而言,商业资本的考量往往立足于大众,跟随大众的兴趣爱好、欲望需求;就文学而言,大众更注重其可读性、娱乐性和消遣性;就社会事件而言,大众也有其民间价值立场和观念。影像虽然不无主流政治或精英阶层的影响,但也通过对大众的生存状况、生存空间、生存环境的锁定,开辟以大众生活为主的领域,强调个人生活的价值。它以民间语汇、民间修辞和民间立场进行叙事,构成了一种日常生活叙事的基调。相对于学术话语的理性、客观、缜密而言,大众公共传播空间更青睐于极端的、坚定的言论或者浪漫的、传奇的故事。极端的、坚定的言论省却复杂的事理逻辑、必要的背景知识以及意义与理念的分析,简单而鲜明的符号更适合理解、记忆和传播。浪漫的、传奇的故事则抛却平凡的人生、现实的态度以及平铺直叙的叙事,悲欢离合、喜怒哀乐、大开大阖才能赚足眼泪,兴尽而归。同时,它也屈从通俗文艺常有的叙事焦点与模式,以获得更多的观众。因此,在鲁迅形象的构建中,商业资本呈现如下特点:

第一,热衷爱情故事或名人隐私。鲁迅小说中不乏爱情,《伤逝》便是爱情题材小说,而《阿Q正传》中也涉及"恋爱问题"。不过鲁迅的创作并不以爱情或婚姻生活为中心,不以悲欢离合的表现为主题。他在《伤逝》中思考的是"娜拉出走之后怎么办"的社会问题,在阿Q"恋爱悲剧"中展现个人独立意识的匮乏与中国妇女的依附性地位。他的作品也有婚姻,但

---

① 乔万敏、冯继康:《马克思商业资本理论的逻辑内涵及当代价值》,载于《烟台师范学院学报(哲学社会科学版)》2003年第2期。

是与爱情无关，比如《祝福》中祥林嫂嫁过两次，但只留下在阴间被锯成两半的恐惧和有无灵魂的疑问；《离婚》中爱姑在七大人无形的威压下跟"小畜生"离婚。这些平实而无起伏跌宕的人生故事很难吸引普通观众，于是鲁迅影像强化了鲁迅小说的爱情、情感层面，而且常常伴以曲折的人生经历。越剧《祥林嫂》（1946）增添了一条祥林嫂与鲁四老爷的儿子阿牛的感情线索，其目的是迎合越剧观众对才子佳人模式的欣赏习惯。香港电影《阿Q正传》（1958）特意加强了阿Q与吴妈的交往场面，同时赋予吴妈善良而又泼辣的性格。电影《伤逝》（1981）展现了子君的言笑姿态，她在镜头中常常以甜美的憧憬、坚定的身影、素雅的装扮赢得观众的同情。如果说，这些改编仅仅是在原著基础上的延展与衍生，那么20世纪90年代以后，鲁迅影像的改编就融入了更多的戏剧性。《孔乙己》是非常精粹的短篇小说，身为旧文人的孔乙己在小说中露面不多，穿着长衫，站着喝酒，与小伙计谈论"茴"字的四种写法，被打折腿后用现钱打酒喝，最后再也没有出现过，短短的篇幅中并没有涉及他的出生、家庭和情感。越剧《孔乙己》（1998）为孔乙己设置了"三个女人一脉牵，一张瑶琴三组弦"的浪漫情感网络，使他分别与女乞丐、女革命党、女戏子建立起搭救、赠扇等事件联系，让孔乙己的窘迫人生充满了浪漫情愫。无独有偶，古榕在电影剧本《孔乙己》（1999）中也为孔乙己编织了曲折的人生经历：青年时期孔少成与丁举人的儿子丁少昌在赶考时因船只相碰而结怨，孔少成志得意满，不仅金榜题名，而且娶得美人归，妻子宋含玉貌美如花，遭到丁少昌调戏，两家宿怨更深。在科举贿考案中，孔家被冤枉而一落千丈，宋含玉再度被辱而自杀，落难的孔家获得风尘女子唐秋兰的搭救，但孔少成又失去儿子，这才成为孤家寡人的孔乙己。这还是才子佳人模式，只不过结局不是大团圆，而是孔乙己的悲剧人生。大众层面对爱情的关注是去个性化的，无所谓现代爱情或才子佳人。除了电影《伤逝》之外，这些情感基本抛弃了原小说中现代性因素的生成，缺乏反思性与人格意识的觉醒。这是俗化鲁迅过程中必有的损失。

电视纪录片也关注鲁迅的婚姻和家庭。2002年阳光卫视播出的纪录片《百年婚恋·鲁迅》，从"在浙江绍兴城里，有一位女子叫朱安"开始讲述鲁迅的婚姻故事。《见证·影像志》栏目《那一场风花雪月的往事》以《师生情缘——鲁迅·许广平》为题。2012年吉林电视台《家事》栏目播出了《鲁迅 周作人：兄弟失和隐情》，其播出预告为："他是中国文化革命的先驱主将，他的弟弟则是新文化运动的杰出代表。亲生兄弟为什么要老死不相往来？兄弟失和前感情至深，为何会因为弟弟的一封信让两人形同陌路，是多年的矛盾积压，还是另有隐情？绝交后的兄弟二人面对外界的舆论不提此事，怨恨之深难以自拔。婚姻、家庭、荣誉、信仰，究竟是什么原因让原本亲生兄弟的两人最终走向绝交？"名人八卦永远是电视栏目收视率的保证，公众未必对鲁迅思想感兴趣，却对其家庭琐事与日常生活纠纷抱有好奇之心。电视栏目通过揭秘、解密方式带领大众进入鲁迅的私人生活领域，不仅使得鲁迅亲切可感，也使得观众可能因为了解鲁迅而去阅读其作品。

第二，"革命加恋爱"的传奇叙述。20世纪90年代的大众文化中，"在市场与官方的共同推动下，一系列承载革命时代记忆的文艺作品重新出版，并被改编为电视剧、流行歌曲等形式大范围传播"[1]，重温红色经典成为文化热点。但大众文化语境之中的革命主题不同于主流政治的革命，主流政治的革命话语有严格的敌我阵营和政治壁垒，有历史事件为依据，严肃而不容亵渎；大众文化语境中的革命主题在对主流意识的认同之外，常常成为人物活动的历史背景，"革命"使人物命运充满传奇性。特别是革命与爱情混淆纠结，更是经久不衰的畅销主题。而且，在90年代以后的文化语境中，"革命"成为一种怀旧情绪的释放，也成为商业炒作的因素。严肃的革命话语一旦与市场邂逅，其非政治化的、世俗化的内容反而得以凸显。

在带有传奇色彩的完整故事里，孔乙己只不过是落魄文人，与革命毫

---

[1] 梁帆：《重审"红色经典"的生成过程——解读〈暴风骤雨〉的一种路径》，载于《文艺理论与批评》2021年第4期。

无关联，越剧《孔乙己》(1998)加入了革命者夏瑜，不仅加入了革命元素，还将夏瑜设计为女性，与孔乙己饮酒对诗，相见恨晚。原著中的阿Q本是一个上无片瓦下无立锥之地的雇农，有朦胧星点的情欲而无所谓爱情，电视剧《阿Q的故事》(2000)中阿Q与"豆腐西施"、吴妈等发生情感纠葛，还为了爱情替革命者夏瑜坐牢，最后被枪毙。在大众文化语境中，"革命"只是爱情的附属因素，其目的是以政治斗争强化戏剧冲突，以模糊的历史背景安置爱情；其核心内涵模糊，主要是一种社会身份，而与历史事件和政治立场没有关系。这并非孤立的事件，因为红色经典解构也是20世纪末的文化现象，红色经典容纳并造就了几代人的生活想象、青春热情和成长希望，它以理想主义、牺牲精神、阳刚之气构建了这个民族对于革命与英雄的认识，也承载着民族的伦理道德精神。红色经典的重写一方面是为了迎合社会怀旧心理而以革命为卖点，另一方面也是对至刚至阳的革命形象的解构，日常生活化甚至痞气成为英雄人物平凡化的特点。因此，鲁迅影像中的革命主题在大众话语时代不降反升，并非意识形态话语的卷土重来，而是大众口味的变迁升级。"革命"之加入只是为了加强悲欢离合的外在动力，也彰显一定的时代元素，因为只有传奇的叙述方式才能满足观众的期待视野，这也是商业性大众文化市场所追寻的重要品质。同时，梳理和发掘隐含的感情线索，让爱情进入观众视野，这也是市场化的重要推动作用。

第三，青睐地方戏曲。中国戏曲经过千年发展，成为完整、统一、和谐、优美、成熟而系统的假定性综合艺术，但在多种艺术形式、多种娱乐方式的竞争下，也面临前所未有的阵痛。戏曲要适应时代的需要，商业化是必经之途。寻找剧本、设计图纸、寻找资金、制作宣传是商业化的步骤。① 现代题材是地方戏曲与时俱进的重要手段，它们不约而同地关注鲁迅作品。的确，鲁迅与传统戏曲有着千丝万缕的关联，主要体现在他对传

---

① 邢迎平：《浅谈戏曲的商业化》，载于《大众文艺》2014年第17期。

统戏曲的评价、对梅兰芳的批评、鲁迅小说和散文创作对传统戏曲的借鉴等。总体而言，鲁迅对于传统戏曲的评价主要从满足大众文化需求的角度立论，认为民间戏曲清新、刚健、泼辣、有生气，但也从文化批判的立场对戏曲从通俗走向雅化的趋势进行反思。鲁迅小说融入的戏曲元素也增强了其艺术魅力，例如阿Q哼唱的《小孤孀上坟》，以及小说背景描写中对戏曲舞台无背景的借鉴等①。此外，鲁迅作品具有非常浓郁的浙东水乡色彩和民族风味，这些都是作品被改编为地方戏曲的基础。更重要的是，鲁迅作品既有很强的民间性，又能超越民间，指向中华民族生存与发展的深层次思考，从而提升地方戏曲的思想内涵。因此，从20世纪40年代袁雪芬主演越剧《祥林嫂》开始，地方戏曲就从鲁迅小说的改编中尝到甜头。90年代之后，地方戏曲中的鲁迅题材在兴盛程度上甚至超越了话剧舞台中的鲁迅题材。1981年，越剧《鲁迅在广州》成功演出；1998年，著名越剧演员茅威涛主演的越剧《孔乙己》被搬上舞台；由河南剧作家陈涌泉改编的曲剧《阿Q与孔乙己》、豫剧《风雨故园》受到鲁迅研究者和广大受众的一致好评；台湾"复兴剧团"将《阿Q正传》改编为同名京剧并"吸引了众多戏迷"②；2001年钟文农改编的京剧《阿Q》在《剧本》杂志上发表③。优秀的戏曲作品甚至弥补了电影和话剧舞台的不足，例如豫剧《风雨故园》以鲁迅原配妻子朱安的视角讲述她与鲁迅之间没有爱情却有亲情的人生故事，是诸多鲁迅婚姻故事中比较独特的讲述视角，倾诉朱安内心苦楚的《小蜗牛》也成为经典的豫剧唱段。朱安是怎样的人？她和鲁迅为何形同路人？她的内心是怎样的？这出戏曲可以说是对民间关注的问题予以了解答，也给予了这个悲剧女主角发声的权利。

总之，传统戏曲使鲁迅的作品有了更多的舞台表现形式，而鲁迅作品

---

① 孙淑芳：《鲁迅小说背景与中国戏曲的关系》，载于《鲁迅研究月刊》2016年第3期。
② 裘金兔：《台湾近日演出〈阿Q正传〉》，载于《鲁迅研究月刊》1996年第7期。
③ 钟文农：《阿Q》，载于《剧本》2001年第9期。

的精湛艺术和深邃思考也赋予戏曲以真正的现代性。当然，地方戏曲特有的民间气息使它更注重鲁迅日常生活的趣味。戏曲本以唱为主，并不擅长叙事，但在表达人物情感、解析人物心理方面更胜一筹。只是它很少切入灵魂的苦痛，更多是以其内在的喜怒哀乐突出人间鲁迅亲切与可敬的一面。

"权力不可能为人们获取、把握或分享，人们不能把握它或让它溜走；权力的运用来自无数方面，在各种不平等与运动着的关系的相互影响中进行。"①虽然说，任何一种话语的权力都是有限的，但也正如南帆所言："话语生产所诞生的话语关系与社会关系遥相呼应。""谁掌握话语生产的权力，谁掌握话语生产的技术，谁掌握话语生产督察系统，这将成为一些至关重要的问题。"②不同权力之间的运作结构，包括政治、知识、文艺、资本等话语的协同关系，构成不同而又相互牵扯的作用力，共同构建鲁迅形象。

第三节 形象话语的价值体现

鲁迅形象与鲁迅本身绝不能画等号，鲁迅形象的构建融合了多种社会力量的参与，各种社会力量的强弱在话语构建中具有一定的等级秩序，各有其受众代表。鲁迅形象的影响力、感召力、动员力与话语构建息息相关，也是社会结构与社会力量的体现。公众通过鲁迅影像的理念识别系统、行为识别系统、视觉识别系统完成对鲁迅形象的认识。随着时代思潮的变化，鲁迅形象话语经历了变迁，变迁带来了差异性，也带来鲁迅形象认同的分歧，这些分歧质疑着话语的真实性，也是不同社会力量博弈的结果。不过，无论鲁迅的形象话语如何变迁，都在日益丰富的同时具有相对的稳定性，以确保鲁迅形象及其所代表的价值范畴的正面性与积极性。

---

① 米歇尔·福柯著，张廷琛、林莉、范千红等译：《性史（第一、二卷）》，上海科学技术文献出版社，1989年，第92页。
② 南帆：《隐蔽的成规》，福建教育出版社，1999年，第166页。

一、话语真实：知识与想象的共同体

鲁迅影像但凡面世，都会引发此类话题：是否符合鲁迅本意？像不像鲁迅？每个人都用心中的鲁迅形象去衡量与判断。然而，"像不像鲁迅"其实是一个伪命题。因为鲁迅本体只有一个，鲁迅形象却十分丰富。鲁迅的生前死后，无时无刻不被言说与塑造着。言说者根据掌握的资料，根据自己的价值立场，根据人生经历与社会思想状况，建构心目中的鲁迅形象。"处于不同时代的读者由于各自历史背景和文化背景的差异，必然对同一作家、同一作品有不同的理解、解释和评价，这方面的差异有时甚至很大。"①即使是同一历史时期的读者、读者集团和社会阶层，"由于社会政治经济地位、文化程度、生活经历和欣赏趣味的差异，因而对作品的理解、解释与评价也会大不一样"②。正如一千个读者有一千个哈姆雷特，鲁迅大概也是言说不尽的。所不同的是，哈姆雷特原本是文学作品虚构的人物，鲁迅却是现实世界的真实存在。一个真实存在的个体，生活经历坦陈于世，人际关系、重大事项、社会影响已毫无私密性可言，如果再言说不尽，其原因大概不在于他本人，而在于我们自己。因为从形象学的角度而言，形象包含着知识与想象的成分。如果说知识是一种客观存在，那么言说不尽的正是我们的想象。

因此，对于鲁迅形象话语，我们需要注意的是：鲁迅形象不同于鲁迅本体，它虽然以鲁迅本体为基础，但更多是一种思想与情感的混合物，它既与鲁迅本体有关，更与鲁迅的对话者有关。在影像中，鲁迅作品会经过编、导、演环节的二度和三度创作。任何创造性活动，特别是思想性表述，参与的人或部门越多，越有可能在合作中因为各种思维与利益的博弈，因为求同存异而放弃生动但有异议的细节，求得稳妥而和谐的最大公约数。

---

① 张汝伦：《意义的探究——当代西方释义学》，辽宁人民出版社，1986年，第303页。
② 张汝伦：《意义的探究——当代西方释义学》，辽宁人民出版社，1986年，第304页。

第二章　形象与话语的纠缠：鲁迅形象的塑造

因此，影像中的鲁迅形象往往最能代表时代的接受度，经过层层过滤之后的鲁迅形象也可能离作品更远，但离时代更近。当然，还要补充的是，鲁迅作品也不等同于鲁迅本体，虽然鲁迅作品是理解鲁迅的基础，但是"我们决不能说是看了几部鲁迅的作品，几篇鲁迅的散文，就算了解鲁迅了。鲁迅表现在文章的是一面，而他的性格，也许正和文章中所表现的完全不相同。那些要把鲁迅捧入孔庙中的人，怕不使鲁迅有'明于礼义而陋于知人心'之叹"[①]。对此，丸山升也说："不但小说，包括以散文、回忆录等形式所讲述的东西，鲁迅在文章里所谈之事与鲁迅体验本身之间有距离；而且鲁迅在谈自己的时候，时而将具有复杂侧面的事情单纯而简单地加以描述，时而把具有重大意义的事情轻描淡写或是调侃般地加以叙述，倘若忽视他的文章和他之间存在的曲折，就会使鲁迅形象简单化乃至遭到歪曲。"[②]因此，把鲁迅本体与鲁迅作品等同起来的做法并不科学。

对形象研究而言，重要的不是判断真伪，而是关注其产生的内在逻辑以及话语方式，是鲁迅形象作为知识与想象在中国现代文化语境中的生成、演变、传播，是以话语力量参与中国现实问题的实践，是言说者的文化自觉与文化重建的努力。在鲁迅形象塑造过程中，真实的鲁迅永远是一个无法抵达的理想存在，而借鲁迅言说什么，怎么言说，才是研究者与创作者的真正意图。郭沫若辨析历史剧之真实性，认为历史剧是剧，不是历史，"历史的研究是力求其真实而不伤乎零碎……史剧的创作是注意在构成而务求其完整……史学家是发掘历史的精神，史剧家是发展历史的精神"，故而对史剧家而言，历史精神的真实超越了历史细节的真实。[③]同理，客观真实并非衡量鲁迅形象价值的唯一标准，鲁迅形象塑造中的现实依据与时代需求也是进入鲁迅文化世界的钥匙。当然，并不是说鲁迅影像就不需要讲究

---

① 曹聚仁：《鲁迅评传》，东方出版中心，1999年，第159页。
② 丸山升著，王俊文译：《鲁迅・革命・历史——丸山升现代中国文学论集》，北京大学出版社，2005年，第340页。
③ 郭沫若：《历史・史剧・现实》，载于《戏剧月报》1943年第1卷第4期。

客观真实，事实上，每一部鲁迅影像至少都具有基本的历史真实，如哑剧《民族魂鲁迅》对鲁迅走夜路、痛打落水狗等细节的表现，纪录片《师生情缘——鲁迅·许广平》对《两地书》的强调，电影《鲁迅》表现鲁迅与《译林》杂志的关系，甚至纪录片《鲁迅战斗的一生》对鲁迅出生时近代中华民族困境的描述等。每一个局部的历史真实叠加起来，能构建一个历史的鲁迅；而每一次对材料的误读或者对历史的假想，无不曲折表达着时代的愿望或遮蔽着事件本身的丰富性。这虽非历史的真实，却又是一种时代的真实与愿望的真实。

鲁迅是现代中国的卡里斯玛式人物，每一次时代思潮兴起，各种社会力量都会对他进行竞争式阐释，这不仅使鲁迅形象与现代中国的发展进程密切联系，也是各派社会力量自我理解与自我认同的方式。和鲁迅教材、鲁迅语录比较，鲁迅影像的实际影响未必广泛深远，但这并不妨碍鲁迅影像中各类社会力量的博弈，在客观存在的鲁迅之外塑造一个时代需要的鲁迅。

二、话语力量：强弱互补的构成体系

在同一历史时期，话语之间有主次关系，在不同历史时期还有先后关系，不同话语类型在叠加中遗留下不同时代的文化思潮，也形成不同力量的互相制约与补充，完善与满足不同社会阶层与社会力量对鲁迅的塑造与想象。政治权力、学术权威、文艺团体、商业资本均在鲁迅形象中留下痕迹。在不同历史时期，革命、孤独、先锋、大众化也成为言说鲁迅的核心话语。换言之，话语差异带来了形象变迁，说明鲁迅形象的塑造过程中有各种社会理论与社会力量参与，而且，同一话语在不同社会力量的参与之下可能会有变形与差异。比如，"革命"在政治话语中是一种信仰和立场，在大众话语中或许就是一种背景和传奇；"爱情"在学术话语中是鲁迅的人生态度和情感抉择，在大众话语中是日常生活与八卦材料。话语影响力往往与社会力量的强弱有关，也与话语阐释体系的建构有关。

1981年，为纪念鲁迅诞辰百年，中央新闻纪录电影制片厂拍摄纪录片《鲁迅传》，制作者高维进与编导王相武认为该纪录片"介绍鲁迅的生平及其在中国文坛和中国革命中的地位和作用，将被'四人帮'扭曲了的鲁迅形象还其本来面目，用以帮助观众特别是广大青年观众正确认识鲁迅"[①]。其基本思路已经有了拨乱反正的意味，但是在具体表现上还是没有变化。1961年电影剧本《鲁迅传》加入了鲁迅阅读毛泽东《湖南农民运动考察报告》的情景，同时响起毛泽东的话语："将有几万万农民从中国中部、南部和北部各省起来，其势如暴风骤雨，迅猛异常，无论什么大的力量都将压抑不住。他们将冲决一切束缚他们的罗网，朝着解放的路上迅跑。一切帝国主义、军阀、贪官污吏、土豪劣绅，都将被他们葬入坟墓。"[②]这种历史的想象图景加上毛泽东语录的引用，使鲁迅作为无产阶级坚定战士的形象顺理成章。

需要说明的是，强势的政治权力也能催生高水平的艺术作品，它常常是政治话语与艺术想象力的巧妙平衡。此外，强势话语并不完全依赖于影像制作，政治力量的强大还在于包括影像在内的庞大阐释体系的建构。"革命鲁迅"的阐释体系十分庞大，各地的鲁迅纪念馆、鲁迅语录、鲁迅研究、中小学语文教材都是支撑鲁迅革命化的阐释体系，"革命鲁迅"有非常广泛的接受面。

当然，"革命鲁迅"如此深入人心，更有超越影像的原因：第一，近现代以来，"革命"陪伴着中国民众度过了不平凡的岁月，之后，高度政治化的国内环境又使人们在"革命"氛围中度过了童年与青少年时光，阳刚、正义、献身成为一代人的革命想象。在高度政治化的社会生活中，鲁迅成为理解革命的重要窗口，虽然不亲切，然而伟大，让人肃然起敬。尽管20

[①] 高维进：《纪录片〈鲁迅传〉的创作组织工作三题》，载于《电影通讯》1981年第12期。

[②] 毛泽东：《毛泽东选集（第一卷）》，人民出版社，1968年，第13页。

世纪90年代大众文化兴起之后革命话语退场，但青少年时期的深刻记忆和怀旧心态常常令人们念念不忘。第二，形象塑造主要依靠话语，话语越鲜明、越单一越好。革命的复杂性和鲁迅的复杂性都不重要，对传播而言，越简单越能让人印象深刻，而且一旦形成集体记忆，没有更强大的历史前提与动力，便难以撼动。就此而言，毛泽东的"三家五最"的评价成为人们理解和进入的鲁迅世界的基石。第三，在文化生活相对单调、文化产品相对匮乏的时代，鲁迅影像的精心制作吸引全国人民集体观看，成为一个时代的经典和共同记忆，此后，已经很难有名人传记能超越那时候的传播。第四，鲁迅确实是具有革命精神的作家。邵洵美曾说："与其称鲁迅先生为文学家，不如称他是政治家，他更来得满意。他的为文本来是谋国家社会的幸福，与狭义的纯文学家迥然不同。要是有一天说是鲁迅先生投笔从戎去了，我们决不会感到惊异。"[1]的确如此，尽管鲁迅文学家身份在帮助鲁迅走下神坛的过程中举足轻重，但是正如研究者所言，"没有鲁迅的战斗性和抗争性，作为文学家的鲁迅其实是'很空洞'的"[2]，鲁迅对现实政治的关注为革命话语奠定了基础。

和政治话语比较，学术话语显得更为客观和理性，相对于政治话语侧重解释历史趋势与选择政治事件而言，学术话语更重视鲁迅作品的艺术创新和思想创新，往往通过学术期刊、学术专著、学术会议、学术讲座等方式传播影响。不可否认的是，政治话语对学术话语亦有强大的影响，比如，毛泽东关于鲁迅的"三家五最"的评价在很长一段时间里成为鲁迅研究的学术基调。但学术话语总会在一定时候回归其专业、理性的轨道。比如，李欧梵《铁屋中的呐喊》、王富仁《中国反封建思想革命的一面镜子——〈呐喊〉〈彷徨〉综论》、钱理群《心灵的探寻》、汪晖《历史的"中间物"

---

[1] 邵洵美：《劝鲁迅先生》，见《恩怨录·鲁迅和他的论敌文选（下卷）》，今日中国出版社，1996年，第867页。

[2] 陈占彪：《鲁迅不是革命家吗？——与有关专家商榷》，载于《理论导刊》2009年第1期。

与鲁迅小说的精神特征》都在20世纪80年代中后期摆脱了政治话语系统和论证框架,致力于鲁迅的心灵世界、人生经历、文化渊源与创作艺术手法独特性的探索,将荒诞、现代性、心理分析、中间物等新的学术术语带入鲁迅研究。面对同样的社会重大历史事件,学术话语的关注点与诠释面主要在鲁迅的思想与文化影响方面,注重鲁迅在心理层面做出文化选择的原因,在中国现代文化背景下对鲁迅形象进行细致的建构与补充。

20世纪90年代以后,学者作为一股新的鲁迅话语的言说力量有力地凸显出来。他们不仅隐性存在于编导创作时查阅的文献中,以研究成果引导着对鲁迅的全面认知,同时也是幕后参与人,对影片中的历史材料和评价认识予以把关,还会直接现身说法,将学术思考与社会议题加以结合,阐释鲁迅认识中的疑难问题。当然,在某种意义上,学术话语的崛起与政治话语的隐蔽有关。当政治话语离开政治权力,不再成为鲁迅形象建构中凛然不可犯的权威时,鲁迅研究回归学术本体,学者以其对鲁迅文本解读的深刻性、对历史材料梳理把握的专业度以及不断更新思考维度的理论性成为鲁迅形象话语的权威存在。尤其当鲁迅被取掉政治层面的神圣光环、其成就与地位面临质疑的时候,或者当某种社会议题与鲁迅发生关联的时候,学者们当仁不让地从历史层面、思想层面、艺术层面等予以回应。和政治话语的斩钉截铁、简单鲜明相比,鲁迅影像的学术话语因不够集中而显得分散、复杂。因为学术研究讲究绵密的逻辑推理和分析的全面性,不以共名为追求,更强调个性的、有新意的认识与表达;而且学者们多在教育机构,通过教育层面和专业研究在高校中文专业进行宣讲,社会影响面有限,即使现身说法,由于过于专业化、理论化,其话语也难以传播。就实际效果而言,学术话语往往因为过于理性和专业而不接地气,让观众觉得生涩难懂,但对于有一定学术积累或者文学素养的观众而言,却是极好的提升认识与开阔视野的途径。而且,学术界在鲁迅影像中体现出的理性精神和学术包容态度在很大程度上区别于意识形态的塑造,他们着眼于鲁迅深刻的反省意识、毫不妥协的批判精神以及在矛盾与绝望中的坚韧,为公众普及、补证了一个丰富复杂的鲁迅形象。

然而，学术话语仍然有遗憾。从接地气而言，学术话语过于追求客观科学以及阐释的系统性，与电影、电视这类亲切民主的大众传播媒介存在着话语模式上的隔膜，而且，学术话语一旦离开具体的学术语境，面对民众进行泛泛而谈的讲解，问题的针对性也就大打折扣，流于碎片化，反而失去了学术话语本身的系统性与严谨性。从研究层面而言，像电视纪录片《先生鲁迅》《春秋：鲁迅与胡适》那样在短短的影片中将数个鲁迅研究领域的专家聚集在一起，探讨一个定向的问题，又不能予以充分的个人思想和逻辑推演的展示，其结果必然是众声喧哗，或者仅仅是预设语境中的表达者，真正有思想含量的问题却无法展开，比如鲁迅作为一个现代知识分子的独立人格以及在反传统中确立的现代知识分子的精神姿态，再如鲁迅在反传统问题方面的坚决性与个人生活的矛盾等等。任何问题的浅尝辄止都可能引发公众更大的混乱与误会。

大众文化兴起意味着文化资本的再分配，大众"釜底抽薪般地削弱了官方文化与精英文化的资本与权力基础"[①]，大众话语必然呈现出与政治话语、精英话语的差异。因为大众对于鲁迅的关注具有"家常性"，比如"鲁迅是哪里人，他住多少房子，他一个月挣多少钱、一生共挣了多少钱，他老婆是干什么的，为什么他有了老婆又要娶许广平，他弟弟在北大当教授他为什么倒当讲师，鲁迅是怎么死的，鲁迅的作品我们不爱读那还算好作品吗"，"鲁迅为什么不入党，鲁迅那么尖刻还算好人吗，鲁迅要是活到今天他的命运会是怎样的，鲁迅骂的人是好人是坏人"，等等。[②]大众话语虽然浅显化、世俗化，但它的出现有力冲击和消解了改革开放之前主流意识形态话语结构的单一性，也打破了精英话语极力维持的深度感与专业性。

总体来说，大众是具有不同身份含义和不同场合规定的词。大众话语意味着民众有了自己的大众话语权，这是一种与政治权力和知识精英权力

---

① 陶东风：《90年代文化论争的回顾与反思》，载于《学术月刊》1996年第4期。
② 刘玉凯：《解读鲁迅的三重话语层面》，载于《鲁迅研究月刊》2000年第7期。

相并存相抗衡的话语权力。不过,第一,鲁迅影像的大众话语并非来自民众本身,而是源于对普通民众的迎合。理性、缜密的言论多数情况下并不被大众喜爱,大众更容易接受的是简单的逻辑和斩钉截铁的判断。它的立场是社会的,而非国家的;是世俗的,而非超越的。和精英话语及政治话语比较,大众话语往往具有戏谑性,他们通过这种方式含蓄地或者无意识地对政治权威或文化权威进行消解,体现出情色描写,有物欲化的追求,其折中主义、去中心化、去等级化倾向在文本中尽情狂欢,使得原有的意识形态建构的局限性得以凸显,体现出文化价值多元化、审美世俗化和社会市场化合流的趋势。而且大众话语往往与消费市场联系进行欲望叙事。电视剧《阿Q的故事》、话剧《圈》等集中于情色,《百年婚恋》集中于恋情,都是对时下大众审美趣味的迎合或从大众关注的婚恋视角审视中国历史的变迁。第二,大众话语未必受大众喜爱。大众话语并非来自大众,更多是源于迎合大众的市场因素。然而,市场是一头很奇怪的野兽,一味迎合也未必会跟着走,反而有可能适得其反。于是,大众话语有可能既得不到市场认可,还遭到其他层面,如政治、学术、艺术等力量的排斥,几面不讨好。这当然与鲁迅及其生活本身的严肃性、鲁迅及其社会话题的重大性有必然联系,不是什么材料都适合媚俗的,鲁迅自带的现代性色彩、民族化特色、忧患深重的国民性话题一旦被漠视,就脱离了人们熟悉的鲁迅,而大众天然的保守性其实最不能接受的就是陌生化。

政治、学术、大众都以各自的话语力量推动鲁迅形象的建构。而文艺话语则以其主观性与创造力独立于它们之外,这表现为:在每一个话语建构之后都有文艺话语的渗透与转换,任何观念或理念总要有艺术形象的载体,何况鲁迅本身就是因为文艺才成为20世纪中国最伟大的文学家;求新求变是文艺话语天然的追求,它的背后,是编剧、导演、演员等一系列文艺家的专业追求与梦想,以《祝福》《伤逝》为代表的故事片,以《先生鲁迅》《鲁迅传》为代表的纪录片,以《阿Q同志》《再见鲁迅》为代表先锋戏剧,经历了编、导、演甚至剪辑、配乐等环节的一系列努力,体现出艺术探索、内容创新,才会一次又一次以崭新的面貌呈现于观众面前。它构成鲁迅形象话语体系最表层和最绚烂的层次。

三、话语稳定:历史性与当代性的融合

话语要完成其社会建构作用,必须具有相对的稳定性,这种稳定性即使在话语转型中也能得以保持。因为形象话语一旦确立,就具有历史积淀性,主观因素和价值参照虽然可能发生变化,内在的客观本质却相对独立与稳定。正如鲁迅形象经历了"革命—孤独—先锋—大众"的演变与叠加,却依然演绎着"民族魂"的内涵。这种稳定性的获得自然与鲁迅最核心的精神内容有关,对于鲁迅无论肯定与否定,均无法回避其《阿Q正传》《祝福》等小说提出的国民性问题,无法回避鲁迅生前参与的大大小小的文化论争,无法回避鲁迅去世后文坛乃至整个社会共有的失落;稳定性的获得还与核心话语较强的弹性和适应力相连,民族魂、革命、先锋、大众等话语本身都是能指大于所指的词语,内涵巨大而外延模糊,其核心意义可随社会思潮的变迁在不同时代延伸与转换,通过重新阐释而获得新生,在历史已有的意义上叠加,话语弹性与包容性亦得以不断扩张。因此,当20世纪90年代鲁迅在先锋舞台高唱《国际歌》时,"革命"的语境和意义已经发生了变化,它将原有的革命话语的激情、先锋艺术的标新立异、大众层面的喧哗融为一体,在话语扩张中借用鲁迅与重塑鲁迅。

当政治权力进入专制状态的时候,它对文学话语权力的限制常常表现在对文学创作题材的限定上,通过在题材上设立禁区以维持权力话语的稳定性,同时也圈定文学的话语空间。1978年第2期《人民文学》设立"题材"专栏,林默涵在《关于题材》中谈道:"文学作品的题材来源于现实生活。现实生活有多么丰富,题材也就有多么丰富。"[①] 其实,现实主义原则

---

① 林默涵:《关于题材》,载于《人民文学》1978年第2期。

就显示出政治性,"对政治权力所设立的禁区的突破,也就是对政治权力所造成的专制格局的突破"。①在一定历史时期,为了维护鲁迅作为伟大文学家、思想家和革命家的光辉形象,鲁迅的旧式婚姻成为鲁迅影像的题材禁区,鲁迅杂文中对于启蒙和革命的质疑也避而不谈,"横眉冷对千夫指"成为鲁迅最鲜明的自我表白和公共形象。题材禁区被打破,言说鲁迅的环境更为宽松自由后,《伤逝》中的犹豫彷徨、《野草》中的孤独挣扎动摇了怒目金刚般的鲁迅形象,鲁迅的孤独、痛苦、挣扎与犀利、深刻、强大融为一体。它是对以往形象的丰富,而不是否定,即使否定,也只是否定把鲁迅简单化、片面化的言说方式。因此,当"人间鲁迅"挑战被神化的鲁迅时,"革命"就呈现出其意义的巨大弹性,王富仁先生将之分为政治革命与思想革命。鲁迅提出改造国民性的深刻命题,关注底层民众被沉重的精神枷锁束缚,认为要摆脱奴隶命运,除了反抗政治与经济的压迫剥削,更要打碎精神上的枷锁,求得思想上的大解放,这是鲁迅在思想革命层面的深刻思考。因此,即使不用特别提及鲁迅的政治立场,"革命"二字也可以将思想家鲁迅包容其中。

话语稳定性还在于叙述方式的稳定。第一,鲁迅影像总是将鲁迅的人生经历放置于中国近现代历史的发展进程中,比如强调鲁迅出生之前帝国主义分裂中国领土、义和团运动的历史大背景,强调鲁迅留学时经历的幻灯片事件,强调他回国之后经历了辛亥革命、袁世凯复辟后开始创作的道路,强调女师大风潮与"三一八"惨案、"四一二"反革命政变,还有中国共产党成立、长征胜利等事件对鲁迅生活空间的影响,等等。这些重大事件都与鲁迅成长的时代背景及人生选择联系在一起,对鲁迅的叙述也就是对中国近现代历史发展趋势的叙述。这里不仅是事件,更有对事件的认识,是史实与史观的洞察。在此过程中,无论叙述方式与拍演手法如何改变,都是将鲁迅放在爱国主义、民族主义立场上,放在中华民族新文化前

---

① 尹昌龙:《重返自身的文学:当代中国文学思潮中的话语类型考察》,广东人民出版社,1999年,第153页。

进方向上进行叙述，所以鲁迅传记影像中，几乎都会在重要关头提到"我以我血荐轩辕"的诗句。第二，将鲁迅放置于复古文化与资产阶级自由主义知识分子的文化论战之中。现代性是阐释鲁迅文学思想的主要理论背景。现代性首先意味着对于封建复古势力的批判，《狂人日记》、《阿Q正传》以及《我们现在怎样做父亲》作为与传统文化宣战的檄文必然被提及；对新月派、论语派等的批判则将之放置于革命性的背景中，"痛打落水狗"等成为鲁迅思想进步性的代表。当然，也会涉及太阳社、创造社与鲁迅的论争，但会以鲁迅加强了对马克思主义的学习研读和年轻革命党人的主观冒进做结。第三，现代性视野下的鲁迅文学作品评判。新时期以后，从政治层面解读鲁迅作品逐渐弱化，从现代性视野审视鲁迅作品中的"立人"思想成为主流，"救救孩子"的《狂人日记》、"肩住了黑暗的闸门"的《我们现在怎样做父亲》以及对"二十四孝"的批判都成为重点介绍的作品，而鲁迅作为一个独立人格的知识个体，没有奴颜媚骨的行为举止，更是得到强调。不过，总体而言，鲁迅形象话语完全超越了文学层面和作品范畴，辐射至社会政治与文化思想层面，因为局限于文学无法透彻说明鲁迅作为民族魂的重要性。第四，肯定鲁迅。其实，学术批评中也有对鲁迅的批判甚至不逊之辞，不过，尚无公开影像表达对鲁迅的不满。既有的鲁迅影像并不完美，但即使是对鲁迅的歪曲，无论是政治层面的拔高还是商业层面的俗化，也都是站在肯定鲁迅的立场上的，至少是打着肯定鲁迅的旗帜进行政治召唤或商业运作。

话语稳定性有助于完成交际沟通的任务，鲁迅形象话语因历史环境变化遭到多次冲击仍具备有效性，说明其话语建构完成了个人性与普遍性、历史性与当代性的碰撞与融合。

总之，首先，话语是一种实践活动，任何话语生产都会按照一定的程序而被控制、选择、组织和传播，话语权力具有排他性，但话语建构的权力中心并不是唯一的。政治、商业、学界等一起形成多向度、多层次的话语叙事，指向话语力量的平衡与民主化。这是一个权力流转的空间，各种话语权力共同循环往复发生作用,共同引导鲁迅影像的良性发展。其次,话语建构是多种力量"合力"的过程,创作者主导了鲁迅影像的产生,国家话语对它的关注带有鲜明的特点,即关注其社会功能,鲁迅影像要成为整个社会主义文化的一部分,要有引领性和示范性;精英话语着眼于发现、鉴别、评价其真实性和审美性,对文学经典再生产进行历史定位和等级判定。精英话语常常也是意识形态话语的合谋者,将鲁迅影像视为高端文化产品,以确立社会价值规范的形式规范中国当代文化的景观和精神标准。大众话语因为力量分散以及缺乏组织或凝聚共识的平台,相对而言比较弱势,但随着现代科技日益进步,特别是电子传媒的飞速发展,传媒力量对以往的文学秩序造成了冲击。20世纪90年代以后,大众话语在鲁迅影像中的活跃度就非常具有冲击力。最后,鲁迅形象话语建构是历时性与共时性共存的建构,既包含历史和文化变动引起的价值取向和评判标准的变化,也包含历史和文化本身存在的矛盾冲突引发的新的阐释的可能,从而使得鲁迅影像越来越具有多元性、共生性和融合性的特点。

第三章

忠实与创新：影像重构的两难处境

第三章 忠实与创新：影像重构的两难处境

　　从文本述说到视觉影像，鲁迅文学改编经历了一次次嬗变。虽然在一些研究者看来，很多影像改编依然存在观点过于单一与某种程度上的文学失真等诸多问题，但从文本到影像的迁移确实存在着作者性、改编性、影像性的深度融合，存在以影像化独有的表达为主导而消融本源性和本体性的趋势。和文本创作不同，影像制作是包括了编剧、导演、演员及其相关部门的集体性艺术创作。剧本创作或改编以编剧为主体，编剧充分考虑视觉化作品的特点进行艺术构思。改编在文本创作中占据相当比例。任何形式的改编，首先面临的理论困境都是忠实性与创造性的关系，忠实性和创造性是评判改编成功与否的重要标准，这不仅是理论困境，也是困扰改编者的实践准则。影像以剧本为基础，依靠演员的表演将其视觉化，依靠导演的统筹与后期工作人员的艺术处理使之图像化，在这个意义上，影像自身已经具备相对独立的美学价值。以往对鲁迅影像的研究比较多地集中于文学性方面，关注剧本与小说之间的异同，忽略其视觉化呈现的艺术效果。在本章节中，笔者试图将改编理念、影像叙事以及表演、导演等环节呈现的视觉化过程纳入研究范畴，以说明影像改编中视觉表达具有的超越性、演绎性，以及建构一种影像化所独有的意象化表达。

第一节　理论困境：忠实性与创造性的平衡

　　鲁迅作品的影像改编是鲁迅文本解读的一种方式，综合起来，改编方式主要有三种：一是基本忠于鲁迅文本，只是小说语汇与舞台语汇的改变，如电影《祝福》(1956)、《伤逝》(1981)、《阿Q正传》(1981)；二是摘取鲁迅作品中的某一情节或人物，重新编出新故事，如先锋戏剧《阿Q同志》(1996)、越剧《孔乙己》(1998)等；三是整合鲁迅多个作品的情节与人物，如话剧《咸亨酒店》(1981)、曲剧《阿Q与孔乙己》(1996)等。无论哪一种改编，都会面临忠实性与创造性的理论困境。对于鲁迅影像的制作而言，其困境源于以下方面：第一，鲁迅本体的客观存在。鲁迅本体由鲁迅在特定时代的生活、创作以及思想心理过程构成，这个本体是客观存在的，而鲁迅影像则加入了阐释者对这一本体的理解、想象与对话。正如一千个人眼中有一千个哈姆雷特，人们对鲁迅的认知、评价也是丰富多元的，难以定于一尊。第二，即使客观上存在一个达成共识的"鲁迅"，在影像层面的转化与表达中如何才能不失去重要的表意信息，艺术表达追求的个性化与独特性必然会有千差万别的选择。第三，鲁迅作品的深刻、矛盾与丰富使鲁迅文本研究都只能达到片面的深刻或不无歧义的程度，就思想表达而言，影像叙事往往不及学术阐释，更难兼顾各家之言而面面俱到。因此，就算"忠实"是大家一致追求的目标，但怎样的阐释才符合鲁迅本意，怎样的艺术表现能在转换中指向核心信息，却因人而异。对于改编作品而言，永远有一个两难命题放在面前：忠实性与创造性，哪一个更重要？

一、忠实是客观的吗？

电影产生之初，常常通过改编文学作品以解决剧本荒问题，也借助经典小说从思想与故事层面提升品质。小说改编成为电影题材的主要来源，改编理论也应运而生。发展至今，关于改编的各种研究与论断可谓不胜枚举。但总体而言，不过是两种，一是以忠实为主，二是以创造为主。其他各种理论，就其立场而言，不过是在其中的摇摆或比例轻重方面的变化。

第三章 忠实与创新：影像重构的两难处境

表面看来，二者似乎相互对立，其实互相包含，即忠实也需要创新，创新也离不开一定程度的忠实。20世纪90年代以后，随着电影科技的发展、电影表现能力的增强、阐释学与互文理论的发展，改编理论与研究呈现出新的面貌，不再仅仅将影像改编作为原著的附属品，那种完全与原著比较异同、以原著衡量改编文本成功与否的做法开始逐步被抛弃。

中国的电影改编从1914年开始，20世纪30年代和80年代分别成为电影改编的高峰期。80年代以前，中国电影改编理论以夏衍为代表，强调的是"忠实"。夏衍在30年代成功地将《春蚕》改编为电影之后，逐渐形成了自己的改编理论，在《祝福》成功改编之后，其改编思想逐渐形之于文。夏衍对《祝福》的改编主要从三个方面进行努力：第一，忠实于原著的主题思想；第二，力求保存原著谨严、朴质、外冷峻而内炽热的风格；第三，为了观众易于接受，还做了通俗化的工作。① "忠实于原著"放在首位，而且不仅忠实于原著的主题，还要忠实于原著的艺术风格。这次成功的改编之后，50年代末60年代初，夏衍在多种场合发表过关于改编的言论，梳理如下：

> 改编古今名作时，如果原作者没有从阶级立场出发来分析当时的社会现象，或者从他们自己的阶级立场来分析、解释，那么改编者就得用自己的观点加以补充和提高；如果原作者没有能够发现或在当时环境下不能表达，那么你可以发展一下，用历史唯物主义观点，阶级分析方法解释得更清楚，使观众更容易接受，使今天的观众能更正确地看到事物的本质，使改编后的作品更富有教育意义。②

我以为改编不单是技巧问题，而最根本的还是一个改编者的

---

① 夏衍：《杂谈改编》，载于《中国电影》1958年第1期。
② 夏衍：《对改编问题答客问——在改编训练班的讲话》，见《电影论文集》，中国电影出版社，1979年，第263页。

世界观的问题。这个问题，似乎过去注意得很不够。①

从改编不可避免地要有所增删，很自然地就会联想到容许增删的程度、范围，——也就是改编本与原作的距离的问题。对此，我以为应该按原作的性质而有所不同。假如要改编的原著是经典著作，如托尔斯泰、高尔基、鲁迅这些巨匠大师们的著作，那么我想，改编者无论如何总得力求忠实于原著，即使是细节的增删、改作，也不该越出以至损伤原作的主题思想和他们的独特风格。但，假如要改编的原作是神话、民间传说和所谓"稗官野史"，那么我想，改编者在这方面就可以有更大的增删和改作的自由。②

可见，"忠实"不是简单的问题。在20世纪50年代，"忠实于原著"已经悄然变化为"忠实于意识形态"，这与国家意识形态的需要有关，也与苏联改编理论的影响有关。1954年苏联著名导演罗沙里在《苏维埃文化报》中认为："在从事任何改编工作时，都既不容许强行变动文学原著的组织，也不容许纯客观地、照相般精确地去再现原著。""改编者有权加进自己的解释，批判地处理文学原著。"③比如改编巴尔扎克的作品就不应该把他的保皇派思想细致地表现出来。在以俄为师的年代，苏联文艺思想自然也影响到夏衍。改编《林家铺子》的时候，他非常敏感地意识到林老板作为一个小私有者的身份在公有制时代的落后性，于是在分析了林老板的两面性之后，在影片中加大了他作为剥削者的一面，以免观众对他有太多的同情。

---

① 夏衍：《漫谈改编》，见《夏衍电影文集（第一卷）》，中国电影出版社，2000年，第687页。夏衍曾反复表述过此类看法，1963年的《对改编问题答客问——在改编训练班的讲话》一文中，他批评了苏联对法捷耶夫小说《毁灭》的改编，认为它被改成"完全是无原则的、反战的、和平主义的影片了"，"这个改编不叫忠实于原著，而是对原著的背叛"，对此，他再次强调，"改编者的世界观很重要"，见该书706页。
② 夏衍：《杂谈改编》，载于《中国电影》1958年第1期。
③ 罗沙里：《文学作品的改编》，载于《电影艺术译丛》1955年第7期。

因此，有研究者认为，夏衍是忠于名著的能手，但他更忠于党的利益，他宁肯承担不忠于名著的风险，也要"站在今天的高度，按照马克思主义的眼光去历史地分析名著，大胆地进行必要的增删和改动"。①

"忠实"的内涵会随着时代要求而发生变化。因此，尽管很多人认为电影《祝福》可谓是鲁迅影像改编的典范之作，既忠实于原著，又有很高的艺术性，还具有浙东风情，但还是有学者不敢苟同，认为贺老六的善良朴实、祥林嫂砍神庙的门槛，加上首尾的道白，其实都大大违背了鲁迅原著的精神。有人认为影片"不是发展了原著，而是背离了原著"，影片丑化鲁四夫妇、美化贺老六等歪曲或部分歪曲原著人物性格的做法，"是由于以政治内容生硬地代替艺术内容"。②

即使做到了最大限度忠实于原著，又当如何呢？在已有的电影改编中，最忠实于鲁迅原著的要数电影《伤逝》（1981）与《阿Q正传》（1981），为了不遗漏原著中的重要信息，影片使用了大量画外音或旁白。据统计，《伤逝》的画外音有37处之多，而且常常是大段独白，《阿Q正传》则有20多处，其中既有原著的语言，也有改编者自己的添加。然而影片放映之后，评论界也呈现出两种批评之声，一种是批评电影过于忠实于原著，亦步亦趋，拘泥而缺乏创造性。特别是《伤逝》，给人一种进电影院听小说的感觉，电影成为小说的陪衬和图解。电影《阿Q正传》也因为与原著的同一性，而被认为是一部失败的改编之作。总之，这种观点认为影像的独特性与艺术性在改编中受到压抑而没有得以充分体现。另一种则是批评其不忠实于原著。特别是《伤逝》中关于"洋狗、大帅与国人"片段，强化了外在社会矛盾而违背了鲁迅的初衷，对涓生缺乏批判视野。可见，即使针对同一部影片，评论界也众说纷纭，说明忠实的标准并非单一，有局部的细

---

① 陈少舟：《夏衍电影改编的艺术特色》，见《夏衍研究专集（上）》，浙江文艺出版社，1990年，第572页。
② 舒若、竹山、孟蒙、刘超：《不是发展了原著，而是背离了原著——从影片"祝福"中祥林嫂砍门槛等问题谈起》，载于《中国电影》1957年第4期。

节的忠实，也有整体的全面的忠实，有故事层面的忠实，也有人物形象的忠实……面面俱到是不可能的，即使如《伤逝》这样的电影，都受到不忠实的批判，恐怕鲁迅改编只能靠朗诵和影像的图解了，但影像叙事的特性又如何体现呢？

问题在于，何谓忠实。一部长篇小说改编为2个小时的电影，虽然有难度，但其材料丰富，取舍之间可以游刃有余；一部短篇小说，人物有限，事件单一，要改编为2个小时的影片，更加困难，必须要增加细节和材料。增加什么，怎么增加，都是改编者的艺术创造空间，只要增加的部分符合人物性格逻辑、时代气氛、小说基本面貌，就不应用过于苛刻的标准去衡量。因此，虽然"洋狗、大帅与国人"的片段未在原著中出现，鲁迅也未曾重点关注外在社会矛盾，但是，首先，军阀与洋人出现之后的净街之举是20世纪20年代特有的社会现象，它的出现并未违背"五四"文化思潮的大背景，也为观众理解《伤逝》的时代背景提供了依据；其次，涓生、子君本来就是接受"五四"文化思潮熏陶的时代青年，对丑恶的社会现实怀抱不满，奋笔疾书，也是顺理成章之事，并未违背人物形象的基调。至于认为涓生说出"世上本没有路，走的人多了，自然就成了路"完全是拔高了涓生的思想认识，就有点儿吹毛求疵，带有研究者的洁癖了。同样，《药》也不过3000余字的短篇，两条线索若断若续。电影强化夏瑜这条线索，将革命志士的牺牲与奋斗放在镜头之前，虽然有别于原著的暗线处理，侧重点发生了变化，但是对革命志士的牺牲之举心怀敬仰与尊重，原本也是鲁迅作品中可以自然生发的情节，而且，对小栓等人的麻木不自知也留下了比较多批评。更重要的是，"《药》经改编之后，愚昧自然仍是愚昧，但善与恶的界线更清楚了，鲜明了，以革命者的鲜血，去医治痨病患者的沉疴，并在人与人中形成一种新的交易。影片把这种对比更加突出起来，也是符合小说的原意的"[①]，从忠实性而言，也并无异议。甚至电影《祝

[①] 钟惦棐：《读新片〈伤逝〉和〈药〉并泛论电影》，载于《电影艺术》1981年第12期。

福》砍门槛一节，其实也并非十分重要，正如夏衍所言：砍掉门槛又能怎么样呢？祥林嫂还是祥林嫂，她有反抗性的性格基础，但是她的反抗永远是有限的不彻底的反抗。①因此，这只是一个电影的细节，是原著中没有的细节而特别引人关注。但是就电影而言，激烈和紧张、压抑与悲哀总是要寻找一个宣泄口，使整个电影节奏张弛有度。因此，在大的层面而言，只要夏瑜未被刻画为反革命者、伪革命者、假洋鬼子之流，其基本的人物基调未变，就是人物层面的忠实；只要涓生最后离开子君不是因为喜新厌旧，不是因为攀龙附凤，不是因为家庭压力，只是因为二人的渐渐隔膜，那么具体的事件也可以由改编者予以想象加工，这就是故事层面的真实；只要阿Q最终糊里糊涂死去而不自知，旁观者还在为其不够壮烈、好玩而遗憾，就是思想基调层面的忠实。既然不能面面俱到，那么大体上不离谱，拍出来或发人深省，或新鲜有意义，或艺术格调鲜明，就都不算失败的改编。

二、忠实是衡量改编的唯一标准吗？

忠实是衡量改编的唯一标准吗？"忠实问题虽然是改编的一个重要问题，却又并不是改编成功与否的标准。改编成功的标准在于用电影艺术生动有力而又深刻地表现原作，就是实现从文学形象到电影形象的转换。改编鲁迅的小说，最需要电影艺术家们呕心沥血进行艺术创造的，是把鲁迅小说的气质和特色电影化。"②换句话说，改编成功与否的标准还在于能否实现由文学形象到电影形象的成功转换，因为不同的媒介载体有不同的艺术表现手法，改编过于受制于原著，往往难以跳出限制，实现电影手法的创新。而最好的文学改编，应该是文本促使电影表现手段创新，或电影表现手段使文本的艺术形象得以生动地站立。

因此，改编者不应被原著束缚手脚，改编需要尊重不同艺术载体的特

---

① 夏衍：《杂谈改编》，载于《中国电影》1958年第1期。
② 王得后：《因〈药〉的改编而想到的》，载于《电影艺术》1981年第12期。

殊性。"当一个电影艺术家着手改编一部小说时,虽然变动是不可避免的,但实际情况却是他根本不是在将那本小说进行改编。他所改编的只是小说的一个故事梗概——小说只是被看作一堆素材。他并不把小说看成一个其中语言和主题不能分割的有机体;他所着眼的只是人物和情节,而这些东西却仿佛能脱离语言而存在……小说拍成影片以后,将必然会变成一个和它所根据的小说完全不同的完整艺术品。"① 也就是说,影像创作是以色彩、构思、节奏等因素进行的造型思维,这与以文字形象进行的文学思维,在结构和运动方式上有很大差异。改编者如果不具备电影思维,那么无论在思维上如何忠实于原著,也不可能产生真正电影化的作品。

在这个意义上谈《伤逝》和《药》的改编,其问题不在于添加的细节或片段是否忠实,而在于添加得是否过于生硬、直接、缺乏艺术的转化,是否与电影其他部分的艺术风格不协调,有脱节之感。《伤逝》中逛庙会买狗的场面并非原著所有,但电影不仅有子君在庙会中微笑表情的特写镜头,还有中景镜头将闲人对二人的指指点点不经意收入其中,更有俯瞰庙会的广角镜头以表现庙会的人头攒动、熙熙攘攘。这不仅增添了民俗气息,而且为这个相对沉闷的影片加入了热闹的生活气息,更通过似乎不经意的一笔——闲人的指点——将二人置于特定的时代环境中,从侧面说明子君与涓生领风气之先的自由恋爱面临的社会压力。这种改编其实是神来之笔。电影《祝福》则将祥林嫂的反抗意识以及反抗无用后的愤懑通过砍门槛的激烈方式予以表达,在影片节奏和情绪释放方面符合故事片的跌宕起伏感。改编者只有找到与原著对应的电影语言,才能将原著的优点与改编的优点真正体现出来。乔治·布鲁斯东(George Bluestone)说过:"重要的不是影片摄制者是否尊重他所根据的蓝本,而是他是否尊重自己的视觉想象。"② 完

---

① 乔治·布鲁斯东著,高骏千译:《从小说到电影》,中国电影出版社,1981年,第67页。

② 乔治·布鲁斯东著,高骏千译:《从小说到电影》,中国电影出版社,1981年,第119页。

美的改编看重的就是视觉想象的整体性与流畅感。

忠实其实是着眼于文本述说中的作者性问题，解玺璋曾从七个方面指出改编不必完全忠实于原著的理由：以时代为理由，以观众为理由、以表达方式为理由、以戏剧观念的创新为理由、以趣味为理由、以创作主体为理由、以市场为理由等。①也就是说，作者性与观众是有距离的，这是作者自身与他者的距离，也是作品内容本身与他者的距离，改编自然可以不拘谨于原著。当然，无论有多少理由，改编不忠实于原著并不等同于彻底背离原著，而且，优秀的改编者往往对原著存在强烈的认同感，譬如水华之于《伤逝》，许幸之、陈白尘之于《阿Q正传》，他们基本都高度认同原著的戏剧性与艺术性，最大限度上与之保持一致。就是极具创新能力的先锋戏剧家，往往也在自我理解的基础上表达着对鲁迅及其作品的尊重。因此，正如凌子风所申明的"原著加我"的改编理论一样："'原著加我'是说两个方面的意思都包含。我要忠实于原作，但是原作的精神是要通过我个人的理解和风格来体现的。"②没有真正的创造也就不可能有真正的忠实。《伤逝》如果没有水华如泣如诉、如诗如画的意境营造，也难以与原著中忏悔、彷徨、徘徊的自白基调相适应。在20世纪80年代，该片与《城南旧事》可谓是诗化电影、抒情电影的双绝。萧军因看了电影《伤逝》后激动难耐而赋诗十一首便是该片艺术感染力的一个证明。

从视觉快感出发的改编、戏说都是艺术商业化的结果，在故事情节、冲突、角色、造型、服饰、表演上无不强化现代时尚、偶像符号、身体消费、武打动作、情色欲望等更具视觉性、当下性、即时性的娱乐需求。

因为意识形态、民众理解水平、媒介表达的差异性等因素的影响，鲁迅影像难以忠实；因为鲁迅文本的普及性、鲁迅本人的历史光环以及鲁迅在现代语境中的丰富含义，鲁迅影像也面临创新压力。因此，鲁迅作品改编总是游走于忠实性与创造性的平衡木上。实质上，离开忠实基础的创新

---

① 解玺璋：《名著改编的N种可能性》，载于《群言》2014年第7期。
② 葛菲整理：《凌子风导演访谈录》，载于《北京电影学院学报》1992年第1期。

是天马行空，离开创新意识的忠实也是缘木求鱼。鲁迅影像的忠实性应以创造性为目标，忠实于原作的主题，忠实于原作的主要人物和情节，忠实于原作的风格。鲁迅影像的创造性应以忠实性为前提，进行时空关系的重新处理、情节结构的重新整合、人物对白的口语化。忠实性与创造性互为依托，一旦失去平衡，鲁迅影像则难以获得社会认可。

三、"我注六经"：改编理念的突破

在主流文化、精英文化、大众文化多声部合唱的文化环境中，在大众传媒掌控文化领导权的时代，影视艺术与文学艺术平等而开放，影视改编理念呈现出多元分化的趋势，既有不变的坚守，也有突破的追求。改编理念的嬗变、多元，直接促成改编模式和改编风格的多样化。

鲁迅影像的改编者也往往有几种态度。第一种是内心重重压力，追求绝对忠实，以陈白尘为代表。在接受改编《阿Q正传》的任务之后，陈白尘谈到自己的心情："我认为改编文学名著，好比是一件无价的珍宝将之砸碎，然后又用它的碎片创造成另一形状的但同样是无价的珍宝。这是伟大的再创造！鲁迅先生用文字'写出一个现代的我们国人的灵魂'——阿Q的形象来，它是我国文学宝库中的无价之宝。难道我有能力用电影剧本形式再创造出这个'灵魂'来么？我不寒而栗了！……如果把《阿Q正传》这一不朽名著比作一朵娇艳的鲜花，则我不过是个卑微的匠人，仿造鲜花扎出两朵纸做的象生花来罢了。"[①]和陈白尘先生抱有同样敬畏态度的是梅阡先生。把鲁迅小说移植到话剧舞台，是梅阡先生多年的愿望，但他疑虑重重，一则因为鲁迅先生作品的深刻性，唯恐自己理解不正确、不全面；二则因为鲁迅先生作品浓缩而含蓄、简约而精练的艺术性难以在舞台上实现，

[①] 陈白尘：《〈阿Q正传〉改编者的自白》，见《阿Q正传（七幕话剧）》，中国戏剧出版社，1981年，第106页。

而一再搁笔。① 第二种是看重舞台艺术的形象化,不刻意于"忠实",以许幸之为代表。在20世纪30年代改编《阿Q正传》时,许幸之先生就对舞台改编有自己的看法,他说:"剧作者任务并不在于忠实原著,而在于如何使原著的主题明朗化,如何使原著的故事成为有规律的发展,如何加重他们的纠纷和葛藤,如何展开他们之间的斗争的场面,如何使他们的个性明显而具有典型,如何使全般的戏剧成为舞台艺术的形象化……要使原著在获得多数的读者之外,获得更多数的观众……"② 在所有改编者中,许幸之是比较关注舞台形象化塑造重要性的一个。第三种是借改编表达自我,以20世纪90年代以后的改编者为主。2001年《无常·女吊》的导演王延松谈该剧与鲁迅作品的关系时说道:"鲁迅的作品对这部戏来说是一个蛹,而《无常·女吊》这个戏则是咬破了蛹飞出的蛾,是蛹孕育了蛾,但蛾不等于蛹。这只蛾将飞向我们想要飞到的地方,我们的方向不是回到鲁迅本身,而是奔向我们的观众。"③ 他们更强调从鲁迅作品中生发出来的思想内容,而且这个时期的编剧或导演面对忠实与否的评价或指责时,往往从自我表达和精神忠实出发申明自己的改编原则。豫剧作者陈涌泉就非常坚定地说:"在改编原则上,我所遵循的是忠实于原著的路子,即在精神实质上的高度忠实,而非亦步亦趋、机械地'复印'原著的忠实……对于评论家谈到的'有悖于原著'的问题,我想如果把只有对原著亦步亦趋的改编才叫忠实于原著,而不知'忠实原著'的实质何在;甚而在名著面前,失却了评判的勇气,把鲁迅先生自己都认为'不必有的滑稽'也视为'原著精神';这样的忠于原著,我不敢苟同。如果把根据从文学到戏曲体裁转换所需要作的人物关系调整、人物塑造方法调整视为悖离原著;或是对原著人物的理解本身有

---

① 梅阡:《说〈咸亨酒店〉》,见《咸亨酒店(四幕话剧)》,中国戏剧出版社,1982年,第85页。
② 许幸之:《〈阿Q正传〉的改编经过及导演计划》,见《中法剧社首次公演特刊〈阿Q正传〉》,中法剧社,1939年,第16页。
③ 王延松:《我,在荒诞中寻找美好:〈无常·女吊〉导演手记》,载于《中国戏剧》2001年第11期。

偏差，或是对两部作品结合在一起的戏曲所作的诠释不甚了了，而认为是悖离原著，我也保持自己的看法。"①郭小男说越剧《孔乙己》时也谈到他要表达的肯定不是鲁迅要表现的孔乙己。可见，随着文化多元化时代的到来，改编氛围越来越宽松自由，也便于改编者充分发挥艺术创造力与想象力。20世纪80年代初期，电影界流行将现当代文学经典作品改编为电影，以张艺谋等人为代表的第五代导演开始着眼于二三流文学作品的改编。因为经典作品在观众中的期待视野太高，也形成了一定的心理定式，改编工作很难放开手脚，而二三流作品因为不被观众所熟悉，反而可以更好发挥编剧、导演的创造力。其实，这也是原有改编理论突破之后艺术工作者创造力的释放。

争论的展开意味着"忠实"认知的多样化，或者说，"忠实"不再是一顶完全束缚改编者的创造力、压得改编者喘不过气的大帽子。改编者渴望表达自我，评论者希望看到真实，这是二者的分歧点。不过，至少在舞台上，似乎改编者的自我表现已经越来越被观众接受。

很多人质疑这种"我注六经"的方式会不会使鲁迅如同其他古典名著一样被解构、被恶搞。其实，解构鲁迅早在《Q版语文》中就出现了，酸儒孔乙己被改写为假扮残疾人以方便乞讨骗钱。问题在于，调侃、恶搞的背后宣泄着怎样的情绪，如果只是青春叛逆情绪或青年人的活跃思维，这就如网络中流行的"鲁迅先生说+自我表达"一样，并不需要草木皆兵。因为用行政手段干预确实能收到效果，但鲁迅也会因此僵化而失去时代感。对于鲁迅，我们不要去追求那唯一的、永远的、正确的表现，应该容许多元的、暂时的表达。专家的意见固然重要，观众的感受也不容忽视。电视剧《阿Q的故事》和话剧《圈》，几乎只有专家们一致的愤怒批评，却没有来自普通观众的感受或收视率、票房方面的数据。当然，笔者不是要以市场化、媚俗化作为鲁迅影像的唯一评判点，而是觉得，行政尽到引导之力即可，市场有自己的逻辑，歪风邪说即使能风行一时，也不会永远得逞，

---

① 陈涌泉：《〈阿Q与孔乙己〉的成因》，载于《剧本》2002年第9期。

要相信市场最终会有合理的选择。阿Q身上的喜剧性、《阿Q正传》巨大的影响力，大概是人们在20世纪90年代依然关注它的原因。如果担心这样就会把《阿Q正传》玩坏了，把鲁迅亵渎了，可能还未能真正了解鲁迅。鲁迅没有这么脆弱，也不仅仅依靠影像来传播。文字语言向影像语言转换的过程中，总会因为媒介的不同而遗失或损失原有的信息，但它总能含有鲁迅原著的一点儿身影。大众化传播难免会以牺牲深刻性和复杂性为代价，但是，我们不能因此就否定大众化本身的价值，毕竟，鲁迅要活在人间、活在我们的时代，需要曲高，也需要和众。越剧《孔乙己》改编很小心地使用"取材"二字，注明是"取材于鲁迅小说"，为自己摆脱忠实与否的标准。尽管如此，戏剧上演之后还是面临很多针对孔乙己与三个女人故事的质疑。其实，孔乙己并非不能有三段人生故事，关注的重点不应该是有与无，而是增添的人物与故事本身是否适合舞台表现，是否展示了孔乙己和他的时代的缩影。

改写/改编经典作品，总要适应现代人的心理接受和审美情趣，颠覆陈旧的思想观念和道德规范。改写/改编后的经典作品也应有消除"审美疲劳"的效益，以惊奇感打破人们潜在的期待视野。我们今天生活的时代是一个强调个人意识和自由、强调想象的时代，改写/改编是模仿中的创新，它瓦解了模仿和创新、模仿和想象之间的对立。天马行空的想象力正是艺术创新的动力与来源，而上乘的改写/改编作品也一定是借前人之旧作，创今日的新意。所谓"创造"其实是破旧立新，这正是改写/改编的主旨所在。

第二节 视觉转化：文字到影像的信息传达

文学的影像化改编是一种创制活动，因为要将文学中丰富的内涵、深刻的哲理转化为视觉符号，在实现文学文本立体化、生动化和鲜活化的同时，传递原文本的艺术性、哲理性和思想性，改编性表达是一种创造性的诠释和演绎活动。电影理论家乔治·布鲁斯东说过："小说与电影像两条相交叉的直线，在某一点上会合，然后向不同的方向延伸。在相交叉的那一点上，小说和电影剧本几乎没有什么区别。可是当两条线分开以后，它们就不仅不能彼此转换，而且失去了一切相似之处。在相距最远时，小说与电影，像一切供观赏的艺术一样，在一个特定的读者（观众）所能理解的程式范围内，最大限度地利用它们的素材。在这相距最远的地方，最电影化的东西和最小说化的东西，除非各自遭到彻底的毁坏，是不可能彼此转换的。"①也就是说，小说可以被改编为影像，但是艺术载体的不同、受众群体的不同、剧本容量的不同以及改编者的意图和时代语境的不同，都会使改编与原著有差异。"在电影里，人们从形象中获得思想；在文学里，人们从思想中获得形象。"②电影通过视听造型元素，如光线、色彩、声音、蒙太奇、时空形式、节奏等，制造银幕幻觉。因此，再忠实的改编都离不开艺术的创造，创新能力是成功进行艺术载体转换的前提，否则，电影只能如广播剧一般照本宣科。创新能力在适当的延伸与拓展中重新赋予原著以新的阐释角度和生命力。而这些，都需要足够的艺术才华的支撑。越剧《祥林嫂》（1946）对祥林嫂恋爱细节的增添，也并非唾手可得的随意之举，因为除了要与才子佳人的传统不完全脱节，每一段唱词也要清新晓畅，文采斐然。话剧《咸亨酒店》（1981）在整合鲁迅小说人物与事件方面用心良苦，以咸亨酒店为中心进行串联，颇有老舍《茶馆》的精髓。改编文本是以影像呈现为目的的，无论其最终的舞台表现如何，应该肯定的是，改编者往往匠心独运，具有相当的想象力，方能驰骋于艺术天地。可惜的是，人们常常将忠实与创新当成对立的话语，其实，真正的忠实必须要通过艺术的创新才能达到，创新本身往往也需要忠实的基调方有评判的标准。否

---

① 乔治·布鲁斯东著，高骏千译：《从小说到电影》，中国电影出版社，1981年，第69页。
② 爱德华·茂莱著，邵牧君译：《电影化的想象——作家和电影》，中国电影出版社，1989年，第114页。

第三章 忠实与创新：影像重构的两难处境

则，天马行空、无所皈依，又有何难度可言？

一、强化戏剧冲突

一般而言，影像更看重紧张、激烈、刺激的镜头叙事。改编鲁迅作品，首先要加强戏剧性。鲁迅小说多取材于日常生活，主人公无论是农民还是小资产阶级知识分子，大多是庸常人群中的一员；即使是觉醒者，也往往是没有强大精神力量的弱小者，最后被社会吞噬或被生活改造。他们也许有静静的牺牲，但没有大起大落的人生，没有大悲大喜的事件，没有街头巷尾都会关注的话题。即便如《伤逝》中的爱情，也并不着眼于甜蜜的两情相悦或激烈的家庭斗争，而是表现婚后日常生活的琐碎性与困窘感。在小说中，作者可以不慌不忙，娓娓道来，在人物心灵与情感世界中纵横笔墨，但是舞台是需要冲突的，否则无法留住没有耐心的观众。因此，尽管在许幸之和陈白尘看来，《阿Q正传》这样的作品自身已经完全具备充分的戏剧冲突①，但是，一旦真正面对舞台，还是需要剧作家再加工、再创作，在冲突性与戏剧性方面做足文章。对于剧作家而言，增加戏剧性或许并不难，但要自然而然并且与原著浑然天成，也并非一件容易的事情。大体看来，鲁迅影像戏剧性的加强主要使用了以下手段：

（一）转化叙事角度

鲁迅小说中的"我"是一个不可或缺的角色，或者充当叙述者，或者

---

① 许幸之曾说，舞台是殿堂，树立着辛亥革命的时代背景，塑造着各种雕像，中心雕像阿Q深刻而感人，雕像之间"有阶级的对立，有身份的高低，有经济的矛盾，有爱与欲的纠纷，有奸诈和正义者对抗，有压迫者和被压迫者的斗争，有人性本能的冲突，有真正革命者和冒充革命者的葛藤。因此，我确信了'阿Q正传'有戏剧性存在，有充分的理由搬上舞台"。见《中法剧社首次公演特刊〈阿Q正传〉》，中法剧社，1939年，第12—13页。陈白尘也认为《阿Q正传》"本身就存在着一切戏剧电影的要素，根本不需要改编！所以，从故事发展编排来说，按照原著稍加剪裁就行了"。见鲁迅原著，陈白尘编剧：《阿Q正传（七幕话剧）》，中国戏剧出版社，1981年，第106页。

作为旁观者，或者是故事主人公，多数情况下，"我"担任着审视、反省的角色。研究者曾从复调诗学的角度对鲁迅小说第一人称进行如此论述："鲁迅第一人称小说中的叙事者'我'与人物之间构成了一种对话与潜对话的关系模式，这种关系模式既是处理小说中不同的甚至彼此冲突的声音的方式，也使小说中的对话性与辩难性得以'形式化'，其中蕴含了一种第一人称叙事的复调诗学。"① 也就是说，鲁迅小说的诗化、思辨化、复调性与"我"的存在息息相关。没有《祝福》中的"我"对灵魂有无问题的踌躇，就没有对祥林嫂的"拯救"问题的深刻反思；没有《一件小事》中的"我"对"皮袍下的'小'字"的发现与愧疚，就无从体现知识阶层的民主情怀。当然，这个"我"未必以小说人物出场，有时候只是一个叙述者，比如《狂人日记》中的"余"，或者《阿Q正传》中的"我"，他们体现一个反讽视角，使读者与小说自然拉开距离，催发文本的内在张力与分裂感。而且，这个"我"往往并不是小说的中心人物，也并非价值取向的终极评判者。他破碎、分裂、矛盾，不是事件的驱动者，但又在小说事件推进中不断与周围事物建立关系性联系，为我们呈现新旧时代交替中现代知识分子跋涉而无所依靠的灵魂。

然而，到了影像之中，如何处理这个"我"却成了一个很大的问题。因为"我"常常是内省的视角，舞台（银幕）则必须兼顾事件展示，内省人物必然会打断事件的连续性和整体性。因此，在具体改编中，常常会舍去小说中的"我"，将第一人称叙述视角转化为万能的上帝视角。电影《祝福》（1956）便是如此。没有了"我"的存在，祥林嫂对谁提出灵魂之问，并引发人们的反思呢？小说《祝福》中的"我"在祥林嫂人生中扮演着听众角色，既缺乏戏剧舞台所需的行为驱动性，又难以承载思想表现的形象性和融合性，删掉确属情不得已，毕竟干净单纯、有头有尾的故事是电影最需要的。越剧《孔乙己》（1998）和曲剧《阿Q与孔乙己》（1996）中，

---

① 吴晓东：《鲁迅第一人称小说的复调问题》，载于《文学评论》2004年第4期。

也删掉了小伙计"我"的角色，因为舞台呈现的整体性舍弃了小说的第一人称叙述视角，一旦小伙计视角的有限性、旁观性在舞台上失去可能，人物存在价值就大打折扣。改编即使保留了"我"，也不再保持"我"的叙述视角，甚至改动了"我"的形象定位。电影《阿Q正传》（1981）中就保留了叙述者，影片开头呈现了鲁迅在"老虎尾巴"（鲁迅住所）写小说的情景，并配以画外音，而原著中的"我"并非鲁迅本人，而是一个有着遗老遗少气息的文化保守主义者，是一个与鲁迅本人相去甚远的人物。

此外，将文本的多线索、多时空进行融汇，以更符合影像化的创制集中进行故事性的演绎。比如小说《药》省去的夏瑜革命活动以及和夏奶奶之间的家庭生活叙述，是暗线推进的隐含事件；电影《药》则将之进行较为完整的演绎和正面表现，更容易使观众了解革命志士并产生情感共鸣。《再见鲁迅》使不同历史时空的人物交错出现，集中表达的是创作者的生活体悟。

（二）人物关系复杂化

鲁迅小说一般人物不多，事件也比较单一。《孔乙己》里主要人物不过是孔乙己、店主、小伙计以及面目模糊的长衫客与短衣帮，还有从未出面的举人老爷，而长衫客与举人老爷从头至尾没有一句话；中篇小说《阿Q正传》有名有姓的人物也不过十余人，而且没有一个有头有尾的故事。为了增加戏剧性、冲突性，鲁迅影像改编常常会融合几篇小说的人物和故事，因为鲁迅小说本身就带有互文性，它们往往发生在同一历史时期，同样具有浙东风情，处于同一社会的相同结构中，交集在民族叙述空间与日常生活叙述空间的交融点上，融合本身具有文本基础。同时，融合也能丰富舞台的人物形象，构建复杂的人物关系，增添舞台的戏剧性。小说《阿Q正传》原本只有阿Q对吴妈的下跪，对于阿Q而言是一种临时起意而又似乎很快消失的性冲动。许幸之改编的同名话剧中，构建了三对男女纠葛，除了阿Q与吴妈，还有吴妈与赵老太爷、小尼姑与假洋鬼子。吴妈因为有孕被赵老太爷抛弃并嫁祸于阿Q，小尼姑与假洋鬼子彼此暗送秋波，投怀送抱。这种穿插使得未庄的阴晦堕落之气更为浮表。曲剧《阿Q与孔乙己》中，赵老太爷屡次找吴妈，阿Q也喜欢吴妈的勤劳漂亮，给她送去雪花膏，被邹七嫂发现，吴妈情急之下，诬赖阿Q心怀不轨，引起赵老太爷吃醋，从而将阿Q的人生与两性关系、阶级纠葛交织一体。更为离谱的是《阿Q的故事》，居然编织了四对三角恋关系，把子君、"豆腐西施"杨二嫂、吴妈等全都编入剧情中，似乎阿Q成为偶像片的男一号。相比之下，还是话剧《咸亨酒店》的融合更保有原著风采。它融合了《长明灯》《狂人日记》《药》中的主要情节，旁涉《明天》《孔乙己》《祝福》《阿Q正传》中的人物，围绕着反封建的中心主题，描绘了"吃人"与"被吃"的惊心动魄的画面，以及觉醒者的反抗。原来小说中日常、松散的人物联系，在长明灯事件、孩子病情变化等事件中融合起来，变得紧密而富有戏剧性。

（三）加强女性角色的戏份

女性在鲁迅作品中并没有特别的分量，除了《祝福》中的浙东农妇祥林嫂、《离婚》里的爱姑、《明天》中的单四嫂子以外，基本没有以女性为主人公的小说。《阿Q正传》中的吴妈、小尼姑，《风波》中的七斤嫂等，在小说中虽非可有可无，但不是主要人物。哪怕是爱情题材的《伤逝》，子君在相恋相处的过程中渐渐消逝光辉，甚至死去，但小说也只是涓生的手记。大概鲁迅从未蓄意将笔墨涉入情爱领域，即使有所涉及，也多是思索情爱依赖的精神交流、物质条件与社会基础。鲁迅作品中女性角色不多，而且经过了艺术的剪裁，集中而精粹。"豆腐西施"圆规似的身影，祥林嫂的"我真傻"，子君的"我是我自己的"，都是其外在形象与内在精神的高度浓缩，很难敷衍为故事，也很难在舞台上出彩。改编为了加强戏剧性，必须加强女性角色的戏份。

首先，原有人物的戏份更多。原著《阿Q正传》中小尼姑仅仅是路过而被刚在假洋鬼子那里挨打的阿Q调戏，捏了脸蛋；吴妈是夜晚借油灯的光亮干活，和阿Q闲聊，阿Q表达"我要和你困觉"，吴妈寻死觅活，阿Q

死前在围观的人群中看见她。改编本中,这两位女性角色的戏份明显增多。许幸之改编的《阿Q正传》中,吴妈成为一个厉害的角色,不仅与赵老太爷发生关系,还怀有身孕,后因赵老太爷的抛弃而与之发生激烈的言语冲突,还对阿Q寄予了道义上的同情。小尼姑则与假洋鬼子有染,忸怩作态,到了县老爷堂前,又与县老爷眉来眼去。通过这些增加的戏份,这两位女性成为未庄腐蚀空气的受害者或者体现者。可以看出,许幸之的改编基本未明显体现当时流行的阶级意识,也未必对吴妈、小尼姑这样的底层女性予以同情,所以人物戏份虽然增加,但是意义指向很模糊,这其实也是这个版本的失败之处。

其次,增加女性角色。在古榕执导的话剧《孔乙己正传》中,原著中孤苦伶仃的孔乙己娶了年轻美貌的妻子宋含玉,二人倾心相恋。孔家遭难,宋含玉被丁举人调戏,最后以身殉情。她的悲剧命运彰显出孔家的败落以及孔乙己的人生悲剧。宋含玉这一人物完全出自编者的创造,目的是将人生的几大悲哀——丧妻丧子——集中于孔乙己一身。同样,越剧《孔乙己》中,孔乙己同时与三个女性展开情感纠葛,其中夏瑜虽是鲁迅小说中原有的角色,可是在剧中变身为一名革命女性,寡妇和女戏子则完全是原著中没有的,是为了表现孔乙己的善良以及对革命者的敬仰而增补的人物形象。小说《铸剑》原本也有一带而过的女性,一是眉间尺的母亲,她活下来是传承仇恨;二是王宫里的嫔妃,她们没有具体的面目,只是在大王出行时随侍左右,在大王死后辨认头颅。电影《铸剑》(1994)增添了一个角色——女巫。她的父亲被大王杀死,她以独特的方式向大王复仇,使大王的所作所为激发民众的愤怒,众叛亲离。同时,她也与大王有肌肤之亲,后因其怀有身孕,大王认为其巫术不灵而另有所染。一怒之下,她杀死了大王的神鸟,也因此而亡。复仇者对仇人权力的依附以及对其血脉的传承,这种奇异的纠葛本是这一角色非常迷人的矛盾,但电影并没有对此进行充分展开,这也是女巫角色稍显失败的原因。数字电影《铸剑》(2011)增加的是一个女优角色——安康人小柔。小柔会演戏、跳舞和招魂,她和眉间尺的萍水相逢表现了江湖人的纯真情谊，对眉间尺姓名的打探让她编成一个好故事，这个故事在皇宫表演中博得吴王的展颜大笑。当眉间尺挖出父亲的遗骸时，她又在招魂舞中帮助干将魂魄归来，让莫邪没有讲完的故事在眉间尺与父亲魂魄的交流中继续讲完。这个人物的设计，使得这个电影更具有温情和青春的气息。

由于受到表达时间的限制，视觉表达的改编完全可以突破文学文本的既有故事框架和人物限制，甚至跨越时代限定，通过对结构、情节、人物等的移花接木进行更为复杂的演绎，达到文学文本类似的表达效果。

二、影音元素的心理显现

鲁迅作品不以情节曲折和外在冲突取胜，而是以心理表现和内在冲突见长。这就对影像叙事语言的丰富性提出了更高的要求。影像语言受技术和媒介的限制，对心理的表现远不如文字自由放纵。随着技术的不断进步以及审美意象的普及，电影表现心理与情绪层面的手段日益丰富，例如以春和景明、蝴蝶翩翩来表达恋人的心情，以冰河解冻、柳枝发芽说明峰回路转的好时机，以乌云压顶、狂风暴雨表达内心的极度压抑，当然，这是比较浅表层次的比对。总体而言，电影语言在表达潜意识和心理丰富性方面还是有难度的，至少在鲁迅影像中远远不够艺术化，目前主要在梦境的营造和画外音的运用方面做了一些努力。

（一）梦境的营造

日有所思，夜有所梦，梦境常常是潜意识的表达，因此弗洛伊德（Sigmund Freud）的意识研究较多依赖于对梦境的解析。鲁迅影像中也较多利用梦境的营造表现人物心理或潜意识。电影《阿Q正传》中，阿Q在土谷祠做了一个梦：阿Q身穿白色盔甲，手持长鞭，迈着京剧步伐，邹七嫂、吴妈、小尼姑等都向他献殷勤。这一梦境将阿Q对革命的期望做了具象化的表现,真是神来之笔。虽然陈白尘《阿Q正传》的剧本循规蹈矩,但这个场景却是最有创造力也最忠实于鲁迅原著精神的亮点。它将原作中"要什么就是什么,喜欢谁就是谁"的革命诉求进行了最为艺术化的直观表现。电影《药》中有两个梦境,一是夏瑜母亲期盼儿子回家的梦境,二是华老栓期盼儿子病愈之后娶亲的梦境,都是家人对孩子的牵挂,又因为一个馒头而有联系。在共有的"爱"中,两条生命的消失对两个家庭的打击可想而知。只可惜,两个梦境之间的交集还显得太浅表了一点。张华勋导演的电影《铸剑》中,大王梦见自己与女巫幻化为神鸟,在高空中翱翔大笑时,惊见有人向他射箭,女巫也离开,他在大喊救命中醒来。这个梦境,既有大王在高位时的骄傲,也有君王的危机感,具有极强的情节推动性。因为梦醒之后大王请女巫解梦,女巫让他颁布杀尽方圆五百里的牛羊的政令,既体现了大王为保王权永驻的暴虐行为,也是女巫复仇心计的实施。以上梦境都是改编者的创造,做得好的,有画龙点睛之妙,如电影《阿Q正传》中土谷祠的梦,或有推波助澜之用,如《铸剑》中大王的飞天之梦;做得平淡的,就缺乏梦境的超越性,如《药》中两个梦,除了说明日有所思,夜有所梦之外,对两个儿子的不同人生并没有更多的隐喻。

(二)画外音的运用

声音在电影中的运用,极大改变了电影的本性。画外音作为电影人声的一部分,改变了传统的电影叙事方式,丰富了电影语言。尽管许多研究者和电影人认为,电影作为视觉媒体,画面比其他要素都重要。而画外音作为文学的残余,是一种表现的捷径,也是不得已的选择。然而,一旦心理过程、推论和细腻微妙的人类情感不能被简单地视觉化,画外音就显示了文学的力量。它是画面的阐释者,同时也提供更多信息,避免歧义,它可以是评论性信息,也可以是对内心发展变化的洞察。总之,画外音对影片叙事结构、节奏、画面、人物塑造、风格和内涵等都具有一定的作用,因此,画外音在经典名著的改编中总是频频出现。20世纪90年代改编自钱钟书同名小说的《围城》中，画外音完全成为电视剧的组成部分。

在鲁迅影像中，画外音也是重要的表现手段。它常常带领观众思考人物命运，或者拉开与影片的距离，表达叙述者的态度。旁白无非是两种，一种是旁观者的旁白，其中包括改编者或原作者等。电影《祝福》一开始，旁白就出现了："对今天的青年人来说，这已经是很早很早以前的事了……"以"很早很早以前"拉开时间距离。在结尾时，旁白再度出现："这是过去了的时代的事情。应该庆幸的是，这样的时代终于过去了，终于一去不复返了。"旁白再度拉开与影片的距离，在人们还沉浸在对祥林嫂悲剧命运的同情时，提醒观众，我们今天生活的时代何等幸福与光明，从而由衷地滋生出对新中国的热爱与自豪感，实现艺术传播与政治训导的和谐结合。电影《阿Q正传》中有鲁迅在书房里吸烟踱步的画面，旁白为："我要给阿Q做传，已经不止一两年了。"虽然在原著中，叙述者并不等同于鲁迅本人，但这几句以鲁迅身份言说也经得起推敲。当然改编者也很聪明，到了后期，鲁迅本人并不出现于影像中，画外音也减少了。这个"我"（鲁迅）的存在就是让观众和电影故事拉开距离，在作者的带领下进入对人物命运的思考。另一种是剧中人物的旁白。剧中人物的旁白更多是一种心境的展露和画面的阐释与补充。范冬雨导演的《铸剑》采用了两个人物的旁白，一个是莫邪，她在为儿子讲述王妃生铁的故事时，画面切换为王宫，但莫邪的声音依然在延续；另一个是眉间尺，眉间尺从一开始听到打铁声，就开始了旁白："这个声音又在响起来……"他的母亲自焚身亡后，他的独白是："我再也回不了家了，再也没家了。"将人物心理感受直接通过画外音说出来，虽然不具有影像的画面感，但是观众联系剧情可以很好地理解人物心理。

值得注意的是，有的旁白完全源自原著，比如电影《伤逝》和《阿Q正传》中的大部分旁白；有的则源于改编者的创作，比如电影《铸剑》。如果超过改编范畴，全面考量画外音的作用，那么在先锋戏剧中，尤其不可忽视画外音的犀利和点评功能。张广天的《鲁迅先生》共有18次旁白，最短的是:"下雨了。打雷了。这是师生们积压心头长久的抑郁化作的风暴!"序幕"狂人日记"之后,旁白如下:"在一九一八年五月的《新青年》第四卷第五号上,周树人发表了他著名的小说《狂人日记》,并第一次使用了笔名'鲁迅'。在之后第二年的五月,北京爆发了'五四'运动,参加这个运动的青年和这个运动影响到的人们,大部分站到了鲁迅这篇小说的新文化立场一边。所谓新文化运动,它的思想内核,成为今后岁月里中国革命的精神力量,众多的革命领袖和战士,都是新文化运动的最直接的学生。"①由于该剧主要以唱为主,叙事性是非常弱的,不借助旁白,也很难交代时代背景、人物经历以及事件过程。画外音还有间离作用。《再见鲁迅》开始和结尾都运用了演员朗诵环节,序幕中用甲、乙、丙和A分别朗诵了毛泽东、许广平、叶紫等人关于鲁迅的纪念话语,交叉朗诵中形成众声喧哗的回响。尾声中随着鲁迅的去世,女演员踏步上前,朗诵了新华社文稿。这一结尾在某种意义上也说明鲁迅被归入政治化角色中。

自然,画外音并非总是纯声音,在具体表演中,也会出现舞台形象,特别是戏剧舞台上。江苏省话剧团在演出陈白尘改编的话剧《阿Q正传》时,由演员装扮成鲁迅形象,向观众介绍阿Q这个人物,这种方法类似电影《阿Q正传》的处理;而中央实验话剧院则由一位身着西装套裙的女演员向观众介绍舞台上发生的一切,她在演出中可以自由上下场,成为联系观众和舞台上的纽带。

三、重叠交错的叙事策略

鲁迅并非不食人间烟火、高居庙堂之上的文人,他的文章始终与波澜壮阔的社会生活保持对话关系,而围绕鲁迅的一系列论争也是中国文坛令人瞩目的风景线。尤其是20世纪末作家韩东、王朔、文学博士葛红兵等人

---

① 见张广天微博,https://weibo.com/1211143443/3448452849836976。

对鲁迅的批判，成为中国当代一部分知识分子与鲁迅的一次单向度对话。就此而言，鲁迅影像最可贵的并不是对鲁迅文本与鲁迅精神的形象化展示，而是创作者与鲁迅的隔空对话。就对话性而言，先锋戏剧最足以称道。时空穿越、事件的破碎与重组、多视角叙事则是实现对话的主要方式。

（一）时空穿越

人类永远是历史性的存在，时空表述是一种日常生活的表述，也是具体历史文化语境的语言，始终处于与他人语言的交往中，具有很强的社会性与对话性。不同时空的对话，可以将几代人在历史中不断更迭的人生际遇及困惑叠加起来，将生与死、过去与未来、真实与幻觉融合起来，让历史记忆、文化传统、身份认知等不断涌现和相互交织，获得广阔感。时空穿越主要有两种方式：一种方式是将小说人物置于当代，对人物的当代际遇进行续写，重新设计人物命运，实现与鲁迅的精神对话；另一种方式则是移形换位，完全看不出具体时空，以高度抽象化的方式阐释鲁迅作品。就前者而言，最具有代表性的作品是先锋话剧《阿Q同志》，目前留存的两个版本均体现出阿Q在不同时代的命运。黄金罡版本里，阿Q在序幕中即死去了，此后三幕，阿Q的故事分别发生在不同的地点。第一幕在好莱坞，阿Q表达了对贫富差距的不满，革命开始；第二幕在客厅，展示阿Q的革命与恋爱，包括阿Q的女人与仆人们的恋爱；第三幕到了摇滚乐现场，阿Q表达出对革命的不满，开始逃亡。阿Q不仅跨越生死，也跨越国界，这个版本似乎更具有对现实乱象的针砭性，成为阐释阿Q革命与人性的新篇章。刁亦男版本其实是三个不同时代排演《阿Q正传》的过程。第一幕是在20世纪20年代，以文明戏的方式演出，戏中的吴妈扮演者与警察局长恋爱了，警察局长杀死了情敌阿Q；第二幕是在"文化大革命"时期，一批聋哑人排演《阿Q正传》，表明我们并不沉默；第三幕是90年代，在精神病院，病人们排演《阿Q正传》，是医生使用的戏剧治疗法。三个不同时代的串演其实也是为了说明一点，阿Q还没有死去，还有千千万万的阿Q

活在我们周围，或许我们自己就是阿Q。后者的代表作品是林兆华导演的《故事新编》。如果不看戏剧本身，很难想象《故事新编》作为一个小说集如何被融入一出戏中，当然，其实看了之后也未必明白。林兆华的《故事新编》完全跳出戏剧之外、故事之外、小说之外，只是造就一种气息与氛围，舞台上堆放了大堆煤炭，演员们时不时拿起铁铲往炉中添煤，还有人烤好了白薯分着吃。该剧既无确定的时代背景，也无确定的情节与人物，甚至没有《故事新编》中的任何一个角色出现。话剧演员李建义饰演的角色像是个说书人，只有他抑扬顿挫地讲着《铸剑》的故事。小生演员江其虎时而拿腔拿调地轻吟浅唱，时而又超离一切地默然不语。一副好身手的武生周龙则在形体上为我们展示"人头大战"。现代舞演员王玫具有冲击力的表演以及李乃文的不俗表现，在同一个时空中形成一种象征性和意蕴性的氛围。自然，这出戏剧的探索性大于它的表达性，因为创作者是用整出戏剧阐释鲁迅的精神，或者与鲁迅的《故事新编》对话。"鲁迅说的国民性问题，需用语言说很多，但面对这个色调，这个空间的煤块、火炉子、烤白薯，我立刻顿悟到这就是中国老百姓……傻看，傻吃，傻赶。当我们愚昧的时候，我们就是这个状态。"[①]林兆华的探索戏剧是感觉大于思想，探索多于理念。

除了以上两种，还有一种时空穿越是文学时空与生活时空的交融。鲁迅小说中的人物属于文学时空，他们虽然可能来自鲁迅生活中的某个原型，但不属于鲁迅的生活时空。一般而言，文学时空具有高度凝练性、象征性、虚构性的特点，生活时空则琐碎、零散，是一种原生态的真实。鲁迅传记性影像主要表现鲁迅的生活时空，当然，从一般意义而言，生活时空一旦影像化，就具有文学时空的特点。不过，鲁迅传记性影像如果没有融入其文学世界，必然是残缺的，何况鲁迅作品中原本也有自我生活。鲁迅文学时空与生活时空的重叠交错成为许多作品采取的对话方式。哑剧《民族魂鲁迅》中，闰土等人物出现在舞台上形成鲁迅成长的背景；电影《鲁迅》中，鲁迅在暗夜水乡行走，祥林嫂等人从眼前飘离，是鲁迅回顾人生的内

---

① 林兆华：《林兆华自述〈故事新编〉》，载于《北京日报》2003年1月26日。

心画面。真正形成对话关系的是李六乙的《再见鲁迅》。在剧中，朱安、许广平、祥林嫂三人同时出现，打通了生活时空与文学时空，一则说明了鲁迅对女性命运的关注和女性对鲁迅生活的影响；二则也艺术性地表现鲁迅艺术形象的真实性与典型性；三则不同女性命运之间形成互为补充与说明的关系。朱安、许广平、祥林嫂命运的互为补充更是创作者站在整出戏剧之外，用当代眼光审视与判断新旧过渡时代的结果。它并非鲁迅先生的创作，但又与之息息相关，体现了创作者对此类话题的独特敏感和才学。

（二）事件的破碎与重组

撕裂原有故事框架，在新的历史语境中重新拼凑、组合，使得历史与现实的界限模糊，虚幻与真实难以决断，原创性与模仿性融为一体，从而实现现实与历史的真正对话。话剧《咸亨酒店》融入了《狂人日记》《明天》《长明灯》等多部作品，创作者撕碎了原有故事的完整性，拼凑成一部以咸亨酒店为核心地点的新作品。话剧《无常·女吊》将《伤逝》《孤独者》《在酒楼上》《头发的故事》《无常》《女吊》等故事情节与人物进行重修组接，以涓生和子君为中心讲述他们的恋爱史，无常和女吊在其中穿插游荡。最后，涓生和子君在阴间含情脉脉地重逢，无常和女吊到人间某大户家去投龙凤胎未遂。在这类作品中，改编者往往将几部作品打碎之后重新拼接成一个完整的新作品，以达到1+1>2的效果。他们借鲁迅作品展示自己对现实人生的理解，对剧场艺术的追求。当然，有些撕裂、拼凑、重组在丰富故事情节和人物关系层面用力过猛，在历史追忆、往事回归层面则挖掘不足，那种浓缩历史、展现时代记忆沉淀的作用也就被弱化了。

（三）多视角叙事

多视角叙事即一个故事由不同的人从第一人称视角叙述，其特点在于同一事件不同视角的差异化叙事，以差异化凸显对话性。深圳大学排演的《故事新编之出关篇》（2000）采用了多视角的叙事，通过四个人物叙述老子出关的故事，展示四种人生视角，在此中又不断穿插表演者在现实中面临的一道道难关，从而古今杂糅，获得较好的效果。他们排演的《故事新编之铸剑篇》（1998）则构建了三个时空——排演话剧的当下时空、鲁迅写作的过去时空、眉间尺复仇的历史时空，三个时空平行讲述。过去时空还原了鲁迅现实生活中的尴尬与亲切，当下时空是各种学院派的调侃与时尚，历史时空则以演绎小说的旨意为主。这些有意义的校园戏剧探索并不停留于对鲁迅小说的忠实改编，而是通过戏剧与鲁迅小说进行现实对话，将鲁迅与当下生存结合在一起。郑天玮根据鲁迅和郭沫若小说改编的剧本《出关·入关》（2006）中，大青牛忽然化身为人，与鱼对话，看上去很匪夷所思的细节虽然还没有在舞台上表演，但是这种创作思路是非常大胆而有建树的。围绕在老子身边的社会，是孔子的"不同路"和看守们的"不可言"，倒是青牛与鱼成为老子"道"的画符。鲁迅并未如此写，但改编者却在鲁迅小说的基础上用舞台语言体现出来。

从文本转化为视觉形象的处理方式很多，但就鲁迅影像而言，在发挥视觉艺术感染力的同时，还要保留原著的深邃性，绝非易事。在视觉转化过程中，原著丰富的潜台词和深邃幽微的思想阐发或许不得不被放弃，但视觉艺术也有纸质文本难以比拟的形象性与整合力，而且它不断将鲁迅置于时代语境之中，反映出纷纭、复杂的对话意识。特别是先锋戏剧，通过时空穿越将历史与现实、文学与现实、不同思想的争辩等对话性更为鲜明地凸显出来。当然，也有的戏剧仅仅是将鲁迅作品作为题材，取其外壳，或将之作为卖点，或以之浇心中块垒，与鲁迅关联不大，但足以引发人们对鲁迅接受与传播现象的深思。

第三节　视觉艺术：再度创作的精神延承

对于影像而言，剧本创作或改编只是第一步，以视觉化方式艺术地呈现是第二步。剧本是影像成功的保证，但是剧本还不是影像，只是排演与拍摄的蓝本。所以夏衍曾说《祝福》的剧本不是供读者阅读的文学剧本，而是供导演写分镜头台本时使用的提纲和概略。①如果说编剧是一度创作，那么导演则是二度创作的实施者、组织者。电影《阿Q正传》(1981)的导演岑范用400米接力赛来比喻原作者、改编者和导演的关系，认为："原作者从生活中提炼、创作出作品，是成败的基础，故为前两棒；改编者是第三棒，再接再厉，遥遥领先，冠军在即；导演是第四棒，结果棒掉了，或者速度不够上不去了，使得'为山九仞，功亏一篑'。因而，导演在文学作品被改编成电影的过程中，也是不可缺少的一个重要角色。"②所以一接到导演任务，他就与编剧陈白尘沟通，说"我是导演，我有发言权"，谈了自己要做若干改动的设想和理由。确实，就影像制作而言，导演、表演在后期担任着无比重要的角色。但是研究者往往把焦点放在剧本上，忽略了导演、表演环节的努力。实际上，演出与剧本之间可能有很大差异。比如萧红的《民族魂鲁迅》在具体表演的时候，因为演出的实际困难，并未完全按照剧本演出，而且也不完全是哑剧形式。20世纪90年代以后，先锋戏剧成为鲁迅影像的一个亮点，其导演、表演方式的锐意创新使演出对剧本的依赖性已经大大减弱，演出更多情况下体现导演的想法或意念。即使有剧本，也可能只是一个内容大纲，给表演和导演留下非常巨大的想象和创造空间。比如林兆华的先锋戏剧《故事新编》根本就没有剧本可依循，导演通过与演员的沟通，让演员任性发挥；而《阿Q同志》最多只是一个大致的剧情提纲，具体的表演过程发挥余地很大。此外，就算有确定的剧本，在后期的演出中，第一次公演与第二次公演也可能有很大的变动。因此，编剧、导演、演员才是构成一出影像最基本的三个支柱，缺一不可。

长期以来，鲁迅影像研究不重视导演、表演等后期制作环节，除了以文学性为正宗、以原著为正宗的思维，主要是因为没有把影像本身作为一

---

① 夏衍：《杂谈改编》，载于《中国电影》1958年第1期。
② 岑范：《从〈阿Q正传〉的拍摄谈改编》，载于《电影艺术》1983年第11期。

种独立的艺术作品。加之此前多数电影研究者从现代文学研究领域转型而来，对影像语言的生疏以及对文学评价的尺度的娴熟常常让影像的艺术性、叙事性从研究中抽离，留下的仍然是思想性与文学性。此外，学者的专业研究队伍比较稳定，影像制作团队却往往有流动性，在作品完成后即解散，下一个影像又有另外的团队，只要不是系列故事，视觉化艺术很难忍受同样的面孔。因此，研究者即使对导演艺术有关注，也是将某一影片的导演艺术置于某位导演的整体研究之中，并不具备独立性，比如在水华的导演艺术中阐释《伤逝》等。最后，接收者面对不同艺术载体而存在的心理差异被忽视，在小说中感人的话语，在舞台或银幕中就可能平淡或者夸张可笑，因为读者宁可用想象填补小说中的空白，也不能忍受某些语言在表演中出现。读者也认可舞台的假定性，电影则需要以其他艺术无法替换的艺术手法感染与征服观众。遗憾的是，对这些特殊的影像制作过程与方法，研究者不是忽略就是一带而过，未能真正进入影像改编的内在肌理与流动的血液循环之中。

"一部文学作品改编成电影，必有所失，但也必有所得，既不可能是简单的文学作品的翻版，也不是简单的'加减法'（短的拉长，长的删短），而是一部赋予了新内容、新形式的新的艺术作品。"[①]演员、导演、舞美、音乐、服装、摄像等各个部门在影像制作中形成一种合力，才能编制成一个新的艺术作品。

一、导演艺术：解码者与编码者

在影像制作中，导演发挥着举足轻重的作用。"他们召集人员、组织拍摄、阐述剧情，对所拍内容进行艺术处理。显然，他们能使人多事杂的现场井然有序……他们除了指导艺术家的艺术创作之外还得负责指挥技术人

---

① 岑范：《从〈阿Q正传〉的拍摄谈改编》，载于《电影艺术》1983年第11期。

员、工匠等各种制作部门的工作。"[①]导演能有效地将整体性劳动组织起来,共同培育出艺术之花。在这一过程中,他们离不开剧本所提供的艺术形象的起点,也离不开社会大背景提供的语境,但最核心的还是用自我经验和审美进行场面调度,把剧本的无固定意识的形象建构转化为鲜活、生动、立体的艺术形象。电影、电视、话剧都如此,即使是很多人以为不需要导演的戏曲,面对越来越复杂的技术环境、服装、道具、化妆、声、光、电等,也越来越需要导演的整体把握和掌控。当然,影视导演、戏剧导演因为艺术载体不同,其艺术素质和操作特点各自不同。

鲁迅影像多为艺术大师之作,导演在艺术方面各有心得,也往往形成教科书级别的优秀样本,其创新性和风格化引人瞩目。这里既有擅长艺术片的水华,也有擅长人物传记片的丁荫楠,有擅长动作场面的张华勋,也有进行戏曲创新的郭小男,有着眼小剧场艺术的王延松,也有专注校园实验戏剧的丁如如,可谓人才荟萃、各领风骚。他们用视觉阐释手法与镜头语言展示了艺术家的才华,增强了影像的感染力。除了影像,导演笔记也是理解他们创作思路的重要参考。有学术价值的导演笔记有史践凡的《传记性电视连续故事片初探——〈鲁迅〉一至四集创作总结》、张华勋的《场面·文化·人——影片〈铸剑〉拍摄回顾》、郭小男的《关于〈孔乙己〉演出创意的导演报告》、丁如如的《在"画面"上留白——小剧场话剧〈眉间尺〉导演创作笔记》、王延松的《我,在荒诞中寻找美好:〈无常·女吊〉导演手记》、张俊杰的《关于豫剧现代戏〈风雨故园〉导演创作的思考》以及《水华访谈录——影片〈伤逝〉的创作及其他》等等。这些导演笔记对其艺术创作理念及过程进行了系统阐释,集中展示了他们的理论素养与艺术修为,是进入其艺术世界的良好途径。

优秀的导演往往既忠实于文本,又能融入自我的理解,还能发挥影像的特长。正如岑范所言,文学和电影有相通的地方,但宁愿强调其不相通

[①] 阿伦·A.阿莫尔著,石川、李涛译:《影视导演》,复旦大学出版社,1998年,第1—2页。

的地方，一定要发挥电影特有的、其他艺术无法替换的艺术手段。[①] 对于《阿Q正传》，导演岑范定调为"哀其不幸"大于"怒其不争"，因此着意表现阿Q的忠厚勤劳，并未刻意丑化他，而且还考虑到观众的接受心理，使其形象相对整洁。因为这个片子700多个镜头，阿Q就占了500多个，阿Q过于邋遢的形象如果长时间暴露于观众眼前，会引起生理和心理上的不适，于是阿Q被定位于一个普通的劳动者。影片中阿Q出现的第一个镜头是他手持扁担，浑身灰尘，无端踢飞在路旁啄食的几只鸡，匆匆步入酒店……这是一个行动有点儿无恶意的鲁莽、带着一点儿淳朴且简单的满足感、匆匆去喝酒聊天的劳动者。阿Q进入狱中，狱卒吆喝："开饭了！开饭了！"阿Q腾地坐起，一笑："嘿，这儿比土谷祠好！"这是原著中没有的细节，它既符合影像表现的特点，又很好阐释了"精神胜利法"。[②]

经过导演的艺术提炼，影像成形之后还会高于剧本。电影剧本《风雨故园》开篇戏剧气氛十分浓厚：放榜的这一天，周家忙碌而安宁，周围邻居上门庆贺中举之喜。突然祸从天降，衙役们涌入，高喊"捉拿犯官周福清"。强烈的悲喜对比造成比较强的戏剧效果。影片却放弃了戏剧化处理：

一、片头字幕

随着一声沉重的锣声，黑暗中出现片名：《风雨故园》。
（化出）

（化入）字幕：这是一个遥远的平常的故事……（化出）

二、梦归故园　黄昏　外

（化入）古老的夕阳。（化出）

（化入）镜头掠过波光粼粼的湖面，掠向无尽远处。（化出）

（化入）逆光勾勒中的石纤道，镜头掠向纵深……（化出）

（化入）沉沉死水映出幽深的水巷，镜头掠向纵深。（化出）

[①]　岑范：《从〈阿Q正传〉的拍摄谈改编》，载于《电影艺术》1983年第11期。

[②]　岑范：《从〈阿Q正传〉的拍摄谈改编》，载于《电影艺术》1983年第11期。

三、周家台门

（化入）水中一只灯笼的倒影在移动、摇晃……灯笼上写有"汝南周"三个大字。

黑色的大门无声地打开了，（移入）移向纵深……

高悬的翰林匾。

灯笼无声地移过一道道栏杆。时隐时现。[①]

黑暗的背景，漆黑、厚重的大门，营造出危机氛围，对情绪的渲染重于事件。直到第23场，才接"科场犯案"。电影降低戏剧化是为了把艺术从感官的刺激引向情绪的延伸，使观众从情感的迷醉过渡到理性的思考。电影在基调上已经不同于剧本，剧本感兴趣的是一个古老家族的衰亡过程，而电影"告诉观众的不再仅仅是一个古老家族温馨而又凄凉的回忆和传说，而是揭示旧时代知识分子的内心困惑、自我扭曲以及他们人格的失落"[②]。这也是电影在立意上高明于剧本之处。

总体而言，导演在剧本主旨理解、结构安排、时空设定、主要矛盾、人物气质、舞美设计、音响效果等方面有通盘考虑，整体上决定了一出戏剧或影视的基本面貌与风格。以越剧《孔乙己》为例，导演郭小男对鲁迅原著进行认真解读，将"廉价的傲骨"视为孔乙己的可贵与可悲之处，再对剧本进行结构分析，确立"夏瑜之死"为中心事件，"人与文化的矛盾"为主要矛盾，从而找到全剧的形象立意：一群游荡在文化废墟里的精神乞丐，找不到走出精神废墟的生路。与此相对应，孔乙己则是一个甘愿在旧文化泥沼中沉醉而不思自拔的儒子。在社会发展的激变洪流中，知识分子的自我反思与自我否定为该剧的现实意义，在此基础上，导演确立了以现

[①] 引自王伯男：《〈风雨故园〉：从文学构想到银幕呈现》，载于《当代电影》1992年第5期。

[②] 王伯男：《〈风雨故园〉：从文学构想到银幕呈现》，载于《当代电影》1992年第5期。

第三章　忠实与创新：影像重构的两难处境

实主义为原则、突出象征手段、追求表现功能、强调写意精神的演出风格，从而确定了历史感与现代感的契合为该剧色彩和音乐的要求。在色调表达方面，"空间里弥漫着灰蒙蒙的感觉，黑影、黑衣、黑的廊柱，黑的发辫隐隐浮动。灰、黑的色彩意象是基调，要做旧，要鲜明，要成为主印象。而孔乙己的一件白色长衫，相当夺目，要完成一种对人物的象征性表达"。音乐方面"也是从历史性入手：地域的陈年老调，人物的特点和颓废，沉沦的情绪表达。但也要变形，变现代之形，找似与不似。音乐主题在起势、落势上可以研究，不易明亮不易低沉，否则概念化。要有怪诞之情，理念之意"。[①] 演员表演也需要暂时忘却程式化，重新去感受与体验。导演的整体安排与精心设计使越剧《孔乙己》具有整体性，吸引观众的不仅是唱段、身段，还有整出戏在舞台上呈现出来的完整的主旨以及与此密切配合的意境与氛围。王延松在导演《无常·女吊》的时候，将鲁迅对世界的荒谬、怪诞、阴冷感以及对生与死的敏锐思考视为鲁迅的文化遗产，在舞台上将故事发生的时间与地点虚化，人物也在亦真亦幻中穿梭变化，音乐是主题性的而非背景式的，而最具创意的是舞美：北京人民艺术剧院小剧场的入场门即"鬼域之门"，门里是亦真亦幻的故事，门外是现实世界，观众一入门就受到既熟悉又荒诞的视觉冲击，看完戏走出门，发现自己又回到现实世界，这道门的一进一出，恰好完成了荒诞世界与现实世界游历的全过程。舞台上小桥流水（这是人的领地）伴着荒草稀稀（这是鬼的天地），人鬼共处的世界由此展开。三盏灯笼高高挂，分别标着"喜""寿""奠"三个大字。导演以"荒诞"二字贯穿舞台的每一个细节，使得戏剧的文本意义在舞台上得到细致的释放和渲染。

类似这样的例子很多。《孔乙己正传》中，古榕充分发扬其电影制作的优势，在话剧舞台上为观众带来超强的视觉冲击力。全剧被设计为水乡、贡院和皇宫三大场景，其中水乡的场景尤其有设计感。舞台前的乐池中停

[①] 郭小男：《关于〈孔乙己〉演出创意的导演报告》，载于《上海戏剧》1998年第12期。

靠着一只实物大小的乌篷船，后面是两座高二三米、长十几米的石拱桥，横跨在舞台上，两侧耸立着四组高达六米的三棱柱，上面分别绘有水乡房檐、贡院石碑、盘龙柱。最后面是一幅非常精美的水乡小镇全貌图，同时与古榕拍摄的同名电影故事片的水乡风光融合，观赏性非常强。林兆华导演的《故事新编》则直接把演出场地搬到废弃的车间，在一大堆煤炭之前表演。笔者看过演出，觉得新奇但却懵懂。昆剧《伤逝》"整个舞台空间一反传统戏曲一桌一椅大写意的结构，空间简朴而写实。左边是楼梯，中前景是桌椅，右边是门窗，后景上更有一人手拿大提琴如静物一般矗立着"①。每一个成熟的导演都会在制作过程中融入自己的思考，统筹影像呈现的复杂环节，就像乐曲指挥家，让不同的乐器在适当的时候奏响，才有或激越或悠扬或幽怨的优美旋律。

当然，导演艺术的最高境界是风格化的呈现，风格的形成既是导演艺术成熟的标志，也是影视自成一体的特色。影像的风格化不是没有缺陷，但往往是风格本身的缺陷，或者别具一格的影像使得缺陷成为一种局部的、细节的、无关大雅的存在。鲁迅影像的制作中主要存在三种风格：质朴的写实风格、诗意的抒情风格、荒诞雄浑的风格。

电影《祝福》是质朴的写实风格的代表。桑弧在导演《祝福》时，根据自己对原著和改编剧本的理解，提出了几点希望：第一，影片样式和风格能呼应原著朴素、简练、含蓄的风格，能保持一种清新醇厚的抒情味；第二，色调不宜华丽夺目，而是朴素沉着，画面结构方面采用新颖大胆而又富于民族绘画色彩的处理；第三，美工设计、服装、道具各方面，也以简单朴素为主，祥林嫂和贺老六的衣服和陈设亦如此，不能用过于破烂脏污的陈设来体现他们贫困生活；等等。②《祝福》的画面感真切朴实，同时具有浓郁的江南水乡特色，无怪乎至今仍有很多研究者认为这是最成功的

---

① 冯果：《我看昆曲〈伤逝〉的演出》，载于《艺海》2003年第3期。
② 桑弧：《导演阐述》，见《祝福：从小说到电影》，中国电影出版社，1959年，第134页。

鲁迅影像。《祝福》的成功使写实风格成为鲁迅影像的主流，1981年电视剧《鲁迅》以及电影《阿Q正传》《药》其实也是写实风格的延续。

电影《伤逝》是诗意的抒情风格的代表。《伤逝》的诗化有如下特点：第一，在忠于原著的基础上营造独特的诗意。原著以心灵独白为主，不注重故事的完整性，人物性格的鲜明性，徘徊、忏悔、迷茫的情绪抒发才是要义。影片忠实于原著的诗化风格，以人物独白推动影片叙事，唯美精微的镜头语言与人物心灵世界吻合。第二，浓郁的民俗气息。在逛庙会场景中，20世纪20年代初北京底层人民的生活画卷展开：赤膊壮汉耍钢叉、姑娘卖唱、老乞丐讨饭、犯人游街示众、耍猴演木偶、狗猫鸟市场、破旧书摊……不仅透视了底层民众的生活状况，而且突出了浓郁的民俗气息。第三，镜头语言的层次感。涓生丢弃阿随时，"第一次，用特写，拍的是枯树上惊飞而起的一群乌鸦；第二次拍的是荒野上凄叫的一只乌鸦；第三次拍的是天空中盘旋着叫喊不止的乌鸦。后两次用的是全景和大全景。第二次放狗后，又用两个全景拍凄叫着飞过和盘旋着的乌鸦，然后用一个远景，拍漫天飞翔惨叫着的乌鸦"。乌鸦、枯树、风声、荒野构成的萧瑟图画与人物心情契合。出殡的片段，"导演首先用了四个特写镜头，充分渲染出殡队伍的庞大、热闹，然后在远去的出殡队伍上叠现子君凄楚的葬仪"。两相对比，前者喧闹，后者冷清。①这部以抒情为主的影片有较多静态的画面，但导演尽量使用多镜头、多角度，使得画面不单调，而且在变化中具有情绪感。"影片《伤逝》把自然的景物作为人物活动的隐喻背景，通过镜头多次切换，细腻地表现人物的感情波澜，符合观众普遍性的欣赏心理。对四季更迭模式的出色运用使得影片虽然按照原著的时空顺序，却取得了超越现实时空的逻辑，即心理逻辑和自然逻辑结合的艺术逻辑。"②

---

① 赵甦红：《一个场记的学习笔记——参加〈伤逝〉拍摄的几点感受》，载于《电影艺术》1982年第9期。
② 田兆耀：《解读银幕上的鲁迅作品》，载于《河海大学学报（哲学社会科学版）》2003年第3期。

电影《鲁迅》延续了《伤逝》的诗化叙事。这是一部虚实相间的影片，虚的部分是鲁迅的梦境与幻觉，实的部分是鲁迅的生活场景以及20世纪30年代上海的实际生活状态。虚的部分处处体现着导演的独具匠心：影片一开始，在浙东水乡，黑夜中独行的鲁迅与小说中的人物以及无常、女吊等依次遭遇，他们如影子一般飘走或幻化，留下他独自一人。它将鲁迅内心的爱与痛外化为可见可感的声光色。这种虚实相生的美感与鲁迅的过去及现实密切相连。与瞿秋白卧谈时，随着动情的朗诵，室内大雪飘扬，梦境与现实混合。这部影片以3次死亡为中心，串联着鲁迅的7次梦境，充满诗意的镜头语言使得该影片成为鲁迅传记电影的经典之作。现实与超现实的手法交织、转换成一首哲理诗。在拍摄手法上，"远景用长焦、变焦来拍摄，运动用摇，中景用肩扛跟拍或跟移或群众场面，还要注意抓拍，轻微的不稳定感营造出纪录片式的真实感、临场感"[①]。镜头语言的技术化与层次性很明显。

诗化电影并不是一条好走的道路，但是一旦成功，必然是绕梁三日、过目难忘的艺术作品。它不仅考验导演的认知水准与审美悟性，还考验导演艺术—技术的整合能力。

荒诞雄浑的风格主要指现代性的艺术体现，和现实主义不同，在艺术手法上，它追新求奇，艺术倾向又各有侧重。鲁迅小说《铸剑》原本就具有传奇色彩，改编出来的电影也非常有想象力。张华勋导演的《铸剑》群众场面比较多，整个影片有古朴雄浑的基调。秃鹰的图腾崇拜具有很强的文化表现力。在仕女们带有巫术性质的群舞中，干将献来宝剑，大王以其头颅试剑，头颅沿着阶梯滚下，而秃鹰则俯身下冲叼走人头。王的暴虐，干将的不幸，为复仇的正义性奠定了基调。炼铁的劳动场面也粗犷、原始，力量感与感染力十足。而三个头颅在鼎内高歌、争斗是小说的高潮，该片展示三个人头在鼎内起伏撕咬既忠实于原著，也彰显了一种历史的荒诞感，

---

① 丁荫楠：《一笔豆腐账——丁荫楠导演艺术档案》，中国电影出版社，2010年，第338页。

配合送葬队伍蒙眼的礼仪，整个影片具有深沉与悠远的氛围、节奏和色调。范冬雨导演的数字电影《铸剑》具有清新的青春色调。它删繁就简，直接强化为父报仇的主题，而将命运的沉重与人生的虚无等非电影化的元素省略，增加了少男少女的朦胧好感、眉间尺与黑衣人的师徒之情、王与国师的君臣关系等世俗情感。该片表现眉间尺从幼年的胆小懦弱到青年的慷慨就义，是典型的青春励志片模式。影片一开头就是王妃深夜在空旷的王宫生产，居然产下一块铁，似是天意的惩戒，王怒杀近侍，也似畏惧这天大的秘密。少女小柔的招魂术让眉间尺与父亲实现阴阳对话，配合黑色夜晚的神秘以及对话内容的血腥，充满了阴阳不隔、神秘阴暗的荒诞气息。先锋话剧中具有荒诞色彩的演出比较多，导演王翀在话剧《大先生》中将"傀儡的表演"定为全剧的舞台总体样式，除了鲁迅由演员扮演之外，其余角色均由演员当场操作傀儡和配音说台词来表现，荒诞性渗透于艺术形式的创新中。第一，全剧只有鲁迅由真人扮演，但鲁迅不再穿长衫、留着板刷发型，而是白衬衣、牛仔裤、脚蹬短靴的现代男子，"这不是一个简单的服装设计，而是一个有深刻内涵的舞台处理……演员赵立新具有双重身份，既是鲁迅，又是当代人。这个当代人不仅仅指赵立新本人，而是指一整代人……在赵立新身上，现代人与历史名人鲁迅，要融合，要碰撞，要对峙，或许还有对抗或妥协"①。这样的舞台处理比之1987年10月中国青年艺术剧院演出《红茵蓝马》中的列宁、2016年3月罗马尼亚锡比乌国家剧院在首都剧场演出《俄狄浦斯》中的俄狄浦斯，其方式是一致的。第二，其余人物均用傀儡表现，胡适是鸟笼型傀儡，周作人是纸伞型傀儡，朱安木偶头像配棕色的纱，给人黯然神伤之感，鲁瑞头像高高在上，许广平穿粉色上衣、天蓝色裙子，充满色彩与活力，涤荡了之前的悲伤与压抑。第三，剧本中多次写到"椅子"，"椅子"在剧中成为专制权力或传统文化的象征。一把硕大的红色太师椅占据了整个舞台，一尊魁梧的塑像安坐其上，他的

---

① 林荫宇：《走上舞台的鲁迅——评〈大先生〉的剧作与导演》，载于《中国文艺评论》2016年第6期。

头部也安放着一把红色太师椅,剧终鲁迅攀爬上去,扔下太师椅。总体而言,该剧不追求人物性格与形象的鲜明,而是突出人物的符号意义或象征性。当然,并非每一次尝试都能获得成功,或者说每一次尝试都有不同批评意见。有研究者认为《大先生》的舞台处理"指向过于明确,甚至有点犯傻",过于看重舞台外部手段的热闹,影响了戏剧内容的表达和内在精神的揭示。①

导演的艺术风格直接影响影像的艺术风格,桑弧遵循严格的现实主义原则,才有《祝福》在意识形态宣传与改编艺术方面的同时突破;水华的导演风格严谨而细腻,更适合如诗如画、如怨如诉的《伤逝》;张华勋擅长动作片与武打片,《铸剑》也拍得大气磅礴,雄浑古朴。他们对剧本的艺术表现和形象展示起到举足轻重的作用。也许,三种类型的划分并不完备,但是鲁迅影像虽多,风格化却只有在成熟导演的作品中才能形成,而且需具有标杆作用以吸引后来者的效仿与跟随。当然,类型划分是为了论述的方便,并不意味着彼此之间互不相融或相互排斥,而是以其核心特色形成一面旗帜,构成鲁迅影像艺术的多样性。

二、表演艺术:表现力与舞台魅力

"演员乃是剧场最宝贵的部分,是它的灵魂。导演,美术家,剧场的技术工作人员,装备起来的一切舞台条件,以及其他一切帮助演员创作的东西——都是为了演员的。剧场中各种各样的编制人员及脉络般的组织机构,都是为了演员在灵感奔放时刻震动观众厅的那'席卷'全场的瞬间而存在的。"②剧本创作还不是直观的艺术形象,导演创意也依赖艺术载体来表现,

---

① 林荫宇:《走上舞台的鲁迅——评〈大先生〉的剧作与导演》,载于《中国文艺评论》2016年第6期。
② 玛·克涅别尔著,周来译:《论聂米罗维奇-丹钦柯导演方法》,中国戏剧出版社,1985年,第40页。

演员的表演艺术成为后期创作的中心环节。向上，它以剧本为蓝本，创造性地实现导演意图；往下，它代表整个创作团队，以生动直观的艺术形象与观众面对面交流。戏剧表演如此，影视媒介更是这样。一部作品可以反复播放，观众可以看到比日常生活图像更为细致逼真的图像。于是，幕后人物的权威可能就在视觉文化的冲击之下消解了，前台人物（演员）作为新兴权威获得示范价值。因此，对于影像接收者而言，谁来演，演得怎么样，成为其最为关心的问题，演员本身的颜值和演技也直接影响影像的吸引力和质量高低。

鲁迅影像的表演团队里均是非常优秀的艺术家。且不说怀着遗憾离世的知名演员赵丹，在话剧《阿Q正传》中扮演阿Q的姜明也是当时正在走红的男演员；电影《祝福》中扮演祥林嫂的白杨在抗战时期便被誉为"四大名旦"之一，1957年在《北京日报》《沈阳日报》举办的最受欢迎的演员评选活动中更是独占鳌头；1958年香港电影《阿Q正传》中扮演阿Q的关山是有名的电影男演员，以演文艺片见长；1981年电影《阿Q正传》中阿Q的扮演者严顺开，当时已经是上海滑稽戏舞台上知名度较高的青年演员；电影《伤逝》中涓生的扮演者王心刚是当时最优秀的男演员之一，1962年被文化部评为"新中国优秀电影演员"；电影《药》中饰演华老栓的梁音获长春电影制片厂第一届小百花奖优秀演员奖；越剧《祥林嫂》中祥林嫂的扮演者袁雪芬是越剧"袁派"创始人，2006年获得上海白玉兰戏剧表演艺术终身成就奖；越剧《孔乙己》中孔乙己的扮演者茅威涛先后三次获得中国戏剧梅花奖，是浙江小百花越剧团团长与小生台柱；电影《鲁迅》中扮演鲁迅的濮存昕为中国实力派男演员，就在演出《鲁迅》之时，凭电影《一轮明月》的出色表演获得第11届中国电影华表奖优秀男演员奖；话剧《孔乙己正传》中扮演孔乙己的王洛勇被称为"百老汇华裔第一人"，1999年因在百老汇主演《西贡小姐》获得了美国福克斯演员奖最佳男演员奖，2012年因出演电视剧《焦裕禄》被中国电视剧导演协会提名为优秀男演员。不仅主创人员，很多配角都是功力精湛的老戏骨，《祝福》中卫二爷的扮演者管宗祥、1981版《阿Q正传》中扮演地保的石灵、《药》中扮演华大妈的曲云等都以其精湛的演技给观众留下深刻的印象。就连纪录片的配音演员都是响当当的艺术家，比如纪录片《鲁迅生平》的配音演员石挥、《鲁迅传》的配音演员孙道临，都是中国演艺界的泰斗人物。

强大的演出阵容未必能保证影像的成功。对于表演艺术而言，好剧本是角色塑造成功的基础。豫剧《风雨故园》中朱安由著名豫剧表演艺术家汪荃珍扮演，表演含蓄沉稳，演唱甜美圆润，使角色深入人心。但我们也要看到这一人物的成功之处还在于创作者对人物心理细节的准确把握，期望、等待、绝望、反省，从初为人妇到垂垂老矣，朱安这一人物心理层次丰富，凝结着对旧时代、旧道德、旧文化的反思。电影《黄金时代》中鲁迅的扮演者王志文也是一位优秀的演员，1994年就因扮演《过把瘾》中的方言荣获第十四届中国电视剧飞天奖优秀男主角奖，就演技而言，完全也能胜任鲁迅角色。但是《黄金时代》上映之后，王志文扮演的鲁迅角色却受到批评，有人认为一见到他演的鲁迅就想笑，因为鲁迅一开口全是文艺腔，几乎无一字无来处，这实际上是编剧被鲁迅神圣光环所压抑，导致鲁迅语言风格与影片整体的不协调。同样，电视剧《鲁迅》（1982）中的小鲁迅虽然演得中规中矩，但也不尽如人意，因为电视剧《鲁迅》塑造的少年鲁迅虽然比那个头发根根向上竖起、板着脸孔的形象要亲切得多，但还是有人为的拔高痕迹，让人总觉得这个少年鲁迅过于老成，过于懂事，似乎小小年纪已在忧国忧民，探索救国之道。李何林先生也觉得"小鲁迅的活动相对地显得少了一点，而且不够活泼聪明"[①]。这未必是演员的问题，剧本基础和导演要求其实也是影响演员塑造形象的重要因素。

演员的文化素养在鲁迅影像的塑造中非常关键。鲁迅的作品不以情节和故事取胜，而是简笔勾勒、意味隽永，因而对改编者的文化素养要求特别高。水华曾经谈到他为拍摄《伤逝》反复阅读原著，还读了同一时代的

---

① 李何林：《电视连续剧〈鲁迅传〉观后》，见《李何林选集》，安徽文艺出版社，1985年，第326页。此处的《鲁迅传》即电视剧《鲁迅》。

鲁迅的其他作品，如《彷徨》、《呐喊》、《鲁迅全集（第一卷）》、《鲁迅全集（第二卷）》、《灯下漫笔》、《狂人日记》及杂文、《野草》序，还有其他作家的一些文学作品，如巴金的《家》，以及《民国通俗演义》《二十年目睹之怪现状》等。①导演为了对作品感同身受，非常注重文化素养的提升。演员为了深入理解人物，常常也成为半个鲁迅专家。越剧《鲁迅在广州》的主演刘觉是上海越剧院男小生，在扮演鲁迅之前，已经成功地塑造了《三月春潮》中周恩来的形象。为了演好鲁迅，他做了长期的积累，不仅参观了北京、上海、绍兴各地的鲁迅故居，感受鲁迅的生活氛围，还在1980年去杭州演出的间隙专访了许钦文；瞻仰绍兴鲁迅故居时，特意找来闰土原型之孙章贵促膝长谈。塑造鲁迅的任务落在他身上之后，"他更是激情倍增，一面大量研读鲁迅在广州时期的著作，查阅鲁迅年谱等许多有关文献；一面走访了黄源、杜宣等前辈"②。带着对鲁迅先生的具体认识去处理台词和唱词，刘觉在表演的时候收放自如、冷热适度，并因为经常琢磨人物而有特别之举，反而收到意外的效果，如在鲁迅先生为青年学生拾鞋一场，补上一句"鞋来哉"，既表达了鲁迅对学生的感情，又有乡土气息，容易引发观众的共鸣。濮存昕临时接到《鲁迅》的主演任务，尽管时间不够充分，也在空余时间随身携带有关鲁迅的书，脑子里面琢磨着鲁迅的形象。尽管外形条件离鲁迅有一定差距，但是凭借深厚的文化素养和超强的人物塑造能力，他依然塑造了一个比较成功的鲁迅银幕形象。茅威涛以气质、韵味和文化感觉的独到魅力被观众称赞，但导演郭小男认为，她最独特之处在于对文学、人物、舞台的感悟能力，他们历时两年，前后"潜入"绍兴14次，再通读《鲁迅全集》，反复修订文本，确立思想，反复攻研唱腔，寻找导表演风格、语汇及原则，最后才有了惊世骇俗的越剧《孔乙己》。③总

---

① 罗艺军、徐虹：《水华访谈录——影片〈伤逝〉的创作及其他》，载于《电影创作》1996年第3期。
② 吴兆芬：《演戏演人 演人演心——介绍越剧男小生刘觉》，载于《人民戏剧》1982年第6期。
③ 郭小男：《重塑茅威涛（上）》，载于《中国文化报》2010年11月30日。

之，高度的文学素养、潜心钻研体会鲁迅文本是其演出成功的基础和前提。

　　高水平的表演艺术是角色塑造成功的关键。著名电影艺术家白杨的表演自然、含蓄，她的眼神特别有戏。鲁迅在《祝福》中十余次写到祥林嫂的眼神变化，白杨在电影中通过声调、手势、步态、气色将眼神整体化，体现出祥林嫂精神状态和形象特征的变化。特别是她捐了门槛之后回到鲁家，心安理得而又如释重负地准备祭品，那种安定与知足的眼神；被训斥之后，眼神中满满的震惊与绝望；最后面对镜头，充满困惑和悲凉无奈地询问"人死后到底有没有灵魂"时，渴求、呆滞、绝望等眼神变化，使祥林嫂真正活在银幕上，站立在观众面前。《伤逝》的表演难度很高，因为人物语言非常少，又没有激烈的动作，更多是靠眼神和表情塑造人物。饰演涓生的王心刚可谓炉火纯青，在小屋中等待子君的时候，猜测她可能因为种种原因无法前来，他在藤椅上的身子一动不动，甚至有些僵硬，传达出他内心的失落。而子君的脚步声还仅仅是轻轻响起时，他的头一下子抬起来，脸上是眼神集中、耳朵仔细聆听的表情。脚步声越来越近，他扑向窗边去确认子君的身影，一静一动中，一个恋爱中的青年书生形象树立起来。当他向子君表白时，他几次欲言又止，最后紧紧握着子君的手贴在胸前："我冒犯你了吗？"这是内心的勇气与怯弱交织，生怕一开口爱情就会飞走的青春心态。同样是缠毛线，涓生向子君求爱时，两只手微微发抖，紧绷的毛线在晃动；当两人感情破灭，子君用力扯动毛线时，王心刚扮演的涓生不为所动，双手停止了放线，终于使得毛线绷断。不同的情景处理既准确表达了人物内心的情愫，又不单调枯燥。饰演子君的林盈也很优秀，特别是当涓生已经厌倦了关于爱情的问答时，她自己默默在内心回忆和复习那场景，微微低头，眼神似乎看到很远的地方，而后，嘴角慢慢荡漾出笑意。两位演员优美含蓄的表演使电影《伤逝》极为出色，有人说王心刚在片中的表演经得起反复观看，高度评价了演员对人物塑造的贡献。严顺开则以其朴实和略带几分憨厚与不甘心使阿Q更多地获得观众的同情，实现了表演的意图。阿Q的上场非常有生活气息，他兴冲冲大步跨上石拱桥，一手攥着刚分到的劳力钱，一手提着有绳子的扁担，哼着小调，向咸亨酒店奔去……一下子把生活中一个吃苦卖力、生活知足的底层劳动者形象塑造出来，自然而有生活气息。阿Q调戏小尼姑的表演非常不好把握，稍不注意就会过，使阿Q带上流氓气，严顺开的表演点到为止，还用一个小动作——不自觉地将摸过小尼姑的手指放在鼻子上嗅——含蓄表现其性心理的初步觉醒。

艺术家们在鲁迅影像中体现出兼备真实性与创造性的极高的表演水平。当然，艺术家对每一个人物的塑造都尽心尽力，只是鲁迅其人及其文本需要更多的历史常识和思想认识，丰富的人生阅历需要融合在历史场景中，标准高、要求严。为此他们做足了功课，包括阅读鲁迅作品、熟悉鲁迅的生活环境、了解鲁迅的思想与生活情况甚至鲁迅研究的新进展等。表演鲁迅这样的历史文化人物以及演出鲁迅作品，对演员而言都是极高的荣誉和挑战，因为仅仅形似完全不能达到影片制作的要求，必须要提升自我和修炼自我，在表演中不断向着一个理想目标迈进。演员与自己的角色之间就是这样一种互动互生的关系，没有从内心而来的真诚热爱与思想认识，就无法演好鲁迅以及鲁迅笔下的人物。同时，演员还需要激活自己的人生体验与生活阅历，每一个舞台人物中不仅有历史规定的客观性，还应该有演员的主体。白杨、茅威涛、刘觉等人都提到演出中对自我人生经验的激活，以及对积累的艺术经验的提炼，没有自我的创造与风格，也就不能塑造一个成功的人物。

成功的角色塑造使得相关的影像成为经典之作。一提到《祝福》，人们不仅想到鲁迅的作品，也想到白杨饰演的祥林嫂；一说到《阿Q正传》，人们不仅知道那是一篇鲁迅的小说，还会想起严顺开在电影中的木讷憨直；一提到《伤逝》，那如诗如画、如泣如诉的时代画面伴随着王心刚和林盈的表演扑面而来；而银幕鲁迅形象，目前为止，大概是濮存昕的给人印象最为深刻。他们不仅完成了职业生涯中的重要创造，也成为传播与阐释鲁迅精神的重要载体。同时，不同演员扮演的同一角色也会相互辉映，不同的表演特色与风格为鲁迅文化带来了丰富性。

优秀的演员与影像之间一定是互为因果的关系，一方面，优秀的演员能以个人表演水平和魅力提升影片品质，因为视觉化艺术给予演员这样特殊的魅力与特权。另一方面，优秀的角色也会提升演员的水平，使其突破艺术瓶颈。越剧《孔乙己》中的孔乙己是茅威涛塑造的重要角色，为了很好地完成对这一落魄文人的塑造，茅威涛甚至剪去了满头青丝，带起假辫子"丑化"自己。在这出戏中，她很好地完成了从声腔到形体的自我转换和塑造，生动塑造了一个"游荡在文化废墟里的精神乞丐，找不到走出废墟的生路，呻吟出阵阵酒醉的悲歌"①的落魄文人形象。其表演艺术也更加成熟深邃，达到了"大家风范"的境界。濮存昕获得表演鲁迅的机会有些偶然，在没有充分准备之前，他的表演是有瑕疵的，比如过于注重外在形象与动作的相似性，在表演中看起来有疏离感。不过也有比较流畅自然的片段，比如与瞿秋白夜谈兴起之时朗诵《野草》中的诗句，虽然过于诗化，但是鲁迅恣肆放纵的艺术家气质却是之前的影像中没有见到的。还有在与许广平的对手戏中，鲁迅的包容以及适度的让步加上小小的失落都表演得比较细腻而到位。濮存昕也在出演《鲁迅》之后，对鲁迅的文化态度、悲剧意识乃至知识分子看法都有更为深入的认识，这其实也是提升演员文化思想与修养的真切体现。

鲁迅影像常常有强大的演出阵容，优秀表演艺术家与银幕形象塑造之间具有一体性，他们之间的相互协作是影像呈现的质量保障，也是鲁迅文化形象化与艺术化的重要载体。

三、技术辅助：视听元素的叙事张力

一出完整的舞台表演，除了编剧、导演、演员，还涉及灯光、音响、

---

① 郭小男：《关于〈孔乙己〉演出创意的导演报告》，载于《上海戏剧》1998年第12期。

化妆、服装、舞美等多个部门，影视艺术则还有摄影、剪辑、配音等更多技术要求，因此，优秀的影像作品离不开各个部门的通力合作。影像的独特性并不体现于故事、情节、细节的差异上，而体现于对它的处理方式上。低角度仰拍骑在马背上的勇士或站在台阶上的伟人会有高大庄严之感；剪辑群众场面，强调画面不稳定的节奏感和强烈的交叉重叠并配以嘈杂声响，则适合表现场面的混乱骚动；战斗场面使用强光，浪漫场面使用柔光。一个好剧本能给读者呈现故事的每个重要场景的可视化图像，在技术的辅助下，作品的表现方式可以达到令人满意的效果。

技术是阐释主题的表现方法，也是意义的依托，它是想象力和创造力的运用。舞台布景划分着戏剧表演的空间结构，大幕一拉开，优秀的舞台装置能将观众带入特定时代与情景，达到先声夺人的效果。1981年梅阡导演的话剧《咸亨酒店》四幕一景，舞台设计追求高度的真实性，咸亨酒店坐落在"八"字形的石桥下，是二层楼木构建筑。楼上住人，底层开店，店铺除了有桌凳，还有曲尺柜台、绍兴酒坛、温酒用的木桶等。不但布景真，道具（如铜水烟袋、油炸豆腐干的挑担等）和灯光也真，使观众如临其境。远处的教堂和近处的"专营香烛锡箔"店铺的招牌，尤为点睛。[①]这种历史风俗画背景贴切地展现了旧时的社会风习。中央实验话剧院演出《阿Q正传》的舞台设计则不掩饰舞台，以活跃观众想象力为主。歌剧《伤逝》（1981）的舞台设计以"情"为主，在序幕中，随着剧本的倒叙手法，屏幕展示了子君一双放大的眼睛，表现涓生对子君的怀念之情。其他场次，尤其是后三场的屏幕形象，也蕴含了人物之情。"'夏'，满台紫藤花，花形不很具体，但以浅紫与隐绿融成的淡雅色调，烘托了涓生、子君热恋时的感情。'秋'，满目树叶，似有若无，色调黄中透红，艳秋气氛映衬了二人婚后的欢乐情绪；伴随剧情，树叶凋零，萧疏秋景似乎渗透了二人渐趋冷淡的感情。'冬'，枯枝纵横交错，形象地表现了二人感情决裂时的复杂心

---

① 栾冠桦：《各得其宜 各尽其妙——谈〈咸亨酒店〉、〈阿Q正传〉、〈伤逝〉的舞台设计》，载于《人民戏剧》1982年第3期。

情。"①不同的舞台设计对演出风格乃至演出方式都有直接的影响。可见,不同的技术部门和演出环节都是影像形成的有机组成部分,只是它们常常在幕后,或者是演员表演的陪衬或背景,而被研究者忽略。先锋戏剧舞台的布景将多媒体引入,在《鲁迅先生》的表演过程中,后面的幕布配合剧情出现五四运动的历史画面、鲁迅先生行走的身影等,丰富了舞台的信息量,同时将实景与虚构、历史与现实融为一体,构成多元化的戏剧空间。

　　服装和化妆也是影像艺术的辅助技术。舞台上的服装经常被剪裁、装饰得比较夸张,以便角色从背景中凸显出来;影片服装则要求从近处观察也是真实可信的,但影片的主要角色要有能区别于其他角色的特色服装。舞台化妆因为观赏距离远和追求典型化的效果,具有一定的夸张性和装饰性,象征手法的化妆与夸张性表演之间形成呼应关系。影视化妆因为特写镜头和真实生活场景,追求逼真性、运动性以及人物与环境的和谐。越剧《孔乙己》的服装和化妆设计继承了现实主义与浪漫主义相结合的传统,运用意象创造方法,成功塑造了与剧本艺术风格及演剧形式相谐的人物外部造型。主角孔乙己的服装定位为:简朴、中性、长衫,色调以白、灰、黑为主,以配合绍兴白墙、青石板路、黑瓦的地域色调;孔乙己的服饰随着春夏秋冬的推移,颜色依次变为白—灰蓝—深灰—黑褐,其服装由高明度的亮色调向低明度的暗色调发展,渲染孔乙己渐趋突出的悲剧命运。服装和化妆具有的象征意义和暗示性是该剧艺术化的有机组成部分。②电影《伤逝》中,涓生的长衫和围巾、子君的学生裙具有很强的时代气息,与二人的书卷气和青春气息非常熨帖。淡蓝和月白色调则映衬出二人的单纯自然,在暗淡的整体色调中,时而显示出与污秽环境的格格不入,时而与灰暗天色相互映衬。当然,逼真是影视化妆追求的首要目标,尽管濮存昕的表演

---

① 栾冠桦:《各得其宜　各尽其妙——谈〈咸亨酒店〉、〈阿Q正传〉、〈伤逝〉的舞台设计》,载于《人民戏剧》1982年第3期。
② 郭小男:《关于〈孔乙己〉演出创意的导演报告》,载于《上海戏剧》1998年第12期。

艺术非常精湛，但是外形离鲁迅有一定差距，鲁迅这样的历史人物不仅要求神似，也要求形似。因此化妆师沈东升通过化妆笔为演员整容，在做人物造型设计时，抓住鲁迅最主要的特征，舍弃不太重要的特点，通过对眉毛、眼睛、颧骨的刻画，把鲁迅最主要的特点凸现出来。在服装化妆方面，先锋戏剧舞台的创造空间显然更大，《大先生》中的鲁迅身穿白衬衣、牛仔裤，而其他人物则以粉色、黑色等主色调的傀儡形式出场，成为该剧看点和亮点之一。

摄像与音响的配合也常常是画龙点睛之处。声音赋予空间以具体的深度和广度，更能成为影片中的剧作元素。电影《风雨故园》是以鲁迅童年生活为题材的影片，影片始终处于阴暗的屋檐下，生病的父亲躺在椅子上，生命如残烛。影片的表现手法非常艺术：伴随着父亲渐渐暗淡下去的空洞眼神，屋檐下的水滴声越来越慢，越来越清晰，父亲去世的镜头并没有出现在影片中，而是通过屋檐最后再也没有水滴落下来暗示。这一表现手法既能交代剧情，又能增添环境的情绪气氛的艺术通感，还具有象征、隐喻的意蕴。

技术是实现主题的重要依托。尽管优秀的剧本已经可以成为创作的蓝本，但剧本和影像毕竟有着本质的差异，有时候剧本仅仅是寥寥几句，却需要相关部门进行视觉化的创意展示。1982年电视剧《鲁迅》一开篇是这样的：

秋风萧瑟，枯苇满滩，海波叠浪，雁阵飞翔。
成年的鲁迅在荆棘中走来。
鲁迅屹立海滩，迎风远眺。

拍成电视剧时，美工师闵宗泗是这样创意的：

鲁迅在芦苇丛中信步走来，站立在海边，凝望着远方：远处天水一色，天上雁群排着人字在飞翔。远景、近景、特写的交叉运用，相互陪衬。这些画面的构思，剧组思考了很久，作为传记片的片头要贯穿数十集，它的形式势必确立了全剧的风格和样式。同时，这些既无情节，又无对话的空镜头所造成的意境，它所包含的内在诗意和哲理性，它的感染力和给人们的种种联想，也是剧组所刻意追求的。①

创意上虽然只是将鲁迅走来的环境由"荆棘"换成"芦苇丛"，但是远景、近景和特写如何交叉运用，却需要制作人员精心设计，从而强化镜头的诗意与哲理性。

同时，电视剧《鲁迅》为了突出浙江水乡的独特韵味，在美术设计和摄影上精细打磨，通过"提高摄像机的饱和度、风格化的照明、打破电视四比三的画面，首创电视遮幅的宽画面等手段，在画面上创造了一种敦实、厚重、大气的调子，这种调子贯穿全剧始终，令人印象深刻"②。在镜头剪辑上，该剧也有非常个性化的手法。在分家产的戏中，小鲁迅走入A家，坐在B家，再从C家出来，画外音是五婶极力鼓动划分家产的话语。话音一落，又出现一组A/B/C的画面，多镜头组合丰富了信息量，加快了叙事节奏，非常有冲击力的镜头将剧情推向高潮。

不仅戏剧影视需要精心设计，就连电视纪录片也会注意精彩的片头包装。电视纪录片《先生鲁迅》的片头非常漂亮，长镜头在苍黄的信纸上推进，一片黄叶孤独飘零，逼仄的空间镜头中是纸片堆里一张鲁迅年轻时的照片。照片、纸片和黄叶轻微浮动，字幕浮现："这是他留在世间最早的一幅照片。"音乐声庄严而缓慢，镜头切换到第二个空间，一条向远处延伸的

---

① 闵宗泗：《谈电视剧的美工创作》，见《第四届电视剧飞天奖集刊（1983年度）》，中国广播电视出版社，1985年，第167—168页。

② 邵清风：《浙剧崛起——浙江电视剧三十年（1978~2010年）》，中国广播电视出版社，2011年，第47页。

石板路，破旧古老，中年鲁迅的照片飘浮，又一行字幕浮现："这是他在自传里写下的第一句话。"背景音乐急切起来："他不停地行走，他不停地呐喊。"雷声滚过，鲁迅的板寸头照片飘走："这是他生前留下的最后一幅照片。"这样的片头浓缩了鲁迅的一生，又充满了诗意和记忆，使观众乐意跟从镜头继续了解这个伟人的生活、思想和成就。观众并没有与历史人物面对面，也没有与之生活于同一时代，纪录片是大众与之相识的重要途径，虚拟的历史场景、叙事角度的选择、寓情于景的镜头语言都是纪录片建构历史形象的重要方法。

一部好的影像离不开各部门之间的通力合作，1981版《阿Q正传》的广为人知不仅是因为改编的优秀、表演的出色，也离不开服装的精心设计。该片完全按照20世纪20年代的样式设计影片服装，真实阐释了阿Q的历史性与现实性。电影《伤逝》的如诗如画不仅在于画面的唯美，其音乐也如同电影的灵魂，极具剧情性，直达人物有喜怒哀乐的内心。《大先生》引起轰动自然是因为李静的出色编剧，但导演的创意性和道具方面的别出心裁也带给喜新厌旧的观众极大刺激。影像常常是以导演为代表的制作团体的心血之作，从研究剧本到镜头拍摄，再到音响组合，都渗透了集体创作的智慧。

"普遍，永久，完全，这三件宝贝，自然是了不得的，不过也是作家的棺材钉，会将他钉死。"[①]作家之所以会被三件宝贝钉死，是因为追求完美的欲望完全压倒了倾诉与对话的需求。艺术创作是无止境的，只要还在创作，就可以在与时代的对话中不断走向普遍、永久与完全。换言之，普遍、永久与完全不是通过一次或者一个人的诠释完成的，也不是抽离自我生长的时代就能做到的，历史人物之所以有生命力，是因为我们还需要他们，还能在当下时代寻求与之对话和争议的话题，鲁迅亦如是。同时，作为文化产品的鲁迅影像也需要从文化创意领域获得启示。联合国贸发会议

---

① 鲁迅：《鲁迅全集（第六卷）》，人民文学出版社，1981年，第148页。

（UNCTAD）专家埃德娜·多斯桑托斯（Edna dos Santos）认为："文化创意包括想象力、科技制造、经济创新。想象力是一种产生原创观念的能力，能够用新的方式阐释世界，并用文字、声音和图像加以表达；科技制造包括好奇心、勇于实验的愿望及解决问题时创建新的联系；经济创新是能够引导在技术、商业实践以及市场营销等方面创新的动态过程，同时与市场竞争优势紧密相连。"[①]鲁迅影像要传达原著的精神内涵，还要富有时代气息，更要彰显创作者的个性，因为"观影者一般都既有一种相对稳定的期待世界，即由审美经验、审美习惯、审美趣味、鉴赏水平所形成的因袭心理和审美定势，又有一种追新求异的渴望和潜在冲动，即在自觉追求新的叙事内容、方式和影像处理中，有意无意地否定或改变着自己原有的审美定势"[②]。创新是艺术作品成功的永恒法宝，包括文学文本的影像改编。

---

① 联合国贸发会议埃德娜·多斯桑托斯主编，张晓明、周建钢等译：《2008 创意经济报告——创意经济评估的挑战、面向科学合理的决策》，三辰影库音像出版社，2008 年，第 9 页。
② 金丹元：《电影美学导论》，复旦大学出版社，2008 年，第 116 页。

第四章

批评与传播：鲁迅影像的
社会影响

第四章 批评与传播：鲁迅影像的社会影响

文化传播是"一个心灵可能影响另一个心灵的全部过程"，是"对一系列传递消息的讯号所含内容的分享"。① 在图像时代，文学的影像传播已成为蔚为大观的潮流。相对于影像审美的直观性与便捷性，文学的纸媒传播须花费一定时间，借助相应的专业知识和审美体验训练，方能达到效果。而现代人生活节奏快、生活压力大，心性浮躁，难以静心品味，现代媒体的多元化、影像化、便捷性和丰富多彩的传播内容得以轻易俘获大批受众。一方面，图像时代使文学边缘化，另一方面，文学借助影像进行跨媒介传播。文学经典具有艺术审美的典范性与开放性，具有精神内容的超越性与普适性，经得起时代的不断阐释，这也是《红楼梦》《三国演义》《水浒传》《聊斋志异》以及包括《阿Q正传》在内的鲁迅作品不断被改编的原因。当然，文学作品的影像改编除了表达原著的艺术内涵，也会追求抽象概念的通俗化表达，追求超凡脱俗、单纯美妙的感官效果。在新的改编趋势中，文学经典还可以是纳入文化消费产品的文化资源，成为一种构成元素，适应大众审美趣味和流行化的审美趋向。

相较于多数文学经典而言，鲁迅作品大多篇幅短，规模不大，人物不多，情节不曲折，矛盾冲突也不复杂，通过人物组合、情节拓展进行容量填充后，可改编为电影或戏剧。成功的影像改编将原本需要观众想象的时代场景具体化，以电影《祝福》而论，"那布满青苔的石拱桥，那古韵绵长

---

① 威尔伯·施拉姆、威廉·波特著，陈亮、周立方、李启译：《传播学概论》，新华出版社，1984年，第53页。

的乌篷船，那黑檐毗连的小镇，那昏暗肃杀的土地庙，那山区娶亲的风土人情，那辞岁祝福的鞭炮，那鲁镇年关送灶神的忙碌景象，那毡帽、夹袄等装束……都极为生动艺术地再现了鲁迅笔下所描绘人物的典型环境和时代特色，为我们展现了一道江南村镇的人文风景线"[①]。这种具有生活实感的场面呈现是影像传播的优势。

影像艺术具有大众传播的优势，但也需要通过确定的传播渠道才能完成信息分享。传播活动将作者、作品与受众紧密结合起来，从而使作品具有与现实有效对话的能力。影像传播要同时实现娱乐功能与教诲功能。和中小学语文教材内容选编具有一定的强制性不同，影像必须通过观众自愿观看才能实现传播意图，而观众是绝不会长期为说教买单的。鲁迅影像并没有简单地将娱乐性置于首要地位，政策指令与教育机构在其中发挥了重要功能。同时，随着传播媒介的多样化，民间演艺团体和运营机构对鲁迅影像的自发演绎，和引人注目的"网络鲁迅"一样，成为21世纪的新现象。此外，文艺批评的关注和文化热点的形成是影像艺术传播的特点，文艺批评在专业化层面的探讨提升了理论穿透力，文化热点的形成促成更大范围的关注。文艺获奖、读者反馈以及影像资料的课堂使用则是影像传播效果的展示。

第一节　鲁迅影像的传播特色

科学技术的不断发展带来传播媒介的丰富性和传播渠道的多元化，然而技术平台的升级换代只是传播形态的一个方面。从本质而言，传播是涉及传播者、传播媒介、传播渠道、传播方式、被传播者、传播效果的完整过程，关乎与生活环境之间的信息传递过程、机理与作用。由于题材的重

---

① 韩炜、陈晓云：《新中国电影史话》，浙江大学出版社，2003年，第46页。

要性，在文化产品不够丰富和政治宣传第一的时代背景中，鲁迅影像以价值分享和教育宣传为主；随着传播渠道的多样化，特别是网络平台与各大视频网站成为资源共享平台，民间性、自发性带来的亲和力与"草根"性成为鲁迅影像制作与传播的特点；市场性是检测传播效果的一方面，其数字依据是票房、收益等，然而对于超越市场化存在的鲁迅影像而言，它并不是唯一的评判标准。总之，不同的历史时期，鲁迅影像的传播途径、特质和效果仍有阶段性的差异，我们从中不仅可以看出鲁迅这一文化形象塑造逐渐自主化的过程，也可以看到鲁迅文化传播在大众文化时代面临的问题与挑战。

一、政令性普及主导价值

大众传播的一个基本功能就是传播社会的主导价值，实现人的社会化。在电影、电视兴起之前，戏剧在思想文化传播方面起着举足轻重的作用，王元化先生曾以"大传统"与"小传统"的关系概括戏曲对于主流思想文化的转化与传播作用。"大传统"是过去思想家所产生的高雅文化，"小传统"即民间文化，包括谣谚、格言、唱本、评书、传说、神话、小说、戏曲、宗教故事等。民间社会通过"小传统"接受"大传统"，"大传统"也有赖于"小传统"作为中介传播到民间去。例如乡间有不少贞节牌坊，那些殉节的妇女大多并不识字，她们从哪里得到儒家传统的贞节观念并以它作为自己的信念呢？乡村妇女大多通过戏曲理解贞节观念，成为主流文化的传承者与实践者。[①]

和传统戏曲不同，话剧是现代文化思想的传播载体。《玩偶之家》在"五四"时期激发的女性出走主题也是"五四"文化精神的具体体现，个性解放与人格独立的现代思想随着戏剧舞台上娜拉出走的关门声进入中国青

---

① 王元化：《清园谈戏录》，上海书店出版社，2007年，第4—6页。

年人的思想视野。抗战时期，如何让一盘散沙的国民明白国家、民族观念以及战争与自我的休戚相关？街头剧《放下你的鞭子》通过父女街头卖艺使民众明白了保家卫国的必要性，"好一计鞭子"（《三江好》《最后一计》《放下你的鞭子》的合称）等街头剧担当了抗日宣传的重任。抗战结束之后，因抗战而一度中断的电影事业重新获得生机。和戏剧相比，电影受众更为广泛，影响面更大，同时，作为新兴技术与艺术的合体，电影融合了声、光、电、色，具备更强的速率与动感，立刻作为现代都市娱乐方式流行起来。随着现代科技的迅速发展，20世纪80年代以后，电视开始进入千家万户，让中国人不出家门即可了解天下事，电视的影响力也迅速上升，超越电影成为人们日常娱乐生活不可或缺的一部分。电视、电影因为接受门槛更低，内容广泛，主题多元，可重复放映，其传播面和影响力更大。这种大众传播媒介一方面依赖于大众，另一方面又由于其强大的影响力背负了政治宣传和价值分享的任务。进入21世纪，中国迅速跨过传统电子媒介，进入以计算机和互联网为基础的新媒介时代。新媒介具有建构当下文艺场域的巨大能量以及丰富文艺传播的多种路径，"数字化"以及"流量"成为新媒介时代必须面对的现实状况。

　　政令性与宣传性是鲁迅影像传播的重要特色。鲁迅影像的制作本身带有极强的党性色彩，鲁迅影像成为政治学习的重要内容，其传播渠道自然带有政令性与宣传性。这首先体现在集体观看的组织性上。1956年电影纪录片《鲁迅生平》放映时，各省市党政机关、居委会、学校等组织观看，影片几乎成为全民政治学习的必修内容。"包场"是组织观看的一种方式。随着新中国电影管理机构的建立，党和政府对电影放映也进行了规范性管理，其中之一就是通过包场提高优秀影片的上座率，当时"不少影院主动建立与街道、工会和学校的合作关系，甚至特设专门业务员直接负责与街道、工会、学校联系。每当有新电影上映时，这些业务员都会给上述机关提前发海报、发排片表。如果街道、工会和学校对新片感兴趣，可以电话联系业务员，登记排场。除此之外，一些电影包场单位也会向职工发放票价补贴，鼓励其自行前往电影院观影"①。通常，农村或者偏远的县镇通过"电影下乡""电影包场""露天电影"的方式组织观看。《祝福》这类优秀的有教育意义的获奖影片常常是各单位包场观看的影片。还有一种方式是"加演"。特别是20世纪50—70年代末期的计划体制时代，动画片、纪录片、教育片作为一种附属形式出现在观众面前，是正片放映之前附加的影片内容。像纪录片《鲁迅传》常常会安排在故事片之前放映，最大限度地保证来电影院的观众能受到影响。社论文章的宣传定性也是一种方式。"政府机关报的社论一般代表同级党组织的意见"，是社会舆论的重要组成部分，并对社会舆论产生重要影响。1976年电影纪录片《鲁迅战斗的一生》上映，10月1日《人民日报》发表社论文章，提出该片的上映"将对广大工农兵、革命干部和革命知识分子更广泛更深入地开展学习、宣传、研究鲁迅的活动，响应毛主席的伟大号召，学习和发扬鲁迅的彻底革命精神……发挥积极的作用"②。而社论也结合政治形势在如何学习鲁迅方面进行了引导，从而将纪念鲁迅时事化，将鲁迅影像政治化。

政治宣传是一种带有国家意志的强势传播行为，在实现信息传播的到达率方面很有力量，在传播的有效性方面也相对乐观。不过，鲁迅影像传播的政令性并未剥夺受众自由选择和接收信息的权利。其传播的有效性是因为在文化产品较为单调时期，单位组织的集体观看以免费福利和集体活动方式受到职工欢迎，20世纪90年代以前，电影是城镇居民主要的娱乐方式，即使是政治性非常强的纪录片，实际观看人次也是非常可观的。

政策指令是为了加强对观众群体的思想教育与引导，这一点即使在20世纪90年代末也不例外，所不同的是教育的层次与侧面发生了变化。在这之前，鲁迅纪录片是针对全体国民的制作，1999年电影纪录片《鲁迅之路》

---

① 董佳、揭祎琳:《光影的革命：新中国成立初北京的电影放映和社会教育（1949—1956）》，载于《史林》2021年第3期。
② 《大型彩色文献纪录片〈鲁迅战斗的一生〉上映》，载于《人民日报》1976年10月1日。

在制作时就着眼于对青少年的教育,因为时代发展和娱乐方式的变迁,多数人已经很难回到电影院了,电影观众只有在青年一代中培养,而教育也对青年一代最有效果。《鲁迅之路》的广告词是这样的:"一个不同凡响的伟大,一种坚韧不拔的精神;一份弥足珍贵的遗产,一段令人震撼的历史;一部意味深长的影片,一本催人奋进的教材;一次别开生面的教学,一回刻骨铭心的教育……"[1]将一部影片比作教材、教学、教育,其价值引导意识也非常明显,不过,它的侧重点不在于通过鲁迅批判时事,而是通过学习鲁迅了解历史,体味坚忍不拔的民族精神。很显然,这是影片编导专为青少年学生学习鲁迅量身定做的一部形象教材,是为丰富课堂教育内容和手段所做的一次尝试。长久以来,这部纪录片在鲁迅纪念馆中滚动播出,让参观者在免费观看中接收一次别开生面的教学,而鲁迅纪念馆作为爱国主义教育基地常常是中小学生组织学习和参观的重要地点。

单一渠道传播由于信息来源的固定性与权威性往往产生巨大的传播效果。1956年《祝福》一经公映,立即以巨大的艺术魅力吸引了广大观众。该片原计划从10月19日至23日,只在首都和大华两家影院上映。不料,影院门前购票者人海人山,要求扩大上映范围的信似雪片般投向电影发行公司,影片发行部门不得不决定由各甲级影院接着轮流上映。"影片映到12月12日,已连映了55天,映出三百七十场,上座率一直保持着最高纪录,无论日场、晚场和早晨夜间的加场,几乎场场爆满,观众达到三十二万一千三百二十一人次。此外,在市、郊区和工厂、学校、机关和俱乐部,也不停地放映着《祝福》,还不能满足广大观众的要求。"[2]就观看的效果而言,单一渠道传播也获得良好的宣传效果。1981年纪录片《鲁迅传》播出后,天津市药材公司宣传科和群众影评组的同志们说:

---

[1] 金洪申:《成功的启示——关于纪录片〈鲁迅之路〉》,见《新世纪电影评论》,新华出版社,2002年,第129页。
[2] 倪振良:《落入满天霞——白杨传》,中国文联出版公司,1992年,第314页。

第四章　批评与传播：鲁迅影像的社会影响

> 影片《鲁迅传》是很成功的，看后给人以力量和信心，鲁迅那种在白色恐怖之下，向敌冲锋陷阵，对祖国的前途充满希望……为中华民族的解放事业奋斗终生的革命精神，正是我们今天在建设四化中应该好好学习并发扬光大的。所以，这部影片有着很强的现实意义。①

这封观众来信刊登在期刊上，引导正确的观影情绪，也是影片本身教育意义的完美实现，实现了观看效果与宣传意图的完美一致。

当然，良好的传播效果与精湛的艺术水平息息相关，毕竟彩色故事片《祝福》与人物传记纪录片《鲁迅传》都分别代表了那个时代同类电影制作的最高水平，不过，政令化的传播与单一的文化产品一定是不可忽略的背景。20世纪90年代以后，无论电影还是电视，鲁迅影像都有非常出色的制作，例如1994年电影《铸剑》、2005年电影《鲁迅》、2011年电视纪录片《先生鲁迅》等。只是观众的兴趣已经转向武侠、言情、歌舞等类型片，文艺片多数都赔钱，何况是严肃的文艺片。而且，快感娱乐越来越成为主流，严肃的、思考的、沉重的历史话题与人物渐渐退出荧屏的黄金时段，即使艺术水平再高，要想获得20世纪90年代之前那样的轰动效应已经非常难了，其传播效果也就非常难以考量。比如2005年电影《鲁迅》拷贝数量卖出不高，在全国院线上演场次也很低；再如8集纪录片《先生鲁迅》播出之后，好评如潮，但是它很难以收视率来体现，因为这类纪录片原本就不是通俗性的制作，同时也未能在评论文章中体现，因为电视纪录片的研究还滞后于制作本身。

随着传播媒介不断发展，鲁迅影像越来越丰富，传播方式越来越多元化，这也是当今时代文化传播的特点之一。不过就其影响的深度而言，在传播方式越单一的时期，人们的信息渠道来源单一，对信息源的依赖性越

---

① 路纪：《大型文献纪录片〈鲁迅传〉在国内外获得好评》，见《中国电影年鉴1982》，中国电影出版社，1983年，第144页。

强,其思想认识越容易统一,传播意图更容易实现。时至今日,人们印象最深刻的鲁迅影像也往往与政令性传播有关。这也许是一柄双刃剑,一方面,它有对鲁迅的利用与曲解;另一方面,它又最大限度地普及了鲁迅,虽然可能是一个被误读的鲁迅,但是谁又能说不是那个时代最像鲁迅的鲁迅?进入传播方式多元化时代之后,影像传播涵盖的接受层次越细分,文化态度差异化越明显,统一的认识平台就被打破了。因此,传播方式的多元既是技术的进步,也是技术进步带来的思想解放。

二、民间性丰富媒介呈现

政令性的督促虽然能使鲁迅形象得到更广层次的传播,但也不乏对鲁迅的曲解与有意改造。后经典时期开始,民间性作为政令性的补充成为鲁迅影像制作与传播的特色。特别是新媒介发展可使影像灵活机动地在传播平台上自由展演,对现实社会问题的敏锐洞察力,创制者理性的精神向度,以及创作的自由度和平民化色彩,都可以融合在作品中,给观众极大的新鲜感和新奇感。

后经典时期是物质高度发达、信息极度膨胀的时期,整个社会处于商品景观的包围中,媒介成为人与人、人与世界交流的中介。[①]这是一个时间深度丧失而空间形象丰富的图像时代,影像文化成为时代的宠儿。鲁迅影像适应了读图时代特有的文化需求,开始获得迅速发展。由于自我表达和文化传播的需要,抑或有利可图,自发性的民间团体成为重要的有生力量。

肢体剧《鲁镇往事》(2007)的主要创作团体为加拿大史密斯·吉尔莫剧团,该剧团成立于1980年,被加拿大《现代杂志》的读者评为"最优秀的小型剧院"。剧团2007年与上海话剧艺术中心合作,用肢体诠释了鲁迅先生的5部作品——《一件小事》、《阿长与〈山海经〉》、《智识即罪恶》、

---

① 万书辉:《后经典时代的文本生产策略》,载于《文艺理论研究》2007年第1期。

《孔乙己》和《祝福》。独角戏《野草》《狂人日记》的创作团体为三枝橘制作。三枝橘是以话剧为主体的艺术团体，成立于2003年，主要由中法两国热爱表演艺术的人员共同创建，是非职业话剧工作室，进行非商业性质的演出及活动。2008年10月22日、24日在北京雍和宫桥北星光现场音乐厅演出了《野草》，演员有康璐启、刘洋、海粒。2008年11月8日及9日，演出了独角戏《狂人日记》，它在北京文化圈内小有名气，而导演冯家伟实为名不见经传的法国人。先锋戏剧《鲁迅2008》的导演来自四个都市，分别是大桥宏（东京）、王墨林（台北）、汤时康（香港）、赵川（上海），海报上也以"东亚四都市联合巡演交流"为名。《鲁迅2008》是为《狂人日记》发表九十周年而创作的，这是"以鲁迅为旗"戏剧展演的一部分，该活动由作家和戏剧工作者赵川与独立策展人比利安娜·思瑞克策划，上海民间戏剧团体"草台班"全力推动。"草台班"是2005年开始在上海发起的民间剧场实践团体，由作家、戏剧工作者赵川主持日常活动和创作，推动非牟利的平民戏剧。演出《远火——鲁迅在仙台》的日本仙台小剧场同样如此。日本仙台小剧场是一个老牌话剧团，其成员的年龄从十几岁到六十多岁，除了专业戏剧人，还有学生、公司职员、公务员、教师和家庭主妇等非职业人演出。由北京鲁迅博物馆和朝阳区文化馆共同主办，2006年10月14日、15日，该剧团排演了反映鲁迅在仙台时期生活的话剧《远火——鲁迅在仙台》。2005年电影《鲁迅》的投资方也有来自民间的上海张瑜影视文化发展有限责任公司。该公司成立于2001年11月，主要经营影视咨询、影视策划、文化交流、信息咨询等。林兆华的《故事新编》同样是以个人名义进行的先锋实验。林兆华是北京人民艺术剧院导演，1990年成立林兆华戏剧工作室，许多前卫风格的舞台作品在工作室中被创作出来，该工作室是中国最具代表性的民间现代戏剧团体之一。

以上制作团体主要就话剧和电影而言，电视剧还没有囊括在内。跨国界的文化传播与交流更多以民间艺术团体的合作形式进行，彰显了鲁迅文化传播的国际化程度，也专注于艺术探索，实践着新颖的艺术表现形式，穿插着对艺术问题的研讨活动,给鲁迅文化注入生气与活力。诸如话剧《鲁迅2008》演出前后,研讨论题为"没有舞台的动感舞台空间",意在跨越界线,创造表演、行为艺术实践的全新可能性。这些民间性艺术交流与研讨活动的传播范畴也倾向于民间的、自发的、小众的文艺群体。例如,观看《鲁迅2008》不是普通购票,而是通过预定支付报名费50元(包括资料和饮料),费用不高,甚至可以说很低,以电话或邮件预定的方式照顾了青年学生群体和以艺交友的艺术爱好者;话剧《故事新编》的演出在北京南城一个破旧的车间里,观看者以在校大学生和文艺爱好者为主,由于观演地点比较偏远,还在指定地点有专车接送。这类演出没有政令性要求,也没有社论之类的重要指引,只是文化媒体上的密集报告勾起人们的好奇心。2000年现场观看《故事新编》的人其实很少,但煤块、铁炉、制煤机、烤白薯,甚至那个破旧的车间都因为媒体报道而名声大噪,此后才有2003年与2009年的再度演出,2009年11月该话剧还作为欧罗巴利亚艺术节的演出项目获得"全场掌声雷动"。这些民间艺术活动起初的演出地点大多在比较偏远的非中心场所,从现场报道看来,观众以青年学生或文艺爱好者为主,其受众文学素养平均水平比较高。演出本身也多重在艺术交流,不以营利为目的,话剧的演出场次都不多,《故事新编》首次演出就5场,《鲁迅2008》首次演出1场,《鲁镇往事》2007年演出时间为5月24日—6月3日,2016年又进行过复演。戏剧如此,电影亦如是,电影《鲁迅》制作水平并不差,但卖出的拷贝很少,应该是一个亏本的投资,这与市场营销不无关系。

民间性力量越来越主流,但政令性影响不能说已经完全消失,因为某些民间团体的文化交流往往带有半官方性质,比如日本仙台小剧场在北京演出《远火——鲁迅在仙台》与中日邦交的民间化有关,演出开始之前,北京鲁迅博物馆馆长与仙台市市长分别发言的仪式就增添了此文化交流活动的官方色彩;肢体剧《鲁镇往事》的中方合作方为上海话剧艺术中心,它本身就是一个国家级艺术剧院;而电视纪录片《先生鲁迅》在中央电视台播出，中央电视台作为国家级别的传播平台，本身就代表一种文化导向与文化价值传播。不过政策性影响已不在于对艺术制作过程的指导，而是交流渠道的畅通或认同、许可、鼓励的态度。

制作与传播的民间性使鲁迅影像获得比较大的自由创作空间。首先是对受众的选择。电影《鲁迅》的导演丁荫楠以为，这部影片理想的观众就是了解鲁迅的人，他不用在通俗化和普及性方面努力，而是直接将彩色的鲁迅通过7个梦境和3个死亡予以呈现，因为熟悉鲁迅的观众都明白这些梦境与死亡的来龙去脉，创作者可以省去很多叙事性的交代，将重点放置于诗意的艺术风格之上。其次是艺术创新得以自由表达。自我生产、自我投资是民间艺术团体的特点，他们并非完全拒绝商业利润，但更希望通过独特的艺术表达体现思想理念，因此，林兆华戏剧工作室往往会以赚钱的戏剧养探索戏剧、先锋戏剧，《故事新编》也只有在根本不考虑市场回报的前提下，才能让导演自由挥洒才情与想象，艺术家的能动性才得以充分发挥。

网络平台加强了传播的民间性。在网络时代到来之前，鲁迅影像的传播渠道主要是舞台、电影院、电视频道。21世纪以后，各方面信息通过网络连接起来，网络借助文字阅读、图片和影音播放、软件下载等从文字、图片、声音、视频等方面给人们带来丰富的生活。作为信息传播、接收、共享的平台，网络的即时性、互动性、隐蔽性和开放性为鲁迅影像带来新的传播环境，有助于人们摆脱以往对鲁迅认知的单纯性意识形态定位的影响，结合民间性的舆论导向，深入地认识和把握鲁迅作为一代文化伟人的历史功绩和价值意义。以优酷平台为例，电影《阿Q正传》播放次数为112.1万次，《鲁迅战斗的一生》20.5万次，《鲁迅之路》11.2万次，《鲁迅》21.8万次，越剧电影《祥林嫂》53.5万次，《伤逝》4.1万次；爱奇艺平台的统计数据为《阿Q正传》234万次，《鲁迅之路》22.7万次，《鲁迅》59.5万次，《祝福》31.5万次，《伤逝》12万次；腾讯视频平台的统计数据为《阿Q正传》378.5万次，《鲁迅之路》20.6万次，《鲁迅》44万次，越剧电影《祥林嫂》66.9万次,《祝福》70.4万次。①数据差异与平台客户量有关,也与视频资源上传时间有关,比如《鲁迅战斗的一生》,优酷上传时间为2016年3月8日,腾讯则是2016年5月10日。随时可以观看的影像资源为错过电影、电视或渴望重新温习的观众提供了方便。除了经典影片《祝福》《伤逝》《阿Q正传》《药》,后期拍摄的电影《鲁迅》《风雨故园》《铸剑》,以及越剧《孔乙己》、曲剧《阿Q与孔乙己》、纪录片《先生鲁迅》等已经成为网络视频中的保留节目。而且,鲁迅影像的网络传播往往与鲁迅网站的建设结合起来,在鲁迅网站上,鲁迅经典影像的视频链接成为其中一个重要栏目。网络的开放性还为众多观影人提供了思想交流的方便,网络观影至少有三种交流方式。一是电影下面的直接评论,如优酷上电影《鲁迅》有104条评论,其中一条热评是:"当代中国,乃至今后几百年内的中国人,无论现代化到何种程度,也不管文明进化到什么地步,鲁迅、毛泽东的文章与思想都是不会过时的,任何一个中国人,每当迷茫时,只要回到鲁迅的思想世界当中去照镜子,自然会找到新的人生起点和思考点!无论是普通有文化者,还是一般学者,抑或是各类知识分子、思想家,只要面临思考的冰点或临界点,一旦回到鲁迅那里去,毫无例外,可以找到新的出发点。"(评论ID:azhe19790619)因为是普通观众,观影平台下的评论也非常多样化,有针对鲁迅人格价值的,如"鲁迅先生说过这样一句话:自由不是钱所能买到,但能够为钱而卖掉!鲁迅先生是一位伟大的思想家、革命家、文学家(批判家),他的言论都是带刺的,也就是今天所谓负能量,但又有几个像他老人家一样,真诚善良,敢于批判人性的黑暗与腐朽?"(评论ID:老兵是善狼);有针对影片本身的,如"一部需要用心去看的电影,不是心浮气躁的人能看得懂的电影,小众电影注定是为有思想、有灵魂的人拍的,可惜现在很多人已把灵魂丢了"(评论ID:琦峰科技),"后面那段拍得好,那些人想挣脱绳子、挣脱束缚,反抗压迫、反抗剥削,鲁迅帮

---

① 文中各大视频平台数据统计时间截止于2018年6月13日。

助他们最终取得胜利"(评论ID：冬天之流氓)。其他观影者往往以点赞或踩的方式表达自己的态度，也会直接在评论下留言或者讨论。二是豆瓣短评，和影片感想不一样，豆瓣短评一般是直接针对影片本身的，如《鲁迅》的一条豆瓣短评是："节奏没有把握好，显然有太多话要说，太多感情要表达，太多意象要呈现。虽然时间上选择1933~1936这三年，可还是觉得中间穿插了太多事情，以至于影响了整部影片的结构，让鲁迅个人的精神状态显得有些模糊。不过作为纪念鲁迅的作品，还是值得一看，尤其是濮存昕的表演。"(评论ID：狐)《阿Q正传》的一条豆瓣短评是："严顺开的经典作品，带有很强的时代性，生动形象阐释了鲁迅笔下最有名的角色。这片艺术性很不错，把江南水乡生活情趣的一面拍活了。但对儿童来说，又有些无聊。不过滑稽戏的影子时隐时现，倒也有一些'端着'的乐趣。还有，这片做梦时'飞来'的戏剧打斗，堪称经典。"(评论ID：悟仁)豆瓣短评多被有观影计划的人群关注，为观影选择提供参考。三是弹幕，弹幕主要供观众即时交流，避免个人观影的孤独无聊。因此弹幕有很多无厘头的闲聊吐槽，有时候甚至与影片关系不大，但也有一些认识交流，《鲁迅》的弹幕中有如下内容："鲁迅的童年也是我们九年制义务教育的一部分回忆。""序幕的几个镜头，来自鲁迅的小说和散文里的事。""人到底有没有灵魂？骗一个被封建礼教残害的人是多么的痛苦。"《阿Q正传》的演员严顺开在2017年10月去世，有很多弹幕都与之有关："严老2017年10月16日与世长辞，然而其扮演的阿Q却永远留在了我们心中！""严老一路走好！""老爷子一路走好！"可见，网络的开放性与对话性不仅扩大了鲁迅影像的传播面，而且网络已然成为一个对话和交流的大众公共空间。虽然其对话专业化程度不高，甚至会有知识性错误，政治思想境界也未必主流化，不乏愤世嫉俗之言，但网络毕竟为普通观众就鲁迅话题提供了自在、随意、非官方化的交流平台。

当然，网络平台也并非无所不包，先锋戏剧就是网络平台的一个盲区。因为很多先锋戏剧并没有在网络中传播和保留，即使有，也往往不完整，观众很难得到全面立体的感受，何况先锋戏剧非常强调现场感以及与观众的互动性，即使能够保留视频，现场效果也难以复制。这样，鲁迅影像的传播就走向了两个侧面：一是借助网络平台和现代传播媒介电视、电影等，鲁迅影像的传播更为持久和广泛；二是由于先锋戏剧的小众化特点，其接受群体越来越狭小。当然，前者的广泛只是相对而言，与好莱坞大片和古装武打戏比较，鲁迅影像的点击率并不高；而后者虽然只是小众化的接受群体，却可能是对艺术和鲁迅思想更有个人体验、更能做深层次理解的人群。

三、市场性导入商业运作

影像作为一种综合艺术，将艺术、文化、传媒、商业集于一身。市场性是影像的本质属性，因为影像不仅是一种精神生产，具有艺术性，也是一种物质生产，是特殊形态的商品，具有市场性。市场性和商业化密切相连，商业化是影像艺术的正常道路，但鲁迅影像很少明目张胆宣扬商业化企图，像越剧《祥林嫂》最早以爱情线索留住老观众未必不是商业化考虑，但因为与戏剧改革融为一体，被强调的往往是改革本身，而对其带来的商业效益则基本不提。新时期以前，文艺作品强调政治性宣扬，艺术性尚无暇分析研究，市场性更是被排斥。直到大众文化兴起，大众市场带来的高度商业化才被正大光明提及。虽然鲁迅思想的深刻性与严肃性并不适合商业炒作，但在市场环境中，随着信息渠道的复杂多元，洞察消费者的变化，引发与驱动观众的消费需求，也成为20世纪90年代以后鲁迅影像传播的特点。

市场性与民营文化企业成为影像生产的生力军和主力军有关。不同制作力量必基于一定的文化立场，其产品标榜了一定的文化身份。一般而言，国营文化企业执行国家体制的生产模式，文化生产多指向宣传目的。民营影像制作企业则多有回收投资和盈利要求，它与主流文化、精英文化生产有冲突与对立，但也彼此包容、渗透。市场性使文化形态多元化特点分外鲜明，也使得传播渠道与营销手段更为丰富。

20世纪90年代以后的鲁迅影像具有策划、融资、制作、资金回收一条龙创作体系，这是生产—流通—利益回馈的完整流程，有利于资源整合和提升创作积极性。很多电视栏目实行制播分离制度，也从制度上保障市场性。观众被置于主体地位，市场性需争取市场和社会的双重效益。故而，鲁迅影像一边挖掘八卦以吸引观众的眼球，一边也站在主流文化立场，宣扬鲁迅文化思想。纪录片最根本的特点是写实，真实自身具有无可比拟的生命力，但是后经典时期人们最关注的已经不是真实，而是有趣。真实的东西要吸引人们的关注，就需要娱乐化、故事化，以故事的曲折和悬念来吸引观众的眼球，而且，在某种程度上还要寻找一些噱头。鲁迅题材的纪录片中，鲁迅的婚姻、鲁迅与周作人的失和等，既是鲁迅身世之谜，也是有意吸引观众的几个看点。鲁迅被神化之后，其家庭矛盾与情感生活成为禁区，普通人对此知之甚少，而多数人都有对名人的窥私心理，因此，一般电视栏目中的纪录片常常以"兄弟失和之谜"等为名吸引观众。《民国悬疑奇案实录·鲁迅周作人何故失和》甚至将对鲁迅与周作人夫人的矛盾的猜测条分缕析，虽然也有一定的根据，但不无八卦性质，很能引起人们对名人私生活的窥视心态。影像还以形象性增强真实性、历史性。干瘪的史料毕竟缺乏足够的吸引力，于是，在纪录片的拍摄中，虚拟历史场景的设置成为常态。在《百年婚恋·鲁迅》中，鲁迅回国奉母命成婚一段，画面呈现出披红戴绿、张灯结彩的婚姻场面，旁白交代鲁迅成婚的心理活动，其实画面并非鲁迅其人，但是人们已经可以根据这个场面进行合理的想象，具有很强的情节性。同时，《鲁迅与许广平》从上课铃声开始进入许广平给鲁迅写信的叙述，有历史画面回放的仿真性。观众在兴趣盎然中既窥视了名人的隐私，又能大致了解当时的社会思想状态，使鲁迅真正成为历史中的鲁迅、生活中的鲁迅。

强强联合也是增强市场竞争力的手段。优秀的剧作家、导演、创作班底进行强强联合,既是艺术质量的保障,又能起到极强的营销效果。鲁迅影像的重要演员多是明星人物,他们具有极大的票房号召力,既能使投资获得相应回报,也能以自己的艺术修养出色地阐释人物。电影《鲁迅》中鲁迅的饰演者濮存昕属于实力派和偶像派的明星,由他所扮演的鲁迅引起人们的特别关注;越剧《孔乙己》中孔乙己的扮演者茅威涛是越剧界的明星,扮相俊美,嗓音敦厚,具有极高的票房号召力;话剧《孔乙己正传》更是将百老汇的华裔青年表演艺术家王洛勇请来助阵,此人乃百老汇历史上第一个担任主角的华人演员,他的回国加盟立刻受到媒体的关注与跟踪报道,很多观众更慕名前来看他的表演。电影《铸剑》的武术导演徐克是香港著名导演,执导《铸剑》之前已经获得台湾电影金马奖最佳导演奖以及香港电影金像奖最佳导演奖,该片在场面拍摄方面至今仍是鲁迅影像中的上乘之作。在戏剧舞台上,执导鲁迅题材话剧的多是名导演,如林兆华、古榕、王翀、张广天等,这些导演不仅艺术水平高,而且艺术特色和性格特色相当鲜明,其艺术活动极受媒体关注。其作品经过媒体追踪报道之后,更能引发观众的观演兴趣。比如古榕在《孔乙己正传》排演过程中时有惊人之语,张广天则承接《切·格瓦拉》的热度为《鲁迅先生》摇旗呐喊,这些极具新闻性的文化事件发生在重要文化人身上,自然能起到营销作用。当然,明星效应并非后经典时期才具有的特色,扮演鲁迅及其笔下的人物是优秀演员的梦想,如姜明之于阿Q、白杨之于祥林嫂、王心刚之于涓生,在扮演角色之前已经是出色的明星演员。不过,后经典时期,鲁迅影像更注意明星本身的知名度,而不是外在形象气质的接近,因此,身材高大的濮存昕才能成为鲁迅的扮演者。而之所以选择他,除了文化素养的担当,导演明确表示是希望以明星效应来吸引观众。

成功的市场运作不仅使鲁迅作品家喻户晓,也往往使影像本身成为经典。传统媒介与现代网络的联合作用使成功的影像具有更大的影响。1998年越剧《孔乙己》成功首演之后,1998年11月6日至22日,剧团在上海—

深圳—广州巡回演出,每到一处,演出三场,都引起轰动:在上海,越剧表演艺术家袁雪芬、鲁迅先生的后人、文化艺术界的知名人士和鲁迅研究的专家学者都前来观看;在深圳卖出180—280元的高票价;在广州,可容纳1400余名观众的剧场爆满。[①]越剧《孔乙己》在大文化圈里比在戏曲圈里更受欢迎,在知识分子群体、青年观众中比在越剧老观众群体中更受欢迎,许多中青年观众对《孔乙己》叫好不迭。影像生产—市场收益一旦形成良好的循环,不仅给投资者带来信心,也会因为市场的良好反应而加强传播作用。

需要说明的是,市场性本是艺术生产的常态,是一种中性词语,它对丰富艺术形态的多样性有不可忽视的推动作用,也生产了一些非常优秀的作品。因为民营文化企业发展不均衡,粗制滥造的情况也存在,但不能因噎废食,由此否定其本身的合理性。此外,市场性并非一匹没有缰绳的野马,资本在逐利过程中也有国家主管部门的引导,再加之多数文化企业家本身也有社会良知与责任心,因此影像作品大多会与社会主流价值应和。

其实,政令性、民间性、市场性在鲁迅影像传播中各有其阶段性与交叉性,但总体而言,政令性在20世纪90年代以前效果显著,加之信息渠道单一,反复播放次数多,更增强了传播效果;民间性则保存了更强的现实批判和文化批判的力量,具有很强的艺术探索性,新鲜、重要与可靠成为传播效果的关键;市场性则是鲁迅影像生产的持续性与内生动力的重要因素,却是目前相对薄弱的环节,其原因之一是鲁迅作为文化资源难以在大众层面具有商业化色彩,制作者放不开手脚。多媒体时代到来之后,影像制作与网络平台结合,传播速度与覆盖面显著增强;网络时代海量信息的存在,也给接收者带来更多的选择;同时,随着传播群体的增大,传播内容的针对性、具体性下降,反馈的质量、数量下降,传播效果就比较模糊、

---

① 丁荨华:《〈孔乙己〉沪上南国之行纪实》,载于《戏文》1998年第6期。

不太明显了。多种传播源头的存在，使得不同时期的鲁迅影像多元并存，打破了单一印象与权威，反而削弱了传播的威力，不过，这才是鲁迅影像多元化存在的真正缘由。

第二节　经典生产的文化热点

文化热点是社会公众关注或欢迎的文化事件，其中包含着公众关注或欢迎的文化新闻或者信息。它往往是一定时期大众关注的文化重点问题通过现代媒介的"推波助澜"所形成的社会舆论热点，映射着社会公众的文化关切与需要，诉说着时代的社情民意。[①]文化热点具有时效性，社会关注面大，传播效果比较强。如果说鲁迅逝世是1936年的文化热点，那么，鲁迅去世之后，围绕鲁迅的文化热点无非两个，一是鲁迅作品在中学语文课本中的进退问题，二是捍卫鲁迅与质疑鲁迅之间的论争。这类文化热点事件的形成自然有问题自身的时代语境，但也离不开媒体的推动。

文化热点的形成具有自发性，但也不是偶然的，它与时代语境、公众文化需要和大众媒介的影响不可分割。20世纪90年代以后，随着大众文化的兴起，大众文化的后天建构性以及现代传媒的高效传播为热点的形成提供了可能。由于鲁迅及其作品的重要地位，和鲁迅有关的文化事件都会受到高度关注。语文教材涉及基础教育层面，围绕鲁迅的争议涉及社会转型过程中对革命的反省，二者均触及社会的敏感神经，故而社会关注度高而且参与者众、持续时间长。相比之下，因影像而形成的文化热点不过是小小浪花，往往因为影像的生产制作、传播效果而展开，持续时间短，话题面窄。但因为影像生产的持续性，一朵一朵的小浪花总是时不时被掀起，

[①] 黄妍、王佳璇：《加强大众文化热点的预测和引导》，载于《华中科技大学学报（社会科学版）》2016年第6期。

构成以媒体报道和影像争议为主体的文化热点。

一、图文并茂的新闻盛宴

对媒体而言，文化热点与政治、经济、社会热点一样，是重要的新闻资源，具有时效性强、内容量多、关注度高的特点，因此常常成为媒体的必选题材。与文化名人鲁迅相关的事件因为名人效应和潜在的政治意义而格外受到关注，影像题材又是大众乐意消费的新闻领域，因此，鲁迅影像往往刚进入生产层面就开始被媒体追踪报道。从改编到演员再到艺术创新等，几乎每一部鲁迅影像都有相关的报道内容，而且由于媒体的趋同性，这类文化新闻占据了大报小报的相应版面。影像演播之后，媒体又持续跟踪，比如话剧《大先生》演出之后，CCTV-8在文化新闻栏目中不仅播出其演出片段，而且现场采访观众，一时之间，围绕该剧形成文化热点。多数鲁迅影像的报道都是如此，它们统筹安排，主题突出，声势浩大，彼此呼应，形成良好的舆论氛围，而且配以大量图片，增加了信息量，使新闻更加丰满。当然，媒体报道具有常规性，未必仅仅针对鲁迅题材影像，而且很多报道角度单一，有例行公事之嫌。不过，公众仍可从中获取有意思的信息，增加对该事件的关注度。特别是一些花絮和图片新闻，为观众增添了轻松活泼、形象直观的认识感受。

（一）花絮

花絮是指"各种有趣的零碎新闻"[①]，一般短小精悍、轻松活泼，对与主题事件相关联的趣闻逸事进行报道，属于点缀性、补遗性的小新闻。它与花边新闻不一样，花边新闻过分强调娱乐性，可信度不高，有道听途说和生搬臆造之嫌，以市井闲话、桃色事件为消遣；而花絮则轻松而不轻浮，

---

① 《现代汉语词典》（第6版），商务印书馆，2012年，第556页。

活泼而不放纵，风趣而不油滑。鲁迅影像的花絮其实并不太多，主要题材是选角、争议、创新。

1. 选角

1940年前后关于将《阿Q正传》搬上银幕的新闻一度成为报刊持续跟踪报道的重要文化事件，从沈西苓希望将之搬上银幕未果，到岳枫接手导演工作，再到最后因为种种原因而放弃了影片的拍摄，都有报道。其中，主角的选择问题，一度成为大家津津乐道的话题。1940年《电影生活》第16期以醒目标题询问："鲁迅名著'阿Q正传'搬上银幕：主角问题难解决，姜明？韩兰根？"有人提出阿Q的演员人选，拟"公开征求全沪观众的意见，中联男演员中，谁是最标准的阿Q"。有人揣测，韩兰根因为在《渔光曲》中演出过阿Q型的人物，可能是理想人选。有人认为，姜明因为在中国旅行剧团演出过舞台上的阿Q，也很有希望。同时期的《青青电影》不仅透露岳枫为拍这个电影，将《阿Q正传》翻了21遍，而且提出国联可以演出阿Q这一人物的演员有三个：姜明、王竹友、韩兰根。三个演员各有特长，故而拟用选举的方式决定。① 通过报刊宣传公选演出阿Q的演员，使得影片成为人们津津乐道的话题。只可惜电影并未拍成，猜想也就难以证实。

2. 争议

2000年前后，先锋戏剧对鲁迅题材的偏爱也成为首都戏剧舞台的一道风景。围绕鲁迅诞辰120周年，话剧界推出了三部鲁迅话剧：林兆华的《故事新编》、张广天的《鲁迅先生》、郑天玮的《无常·女吊》。林兆华的《故事新编》引发争议之后，张广天的《鲁迅先生》以唱《国际歌》的方式惊起一滩鸥鹭，引起系列文章的质疑之后，又组织了一批文章进行反驳。媒体宣传有声有色，商业炒作也趁势沸沸扬扬。有研究者认为："鲁迅在话剧舞台上有卖点，有人看，这就好。鲁迅不属于研究室，鲁迅一出道就站

---

① 《国联的"阿Q正传"，谁是最理想的阿Q》，载于《青青电影》1940年第5卷第37期。

在十字街头,面向大众的。"① 在"新浪影音娱乐"中,有关话剧《无常·女吊》的花絮有《〈无常·女吊〉引发争议 郑天玮张广天回应舆论》《"孔乙己"王洛勇小捧一把〈无常·女吊〉》《〈无常·女吊〉昨晚上演 鲁迅话剧新编鲁迅》《〈无常·女吊〉今晚在人艺小剧场上演》等。演出之前的有《请"外援"助阵 郑天玮〈无常·女吊〉书鲁迅》《重组鲁迅人物谱〈无常·女吊〉非同凡响》等,之后还有《〈无常·女吊〉导演王延松:他们没理解我》等。此类报道在一段时间密集出现,形成文化热点,也大大吸引了观众。因此该剧演出的时候,北京人民艺术剧院小剧场门口排起了长龙,来晚的人只好坐在观众席通道的台阶上。

3.创新

创新性的尝试总会引发社会的关注。2016年话剧《大先生》以当代方式讲述鲁迅,主演也自称是史上最不像鲁迅的鲁迅,这出话剧先声夺人,从凤凰卫视访谈到中央电视台报道,新浪网、人民网、财新网、凤凰娱乐、网易娱乐等纷纷以各种标题夺人眼球,比如《话剧〈大先生〉:除了鲁迅 皆为傀儡》《〈大先生〉怎么想全在于我们怎么看》《〈大先生〉塑造不一样的鲁迅》《话剧〈大先生〉开演,会以当代的方式讲鲁迅》《老舍文学奖话剧〈大先生〉将巡演全国》《老舍文学奖话剧〈大先生〉将巡演全国 力求还原复杂而本真的鲁迅》《〈大先生〉:这个鲁迅近在咫尺》《话剧〈大先生〉借鲁迅探讨自由》等等。这里有对话剧独特性的介绍,也有对话剧台前幕后花絮的报道,涉及编导、演员、舞台设计、艺术创新等各个方面。剧作通过舞台、电视、报刊、网络等多种渠道进行传播。这些新闻不同于评论,不强调理论的系统性和认识的深度,也不在审美与艺术创新方面大做文章。其关注的是这个戏剧带给观众怎样一种新的视觉冲击,带给观众怎样一个新的鲁迅,关注的是台前幕后的花絮,这些花絮对了解该剧不无裨益。而且这些新闻并不以八卦博人眼球,体现了文化新闻的时代性、文

---

① 王得后:《话剧门外看鲁迅》,载于《中国戏剧》2001年第10期。

化性与价值导向。2015年底至2016年，话剧《大先生》是文化圈内的一件有影响的事件，除了制作团队的创新，与媒体的关注不无关系。尽管该戏2016年开始全国巡演，但由于话剧的特殊性，现场观看的观众极其有限，有关该剧更多的资讯通过网络新闻、电视新闻传播，而随后跟进的网络视频又成为具体观看的渠道。

（二）图片新闻

图片是美化版面的编辑手段，而且担负着传递信息、传播观点、证明事实、图解诠释的职能。在新闻起步阶段，图片主要是文字的补充，20世纪90年代以后，数码相机、拍照手机使新闻图片制作与传输更为便捷，图片也具有脱离文字的独立性。图片直接映入人脑，一目了然，无文字深浅程度的影响，在信息传播方面有得天独厚的便利。在影像普及面有限的时代，图片的直观性为无法现场观看的人们展示与传播了新鲜的文化信息。就鲁迅影像而言，图片分为图画和照片两种。图画大多是人物形象设计（包括发型、服饰、体态等）或舞台场景设计等，或是实录，或仅是构想。1937年中国旅行剧团演出《阿Q正传》，《抗战戏剧》1937年第1卷第3期封二放了两组图片，一组是人物图，包括阿Q、赵太爷、钱少爷和王胡子；另一组是舞台图，分别是咸亨酒店、尼姑庵外景等，此外还有一幅田汉的手书（见图1）。

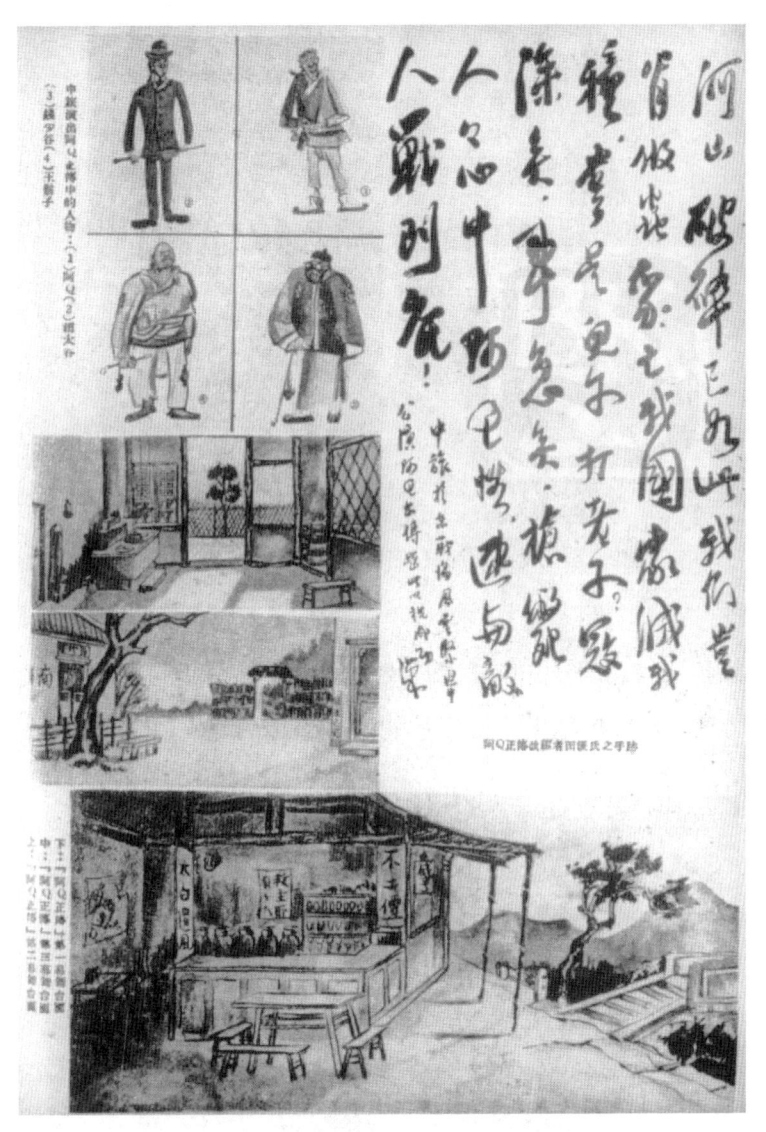

第四章　批评与传播：鲁迅影像的社会影响

图1　载于《抗战戏剧》1937年第1卷第3期封二

在照片方面，以1937年话剧《阿Q正传》的排演为例，由于传播面有限，很难确保人人到场观看。对于无法到场看演出的人而言，看看舞台照片也很满足。如北平剧团演出《阿Q正传》，李卫饰演阿Q的照片刊登于《天津商报画刊》（见图2）。

211

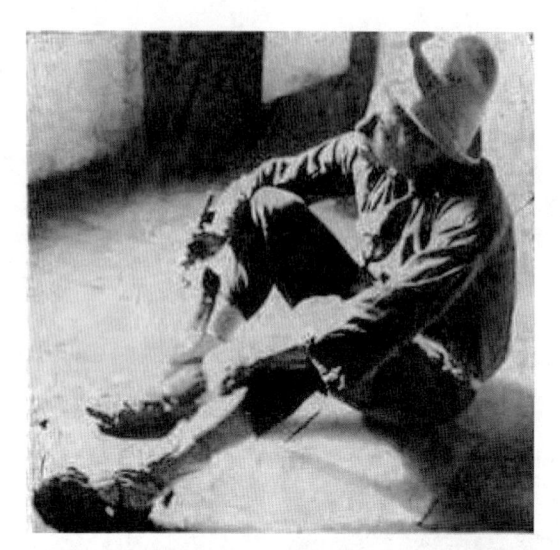

图2 载于《天津商报画刊》1937年第24卷第13期

1937年，《实报半月刊》刊登了北平剧团公演《阿Q正传》的照片，吴妈衣着齐整，靠门框而坐，阿Q下跪于吴妈的右前侧，吴妈的表情是略带惊吓与羞涩（见图3）。

图3 《北平剧团公演阿Q正传之剧照》，载于《实报半月刊》1937年第2卷第17期

1937年，北平剧团上演《阿Q正传》，全体演员的化妆集体相被刊登（见图4）。

图4 《"阿Q正传"：北平剧团上演鲁迅先生原著，田汉编剧的"阿Q正传"全体演员》，载于《中华（上海）》1937年第55期

1938—1940年间，众多报刊相继报道了话剧《阿Q正传》的演出情况，并配上了舞台照片，算是弥补了那些未能亲临现场的观众的遗憾。

1938年，《抗战戏剧》在封二刊出中国旅行剧团《阿Q正传》第四幕和第五幕的舞台照。照片使得未能到场观看的读者可以一睹真容（见图5）。

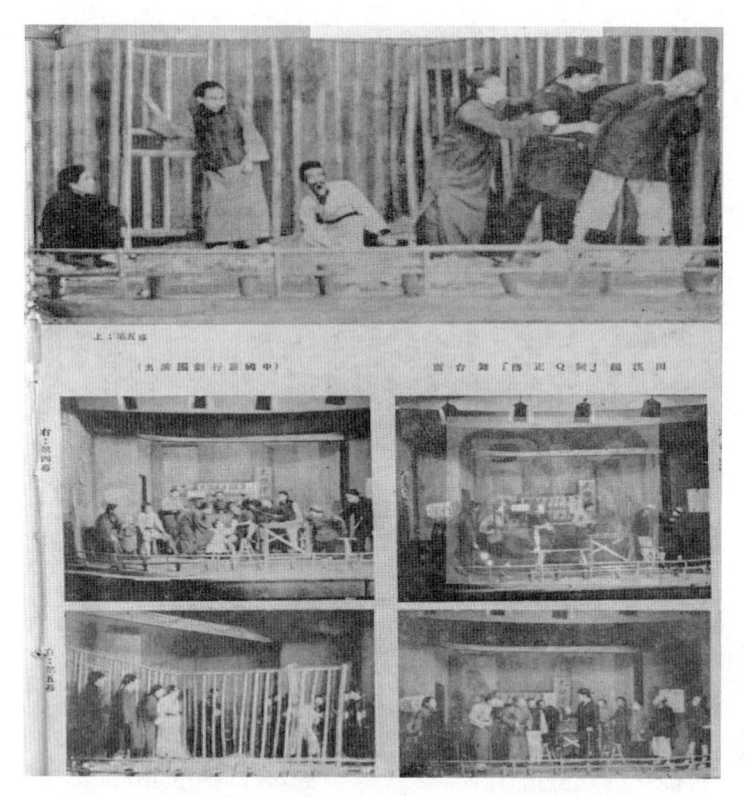

图5 《田汉编"阿Q正传"舞台面（中国旅行剧团演出）》，
载于《抗战戏剧》1938年第1卷第8期封二

1939年，中国救亡剧团演出《阿Q正传》，《大路》刊登了姜明饰演的阿Q的人物造型以及舞台照。舞台上是王胡将阿Q的头摁在桌子上，旁边几个围观者笑嘻嘻，饶有兴趣，酒店里贴着"太白遗风"的字幅（见图6）。

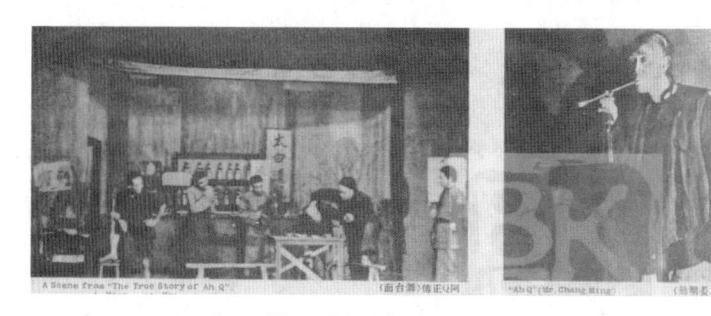

图6 载于《大路》1939年创刊号

1939年,《戏剧杂志》第3卷第2期刊发了一组照片,分别是:序幕,"辛亥革命前夜,在未庄,骚动着'捉拿革命党'";第一幕,"未庄赵太爷家舂米场,阿Q的恋爱问题";第二幕,"静修庵,阿Q失业后调戏小尼姑";第三幕,"咸亨酒店,阿Q中兴回来,适吴妈被赵太爷撵出";第四幕,"土谷祠,太爷家遭抢劫后,赵家师爷会同团丁前来捕捉饱醉未醒的阿Q";第五幕,"县衙门内,阿Q被糊里糊涂判了死刑";第六幕,"杀人场上,枪毙阿Q"。(见图7)

图7 《阿Q正传(舞台面)》,载于《戏剧杂志》1939年第3卷第2期

"活的鲁迅"——鲁迅影像史研究 ▶▶▶▶▶

1939年，景宋的《阿Q正传上演》一文配发了多张照片：第一幕，阿Q向吴妈求爱；第二幕，假洋鬼子调戏小尼姑被阿Q看见；第三幕，吴妈揪住赵老太爷，当众指破他的秘密；第四幕，阿Q被团兵逮住，但他以为是革命党来到，甚为得意；第五幕，知县衙门审问阿Q，将其判处死刑；第六幕，杀人场上，吴妈取水活祭阿Q。（见图8、图9）

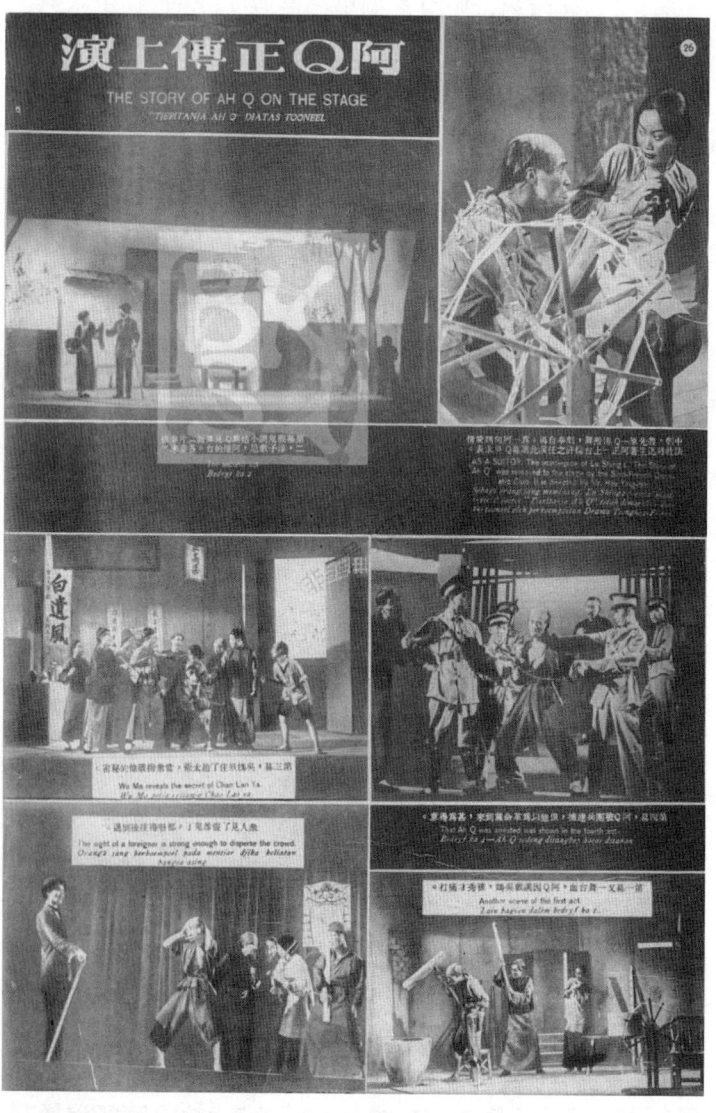

图8 《阿Q正传上演》，载于《中华（上海）》1939年第81期

第四章 批评与传播：鲁迅影像的社会影响

此外，还配有一张人物定妆照片：王竹友饰演的阿Q的特写。阿Q被称为"中国民族劣根性的象征人物"，版面最大，他头发稀少，左手拿着烟袋，含着烟杆儿，短衫打扮，身体瘦弱，右手在裸露的胸前搓揉（见图9）。还有两张第一幕中的排演照片：阿Q调戏吴妈，被赵秀才痛打；众人见了假洋鬼子，都吓得往后倒退（见图8）。

图9 《阿Q正传上演》，载于《中华（上海）》1939年第81期

"活的鲁迅"——鲁迅影像史研究 »»»»

    1939年,《永安月刊》刊登了中法剧团演出的《阿Q正传》的六张图片:导演许幸之和饰演阿Q的王竹友;赵司晨报告革命党来到,举人老爷逃到未庄,大家惊惶失色;阿Q调戏了吴妈,惊动赵府全家,恰巧吴妈被赵太爷诱奸有了孕,便有计划地把这笔账算在阿Q身上;吴妈因当众侮辱赵太爷被地保捉入官府;威风凛凛的衙门里坐着贪官污吏、土豪劣绅,审问未犯法的阿Q,并且有吴妈和老少尼姑对簿公堂;大家议论纷纷,以为阿Q未免冤枉,但也无法救他,不久卖馒头的小贩喊着卖人血馒头(见图10)。

图10 《阿Q正传特写,中法剧团演出》,载于《永安月刊》1939年第5期

1940年，李景波饰演阿Q，新闻不仅配了图片，还加以说明："据周作人从前目击的阿Q……比较胖，虽穷并不憔悴，身体颇壮健……颇有乐天气象。"评价道："李君倒恰合其人了。"①（见图11）

阿Q之化裝

图11 《阿Q正传，中旅又上演》，载于《影迷画报》1940年第9期

20世纪90年代以后，图片优势得以飞速发展，几乎所有鲁迅影像的新闻都配有图片。这些图片内容或是导演、演员，或是图景、场面，赏心悦目，图文并茂。这些图片新闻使复杂的信息简单化，抽象的信息具体化，方便阅读与接收，在实证方面则起到了"一图胜千文"的作用。

（三）其他报道

一般而言，花絮和图片新闻都必须依附主流新闻报道才能发挥更强的

---

① 《阿Q正传，中旅又上演》，载于《影迷画报》1940年第9期。

作用。主流新闻比较板正严肃，有权威性，鲁迅影像报道是以这类新闻为主的。比如1961年，新华社对筹拍《鲁迅传》进行跟踪报道：《描写文化革命旗手向敌人冲锋陷阵的斗争历史——影片〈鲁迅传〉即将摄制》《五彩电影〈鲁迅传〉筹备摄制——全剧将分上下两集，主要演员已初步确定》《表现革命文豪的硬骨头性格——电影〈鲁迅传〉分上下两集摄制，上集剧本将在〈人民文学〉1、2月号刊登》《天马厂积极筹拍〈鲁迅传〉——创作组曾访问了鲁迅的战友、亲属和同时代人举行座谈会》。这类新闻都具有主流媒体的严肃性与权威性。此外，学术论题的高度集中亦是文化特点的体现。"文化大革命"结束之后，鲁迅影像往往配合着鲁迅诞辰的纪念活动而形成热点。比如，鲁迅诞辰百年，涌现了一系列电影、电视剧、舞台剧，旺盛的创作能力和求新意识在鲁迅影像中得以体现，不仅使得刚刚复苏的中国电影具有很好的创作题材，而且整体上呈现出对鲁迅历史价值与意义的重新判断，发出时代的最新声。就单部作品而言，《伤逝》的唯美诗意、《阿Q正传》的诙谐、《药》的改编，都引发了评论界的热烈研讨，其中既有叫好之声，也有质疑。以《伤逝》为例，有方玉强的《电影〈伤逝〉漫议》(《电影评介》1981年第11期)、桑逢康的《电影〈伤逝〉评析》(《电影艺术》1981年第9期)、傅燕南的《谈电影〈伤逝〉的结构》(《广西大学学报（自然科学版）》1982年第1期)、鹿耀世的《电影〈伤逝〉得失谈》(《电影评介》1981年第11期)、钟惦棐的《读新片〈伤逝〉和〈药〉并泛论电影》(《电影艺术》1981年第12期)、钱筱璋的《剪辑台上的艺术——评傅正义在〈伤逝〉、〈知音〉中的剪辑创作》(《电影艺术》1982年第12期)、傅正义的《谈谈〈伤逝〉的剪辑》(《电影评介》1982年第4期)、张锋的《沉郁·凝重·细腻·抒情——〈伤逝〉的艺术特色》(《电影评介》1981年第9期)、李振潼的《学习与商榷——影片〈伤逝〉引起的思考》(《电影艺术》1982年第1期)、赵甦红的《一个场记的学习笔记——参加〈伤逝〉拍摄的几点感受》(《电影艺术》1982年第9期)、《忠于原著 有所创造——鲁迅作品电影改编座谈会纪实》(《电影艺术》1981年第10期)。这些文章其实是文化热点在学术研究中的反映,也因为学理上的探讨而为文化热点增添了理论深度和学术价值。

文化建设主体力量往往是文化热点的重要推动者和引导者,文化热点的形成与发展能对青年的生活方式和价值观起到良好的示范作用。鲁迅文化的每一次全民大讨论,鲁迅影像引发的每一个兴奋点,都能将时代问题与鲁迅忧患结合起来,不断地对时代进行反思,对鲁迅精神进行思辨与弘扬。这些热点触发的是好奇心,满足的是求知欲,获得的是对鲁迅的亲近与敬重。

二、鲁迅影像的"穿越、热议、玩火"

鲁迅影像数量激增,其一是因为伟大人物和经典作品具有一种内在吸引力,人们对它的颠覆也好、建构也好,都会形成一种复合文本现象。其二是因为后经典时期解除了政治禁忌,鲁迅身上的神圣光环也被取消了,人们敢于从历史的角度、社会文化的角度以及文学艺术的角度谈论鲁迅和鲁迅的作品。多元化时代使鲁迅影像放开了手脚,对鲁迅的评价及艺术表现不再仅仅满足于历史真实,也更多融入了自我想象与当代问题;不再仅仅追求唯一的正确,也追求个性化解读。历史与现实交集具有的深厚感,大众文化与精英文化碰撞产生的对抗性,都使得20世纪90年代以后的鲁迅影像推陈出新,但由此引发的争议也此起彼伏,构建成交相辉映的文化热点。

20世纪90年代以后,围绕鲁迅影像而形成的争议主要有以下三个:

(一)穿越的《阿Q同志》

20世纪与21世纪相交的话剧舞台上,掀起鲁迅热潮。先是林兆华的《故事新编》,接着是《鲁迅先生》(编导:张广天)、《眉间尺》(编剧:黄维若、冯柏铭。导演:丁如如)、《孔乙己正传》(编导:古榕)、《无常·女吊》(编剧：郑天玮。导演：王延松)，《大先生》(编剧：李静)等。这些戏剧都带有很强的实验性与先锋性，在大众文化兴起的背景之下，引发极强的轰动效应。其实，在这之前早就已经出现了以鲁迅或鲁迅作品为题材的先锋戏剧，如1994年李六乙的剧作《再见鲁迅》，1996年的《阿Q同志》等。其中《阿Q同志》虽未演出，但也声名大作，先锋剧坛对鲁迅其人、其作品的舞台化有特别的执着。

中国先锋文学兴起于20世纪80年代的中后期，以激烈和反叛的态度对存在的可能性及艺术的可能性进行大胆探寻。小说、诗歌、戏剧、音乐、美术等各领域都充满了对平庸、守旧、媚俗的批判。中国的先锋戏剧在80年代以林兆华为代表，90年代则由孟京辉、牟森等接过大旗。中国先锋戏剧舞台上演过大量的中外改编作品，但在几年时间里如此集中于一个作家及其作品之上，还是非常罕见的现象。除去鲁迅诞辰120周年的因素，国内"非鲁"现象引发的思考、大众文化兴起予以的精神冲击都是不可或缺的时代语境。不过，先锋话剧如此青睐鲁迅及其作品更因为鲁迅自身就是"先锋精神"的代表。所谓"先锋精神"，意味着以前卫的精神姿态、极端的态度对文学共名状态发出猛烈攻击，批判政治上的平庸、道德上的守旧和艺术上的媚俗，本质上是反叛与尖锐。[1]早在20世纪20年代，茅盾就曾指出："在中国新文坛上，鲁迅君常常是创造'新形式'的先锋。"[2]鲁迅不仅在小说中揭示了仁义道德"吃人"的骇人历史，更在文化态度上对传统文化保持批判："苟有阻碍这前途者，无论是古是今，是人是鬼，是《三坟》《五典》，百宋千元，天球河图，金人玉佛，祖传丸散，秘制膏丹，全都踏倒他。"[3]鲁迅作品中人类的存在问题、个人与社会的冲突、孤独意识与死亡意识，直至今日都能引发人们的共鸣，这也是鲁迅被先锋作家余华等

---

[1] 王吉鹏、霍虹：《鲁迅与先锋文学》，见《华夏文化论坛（第二辑）》，吉林大学出版社，2007年。

[2] 雁冰：《读"呐喊"》，载于《文学旬刊》1923年第91期。

[3] 鲁迅：《忽然想到（五至六）》，见《鲁迅全集（第三卷）》，人民文学出版社，1981年，第44页。

人视为朋友[①]、鲁迅作品被先锋戏剧家改编上演的内在因素。

根据孟京辉著《先锋戏剧档案》,《阿Q同志》其实有两个版本,一是黄金罡编剧,一是刁亦男编剧。两个版本艺术表现各有侧重,但都落脚于:首先,阿Q成为穿越时空的存在,他走出未庄,到了好莱坞、摇滚乐现场,或文明戏剧场、残疾人工厂、疗养院精神康复中心;他不仅生活于辛亥革命前后,也先后出现在20年代的都市三角恋、六七十年代的文化生活、90年代的戏剧治疗中,黄金罡版本还融入了国际视野。穿越时空的阿Q更富有符号化特征。其次,"阿Q同志"将"阿Q"与"同志"联系,"阿Q"意味着国民劣根性,"同志"意味着革命事业志同道合,二者相加意指阿Q精神依然潜存于我们自身乃至全人类追求自由平等的革命过程中,国民性改造或全人类克服阿Q精神的道路依然漫长。最后,阿Q还有后人,阿Q没有死去。实际上是以现代阿Q的种种表现来说明国民性问题。在这里,原著相当于题材或素材,剧作超越题材和素材,以剧中剧的方式展开了不同时空的对话。

话剧《阿Q同志》虽然没有公开演出,但是演出大纲通过《先锋戏剧档案》保存下来。这种历史与现实的交错对照、剧内与剧外的穿越印证,从思路上无疑启发了同类戏剧,而且表演方面的象征意识与非现实主义风格无疑也极大解放了受制于演出时空的戏剧表演。

比《阿Q同志》创作稍早的是李六乙的《再见鲁迅》,"以鲁迅写鲁迅"是该剧特色,该剧1994年即创作完成,2001年5月初才在北京上演,该剧将《狂人日记》、《阿Q正传》以及《纪念刘和珍君》、《两地书》等糅合在剧中。戏剧分为三个部分,第一部分是鲁迅随剧情变身为狂人、阿Q,这是鲁迅与作品人物的对话;第二部分是现实生活中的鲁迅与朱安、许广平的婚姻生活,许广平、祥林嫂、朱安,三个女性因为"大先生"似乎合为一体;第三部分是鲁迅对灵魂的寻找,铁匠、女人对鲁迅的启示,以及无

---

① 徐林正:《先锋余华》,浙江文艺出版社,2003年,第132页。

常与目连戏的穿插，展现出鲁迅对自我的寻找与对话。在戏剧结尾，鲁迅说："忘掉我吧，永远地忘掉我吧……"他拖着虚弱疲惫的身体消失在舞台的尽头。音乐声中，祥林嫂、朱安、许广平目送鲁迅慢慢消失，三个女人最后说："生活是苦痛的，一切终将继续下去。但愿，忘掉他吧！请求你，忘掉吧……"李六乙认为该剧"更具纯粹戏剧的魅力"[1]，但剧本作为表演基础，显得戏份不够，过多依赖于朗诵，特别是《纪念刘和珍君》一段，长篇大论，夹叙夹议，几乎就是话剧《屈原》的《雷电颂》翻版。虽然有独具匠心的设计，但剧场效果未必好。

20世纪90年代初，将阿Q置于当代乃至国际背景之中，使其成为穿越时空的存在，这种改编还是比较有创造力和颠覆性的。即使今天看来，依然是极具艺术想象力的一笔。不过，在先锋戏剧从边缘性向商业性悄然转型的过程中，这种极具噱头的反叛性使《阿Q同志》成为先锋戏剧极端政治意识的典型代表。该剧没有演出资料，无法评价其艺术表现。毕竟文化态度与艺术效果之间存在差异，目前的剧情大纲太多神经质的表现，从表演、场面上不易把控，最后可能成为一种姿态性的行为艺术。李六乙《再见鲁迅》更多是一种书斋剧，舞台效果怎么样，也很难从评论中找到相应的回应。只能设想：先锋戏剧重要的不是舞台效果，而是态度的非常规化表达。

（二）被热议的《鲁迅先生》

2001年，张广天的民谣史诗剧《鲁迅先生》可谓一个不大不小的文化事件。张广天1990年移居北京，1999年至2002年间，先后创作了史诗剧《切·格瓦拉》《鲁迅先生》《红星美女》《圣人孔子》。在英雄空缺的时代，他以红色对抗大众文化的平庸与堕落，几乎每一出戏都引起社会关注，形成文化热点。2000年，《切·格瓦拉》在北京的上演引发了"格瓦拉热"，

---

[1] 李六乙：《李六乙纯粹戏剧：剧本集》，人民文学出版社，2001年，第319页。

有人看到英雄，有人看到理想，有人看到新奇。话剧《鲁迅先生》是张广天1993年受上海电影制片厂委托写的电影剧本，剧本1998年初稿，2001年1月修改。全剧由六部分构成：序幕，狂人日记；第一幕，纪念刘和珍君；第二幕，为了忘却的纪念；第三幕，北平五讲；第四幕，鲁迅逝世；尾声，民族魂，全体参演人合唱《国际歌》。除了旁白之外，戏剧完全以歌唱推进与表达，辅以投影、字幕等手段，将历史情景融入戏剧之中，如日本仙台病理解剖室、幻灯片事件、中国近代社会的一系列政变，包括慈禧太后垂帘听政、青天白日旗、辫子、阿Q、祥林嫂、袁世凯、五四运动、1956年鲁迅墓的迁移等。戏剧在音乐处理上也有特色，旧文人上场所用曲调多为昆剧、淮剧、越剧、山东快板等传统曲调，鲁迅及青年学生等则用现代音乐。

这出戏让人感到似曾相识的地方是鲁迅成长为无产阶级革命战士，在第三幕中，鲁迅完成了思想转变："我从前看工农大众，就好像是花鸟鱼虫。全不知道他们流血流汗，都是在为了别人劳动。其实他们都是泥土，泥土才能种出繁荣。我们自命不凡的优越，实在是低级趣味的平庸。那所谓的历史充当了屠杀的帮凶，不过是为了包庇坐享其成的懒虫。如今我翻过这发黄的篇章，才看见中国的脊梁是从底层往上高耸。""我们从古以来，就有埋头苦干的人，就有拼命硬干的人，就有为民请命的人，就有舍身求法的人。""觉悟的群众，有着多么博大的心胸，我们中国的前途和命运，全部掌握在他们手中。"[1]

没去现场感受张广天的《鲁迅先生》的网友说："看了剧本觉得这个鲁迅怎么就是中学课本里的鲁迅嘛，还是一个共产主义者。我所读到的鲁迅其实是最独立也最孤独的人。"[2]更多人批评该剧居然让鲁迅大唱《国际歌》，完全是对鲁迅思想的歪曲与误解。对此，张广天宣称就是要一个真正

---

[1] 见张广天微博，https://weibo.com/1211143443/3448452849836976。

[2] 陈艳冰：《从"网上鲁迅"看民间的鲁迅》，见《鲁迅的当代意义》，广东人民出版社，2002年，第97页。

疾恶如仇、傲骨铮铮的鲁迅。记者采访张广天："关于鲁迅，近年来理论界的说法评价此起彼伏、褒贬有之，你怎么看？"张广天回答说："任意摆布鲁迅成了一种时髦。但某些说法是一种法西斯话语，他们通过消解鲁迅来消解新中国的革命努力。鲁迅你可以批判，但请老老实实、认认真真地批判。不要从奴才嘴脸来指责一个已不可能发出抗议的人。钱理群在《审视中国语文教学》一书中就主张把鲁迅作品和《纪念白求恩》这样的文章拿掉。假若学鲁迅的笔法不符合时代进步的要求，那么学海明威、学王朔就可以让孩子们学好汉语吗？这是一个严肃的问题，其实他们的用意是消解掉我们教育中的理想主义。"① 张广天把鲁迅与革命及理想主义联系起来，实则希望通过鲁迅传播一种理想主义光辉，抵制"非鲁"思潮中的市侩话语与反革命的主张。不过他的表述也经常在变化："现在的学术界和文艺界的年轻人，从前是被灌输鲁迅，然后就是反灌输，现在怀疑鲁迅已经成为一种时尚，我们需要反这个怀疑，这本身就是对鲁迅精神的一种继承。我刚才说述而不作，今天述而不作本身就是一种战斗。王朔、钱理群这些人希望营造一种时尚，对于这种现象我什么话也不说，就是，您要这样，我偏那样，您看不惯，我更让您看不惯，这本身就是一种反动，王朔和钱理群要是知道鲁迅的内心是唱《国际歌》的，他们是坐不住的。"② 有趣的是，王朔和钱理群对鲁迅的基本态度是不一样的，但被张广天一视同仁。因此有学者指出，《鲁迅先生》折射出理想主义与文化资本的暧昧关系。成为文化资本的鲁迅被鲁迅研究专家和作家所享有，张广天要挑战的不是鲁迅的批判者，而是鲁迅研究权威，至于他们的观点是什么，并不重要。③ 同时，也有敏锐的学者联系20世纪80年代以后鲁迅研究与鲁迅评价中的趋势，评

---

① 张广天：《以独立知识分子的名义》，见《生于60年代》，四川人民出版社，2002年，第148页。
② 安替：《张广天：〈鲁迅先生〉是演给王朔钱理群看的》，载于《北京晚报》2001年5月5日。
③ 许纪霖、罗岗等：《启蒙的自我瓦解：1990年代以来中国思想文化界重大论争研究》，吉林出版集团有限责任公司，2007年，第134页。

价了该剧的价值:"《鲁迅先生》这个戏的优点之一在我看来,甚至在于它敏锐地注意到当代社会那股力图把鲁迅拉回到'家庭'和'私人领域'去的强大力量,从而去着力恢复一个公共领域里的鲁迅形象。"① "革命"的大旗就是提醒人们,鲁迅之所以成为鲁迅,不是因为他在私人领域中的温情,而是因为他于社会领域中战斗与革命的呐喊。

《鲁迅先生》备受关注,离不开张广天的高调炒作,也因为该剧确实在艺术表现手法方面特立独行,此外,新左派也成为支持话剧《鲁迅先生》的文化力量。他们再度大力强调鲁迅作为革命家的意义,其实正与21世纪初"格瓦拉热"的兴起如出一辙。

(三)玩火的《阿Q的故事》

20世纪90年代,电视进入平常百姓家,成为中国家庭休闲娱乐的主要工具,电视剧市场也随之火热起来。在世纪之交,18家省级卫视同播《天龙八部》,15家同播《绍兴师爷》,数十家同播《春光灿烂猪八戒》,电视连续剧带来的经济收益如日中天。经典作品的电视剧改编也成为掘金目标,20世纪80年代那种数年时间拍摄《红楼梦》《三国演义》《水浒传》的方式成为历史,以戏说方式重现历史与经典开始盛行,以博人眼球、提升收视率,于是,西游被"大话",三国被"水煮",戏说鲁迅也开始冒出苗头。

电视连续剧《阿Q的故事》便是在这种文化背景下制作而成的,它由苏州福纳文化科技股份有限公司、南京电影制片厂、中国文联音像出版社、苏州万氏影视文化传播有限公司联合摄制,总策划范小天,编剧卢新宇,导演冯昌年、顾小虎,摄影智磊,美术娄中国,歌曲作词卢新宇、作曲霍永刚,主演陶泽如(饰阿Q)、孙飞虎(饰孔乙己)、林继凡(饰杨贵福)、茹萍(饰"豆腐西施"杨二嫂)、杨蓉(饰秀儿)、王洋(饰夏瑜)等。该剧最初被设计为20集的商业片,后为加强艺术性、抹淡商业性,缩减为10

---

① 韩毓海:《赤手空拳打破规律》,载于《粤海风》2001年第4期。

集。《阿Q的故事》把鲁迅作品的多数人物纳入剧中,并构成交叉纵横的社会关系,故事编排得非常复杂,但核心是三个三角恋:一是阿Q、秀儿和夏瑜;二是阿Q、秀儿、"豆腐西施";三是夏瑜、子君、秀儿。阿Q阴差阳错娶到秀儿,却近不了她的身,为了秀儿替夏瑜坐牢而被杀了头。片头曲《二十年后是好汉》和片尾曲《一滴女儿泪》对全剧的剧情做了概述,《二十年后是好汉》以阿Q的视角为主:"破毡帽癞痢头,黄毛辫子不发愁;掷骰子吃老酒,恋爱革命也不能漏。你一拳我一脚,儿子打老子没个够;二十年后又是一条好汉,人人颈上一颗头。野台子唱戏精神爽,你方唱罢我忙台上走;好汉我来做,女人我想有,大街小巷任我游。"歌词中的人物形象似乎更多水泊梁山的绿林气。片尾曲《一滴女儿泪》是从女人的视角、用女人的口吻、按女人的情爱标准,对阿Q的生存状态、文化心态、社会作用、生命意义所做的价值判断和情感褒贬,也就是全剧主创人员尤其是编、导、演对这部电视剧所做的价值判断和情感褒贬,歌词是:"高山流水诉不尽九曲衷肠,乱世情爱好男人左右迷茫。莫道好男人志存高远走他乡,偏爱你英雄气短儿女情长;莫道好男人顶天立地响当当,啊,只疼你窝窝囊囊贻笑四方!儿女情长,贻笑四方!好男人热心肠却满腹悲凉,为只为满眼青丝一滴女儿泪;好男人在心头不在远方,为只为满眼青丝一滴女儿泪。好男人在心头不在梦乡!好男人在心头不在梦乡!"①可谓儿女情长,缠绵悱恻。

  2002年7月1日至5日,BTV-4(北京电视台影视频道)每晚2集首播电视连续剧《阿Q的故事》。7月4日,新浪网转发《北京青年报》的报道《〈阿Q的故事〉播出引发争议 被指戏说味过浓》。7月5日,《辽沈晚报》刊发刘江华的《〈阿Q的故事〉引起争议》。7月8日,《扬子晚报》刊发两篇文章:《看了再说——关于十集电视剧〈阿Q的故事〉》和《开发艺术创作的可能性——专家、主创人员座谈〈阿Q的故事〉》。同日,《现代快报》

---

① 两段歌词均引自曾庆瑞:《〈阿Q的故事〉的教训》,见《守望电视剧的精神家园(第2辑)》,中国传媒大学出版社,2005年,第256页。

刊登《鲁迅之子冷对"阿Q"纷争》。还是同一天,《北京电视周刊》第28期《荧屏杂谈》栏目发表罗莉的《〈阿Q的故事〉的精神胜利法》以及李宝江的《荒诞乎？滑稽乎？》。7月9日，新浪网的"影音娱乐"发表《周海婴谈鲁迅作品遭遇荧屏戏说：我个人想法不重要》。7月12日，《北京晚报》发表《孔乙己怎样给阿Q当老丈人》。7月15日，《中国电视报》以《众目所瞩〈阿Q的故事〉大家谈》为通栏标题，发表三篇文章：刘晔原的《鲁迅，可以这样纪念吗？》、刘江华的《要改编不要戏说》、张永和的《不能糟改名人名著》。7月25日，《文艺报》发表曾庆瑞的长文《刹一刹亵渎文学名著和经典的歪风——从电视剧〈阿Q的故事〉说起》。7月29日，《人民日报》在《人民论坛》栏目发表仲言的《阿Q的艳福与戏说的新招》。8月3日，《文艺报》发表木弓的《敬畏经典》，8月8日发表王卫平的《名著改编应该"戴着脚镣跳舞"》、红帆的《令人愤慨的"戏说"》，8月15日，《文艺报》以《经典不容亵渎》为题，发表该报记者对陈漱渝、刘厚生、张宏森、郑伯农、仲呈祥、廖奔、孙郁的采访，还发表了郭振亚的杂文《阿Q的一份诉讼状》。①前前后后一个多月的时间，直接参与讨论的文章近20篇，网络、报纸和期刊通过刊发文章或组织讨论参与此事。而和张广天的《鲁迅先生》不同的是，这次风波除了主创人员有微弱的辩护之声，其他基本是一边倒的批评。戏说虽然成风，但是用在鲁迅身上，似乎触及了经典改编的底线。这部电视剧之后再也没有播出过。

需要说明的是，戏说是商业化思维与消费文化之下的电视"怪胎"，在鲁迅被戏说之前，很多文学经典都遭到过亵渎，如《雷雨》的改编大加注水后面目全非。这样风气愈演愈烈，到《阿Q的故事》可算是一种极致，引发了有识之士的愤慨，使经典不容亵渎成为一种共识。

其实，《阿Q的故事》并非个例，辽宁鞍山市艺术剧院根据鲁迅作品《阿Q正传》和《药》改编的话剧《圈》也是戏说。该剧"打着解构鲁迅的

---

① 以上文章主要根据曾庆瑞的《〈阿Q的故事〉的教训》所记录统计。

名义,把阿Q写成一个赤裸裸的性饥渴者,而吴妈则成为一个敢爱敢恨并充满情欲的女人。最终二者在阿Q临刑前的牢房里圆了房,阿Q被砍头后血被蘸成人血馒头,成为某大人物的壮阳药"[①],使人忍不住喝道"不要拿鲁迅开涮"。以上是较为严重的情况。而轻度的如电视连续剧《鲁迅与许广平》中,"鲁迅与许广平常说一些很市民很矫情的肉麻情话,比如:'这里风景真美啊!''只有风景美吗?''不,你也很美。''先生,你……你真坏!'与此十分配套的动作是许广平做撒娇状地用小拳头轻轻地砸向鲁迅"[②]。被人评为"一个以严肃面目出现,却把鲁迅'荒诞化'的作品"。

为什么恰恰是《阿Q正传》,恰恰是鲁迅,让评论界无法容忍媚俗化的改编与解读?大概因为鲁迅的严肃、深刻与忍辱负重使人们无法忍受对他的轻佻与戏说,也因为长久以来鲁迅在一代人心目中的崇高形象成为价值坐标,不容亵渎。当然,或许还有更多的因素,不过鲁迅之不容亵渎已然成为鲁迅影像中的定律。

当然,搁置这些文化争议不论,这段时期优秀的鲁迅影像也大量出现。8集电视人物纪录片《先生鲁迅》细针密缕,可谓良心之作。两部同名电影《铸剑》相隔多年,均为制作精良、独具匠心的作品:1994年张华勋导演的《铸剑》雄浑荒芜,血腥残酷,富有历史感;2011年数字电影《铸剑》以青春和成长为主题,玄幻而清新。2002年电视电影《鲁镇往事》从题旨、意象模式、风格韵味三方面体现鲁迅精神,可谓优秀的改编作品。2005年电影《鲁迅》第一次在银幕上呈现鲁迅的生活,是非常诗意而多彩的佳作。1998年越剧《孔乙己》通过茅威涛的艺术表现力将越剧再次推向高峰。编剧陈涌泉也奉献了两出好戏:《阿Q与孔乙己》与《风雨故园》。2015年李静的《大先生》获得老舍文学奖后搬上首都舞台,获得观众好评。

需要补充的是:第一,争议涉及的具体案例是典型的文化现象,争议

[①] 艾莉:《不要拿鲁迅开涮》,载于《光明日报》2004年11月3日。
[②] 傅谨:《鲁迅何以变得如此荒诞》,载于《北京青年报》2001年3月13日。

中涉及的价值判断、学理立场获得的公众关注，远远超过了影像本身。在成为文化热点的议题中，一些基本的文学知识和思考维度被公众了解。因此，文化争议是文化传播的良好契机，只要它针对具体事件，依赖现实依据与国情，具有理性态度和严谨精神，目的是解决问题而非宣泄情感，就有助于明确正确的价值取向与艺术探索方式，建立与社会公众的积极对话机制。因此，鲁迅影像不怕争议，欢迎争议，越争议越有助于培育理性的社会土壤。第二，包容鲁迅影像制作低端性，容许不同制作理念和表现手法的存在。因为它们丰富了解读鲁迅的多样性，也是鲁迅影像生产力勃发的副产品，而且其存在并非高水平影像生产与传播的障碍，多样化的文化生存状态更能传递信息、激励对话、激发活力，使鲁迅文化获得更为健康持续的发展。第三，对于商业炒作，也不必过于紧张，鲁迅自己就非常释然："呜呼，鲁迅鲁迅，多少广告，假汝之名以行！"又说："在我背上贴出广告道：敝店备有肥牛，出售上等消毒滋养牛乳。我虽然深知道自己是怎么瘦，又是公的，并没有乳，然而想到他们为张罗生意起见，情有可原，只要出售的不是毒药，也就不说什么了。"① 是的，关键不在商业不商业，不在炒作不炒作，而在是不是"毒药"，是不是坑蒙拐骗、假冒伪劣。只要不过于背弃鲁迅精神，能通过多种渠道让人们走近鲁迅，又有何不妥。而且实事求是地说，即使是被戏说的鲁迅，在影像层面也未曾从根本上否定或颠覆鲁迅的精神意义，其与商业化结盟而刚越出雷池半步，就会立刻遭到来自社会层面的巨大压力。

第三节　社会评价的共识形成

一千个观众眼中有一千个哈姆雷特，一千个观众也可能有一千个阿Q，

---

① 鲁迅：《〈阿Q正传〉的成因》，见《鲁迅全集（第三卷）》，人民文学出版社，1981年，第383页。

鲁迅影像的艺术创制和鉴赏就表面而言是个体化实践，是主动的、特殊的、先行的，社会共识则承担着社会意识形态的统摄驱动职能，使鲁迅影像话语既充满生机活力，又不至于失范而无序。鲁迅影像的传播效果一般理解为其社会影响，亦即受传播者接受信息后，在感情、思想、态度和行为等方面发生的变化，信息共享、兴趣养成、审美愉悦、认同一致、态度改变都属于传播产生的有效结果。总体而言，鲁迅影像的传播效果是积极正面的，可以从多方面表现出来，业界的文艺奖项、受众的信息反馈、学界的文艺批评都是强化这种社会共识的方式以及体现和扩散社会影响的层次和层面。

一、业界：文艺奖项

文艺评奖旨在发掘更多好作品，为社会提供更加丰富的精神食粮，重要的文艺奖项是业界认可的标杆。"文艺评奖是正确体现党在新时期的各项方针政策和所提倡的文艺创作导向的重要手段，是繁荣具有中国特色社会主义文艺和引导、提高人们高尚的欣赏情趣的重要措施。"[1]奖励意味着肯定与提倡，1991年中共中央宣传部、文化部、广播电影电视部在《关于当前繁荣文艺创作的意见》中还特别提出："文艺评奖要十分注意导向性和权威性。评奖要符合提倡奖励的方向；要有明确的评奖标准和实施办法；评奖机构的组成要注意能反映出专家、领导、群众的各方面具有代表性的意见。力求导向正确，评判公正，奖励得当，努力把党的文艺方针政策具体地体现在各类文艺评奖之中。"[2]文艺评奖既要体现政策性与导向性，同时也要体现专业性和权威性，因此，文艺评奖也是文艺评论的形式之一，也应当以文艺评论为基础。没有建立在文艺评论基础上的评奖，产生不了大的影响，或者会有失公道。评奖制度也是批评的一种，各个奖项背后负载着文化资

---

[1] 魏天祥：《文艺政策论纲》，中共中央党校出版社，1993年，第181—182页。
[2] 《关于当前繁荣文艺创作的意见》，载于《人民日报》1991年5月10日第1版。

本的交融与碰撞,以便从政治性、艺术性与观赏性等不同维度做出价值判断并引导趋向。

影像艺术的评奖在中华人民共和国成立之后才进行,而鲁迅影像多数都获得过名目不同的奖项,列举如下:

(1)1956年,电影《祝福》,上海电影制品厂制作,导演:桑弧。编剧:夏衍。主演:白杨、魏鹤龄、李景波等。影片于1957年第10届卡罗维发利国际电影节获特别奖,1958年在墨西哥国际电影周获"银帽奖"。

(2)1958年,电影《阿Q正传》,长城电影制片有限公司、新新电影企业有限公司联合出品,导演:袁仰安。编剧:许炎、徐迟。主演:关山等。关山因在该片中的出色演绎于1958年第11届瑞士洛迦诺国际电影节获得最佳男演员银帆奖。

(3)1980年,电视剧《鲁迅和他的作品"故乡"》,中央电视台录制,导演:游本昌。该剧获得全国少年儿童电视剧一等奖。

(4)1981年,电影《伤逝》,北京电影制片厂制作,导演:水华。编剧:张瑶均、张磊。主演:王心刚、林盈。影片获1981年中国文化部优秀影片奖,1982年第2届中国电影金鸡奖最佳摄影奖、最佳剪辑奖。

(5)1981年,电影《阿Q正传》,上海电影制片厂出品,导演:岑范。编剧:陈白尘。主演:严顺开。严顺开因该片获得第6届大众电影百花奖最佳男演员。1982年,该片获第2届中国电影金鸡奖最佳服装奖。1982年,严顺开获第2届韦维国际喜剧电影节最佳男演员"金拐杖奖"。1983年,该片获葡萄牙第12届菲格拉达福兹国际电影节评委奖。

(6)1981年,话剧《咸亨酒店》,北京人民艺术剧院演出,导演:梅阡、金犁。编剧:梅阡。主演:李婉芬等。该剧获北京市1981年新创作剧目评奖创作一等奖、演出一等奖。

(7)1982年,4集电视连续剧《鲁迅》,浙江电视台录制,艺术顾问:于冠西、林辰夫。编剧:童汀苗、史践凡。导演:史践凡。主演:王宏海(少年鲁迅)、李冰、瞿翟、王若荔等。该剧获第3届全国优秀电视剧飞天奖特别奖、导演特别奖，第一届大众电视金鹰奖特别奖。

（8）1992年，电影《风雨故园》，中国儿童电影制片厂出品，导演：徐耿。编剧：陈述、王春灿、王云根。主演：杨溢、赵奎娥。影片获第12届中国电影金鸡奖最佳音乐奖。

（9）1994年，曲剧《阿Q梦》，编剧：陈涌泉。主演：杨帅学。该剧获河南省首届曲剧荧屏赛表演金奖。2003年4月，杨帅学获第20届中国戏剧梅花奖。2003年9月，该剧获第2届"全国国花杯中青年演员戏曲表演大赛十佳名丑"金奖榜首。

（10）1996年，曲剧《阿Q与孔乙己》，河南省曲剧团演出，编剧：陈涌泉。主演：杨帅学、邱全福、刘青。该剧1996年在河南省第6届戏剧大赛中荣获剧目金奖，同年参加文化部举办的第三届中国戏曲"金三角"（陕晋豫）交流演出，获"剧目奖"，2002年获得第十五届中国曹禺戏剧奖·剧本奖的提名奖。

（11）1998年，越剧《孔乙己》，杭州茅威涛戏剧工作室有限公司与浙江越剧团联合演出，编剧：沈正钧。导演：郭小男。主演：茅威涛、李沛婕等。该剧获第九届文华奖"文华新剧目奖"、第十届上海白玉兰戏剧表演艺术奖、第七届精神文明建设"五个一工程"奖等。

以上奖项列举并不完全，但总体而言，奖项或是针对演员的优异表现，如关山、严顺开、杨帅学、茅威涛等，或是针对电影制作的技术环节，如服装奖、摄影奖等；也有剧目本身的获奖，如《咸亨酒店》《阿Q与孔乙己》等。在这些作品中，也确实有许多第一，比如《祝福》是新中国第一部彩色故事片，《阿Q正传》主演关山是中国香港第一位在国际影展中获奖的男演员，上海电影制片厂出品的《阿Q正传》是第一部正式角逐"金棕榈奖"的中国内地电影，电视连续剧《鲁迅》是我国第一部传记体电视剧等。

电影奖项分为国际和国内两种，国际电影奖项琳琅满目，但除了奥斯卡金像奖之外，比较权威的奖项主要在三大A类电影节———戛纳国际电影节、威尼斯国际电影节和柏林国际电影节——中产生,如金棕榈奖、金狮奖和金熊奖。鲁迅影像中获得国际奖项的不多。相比之下,《祝福》虽然最早走出国门获奖,但受制于电影节本身的国际影响力不足,奖项的含金量不高,不过这毕竟是新中国获得的第一个电影国际奖项,具有极高的历史意义与价值。1981年电影《阿Q正传》成功获得多个国际奖项,虽然角逐金棕榈奖未果,但戛纳国际电影节影响力大,《阿Q正传》的亮相使得"文化大革命"之后的第一批优秀国产影片获得国际关注。

国内电影奖项主要有中国电影金鸡奖(简称金鸡奖)、大众电影百花奖(简称百花奖)两种。金鸡奖由电影界各类专家学者组成评委会进行评选,秉持"六亲不认,只认作品,八面来风,自己掌舵;不抱成见,从善如流,充分协商,顾全大局"的方针,看重艺术水平和艺术创新能力。首届金鸡奖在1981年举行,鉴于这一年是农历鸡年,故以"金鸡报晓"象征百家争鸣。百花奖是由中国电影家协会主办的《大众电影》杂志命名并举办的全国性群众影片评奖活动,寓意百花盛开,争芳斗艳。于1962年、1963年举办了两届之后,一度中断,于1980年复苏,以观众视角来评价当年中国电影创作与发展的境况,奖项由观众投票产生,可谓"观众奖"。然而,随着其他媒介手段的兴起,群众参与度发生了很大变化,百花奖"过去观众投票最多时曾达到1000万之众,1988年收回的观众选票却只有12万张"[①]。就电影而言,尽管金鸡奖和百花奖在一段时间内有高度的重合性,但毕竟还是代表了不同的分类。鲁迅作品改编的电影没有同时获得金鸡奖和百花奖的,说明鲁迅影像没有同时获得专家和大众的认可。《伤逝》精益求精,主要是画面的呈现获得业界认可。严顺开的出色表演为《阿Q正传》中规中矩的改编本增色不少,但影片本身并没有获奖,说明电影改编总体上还未能获得高度认可。大概因为鲁迅既为人们所熟悉,又有很多禁区,故事性匮乏而思想穿透力强,表现难度非常大,而无论如何表现,总是众口难调。

---

① 魏天祥:《文艺政策论纲》,中共中央党校出版社,1993年,第183页。

戏剧评奖在国内主要有"五个一工程"奖、白玉兰奖、梅花奖、曹禺戏剧文学奖等。其中,"五个一工程"奖为政府奖,主办方是中国共产党中央宣传部,主要选出能表达国家意志和政党意志的优秀文艺作品;曹禺戏剧文学奖是中国文学艺术界联合会与中国戏剧家协会联合主办的专为鼓励优秀剧本而设立的全国性奖项,在注重剧本的舞台性的同时,更强调剧本的文学性;中国戏剧梅花奖是为了表彰和奖励在表演艺术上取得突出成就、做出较大贡献的中青年戏剧演员,是新中国成立以来首创的针对戏剧演员的全国性奖项,在戏剧界举办最早、延续最长、影响最大;文华奖是文化和旅游部设立的用以奖掖专业舞台表演艺术的戏剧奖,它坚持导向性、公正性和权威性,推出了一批精品剧目,奖励了一批优秀人才,促进了剧团建设,推动了文化行政部门的工作。《咸亨酒店》和《阿Q与孔乙己》都曾获得剧目奖,二者的共同特点是不局限于鲁迅一部作品,而是将几部作品杂糅起来,重新编排戏剧。如此,既不完全受制于鲁迅原著,可以相对自由地发挥创作者的艺术个性,还不会落人口实,同时又因为以鲁迅作品为底色,可以借鲁迅之东风,保障作品具有相对较高的思想水准和艺术水平。杨帅学是河南省曲剧团的表演艺术家,1989年毕业于河南省戏曲学校曲艺表演专业,1994年因在曲剧《阿Q梦》中出色演绎了阿Q获得业界关注,后又在《阿Q与孔乙己》中担任重要角色。2002年,《中国戏剧》刊登了他的封面人物照片和评论文章《曲剧及杨帅学的阿Q情结》。2003年4月,他获得第20届中国戏剧梅花奖,也算实至名归。致力于创新与改革的越剧《孔乙己》获得三项文华奖:"文华新剧目奖"、导演奖、表演奖。茅威涛是尹派第三代传人,梅花奖得主,扮相俊美,气度非凡,却为塑造孔乙己甘愿自毁形象,用现代意识观照历史人物,在继承中有创新,深得观众喜爱。

奖项的颁发代表对影像的肯定,也是一种潜在的引导机制。"1978年全国优秀短篇小说评选,刘心武的《班主任》和卢新华的《伤痕》等获奖作品,引领了新时期'伤痕文学'创作的风潮;在1980年第二届全国青年美展上,罗中立的油画《父亲》获得一等奖,这是中国当代美术史上具有里程碑意义的作品；1982年中国电影金鸡奖最佳故事片奖和特别奖分别授予郑洞天导演的《邻居》和张暖忻导演的《沙鸥》，在一定程度上肯定并张扬了新时期以来中国电影的纪实美学潮流。"①就戏剧而论，获奖一方面树立了鲁迅题材舞台剧的高标，另一方面也激发更多人对此题材的兴趣和再创作欲望。特别是戏曲领域，鲁迅题材对戏曲改革的推动已成常态，戏曲现代化总会从此类优秀剧作中汲取启示和营养。就电影而论，获得国际奖项一方面说明影像制作达到很高的思想艺术水平，另一方面也说明国际影坛对鲁迅作品格外关注，通过影片印证和传播有关鲁迅乃至现代中国的基本认识。国内获奖意味着对影片艺术水准的肯定，事实证明，《伤逝》等成功的影像作品也因此进入电影史中，成为中国电影发展的标志性事件。

当然，文艺获奖也需要辩证对待。第一，近些年因为奖项泛滥，奖项的权威性和引导性大不如从前。一些制作单位从生产作品伊始就盯着大奖而忽视观众和市场，很多获奖剧目有名气无人气。再加上获奖过程中利益、业绩、人情等因素，使得一些文艺评奖活动背离了评奖的目的，也破坏了文艺生态。第二，文艺获奖仅仅代表业界肯定，并不能说明其传播接受的广度。以1983年飞天奖为例，电视连续剧《武松》以两倍于电视剧《鲁迅》的票数获得电视剧一等奖。由于《武松》故事的耳熟能详与水浒题材在电视剧中的精彩演绎，加之趁着武打片兴起的热潮，它与观众期待一拍即合。电视剧《鲁迅》的思想深度和忧患意识，在很大程度上无法迎合简单的娱乐性，属于思考性的人物传记性文艺剧，即使在剧目选择还不广阔的时候，其接受面也有限。

二、受众：信息反馈

受众是"接受信息转换的群众，原指演讲的听众，引入传播学后，泛

---

① 陈歆耕：《谁是"谋杀"文学的"元凶"》，复旦大学出版社，2012年，第255页。

指报刊、书籍的读者，广播的听众，电影、电视的观众"①，它是大众传播媒介的消费者和传播活动的积极参与者。一方面，媒介传播覆盖面越广，受众数量越庞大；另一方面，受众构成成分复杂，它由一个个有血有肉、有七情六欲的差异化个体构成，其差异因生理、心理以及职业习惯、文化素养的不同形成，也因政治、宗教、社团、党派等社会关系的影响形成，还会缘于某种文化规范的倡导。反馈是受众对传播的反应，受众反馈的具体情形比较复杂。对影像作品而言，读者来信、上座率（收视率、票房价值或衍生文本的销售量等）、评论文章等，都能反馈一定的效果。网络时代到来之后，反馈渠道在多样化的同时也悄然发生改变，读者来信日渐减少，网络博客、微信和电话等方式则显著增加，成为主流。

读者来信曾是比较常见的影像反馈方式。1981年为纪念鲁迅诞辰百年上映了故事片《伤逝》《阿Q正传》《药》以及纪录片《鲁迅传》，读者通过来信表达看完影片之后对鲁迅的敬仰以及学习与继承鲁迅精神之决心。这是一种比较典型的读者来信。观影感受常见于中学生作文。《作文通讯》在1982年出了《纪念鲁迅诞辰一百周年特辑》，其中影评剧评部分收录了4篇作文，分别是郑磊的《看话剧〈阿Q正传〉》、杨可明的《什么是真正的"药"》、毛世红的《电影〈药〉观后……》、韩冬越的《电影〈伤逝〉观后》，并附有评语。时为初一学生的郑磊随母亲在北京展览馆剧场看了话剧《阿Q正传》后，在作文中写道："看了这个剧后，我真觉得阿Q可怜、可气又可悲！但遗憾的是：八十年代的今天，仍然有阿Q式的人物！"②文章触及纪念鲁迅、公演《阿Q正传》的意义。有关《药》的影评，指导老师评语主要着眼于写作技法与文章结构，但影评本身更倾向于思想认识，毛世红写道："看完这部电影，我总有一种说不出的感受，不知是气愤还是悲伤。其原因，一是中国人民在封建制度压迫下如此的愚昧、麻木，一是夏

---

① 中国大百科全书总编辑委员会：《中国大百科全书·新闻出版》，中国大百科全书出版社，2004年，第292页。

② 郑磊：《看话剧〈阿Q正传〉》，载于《作文通讯》1982年第2期。

第四章 批评与传播：鲁迅影像的社会影响

瑜等革命党人的革命行动不为群众所理解，单枪匹马地与反动势力斗争，结果遭到失败。"①这是优秀的中学生作文对鲁迅影像传播的反馈信息。当然，这些不过是寥寥可数的例子，因为受众多且分散，读者来信经过报刊编辑的选择，学生作文经过语文教师的批阅，是挑选出来的代表，是主流和整体性反映。

20世纪90年代以后，网络平台的开放、博客空间的流行，使得观演感受得到更为方便的交流。文艺批评家和文艺爱好者自发写就的观后感也是观察传播效果的重要渠道。电视纪录片《先生鲁迅》播出之后，很多观众通过网络上的博客空间来抒发感受。列举如下：

> 曾几何时自己也是个爱看《快乐大本营》，爱看偶像剧，喜欢关注明星，喜欢了解明星八卦的小女生。假期里无意间看了纪录片《先生鲁迅》，一下子唤醒了自己潜藏的国民意识和忧患情感。
>
> 看第一集的时候是为了考察自己的文学功底，怎么说自己也是个老文科生，鲁迅先生的文章在当学生的时候就接触了很多，包括他的个人情况和家庭背景，以及他每一篇作品的社会背景。所以看第一集的时候，听到了很多熟悉的内容，为了验证自己的记忆，在不知不觉中看完了第一集。但看完了第一集后就迫切地想多了解他，在好奇心的驱使下竟一口气看完了这个专题的四集系列片。鲁迅先生本出生在大户人家，家室的衰败，国事的动荡，使得他有了一双"夜的眼睛"。最让我振奋的是，让我本已"休眠"的心有了"复活"的动力。②

网友"假如爱有天意2046"感慨：

---

① 毛世红：《电影〈药〉观后……》，载于《作文通讯》1982年第2期。
② 亚茗：《看纪录片〈先生鲁迅〉有感》，http://blog.sina.com.cn/s/blog_7c1fef130100t41j.html。

最近一段时间，借着重看电视纪录片《先生鲁迅》，我又重新开始更详细地阅读鲁迅先生，我重新获得了很多新的发现。①

网友"山高为峰"看完该片之后，写下《七律——观电视纪录片〈先生鲁迅〉有感》：

新学辟元先锋将，济世华章一杆枪。
绵里藏针犹呐喊，怒中挥笔不彷徨。
运交华盖叹沉浮，文讽时弊慨沧桑。
书生意气民族魂，励志万代有绝响。

或许在浩如烟海的网络文字中，这些缺乏专业性和学理性的感触并不会引起研究者特别的关注，然而，对于影像而言，哪怕只能影响一个观众，都算完成了它的传播功能。何况在一个众口铄金、众口难调的文化多元化时代，真假黑白往往湮没在八卦、猜疑与炒作之中，一个纪录片能得到这样的受众反馈，也算不枉费制作者的苦心。

网络使得受众反馈更加便捷和多样化。除了博客，豆瓣、猫眼评分也值得关注。以豆瓣为例，豆瓣评分主要由注册用户给一到五星后，再由计算机自动完成1到10分的换算。豆瓣注册用户有一亿多人，多数是普通观众，其分数虽然不比奖项，但却是青年人选择观看与否的重要参考。这当然无法避免"水军"的作假，不过有人说过，豆瓣打分高的不一定好看，但低分就真是烂片；也有人建议6.3分以下的不考虑观看，得分达到7.3就进入了好片行列。豆瓣平台上，1981年电影《阿Q正传》是8.8分，上海电影制片厂拍摄的越剧电影《祥林嫂》8.6分，《伤逝》6.9分，《祝福》8.4分，受众反馈还是不错的。当然，如果与播放数量结合起来看，鲁迅影像仍有

---

① 假如爱有天意2046：《跨越时空的思念——想念鲁迅先生》，http://blog.sina.com.cn/s/blog_48eb57670100go5c.html。

曲高和寡之感。

  影像收益或上座率、收视率是影像传播的数字化体现。1983年，电影《阿Q正传》在香港上演，"票房收入高达一百六十余万港元，仅次于上座率居于首位的《西安事变》"。电影放映后不久，香港话剧团在香港大会堂剧院分别于10月18日至24日以及11月6日至12日演出了话剧《阿Q正传》，共计18场演出，公演前半个月，所有戏票便一售而空。[①]1998年11月6日，越剧《孔乙己》在沪演出，引起轰动。此后，这部越剧改革的标志性作品在全国十几个城市巡演达60余场。1999年8月19—22日在香港文化中心大剧院演出4场，作为香港文化中心10周年庆节目。当然，不能简单地以上座率或者票房衡量传播效果。首先，电影商业化之后，文艺片票房一般都不高，甚至很惨的也有，电影《鲁迅》的拷贝卖出不多就是证据。其次，在影片资源不够丰富的时代，即使平庸的影片也会有较好上座率。最后，上座率与鲁迅的话题热度不无关系，与其引发的创新性探索不无关系，与演员的票房号召力不无关系。而先锋话剧虽然上座率还不错，但往往因为是小剧场演出，就算名满天下，其观众数量是非常有限的。之所以强调票房的有限性，是希望警惕唯市场与票房是瞻，并不是排斥和反对票房本身。《祝福》《阿Q正传》等影片赢得不少观众的追捧。《先生鲁迅》等电视纪录片的收视数据没有获取渠道，不过因为其播放的时段是比较重要的黄金时段，加之所属栏目的收视率在同类节目中比较高，传播效果理当不弱。

  当然，传播的有效性最终应该体现在受众价值观念、情感结构、行为方式等方面的转变上。但实际上，传播效果又是复杂的，一方面，受众反馈具有延迟性与间接性，对传播的即时性帮助不大。另一方面，强权制度保障下，信息来源越单一，效果越显著；文化多元时代，在多种文化思想和娱乐方式的竞争中，影响的弱化势所必然。更主要的是，影像并不是万

[①] 顾文勋：《陈白尘在港与观众、演员见面：〈阿Q正传〉备受港胞欢迎》，载于《戏剧通讯》1983年第11期。

能的,要想在影像信息与受众态度行为转变之间建立必然的因果关系,未必能使人信服。这并不是否定鲁迅影像可能具有的积极作用,也不是否定各种读后感、观后感的真诚性,而是强调精神性建构和文化性传播应该是一种循环往复而又螺旋上升的行为机制,拍几部好电影固然重要,但仅仅靠几部电影还远远不能完成任重道远的民族精神建构任务。

三、学界:文艺批评

批评本身就是传播,文艺批评是围绕文艺作品展开的一系列分析、研究和评价,其目的是让公众及艺术家知道批评家分析的观点和进行的价值评价。[①]当文艺批评把艺术作品转换为分析、诠释和评价的文本形态,即把艺术图像或旋律、音乐主题转换为阐述文本时,传播载体向文字转换的过程就是一种实践传播。

多数鲁迅影像的出现都伴随着文艺批评的关注。以《阿Q正传》为例,许幸之、田汉版本的剧本《阿Q正传》出来之后,即刻就有批评家对之进行关注,如欧阳凡海的《评两个阿Q正传的剧本》、何剑熏的《论阿Q正传的改编和出演的失败》、林榕的《阿Q正传与其剧本》,此外许幸之自己编纂的《中法剧社首次公演特刊〈阿Q正传〉》也值得一读[②]。总体而言,第一,评论文章更青睐于田汉版本的改编,认为许剧不如田剧。欧阳凡海认为,原因在于许剧只能抓住阿Q性格最明显处,通过复述方式生硬而不自然地表现,而且前后不协调还有破绽,因为"许君不甚了解原著中的情节,不甚了解阿Q底环境与阿Q周围的人,结果任意创造人物,将原著中的情节为要穿插上的便利而加以割裂或歪曲。而在人物的穿插上,他由于不了解阿Q周围的人物而忽视了他们独自的存在性……所以也不能将阿Q及其

---

① 李倍雷、郝云:《艺术批评原理》,南京大学出版社,2014年,第268页。
② 许幸之将演出研讨会以及排演思路、分幕说明等编成《中法剧社首次公演特刊〈阿Q正传〉》,其中一些也在报刊上发表。

第四章　批评与传播：鲁迅影像的社会影响

周围的人物加以合理的编制，就不能不易致组织上的失败"①。而田汉版本人物的出场都有合理的组织，每个人都有存在价值，是相对成功的剧作。林榕则以为二者皆优越于陈梦韶的版本，各有千秋，田剧在技术上优于许剧，而许剧在结构上优于田剧，但二者的人物和意义都不深刻。②第二，文章都提及《阿Q正传》改编为舞台剧的困难。第三，忠实与否并未成为评判的最终标准，陈梦韶版本忠实于原著，却不如原著，第二幕和第四幕的结尾尤其失败，是文学作品而非编剧剧本，只是将原著改编为对话而已，成为原著的对话版本。田汉版本与原著出入最大，最成功的是第五幕。第四，对演出的批评。1938年10月19日，看过话剧《阿Q正传》之后，何剑熏对该剧提出了四点批评：公式主义的流毒，典型的混乱，对于现实不能正确地把握，妇女问题。除了最后一点是舞台上妇女的装束与举止不适合之外，主要是思想内容批评，其中不乏精彩之处，比如田汉因为在阿Q身上找不到说教的机会，便生硬抓出狂人，而狂人是一个人道主义者，他的上场破坏了戏剧的统一和秩序。③此后，电影《祝福》《阿Q正传》《伤逝》《药》《鲁迅》以及话剧《咸亨酒店》《故事新编》《无常·女吊》《大先生》等都受到文艺批评家的高度关注，相关的批评文章密集出现，成为学术圈的焦点话题。而且有些影像持续成为学术研究对象，比如电影《祝福》剧本发表之后，1956年黄钢便发表了《读"祝福"电影剧本》，直至近些年还不时有以该影像为题目的研究文章出现，如2012年饶樊莉的《从小说〈祝福〉到电影〈祝福〉》、2014年陈伟华的《〈祝福〉的电影改编与1956年前后中国电影的题材选择倾向》、2017年王毅的《"重复"的隐喻：从小说到电影的〈祝福〉》等。这些文章或在新的理论视野刺激下寻求新的解读方式，或以历史维度的引入点面结合对改编取向进行整体观照。文艺批评的

---

① 欧阳凡海：《评两个阿Q正传的剧本》，载于《文学》1937年第9卷第2期。
② 林榕：《阿Q正传与其剧本》，载于《文学集刊》1944年第2期。
③ 何剑熏：《论阿Q正传的改编和出演的失败》，载于《时代文学（重庆）》1938年第2期。

及时跟进或者持续关注不断挖掘影像的文化意义或历史价值,批评实践本身就不断传播和深化影像的影响力。时至今日,谈到鲁迅影像而不谈电影《祝福》、谈及改编历史而不谈电影《祝福》几乎可视为专业缺陷,故而,因创作优秀而被研究关注,因研究关注而带来良好声誉,已然形成一种良性循环。

  由于专业文学批评学术化、专业化程度高,理论性与思辨性强,加之鲁迅本身涉及的历史知识、文化知识以及政治问题非常复杂敏感,因此,艺术家也希望听到批评家的意见,通过批评家的评价反观作品,反思并提升创作能力。除了阅读批评文章,艺术家与批评家还有面对面的交流,主要以座谈会的方式进行。许幸之在《阿Q正传》上演前后召开文艺界座谈会,从会议记录看,与会人员包括陶亢德、吴仞之、唐弢、周黎庵、汪馥泉等,另有许广平、赵景深、东方曦等人的专题文章。这次座谈会以文艺界人士为主,但多数人都以批评家意识进行评判。新时期以后,鲁迅影像座谈会主要在文创人员与鲁学研究者之间进行,文创人员以倾听为主,专家的意见表达较为充分。1981年电影《伤逝》《药》上演之后,为了探讨把鲁迅先生搬上银幕的成败得失,8月11日—13日,中国电影评论学会、北京电影制片厂、《电影艺术》编辑部,联合召开了"鲁迅作品电影改编座谈会"。应邀到会的有专门从事鲁迅研究的专家、研究人员、电影理论工作者、北京电影制片厂领导和两部影片的编剧、导演等40余人。会议由中国电影评论学会会长钟惦棐主持,大家对影片《伤逝》《药》进行了细致深入的思想、艺术分析,两部影片的导演介绍了创作体会。[①]一个月后,随着话剧《咸亨酒店》的演出,中国戏剧家协会召开《咸亨酒店》座谈会,戏剧界、文艺界和研究鲁迅的单位代表有50余人参加,中国戏剧家协会主席曹禺主持会议。座谈会以电影改编为中心议题,联系具体改编文本以及演出

---

① 本刊记者:《忠于原著 有所创造——鲁迅作品电影改编座谈会纪实》,载于《电影艺术》1981年第10期。

效果，进行学术探讨。①此后，召开这样的座谈会成为鲁迅影像制作团队的传统。1991年12月12日，中国儿童电影制片厂厂长陈锦俶及导演徐耿携反映鲁迅少年时代的电影《风雨故园》与北京大学的专家、学者及博士、硕士和本科生进行了座谈。②2005年电影《鲁迅》放映之后，上海电影集团、北京鲁迅博物馆、《文艺报》和《电影艺术》杂志联合举行电影《鲁迅》的评片会。鲁迅研究专家朱正、人民文学出版社编审王培元、中国艺术研究院研究员童道明、中国艺术研究院电影电视艺术研究所所长丁亚平、北京大学中文系教授孙玉石、中国社会科学院文学研究所研究员张恩和、剧作家丁云、澳大利亚学者寇志明、著名画家裘沙等纷纷就影片的价值与局限进行评点。话题有点儿散漫，但肯定大致集中于影片以革命家为主线，以虚实结合的方式为手段，塑造了一个可亲的鲁迅形象，批评则多集中于作为文学家的鲁迅没有得以充分表现，影片没有体现出鲁迅爱的胸襟，图解的东西多，缺乏内在的感人的力量。③众多重量级学术研究者集体出席，这个座谈会学术分量和级别都很高，毕竟这是第一次在银幕中展示鲁迅先生的故事，无论是制作团队还是学术研究者都视为要事，高度重视。不过，很多座谈会仅仅以文化消息的方式出现，座谈过程与内容未能得以完整展现，参与者虽然能与现场的文创人员直接交流，但未在场的学习者未免有不过瘾的感觉。因此，比较完整的会谈记录是比较可贵的，比如多媒体音乐诗剧《民族魂·鲁迅》的座谈会就以专题发言的方式比较完整地保留了专家意见。这是南京艺术学院电影电视学院为了纪念抗日战争胜利70周年而创作的多媒体音乐诗剧，陈捷编剧，王婷导演。戏剧围绕鲁迅为萧红的《生死场》写序展开，艺术形式上整合了话剧、舞蹈、音乐、多媒体等艺术形式。该剧于2015年9月25日上演，引发媒体、业界、学界的关注。《南

---

① 申艺：《中国剧协召开话剧〈咸亨酒店〉座谈会》，载于《剧本》1981年第10期。
② 王童：《〈风雨故园〉闯北大校园》，载于《电影评介》1992年第5期。
③ 葛涛：《电影〈鲁迅〉的价值与局限——电影〈鲁迅〉评论会综述》，见《上海鲁迅研究2005·冬》，上海文艺出版社，2006年。

京艺术学院学报（音乐与表演）》约请了专家、主要编创人员以及崔永元、毕飞宇等针对该剧的时代意义、创作思想、艺术手法等进行交流，以期推动校园文艺创作的繁荣。[①]这种座谈会或者专题发言既不同于新闻资讯中的猎奇或浅尝辄止，也不同于学术论文因为理论性和专业性过强而门槛太高，面对面交流中的互动性以及专题讲话中的切实感能呈现出明显的争鸣与探讨的气息，有利于改编者、研究者从多角度思考问题，进行提升，也可辐射至普通受众，提升其认知与观赏水平。

20世纪90年代以后，随着媒体技术的突飞猛进，文学批评也进入各类媒体构成的公共空间，其影响力随着媒体传播的扩大而扩大，从而影响公众的阅读状况和审美取向。与此同时，媒体批评的迅速崛起与文艺批评形成竞争态势。媒体批评具有平面化、大众化的特点，相对于学院派批评对生产、创作层面的关注，它更注重受众层面的消费与市场运作。无论是豆瓣中的影评、剧评，还是个人博客空间的零散评论，或者是各大网站中的文化专题、论坛跟帖，媒体批评以其时效性与亲民性构成大众批评空间。不过，这并不能取代传统文学批评（学院派批评）的价值。毕竟媒体批评侧重于现象、作品以及作家的新闻价值，让它的批评对象"被一种现代的潮流、现代的新鲜感、现代的呼吸和现代的气氛所包围"[②]。这使得媒体批评常常有阅读准备不足的随机性与盲目性，同时受主流意识形态制约和受众时尚趣味规范的非独立性，以及逻辑与理性被忽视导致的判断失误。而学院派批评以其高度专业性、学理性和逻辑思辨的客观性正好弥补了媒体批评的不足，也成为媒体批评借鉴与引证的论据。特别是对于争鸣话题，学院派批评意见就更为可贵。在众声喧哗、众说纷纭中，创作者和文化素质较高的受众也往往希望从学院派批评中获得启示。比如越剧《孔乙己》引

---

① 刘伟冬、张承志、崔永元、毕飞宇：《多媒体音乐诗剧〈民族魂·鲁迅〉创作批评谈》，载于《南京艺术学院学报（音乐与表演）》2015年第4期。
② 阿尔贝·蒂博代著，赵坚译：《六说文学批评》，生活·读书·新知三联书店，1989年，第12页。

发的争议有:越剧《孔乙己》是不是姓"越"?茅威涛该不该演孔乙己这一人物?越剧《孔乙己》是不是鲁迅的《孔乙己》?再如张广天导演的话剧《鲁迅先生》引发的争议有:鲁迅先生该不该高唱《国际歌》?是不是一场装腔作势的"革命秀"?这出民谣清唱史诗剧是艺术创新还是"乱炖"?艺术创新总是在质疑与尝试中砥砺前行,学院派批评对这些问题的及时介入与争论活跃了思想,激发了思维的活力,并创造思想交锋与理性对话的自由空间。这并非指他们针对问题给出了答案或者态度一致的判断,恰恰相反,学界内部也是有分歧的,但其分歧建立在明确的学理性中,有时候看似相反,但也并不抵牾。就像对于话剧《鲁迅先生》,有人致力于说明鲁迅的革命观,展示话剧鲁迅与现实鲁迅的巨大差异;有人则致力于说明鲁迅的社会责任感,以证实鲁迅可能具有的政治态度。其实二者并无根本分歧,无非是前者更重历史,后者更重现实意义。《文艺理论与批评》专门开辟了《〈鲁迅先生〉争鸣录》,编者谈道:

> 2001年4—5月,民谣清唱史诗剧《鲁迅先生》在北京儿童剧场隆重上演……该剧采用全新的形式,将35mm电影、木刻效果的动画、现代民间音乐、传统管弦乐队、民间曲艺以及话剧朗诵等多种因素融会贯通,在拓宽了的舞台观演空间中,一反80年代以来消解鲁迅的思潮,重新塑造了"从启蒙到革命"的鲁迅形象……在文艺界、思想界引起了广泛争议,围绕该剧的主题思想和艺术形式,不同立场和观点的人们在不同场合展开激烈交锋。这些交锋绝不限于对一部戏剧作品的评论,而且深刻而鲜明地呈现着思想的分化和时代分歧。①

这些争议经过媒体集中之后,对扩大该剧影响、消除受众疑虑、扩大

---

① 编者按:《〈鲁迅先生〉争鸣录》,载于《文艺理论与批评》2001年第5期。

思想交锋等有良好效果。再如越剧《孔乙己》，专家们虽然各有所云，但对该剧的探索基本是持肯定态度的："这出戏在上海戏剧界、文艺界引起了极大的反响，是对上海戏剧界的挑战。首先，这是一次非常大胆的、'犯规'的戏曲变革尝试，创作者倾注了极大的勇气、热情、想象力……这台戏又是一次高水准的改革，比起袁雪芬同志40年代带领雪声越剧团在上海演《祥林嫂》和五六十年代上海越剧界男女合演，这次对剧坛的震动也许要更大一些，这是越剧面向新世纪进行的一次革命性的、综合性的变革。"[①]评论者跳出原著限制，从越剧改革的历史进程对该剧艺术探索的价值与意义给予了高度评价。

总之，鲁迅影像的社会效果离不开传播机制，从政令性到民间性再到市场性，多样的传播形态奠定了鲁迅影像的社会影响；密集的新闻报道、花絮、图片新闻以及富有争议的影像话题形成文化热点，对公众价值观和审美进行引导；文艺评奖、受众反馈以及文艺批评则多向度体现了传播渠道与效果。值得注意的是，在媒介技术高度发展的今天，所有的传播都立体化、开放化，具有对话性，网络鲁迅有别于课本以及论文，并不仅仅是影像。受众从两方面获取作品意义，一是作品本身，二是自我赋予，期待视野决定了受众对作品内容和形式的取舍标准，决定了其对作品的基本态度与评价。只有作品内容与期待视野良性融合，才能产生更好的传播效果。

---

① 戴平：《我看茅威涛演〈孔乙己〉》，见《聆听戏剧行进的足音：戴平戏剧评论选》，上海远东出版社，2013年，第122页。

结　语

结 语

鲁迅影像经过90余年历程，记录了现代中国不同历史时期对鲁迅及其作品的阐释与理解，从某种意义而言，鲁迅影像也经历了历史风云的洗礼，凸显出与现代中国休戚与共、荣辱相随的价值与意义。梳理鲁迅影像的发展历程，也是抚摸一段现代文化的表述方式，令人百感交集。近一个世纪、上百部的鲁迅影像不是一个个孤零零的艺术作品，而是与文本互补、与研究互补的影像体系，"通过文字符号限定鲁迅影像的范畴和内涵，又通过视像扩展了鲁迅形象"[1]，不仅在建构鲁迅形象、传播鲁迅文化方面更为立体、全面与鲜活，而且在鲁迅研究思维的转变、文化资源建设与利用、国际文化交流方面有额外的价值与意义。

一

对鲁迅及其文本价值的不断拓展与深化是鲁迅研究的根本目的，鲁迅研究是现代文学研究中的显学，也是当代中国的学术高原。然而，"愈是学术高原，研究的难度就愈大，就愈难以寻找新的学术生长点。研究空间的有限性导致了研究中的过度阐释，也导致研究选题和学术思想的重复和雷同"[2]。在某种意义上，鲁迅研究的基本立场和格局已然僵化，也渐渐脱离了

---

[1] 陈力君：《史料拓展与"鲁迅影像"的建构》，载于《文艺研究》2014年第7期。
[2] 张福贵：《鲁迅研究的三种范式与当下的价值选择》，载于《中国社会科学》2013年第11期。

时代话题，趋向书斋化与学究性。如何寻找鲁迅与时代的契合点，发掘鲁迅的当下性，成为拓展鲁迅研究的学术生长点。

随着视觉文化的冲击，鲁迅影像越来越高频率地出现于公众视野，由其引发的话题也成为新的学术研究论题。鲁迅影像与鲁迅学术史不是简单的包容和替代的关系，鲁迅学术史的研究成果会部分体现于影像中，但影像还有很多超越学术领域的部分，不仅是生活场景与历史背景的还原，也包括脱离"原材料"率性发挥后的独立性，从而吸引了学者多方面的挑剔或争议。近些年，以鲁迅影像为研究对象的硕博论文越来越多，硕博论文代表着学科发展的最新进展。此外，更多学者涉足该领域，写出高质量的论文，如陈力君的《史料拓展与"鲁迅影像"的建构》、卓光平的《论当代传记电影中的鲁迅影像建构》、孙淑芳的《鲁迅与戏剧》、《比较视域下鲁迅小说的戏剧改编得失》、《鲁迅小说的戏剧改编的媒介转换意义》、董炳月的《鲁迅形影》等，鲁迅影像的跨学科性、跨媒介性、精英文学与大众文化的交集性激发出众多论题。研究主要集中在三个方向：一是从改编角度审视影像得失，主要与原著对比发掘被修改的话语或从艺术表现入手体会形象化呈现的韵味。因为影像文化在兴起之初，叙事功能不强，很多时候都是通过改编小说的方式获得良好的文本基础，夏衍改编的《春蚕》如此，《阿Q正传》的若干改编也有此意义。对鲁迅影像的数次改编，其成功与失败都为改编学本身积累了宝贵的经验与教训，甚至成为生动的案例与教材。二是发掘被遮蔽或忽视的历史资料，追踪影像形成过程中各种力量的博弈，把影像艺术与历史事实、时代需求相联系。三是考察鲁迅形象在影像历史中的建构与变化，将时代话语与形象建构相结合。无论哪一个方向的研究都特别看重鲁迅影像的意识形态作用或被意识形态改编的细节，同时，大众文化也渐渐成为意识形态之外被关注的话语力量。历史意识进入该领域研究中，《阿Q正传》的改编史、演出史以及鲁迅形象变迁史等都成为鲁迅文化传播与接受历史的有机构成。电影史和改编史等相关研究也会涉及鲁迅影像，虽然并不着重从鲁迅精神角度研究，但将其放置于中

结 语

国影像发展与改编理论的形成发展与实践中，依然具有非常重要的案例价值。因此，"在鲁迅形象的塑造和传播过程中，以影像为载体的传播方式扩充和改写着鲁迅形象原型，不同时代背景、不同政治立场和不同文化观念因影像塑造和传播的特殊介质而变得更为复杂。如关于鲁迅电影改编的曲折与滞涩，关于鲁迅传记电影拍摄的艰难和受阻的痛苦经历，关于众多鲁迅传记片的各种意见的强烈碰撞和激烈讨论，都远远超过了文字建构的鲁迅形象本体。在越来越多的鲁迅影像表达中……都在传播鲁迅形象、阐释鲁迅精神和解读鲁迅原型意义上拓展了文字建构的鲁迅世界及鲁迅研究领域"。[①]鲁迅影像作为鲁迅研究对象，具有影像普及性、导向性、直观性、娱乐性的特点，在跨媒介制作与传播中，涉及多方社会力量参与博弈，在鲁迅文本的客观性之外，熔铸了历史性与当下性的多方话语，跨越多种学科范畴与理论体系，具有文本研究之外的广阔空间；同时，鲁迅影像作为影像研究对象，"鲁迅"二字赋予其改编特质和高度的历史、文化、思想含量，艺术载体转化的先行探索，启蒙性、现代性与艺术表现之间的离合关系，同类研究对象中具有的典型性，是其影像研究的特质。在影像研究范畴，相对于"影像"而言，"鲁迅"较为次要与边缘，不必背负沉重的"学术高原"压力，成为另一领域的研究重镇。

除了对鲁迅研究领域的扩展，影像制作本身也是一种学术催化剂。它体现在两个方面，一是与影像相关的历史资料整理；二是影像制作过程的记录以及导演报告等。以前者为例，1976年纪念鲁迅诞辰95周年、逝世40周年，上海电影制片厂拍摄大型纪录片《鲁迅战斗的一生》，摄制组要到鲁迅到过的地方收集资料，并进行图像采集。厦门大学立刻召集中青年研究者编撰鲁迅在厦门的资料汇编，包括陈梦韶在内的工作人员和摄制组一起开了几场座谈会，也趁着这个契机，厦门大学完成了关于"鲁迅在厦门"的基础研究，后来福建电视台拍摄的电视文学纪录片《鲁迅在厦门》就以

[①] 陈力君：《史料拓展与"鲁迅影像"的建构》，载于《文艺研究》2014年第7期。

当年的研究成果为脚本。① 以后者为例，1961年筹拍电影《鲁迅传》虽然未能成功，相关人员却详细记录了主要研讨会的内容，留下了有关电影《鲁迅传》创作过程的详细史料，成为后来多篇研究文章的立论基础。②1981年电影《伤逝》与1998年越剧《孔乙己》成功后，围绕它们的改编阐释，也留下许多珍贵的资料，如罗艺军、徐虹的《水华访谈录——影片〈伤逝〉的创作及其他》，其中不仅有很多重要的历史资料，也涉及影片拍摄的细节处理手法，对电影改编、电影语言、电影民族化、技术处理等亦有很大启发。郭小男的《关于〈孔乙己〉演出创意的导演报告》则展示了导演在主题理解、人物设计、色彩与服饰等环节的整体构思的创造性。当然，以上成果首先是建立在演创人员的研究基础上的，但由于它们很多是演创过程的一手资料，属于研究的基础资料，因此其学术价值主要体现于史料性方面。当然，除了史料，影像制作过程中有时候还会生产出学术产品。未能成功拍摄的《鲁迅传》留下了几十万字的资料，部分资料在被整理出来之后发表，如赵丹整理的《鲁迅形象初探》发表于1961年6月21日的《中国青年报》上，后经整理补充，以《鲁迅形象塑造的初步探索——创作笔记之一》为题发表于《电影艺术》1961年第4期。《光明日报》1961年12月26日发表《范爱农及其悲剧——电影〈鲁迅传〉人物琐谈之一》，1962年3月13日发表《王金发之死的教训——电影〈鲁迅传〉人物琐谈之二》，4月3日发表《魔怪章介眉一生——电影〈鲁迅传〉人物琐谈之三》等。此外，《鲁迅传》采访札记发表了近百篇，其中《关于鲁迅在辛亥革命时期几个史实的辨正》刊于《学术月刊》，《鲁迅在广州时期的若干史实》初刊于1961年9月21日—22日的《光明日报》，次月由《新华月报》全文转载，《鲁迅

---

① 林宗熙：《从鲁迅纪念室到鲁迅纪念馆》，见《南强情怀》，厦门大学出版社，2012年，第30—34页。

② 诸如李新宇的《1961：周扬与难产的电影〈鲁迅传〉》（载于《东岳论坛》2009年第3期）、葛涛的《塑造鲁迅银幕形象背后的权力政治——以〈〈鲁迅传〉座谈会记录〉为中心》（载于《新文学史料》2010年第1期）、吴凑春的《传记的艺术规定性：剧本〈鲁迅传〉创作过程的还原及思考》（载于《现代传记研究》2017年第2期）等文章都以该资料为主要依据。

结　语

和创造社交往的两点史实》刊于《上海文学》1962年第7期,《鲁迅和陈延年的会见——电影〈鲁迅传〉采访札记》刊于1962年4月10日的《羊城晚报》。这些衍生的学术产品仅仅围绕影片涉及的历史人物和历史事件,或考证,或解析,虽然不一定有很高的学术研究水平,但一则涉及鲁迅生活史实的辨析,二则也体现创作人员力求忠于历史的创作态度。

另外,鲁迅影像制作常常有学者参与协作,对学者特别是青年学者确定研究兴趣、确立研究方向有极大的帮助。厦门大学青年学者帮助《鲁迅在厦门》剧组整理资料后,就一直跟随剧组,将鲁迅作为自己的研究对象。众多硕士生撰写鲁迅影像论文,以此作为跨入学术门槛的第一步,如同作家的处女作,必然为今后的学术生涯留下印记,无论以后是否还研究鲁迅,对鲁迅的关注都将在今后的学术生涯和工作中产生作用。

鲁迅影像丰富了鲁迅研究的层次,延展了鲁迅研究的广度。"对于鲁迅的研究从来就不是单纯的个体作家分析,而是对其人其文所表征的一种文化属性的理解;对于鲁迅研究的评价也从来不是一种单纯的学术史的评价,而是与一个时代的价值取向相关联的社会评价。中国文学、文化的变化,都能从中得到某种程度的体现。"[①]在中国现代文化史上,鲁迅的形象意义甚至远远超过了鲁迅本身,而跨越不同媒介、载体、符号的鲁迅影像既是鲁迅研究的视觉化体现,又进而成为鲁迅历史性与当下性的研究对象。这种交叉互成的关系构成的复杂性与生成性冲击了鲁迅学术史的基础和既成格局,其内在的价值立场、知识框架和表述方式超越文本范畴,或公开或隐秘的对话性或悖论性成为持续吸引研究者的耐人寻味的议题。

二

鲁迅的思想文化具有惊人的丰富性、鲜明的政治性、强烈的现实性,

[①] 张福贵:《鲁迅研究的三种范式与当下的价值选择》,载于《中国社会科学》2013年第11期。

"囊括了哲学思想、政治思想、伦理思想、美学思想、教育思想等等，共同构成了一个博大的思维世界，积淀成了一座经得起持续开发的宝藏"[①]。现代文化建设与文化资源的利用息息相关，随着文化产业的发展，鲁迅作为文化资源被迅速利用与开发。无论是围绕咸亨酒店的民俗旅游文化开发，还是以鲁迅纪念馆、鲁迅故居为核心的爱国主义文化基地，都将浙东水乡风情、民国名人风范、近现代中国文化发展结合，在风光、民俗、饮食之外，鲁迅故居或纪念馆作为重要的文化地理坐标进入众多旅游者的行程安排。不过，最早开发鲁迅文化资源的还是影像制作，这些在鲁迅及其作品基础上生成的文化衍生品不仅传播了鲁迅文化，而且形成新的经典。以电影而言，《祝福》《伤逝》《鲁迅》都是中国电影史上可圈可点的经典影片；就电视纪录片而言，《先生鲁迅》一定会是鲁迅题材纪录片的高标；以话剧而论，《咸亨酒店》《故事新编》《无常·女吊》一定是新时期戏剧发展史的标新立异之作。新的经典也凸显优秀的演创人才，虽然鲁迅影像的演职人员本身就十分优秀，不过，创作团队与优秀作品之间是相生相成的关系，优秀作品离不开好的创作团队，而创作团队的最佳状态也需要优秀作品的激发与唤醒。在某种意义上，白杨之所以为白杨，除了她在话剧舞台上的贡献，除了《一江春水向东流》中的素芬，《祝福》中的祥林嫂已然成为她的代名词；袁雪芬之所以知名，也源于越剧《祥林嫂》的成功演出；而严顺开的阿Q则是他塑造最成功的角色。经典影像在鲁迅纪念馆、鲁迅故居轮流播放，绍兴按鲁迅作品打造的水乡风情，使得鲁迅及其作品以立体、形象的方式向大众普及。

抛弃艺术表现不言，鲁迅及其作品饱含的文化容量和思想深度能从根本上提升影像的品质，奠定良好的题材基础。直到今天，也鲜有类似《阿Q正传》《祝福》这样让我们贴近辛亥革命前后的农民日常生存状态和思想意识的影像作品，想到这里，更觉得鲁迅的宝贵。影像真实还原了当时的

[①] 陈漱渝等：《颠覆与传承——论鲁迅的当代意义》，福建教育出版社，2006年，第286页。

结 语

生活气息和时代氛围，具有史料价值，故而后来的鲁迅纪录片中都大量剪辑了《阿Q正传》《祝福》等电影镜头作为解说时代背景或文学作品的补充。鲁迅并不钟爱传统戏曲，《社戏》可以说是他告别传统戏曲的表白，他后来也提到不能忍受嘈杂的剧院环境，但戏曲却从鲁迅及其作品中获益良多。鲁迅作品被改编为越剧、川剧、绍剧、评剧、曲剧、滑稽剧等多个剧种，其中越剧和曲剧成就最大。戏曲之获益至少有两个原因，第一，鲁迅作品充满浓郁的浙东水乡风情，当年袁雪芬听了祥林嫂的故事就觉得鲁迅所描写的人物，所反映的生活环境和浙东的风土人情，似乎历历在目，太熟悉了，似乎看到母亲、外婆和邻里妇女一辈子逆来顺受、听天由命的影子。地域与人物的亲近感、巨大的同情心使她毅然选择演出。一旦越剧取得成功，其他剧种也就纷纭而上。第二，戏曲改革亟待题材更新。戏曲改革已经不满足于移步换形，要想跳出历史题材的限制，就要依靠现代小说这块跳板。鲁迅及其作品由于具备人文关怀、现代意识以及成熟度和知名度，再加上之前的成功尝试，自然成为戏曲改编的选择目标。

当然，戏曲改革获得质的提升并非仅仅因为选择了现代题材，其根本在于主题的现代性。传统戏曲多写才子佳人和大团圆，无非是富贵功名、因果报应的主题。而越剧《祥林嫂》表现一个普通的农村妇女为争取坐稳奴隶地位苦苦挣扎而不得；越剧《孔乙己》感慨知识分子的价值失落，塑造孔乙己人格意识的传统文化已如日落西山，"孔乙己"们陷入被时代抛弃的无奈中；曲剧《阿Q与孔乙己》插入关于"一块钢洋"的情节，也是历史转折时期对唯利是图的社会风气的影射；越剧《鲁迅在广州》表现鲁迅与许广平的师生情缘以及在革命与反革命斗争中的勇敢行为；豫剧《风雨故园》从女性主人公角度唱出的《小蜗牛》唱段剖析朱安的心理活动，充满对历史转折期无爱婚姻中无辜女性的同情。这些戏曲虽然仍然是唱念做打的程式化表演，但无论是舞台人物还是戏剧主题，都与传统戏曲大相径庭。平凡世界的普通男女成为戏曲主角，历史转折时期的文化变动、心理意识的复杂性与日常性、对人性的关注与同情成为戏剧主题，人物的悲剧性命运、历史的曲折性发展取代了传统的大团圆结局。这些现代品质的提升既源于鲁迅文本超前的现代意识与创作手法,也来源于鲁迅生活经历中文化思想问题的个性化体现。总之,鲁迅及其作品为二次创作提供了良好的资源,思想起点高,人物典型性强,地方风味浓郁,作品的高度成熟性是二次创作成功的重要保障。

戏曲改革不仅是题材、内容与主题的变革,也是舞台表演艺术的勇敢探索。与思想主题的现代性相应和,鲁迅题材戏曲的艺术探索性很强。越剧《孔乙己》是文化含量很高的作品,鲁迅原作为舞台品味奠定了基石,编剧的巧妙构思体现在意象设计别出心裁、词采隽永上,导演则围绕文化衰落的痛苦感进行舞台设计,茅威涛杂糅多种表演艺术对封建末世文化人格进行把握,共同促成一部好戏。形式与内容密切关联,主题的现代性带动导演与表演环节打破传统和惯例,鲁迅题材成为戏曲改革的首选。上海昆剧团排演小剧场戏曲《伤逝》(2003),对此,上海昆剧团团长蔡正仁说:"我想《伤逝》的出现并非'心血来潮',亦非偶然,是我们勇敢地向'现代戏'领域的一次'挑战',至少该戏的实践是很值得的艺术探索。"[①]用小剧场艺术形式拉近与观众的距离,既保持戏曲的鲜明特色,又轻柔、优美、忧伤。河南沼君戏剧创作中心打造小剧场豫剧《伤逝》,演员用豫剧鲜明唱腔再现"五四"时期两个青年男女的爱情过程,涓生的扮演者盛红林时而演涓生,时而跳出角色,旁白、演员合二为一。这些舞台探索在鲁迅题材中显得特别理所当然。

此外,戏曲改革提升了戏曲地位,培养了年轻观众。戏曲脱离现实生活,其观众群体也比较老年化。上海京剧院曾搞过"京剧走向青年"的活动,《曹操与杨修》这样具有现代意识的人性剖析在学生中产生共鸣。越剧《孔乙己》文化含金量高,对今天具有某种联想、启迪和警示意义,有些观众看了两三遍,个别人看了五六遍,其中有些人还买了光盘。茅威涛说:

---

① 冯果:《我看昆曲〈伤逝〉的演出》,载于《艺海》2003年第3期。

结　语

"最佳对象是大学生，我每到一地只做两件事，除演出之外便到大学里去做报告，介绍越剧艺术。"[①] 越剧《孔乙己》的改革引发争议，而叫好不迭的恰恰以中青年观众居多。河南戏曲通俗热闹，有生活、有观众，但粗了些、直了些，鲁迅作品思想厚重、内涵丰富，陈涌泉的改编将观众定位于大中学生、知识分子、工人群体，开拓了城市市场，争取了年轻观众。小剧场豫剧《伤逝》反映的是冲破封建、勇敢追求自由，无论是舞台表演形式还是思想观念都易于年轻观众接受和认同，现场有观众表示："如果不是因为结局是悲剧，真是被前面他们美好的爱情给虐了一把。"[②]

戏曲对鲁迅题材的改编成为戏曲改革成功的重要现象，而一部成功的剧往往也能提升剧种的艺术地位。20世纪40年代，袁雪芬等人成功改编的越剧《祥林嫂》提升了越剧在艺术界的文化地位。90年代以后，每一次鲁迅题材戏曲的上演都反映出戏曲界在现代性与现实性方面的努力，在文化传承与文化创新中的跋涉与进步。

影像的社会属性决定其具有意识形态作用，具有文化意义和教育价值。现如今，影像作为艺术媒介和传播媒介深入日常生活的方方面面，教育层面自然也离不开以影像为中心的媒介教育和实践教育。优秀的鲁迅影像就是优质的教育资源，不仅饱含丰富的文化历史信息，而且其形象价值和审美机制也能提高受教育者的视觉素养。歌剧《伤逝》中的片段进入了音乐教材，《祝福》成为电影改编教学中的常用案例，教材作为学习的主要材料和教学的主要依据具有重要的典范作用，无论中小学语文教学还是大学文学教学，鲁迅影像辅助教学资源都已经屡见不鲜。所不同的是，中小学除了文本理解，更侧重学生的思想教育，大学则注重文学素养以及文化思想的培养。中学语文课堂中，一位语文老师讲鲁迅小说《祝福》时，在课堂

---

① 引自穆凡中：《漫话越剧〈孔乙己〉》，见《相看是故人》，作家出版社，2014年，第166页。

② 戏缘：《悲剧也虐狗：小剧场豫剧〈伤逝〉拯救鲁迅最动情的名篇》，http://www.sohu.com/a/211511123_487298。

上播放了电影《祝福》，并给出思考题：是谁造成了祥林嫂的悲剧？让同学们写观赏电影后的感受。学生作文中生动记录了20世纪80年代学校包场看《阿Q正传》，同学们七嘴八舌讨论的情景。①在大学中文系，鲁迅是中国现代文学史课程的重要内容，在讲授《阿Q正传》时，有教师会选择在课堂上为学生放映由严顺开主演的电影，认为对学生了解作品的大概情节、把握主要人物的性格，甚至对激发他们阅读原著的兴趣都会有一定的帮助。在电影放映的过程中，学生情绪跟随影片中的人物或喜或悲，其效果远远好于简单地复述小说情节。②另一位教师则表示，电影资料对现代文学的教学有一定帮助作用，尤其适合身处快餐式文化环境中的学生。电影所具有的直观性对阅读习惯较差的一部分学生而言，能在一定程度上引发他们的兴致。③笔者本人也在戏剧教学中使用鲁迅影像资源，在先锋戏剧的讲授中询问学生怎么改编《故事新编》，并选用了林兆华的《故事新编》介绍先锋戏剧的发展情况。此外，在现代文学史课程中选用电影《阿Q正传》，并特别提醒通过对土谷祠做梦环节的思考来理解阿Q的革命。鲁迅影像也是实践教学的材料。大学的社团活动或者剧团演出会选用《阿Q正传》等现成剧本进行表演，同时也有学生剧团在教师的指导下进行创作改编和演出的一体化活动。深圳大学对《铸剑》等篇目的改编取得了良好的成绩。2015年9月，为纪念抗日战争胜利70周年，南京艺术学院演出的《民族魂·鲁迅》是该校师生共同合作的成果。鲁迅影像成为极好的艺术实践的成果。

需要补充的是，学校教育是一种正式教育，不仅要使受教育者识文断字，具备一定的学习能力，还要培养受教育者的现代公民意识，使其具有社会责任感、审美能力和历史意识。鲁迅作品往往成为语文教育、历史教

---

① 吴咏梅：《剪报的乐趣》，见《中国中学生分类·获奖·中考作文选评库——获奖文》，中国方正出版社，1996年，第131页。
② 李圣：《在高校〈现代文学〉教学改革中如何运用多媒体课件》，见《"高教强省"探索与实践——高教科研究2008》，黑龙江人民出版社，2009年，第565页。
③ 刘梦琴、陈香珍、王桂平：《浅谈现代文学教学改革与学生阅读兴趣的培养》，载于《教育与职业》2008年第11期。

育以及思想政治教育的教材，对这些教材的学习，除了传统的讲授法，多媒体教学也进入课堂之中，鲁迅影像自然也成为一种丰富课堂教学、拓展知识领域的重要教育资源。此外，校园是鲁迅影像生产和传播的重要阵地。青年对鲁迅的喜爱带着赤子之情，他们把鲁迅作品搬上舞台，《铸剑》是他们比较偏爱的改编作品，这种作品中有青年人的懵懂与血性、神秘与敬畏。鲁迅被称为青年人的精神导师，他热爱青年，有很多青年朋友，青年人也由衷地敬爱他。对传统与惯例的反叛，对自我人格的确立，是鲁迅与青年之间的精神认同。因此，鲁迅影像的艺术探索都倾向于在大学校园中寻求共鸣。能否获得青年人的认同是鲁迅影像成功与否的重要参照标准。

三

1936年7月21日，鲁迅为《呐喊》捷克译本作序："这在我，实在比译成通行很广的别国语言更高兴。我想，我们两国，虽然民族不同，地域相隔，交通又很少，但是可以互相了解，接近的。"① 在研究者看来，"这显示了鲁迅独特的文学传播立场：不是通过积极靠拢西方主流文学而谋取世界级作家的地位，而是希望经由文学作品的互译，达到各国民众之间的精神交流，尤其为实现世界弱小国家与强权国家的平等地位寻找精神的盟友"②。鲁迅的文学传播立场是寻求同声相应的传播对象，不过，鲁迅的国际影响和世界意义已经超越了鲁迅设定的理想。世界上大约有四五十个国家、六七十种语种翻译出版了鲁迅的著作，他的作品与事迹被改编成剧本，搬上舞台。"三十年代初期，苏联曾改编和上演过《阿Q正传》。剧中的阿Q参加了广州起义，所以演出时题名改为《阿Q在广州的街垒上》。日本在五十年代初上演田汉改编的《阿Q正传》；还有人将它改编成日本的'新国

---

① 鲁迅：《〈呐喊〉捷克译本序言》，见《鲁迅全集（第六卷）》，人民文学出版社，1981年，第524页。

② 王家平：《鲁迅域外百年传播史：1909—2008》，北京大学出版社，2009年，第1页。

剧'、话剧和歌剧。日本剧作家霜川远志从一九五六年开始还编写了《藤野先生——仙台的鲁迅》(后经改写更名为《眼里人》)和《东京的鲁迅》、《绍兴的鲁迅》、《北京的鲁迅》、《上海的鲁迅》等五个剧本,七十年代将五个剧本合在一起出版题名《戏剧·鲁迅传》。一九七四年以来,日本'世代'剧团在三百多所高级中学演出了《阿Q正传》和《眼里人》,观众达三十万人之多。"① 根据《艺术通信》1946年12月7日的报道,高丽大学剧艺术研究会从1946年12月15日到19日表演鲁迅的《阿Q正传》。这次表演的作品由尹世重担任翻译,安英一担任导演,阿Q等各种角色由31个人担当。② 可见,国外鲁迅影像是鲁迅传播的特殊体现。

日、韩、苏联、法、美等多个国家都有过关于鲁迅题材的舞台演出,其中,日本的鲁迅影像最为丰富。霜川远志的《戏剧·鲁迅传》着眼于日本人对鲁迅的保护,也塑造出一个多情的鲁迅,他的剧本中不仅有朱安与许广平登上舞台,而且虚构出几段恋情。剧本大胆想象,也不完全顾及历史真实,相较于国内无一字无来处的创作环境而言,自然是自由舒展了不少。剧本的演出针对中学生,观看人次达到十余万,观戏者不仅可以免费观戏,还可以免费获得剧本,带走内容丰富的剧目介绍等,是一次完整的民间鲁迅的传播与推广。③ 话剧《远火——鲁迅在仙台》以鲁迅仙台留学经历为题材,对鲁迅和藤野先生的交往过程以及鲁迅时代的仙台进行了合理想象,非常可贵的是将鲁迅同时置于启蒙者与被启蒙者的双重立场,幻灯片事件使鲁迅发出质问:"当大夫就能从旧中国脱出来吗?""演剧,救不了没饭吃的人,饿肚子得病的人,光给他看戏能高兴吗?"他对医学救国和文艺救国都开始怀疑。④《上海月亮》是日本剧作家井上厦于1991年创作

---

① 陈金淦:《鲁迅研究的历史与现状》,江苏教育出版社,1986年,第220页。
② 朴宰雨:《鲁迅在韩文世界》,见《上海鲁迅研究2011·秋》,上海社会科学院出版社,2011年,第131页。
③ 董炳月:《鲁迅形影》,生活·读书·新知三联书店,2015年,第177页。
④ 姜异新:《不是医生,是"病痛"——由〈远火〉再谈鲁迅的"弃医从文"》,载于《鲁迅研究月刊》2007年第1期。

的剧本,以鲁迅在上海的避难经历为线索,描述鲁迅在日本友人的帮助下医治牙病与失语症,最后放弃日本之行,留在上海用笔杆子继续战斗。该剧的鲁迅可爱亲切、幽默风趣,而且"对强硬的、违背人性的国家体制有清醒的认识,并在思想上和行动上,站在了体制的对立面,一直对国家对个人的压制予以无情的揭露和批判"。①这些剧作有两个特点:一是以鲁迅与日本的联系为主要题材,或者是鲁迅在日本的生活经历,或者是鲁迅与日本友人的交往联系,对于鲁迅思想的形成,同时代的日本起到很大作用。鲁迅也有内山完造等很多日本朋友,是日本学者最关注的中国作家,鲁迅的生活经历与人生抉择均有日本近代文化的背景。二是补充了国家民族之外的话语形象。启蒙者视角、国民性劣根批判思想与"哀其不幸,怒其不争"态度是国内鲁迅影像的基本定位,日本影像中的启蒙者与被启蒙者的双重定位以及"非国民性"形象的出现都丰富与拓展了对鲁迅的认知,更凸显鲁迅的世界性视野与影响。

由于鲁迅的世界影响,鲁迅也成为中国对外交流的文化名片。鲁迅影像的形象性与艺术化能跨越语言障碍,自然成为文化交流的首选。这种交流常常以两种方式进行:一是优秀影像走出国门。1956年,彩色故事片《祝福》率先走出国门,摄制组一行去苏联参加了首映式,获得苏联文艺界和苏联观众的好评。中日邦交恢复之后,鲁迅成为两国文化交往的重要内容。电影《药》上映后,1982年,剧组在日本访问,播放了影片并获得日本朋友的好评。此外,先锋戏剧《故事新编》在比利时进行文化交流,歌剧《狂人日记》1994年6月首演于荷兰阿姆斯特丹。二是中外艺术家在鲁迅影像题材方面的合作。上海话剧艺术中心与加拿大史密斯·吉尔莫剧团合作演出肢体剧《鲁镇往事》,中日艺术家共同打造先锋戏剧《鲁迅2008》,2017年12月,波兰导演格热戈日·亚日那(Grzegorz Jarzyna)用国际语言新编《铸剑》。在某种程度上,鲁迅成为一种跨越民族和国界的文化符号,

---

① 张立波:《国家战争体制下的"非国民"——〈上海月亮〉中的鲁迅》,载于《鲁迅研究月刊》2013年第2期。

通过影像获得共同的交流方式与渠道。

鲁迅是一个具有国际影响力的伟大作家，不仅是中国人民也是世界人民的共同精神资源。对鲁迅及其作品的不断演出与拍摄本身就是一种解读经典、对话经典的积极文化态度，是一种不断吸收和学习现代文化资源、不断生长的态度。鲁迅影像走出国门自然是鲁迅文化的魅力与精神辐射的体现，也是我们这个民族在特定时代的文化输出，是文化交流与文化对等姿态的具体体现。

四

别林斯基（Vissarion Grigoryevich Belinsky）曾盛赞普希金："普希金不是随生命之消失而停留在原有的水平上，而是要在社会的自觉中继续发展下去的那些永远活着的和运动着的现象之一。每一个时代都要对这些现象发表自己的见解，不管这个时代把这些现象理解得多么正确，总要留给下一个时代说一些什么新的、更正确的话，并且任何一个时代都不会把一切话都说完。"[①]对现代中国而言，鲁迅永远是与这片土地及民族血肉相连的鲜活存在，历史已经言说了很多，今后还将不断地说下去。由于受制于时间与资料，国外的鲁迅影像基本未纳入本书的研究范畴，只是作为目录收编。不过有些已经步入国内的国外表演团体，他们的鲁迅影像具有更有意味的内容，一方面说明鲁迅在域外的传播，另一方面也是宣传他们的鲁迅。比如日本表演团体到中国表演《远火——鲁迅在仙台》，将鲁迅的成长与日本留学体验密切联系，特别是日本国内良善的民间气息，其实传递着鲁迅作品以外的东西。只是时间仓促，加之缺乏现场观感，只靠二手资料，这样的研究毕竟带有捕风捉影的意味，所以笔者同样放弃了这类影像。

有人以为，和莎士比亚相比，鲁迅影像的制作在数量与质量上都有所

---

① 冯春：《普希金评论集》，上海译文出版社，1993年，第30页。

结 语

不及。这是客观事实,但是不能以此否定鲁迅影像的成绩。鲁迅小说并非莎士比亚式的剧作,不是所有切入现代人精神困惑的优秀作品都适合影像表达,比如卡夫卡《变形记》《城堡》,我们不能因此否定其艺术成就和对人类文化的重大贡献,同时也不能因为它不适合影像呈现就否定已有的努力。对于鲁迅影像而言,重要的不是要超越莎士比亚或是别的,而是能否以独有的艺术形式表达我们这个时代的鲁迅。由于鲁迅的丰富性与矛盾性,每一种阐释可能都有遗憾,但每一种有遗憾的阐释叠加起来,就是时代变迁的身影以及鲁迅文化的丰富性。

鲁迅影像在鲁迅研究中处于边缘地位,因为在学界看来,它只是阐释和传播鲁迅精神的一种方式。然而,随着鲁迅离我们生活的时代越来越远,尽管鲁迅的问题在今日还存在,大众层面的接受方式与表达习惯也发生了变化,鲁迅不应该是书斋中封闭的研究对象,他要在时代的对话中获得真正的重生与发展。就这个方面而言,鲁迅影像为我们留下了非常珍贵的"活的鲁迅"的身影。"鲁迅作品中原有的文化内涵被吸收或部分吸收了进来,重新结构后的剧作又产生出一些原作中所没有或不是十分确定的新内涵,固有内涵与新内涵又彼此叠加、互映,更造成作品多维的观测面。"[①]当散文化的鲁迅话语改造为诗化的舞台话语,越剧《孔乙己》就既是鲁迅作品,又不是鲁迅作品了。它利用了鲁迅作品的分散意象,但却合成了另外一种集体意象。鲁迅作品留在读者记忆里的印象与观剧印象相叠加,于是更增加了此剧的主题多义甚至主题歧义成分,也就增加了品味时的层次感。[②]不仅越剧《孔乙己》如此,所有的鲁迅影像都有此特点。相比于原著,鲁迅影像应该是一个相对独立的艺术作品,虽然有对原著的依附性,但更有影像语言独特的创造性与想象力。每一个经典影像都为鲁迅提供了

[①] 廖奔:《从鲁迅作品意象到越剧〈孔乙己〉》,载于《文艺理论与批评》1999年第3期。

[②] 廖奔:《从鲁迅作品意象到越剧〈孔乙己〉》,载于《文艺理论与批评》1999年第3期。

一层绚丽的色彩，若干年来鲁迅影像层层叠叠地叠加，鲁迅早就不是一个客观的存在个体，而是这个民族这些年来经历的心路历程。

由于时间的仓促，资料准备的不足，本书还有很多方面未来得及展开。作为我们时代不可或缺的珍稀的文化资源，鲁迅及其作品确实体现出非常强劲的再生产能力，不仅是从文本到影像的转变能力，更关键的是，它激活了地方戏曲，尤其是越剧，使这种习惯才子佳人题材的剧种具有现代人文精神与思考，提升了地方戏的现代性，成为地方剧种在探索革新道路上的推动力。地方剧种最缺的就是与之契合的剧本，鲁迅作品浓郁的地方性、半新半旧的人物以及深沉的现实思考为地方戏剧的革新提供了良好的题材。越剧因此富有典型时代和地域氛围的生活场景，关注现实人生和现实生活，获得文化地位的提升。根据鲁迅题材改编的地方戏非常多，而尤其以越剧和豫剧最为成功。其实，鲁迅虽以浙东地区为小说主要背景，然而其人物与事件具有高度的概括性与象征性，即使换个地域，也未尝不可。鲁迅小说进入戏曲，这是戏曲界在自我革新过程中有意义的尝试。

此外，鲁迅艺术手法与思维方式的不拘一格，往往为舞台艺术探索提供了有益的启示。《故事新编》是鲁迅的实验之作、先锋之作，这部不同寻常的小说本是鲁迅站在20世纪初对中国历史和古代神话做出的人文思考。这种先锋性的创作为实验戏剧提供了良好的平台，对《故事新编》的改编无不充满艺术探索的痕迹，需要编导者有强大的艺术创新能力，而小说本身的天马行空、信手拈来、似笑而非，也极大地刺激了作家内在的表现欲望。中国先锋戏剧长期以模仿西方为主流，在民族化的道路上行进艰难。对鲁迅作品的改编极大增强了先锋戏剧民族化表现手法的多样性，打通了先锋性与民族性之间的连接通道。因为鲁迅本身就是一个高度现代性的文化人物，他的思考也充满特有的现代人的理性与困惑，以鲁迅为题材的戏剧很难在循规蹈矩的创作中获得满足。因此，萧红的哑剧《民族魂鲁迅》从一开始就在手法上表现出特别的新意。可以想见的是，鲁迅还会不断被言说，在舞台上，在银幕中，这些被言说的鲁迅在手法上还会更丰富、更

结 语

有创造性，不断为影像语言提供新的样本和典范之作。

"鲁迅"具有文化资源的再生产力，更具有学术资源的生产力。由于鲁迅的生活与作品联系中国近现代最复杂与动荡的年代，涉及政治、文化、教育等多个层面，每当进行鲁迅影像拍摄的时候，创作团队就会前往学术界中寻求已有的研究资料与成果。这往往也对学术研究本身提出了很多新的课题。此外，鲁迅影像自身因为与鲁迅相关，也成为鲁迅研究的新的学术生长点，在青年学者中尤为明显。我们从近些年博士与硕士毕业论文中，越来越多地看到对鲁迅影像研究的关注，这当中也出现了一些比较有价值的、在意识形态影响方面挖掘较深的研究成果。

最后，值得一提的是，鲁迅影像本身的史料价值也已经开始凸现。第一，因为鲁迅纪录片本身就使用大量文献资料，每一部鲁迅纪录片都采编了大量文字资料和照片资料、历史信息，并通过阐释使其活起来。例如1981年《鲁迅传》用特写镜头拍下鲁迅珍藏的陈赓画的苏区地图，图片本身就具有非常强的史料价值，足以证明鲁迅对苏区的基本了解。电视纪录片采访过大量与鲁迅有直接接触的历史人物和鲁迅研究专家，现场访谈虽然经过了后期剪辑，但随着当事者的去世，其口述资料愈显珍贵。第二，很多影片本身已经将鲁迅影像作为资料引用，比如电影《祝福》《阿Q正传》的经典片段往往在相关纪录片中穿插引用。同一影像中不同时代影像的相互印证补充，不仅使得讲解更为生动，还使得之前的影像具有了史料价值。第三，几乎每一部鲁迅影像都具有一定的热点与话题，在影像档案或史料编撰中，它的历史性、纪实性与档案性相结合，所以，每一次鲁迅影像都不会简单沿用原来的图片，而是对旧的资料进行新的拍摄。

遗憾的是，仓促之中还有很多资料没有来得及整理和提炼，好在学术研究是一个没有终止的过程，笔者将持续关注鲁迅影像的生产与传播，也由衷希望更多的鲁迅影像在当下产生，与鲁迅对话，让鲁迅鲜活起来，丰富鲁迅文化，也为鲁迅精神的传播带来新鲜的气息。

参考书目

参考书目

［1］葛涛：《鲁迅文化史》，东方出版社，2007年。

［2］周海婴、周令飞：《鲁迅是谁？》，金城出版社，2011年。

［3］许幸之：《中法剧社首次公演特刊〈阿Q正传〉》，中法剧社，1939年。

［4］王烨：《国民革命时期国民党的革命文艺运动（1917—1927）》，厦门大学出版社，2014年。

［5］金宜鸿：《新中国文艺政策与中国当代电影发展》，世界图书出版广东有限公司，2014年。

［6］倪振良：《落入满天霞——白杨传》，中国文联出版公司，1992年。

［7］沈鹏年：《行云流水记往》，上海三联书店，2009年。

［8］许纪霖、罗岗等：《启蒙的自我瓦解：1990年代以来中国思想文化界重大论争研究》，吉林出版集团有限责任公司，2007年。

［9］洪宏：《苏联影响与中国"十七年"电影》，中国电影出版社，2008年。

［10］中国电影出版社：《祝福（从小说到电影）》，中国电影出版社，1959年。

［11］尹永杰、丁晓燕：《绍兴与中国电影》，中国电影出版社，2012年。

［12］姜德明：《书叶集》，花城出版社，1981年。

[13] 章力挥、高义龙：《袁雪芬的艺术道路》，上海文艺出版社，1984年。

[14] 丁景唐：《中国新文学大系1949—1976：第十九集 史料·索引卷1》，上海文艺出版社，1997年。

[15] 曹聚仁：《书林又话》，上海书店出版社，1999年。

[16] 徐妍：《新时期以来鲁迅形象的重构》，安徽教育出版社，2008年。

[17] 孟京辉：《先锋戏剧档案》，作家出版社，2000年。

[18] 李六乙：《李六乙纯粹戏剧：剧本集》，人民文学出版社，2001年。

[19] 巫岭芬：《夏衍研究专集（上、下）》，浙江文艺出版社，1990年。

[20] 鲁迅：《鲁迅全集》，人民文学出版社，1981年。

[21] 寿永明、王晓初：《反思与突破：在经典与现实中走向纵深的鲁迅研究》，安徽文艺出版社，2013年。

[22] 董炳月：《鲁迅形影》，生活·读书·新知三联书店，2015年。

[23] 广东鲁迅研究学会：《鲁迅的当代意义》，广东人民出版社，2002年。

[24] 曾庆瑞：《守望电视剧的精神家园（第2辑）》，中国传媒大学出版社，2005年。

[25] 魏天祥：《文艺政策论纲》，中共中央党校出版社，1993年。

[26] 陈漱渝等：《颠覆与传承——论鲁迅的当代意义》，福建教育出版社，2006年。

[27] 王家平：《鲁迅域外百年传播史：1909—2008》，北京大学出版社，2009年。

[28] 古斯塔夫·勒庞著，冯克利译：《乌合之众：大众心理研究》，中央编译出版社，2000年。

[29] 陈建华：《"革命"的现代性——中国革命话语考论》，上海古籍

出版社，2000年。

［30］约翰·菲克斯著，杨全强译：《解读大众文化》，南京大学出版社，2001年。

［31］H. R. 姚斯、R. C. 霍拉勃著，周宁、金元浦译：《接受美学与接受理论》，辽宁人民出版社，1987年。

［32］米歇尔·福柯著，张廷琛、林莉、范千红等译：《性史（第一、二卷）》，上海科学技术文献出版社，1989年。

［33］P. 布尔迪约、J.-C. 帕斯隆著，邢克超译：《再生产——一种教育系统理论的要点》，商务印书馆，2002年。

［34］程季华：《夏衍电影文集》，中国电影出版社，2000年。

［35］乔治·布鲁斯东著，高骏千译：《从小说到电影》，中国电影出版社，1981年。

［36］丁荫楠：《一笔豆腐账——丁荫楠导演艺术档案》，中国电影出版社，2010年。

［37］纪维周、纪燕宁、纪燕秋：《鲁迅研究书录》，书目文献出版社，1987年。

附　录

附 录

国内部分

一、话剧

（1）1928年4月，陈梦韶将《阿Q正传》改编为六幕话剧《阿Q剧本》。1929年3月，此剧本修改润色后由厦门新文艺出版社出版，1931年10月上海华通书局出版单行本。该剧本1928年由厦门双十中学学生新剧团演出，吴剑秋扮演阿Q，李焕之扮演小尼姑。

（2）1934年8月19日，袁牧之改编的话剧剧本《阿Q正传》在其主编的《中华日报》副刊《戏》周刊上连载，署名袁梅。1935年，因《戏》周刊夭折，剧本没有刊完。

（3）1937年2月，许幸之将《阿Q正传》改编为六幕话剧，刊登于《光明》半月刊第2卷第10—12期（1937年4—5月）。单行本于1940年8月由中法剧社出版，光明书局发行。该剧1939年7月15—30日由中法剧社在上海辣斐花园大剧场公演，许幸之亲自导演，王竹友饰阿Q。

（4）1937年3月，杨村彬、朱振林改编三幕剧《阿Q正传》，同年5月由北平剧团演出，导演朱振林，李卫饰演阿Q。

（5）1937年5月，田汉改编的《阿Q正传》（五幕话剧）刊登于《戏剧时代》第1、2期，1937年由戏剧时代出版社发行单行本，1939年5月改由现代戏剧出版社出版。

（6）1940年夏，香港文化界为了筹备"鲁迅先生六十诞辰纪念大会"，特邀请萧红创作了鲁迅题材的戏剧，即四幕哑剧《民族魂鲁迅》，这是最早在舞台上塑造鲁迅形象的剧本。冯亦代、丁聪、郁风、徐迟等参照萧红剧本改编的删减版于8月3日在香港上演，鲁迅由银行职员张宗占扮演。萧红剧本于1940年10月21—31日在香港《大公报》副刊连载。

（7）1956年，上海人民艺术剧院演出独幕剧《起死》，编导吕复、凌琯如。

（8）1956年，南薇将《阿Q正传》改编为滑稽剧，大公滑稽剧团在上海群众剧场演出。

（9）1956年10月，《文艺月报》发表黄佐临改编的短剧《阿Q的大团圆》，上海电影制片厂演员剧团演出，应云卫导演。

（10）1961年，为纪念鲁迅诞辰80周年，上海人民艺术剧院演出《鲁迅作品片断》，导演黄佐临，编剧王炼、屈楚。该剧根据《狂人日记》《对于左翼作家联盟的意见》《为了忘却的记念》《答托洛斯基派的信》等几部作品改编而成。

（11）1979年，六幕话剧《霜天晓角》由上海戏剧学院舞美进修班演出，导演吴仞之，编剧周端木、曹路生、吴新嘉。

（12）1981年，话剧《鲁迅与瞿秋白》由贵州省话剧团演出，编剧林钟美、王呐，发表于《创作》1982年第1期。

（13）1981年，陈白尘将《阿Q正传》改编为七幕话剧，中国戏剧出版社出版，同年由中央实验话剧院、江苏省话剧团、内蒙古话剧团分别在北京、南京、呼和浩特演出。

（14）1981年，梅阡创作四幕话剧《咸亨酒店》。该剧糅合了《阿Q正传》《长明灯》《狂人日记》《药》《明天》《祝福》等小说中的情节与人物，北京人民艺术剧院排演，导演梅阡、金犁，编剧梅阡，主演朱旭、张瞳等。该剧获北京市1981年新创作剧目评奖创作一等奖、演出一等奖。剧本发表于《收获》1981年第3期。

（15）1981年，宁夏话剧团四场话剧《药》，编剧李乐、姚克平，导演王志洪，原名为《人血馒头》。

（16）1981年，浙江话剧团演出《梦幻》（六场话剧），该剧表现鲁迅在广州的生活，编剧童汀苗、骆可，剧本发表于《东海》1979年第12期。

（17）1981年，上海青年话剧团演出十场话剧《地狱边沿的曼陀罗花》，编剧程浦林，导演杜冶秋，任广智扮演鲁迅。剧本发表于《新剧作》1981年第4期，该剧取材于1925年"女师大风潮"。

（18）1996年，刁亦男将《阿Q正传》改编为舞台剧《阿Q同志》，该剧未公开演出，但其演出大纲可见于孟京辉《先锋戏剧档案》一书。

（19）1997年，浙江话剧团演出无场次话剧《呐喊》，童汀苗编剧。

（20）1998—2001年，深圳大学艺术学院编演实验话剧"故事新编"三部曲。《故事新编之铸剑篇》1998年10月首演，后参加了上海国际小剧场戏剧节；《故事新编之出关篇》2000年9月首演，后参加了广州国际小剧场戏剧节；《故事新编之奔月篇》2001年10月首演，后参加了上海国际小剧场戏剧节。

（21）2000年10月，林兆华改编的话剧《故事新编》在北京南城一间破旧车间的煤堆上进行内部演出。八个演员（京剧小生江其虎、话剧演员李建义、现代舞演员王玫等）以念白、舞蹈、歌唱等形式演绎了《故事新编》中的《铸剑》《理水》《采薇》《奔月》等故事，林兆华担任总导演，易立明兼任导演和舞美设计。该剧后来在北京北兵马司剧场正式公演（2003年1月），以后又举行了访日公演（2003年11月）。

（22）2001年4月，中央实验话剧院首演"民谣清唱史诗剧"《鲁迅先生》，张广天编导并兼任作曲。

（23）2001年5月，话剧《鲁迅》在北京排演，李六乙戏剧工作室与北京市文化局艺术制作中心联合主办，导演李六乙，主演陈小艺、吴刚。

（24）2001年8月，北京人民艺术剧院首演了小剧场话剧《无常·女吊》，郑天玮编剧，王延松导演。该剧根据《无常》《女吊》《伤逝》《在酒楼上》《头发的故事》等多部小说改编而成。

（25）2001年8月，大型历史话剧《孔乙己正传》首演，古榕导演。

（26）2004年10月20日至30日，辽宁鞍山市艺术剧院在北京人民艺术剧院小剧场演出九场小剧场话剧《圈》，崔智慧导演。该剧根据《阿Q正传》《药》改编而成。

（27）2004年，中央实验话剧院和中国青年艺术剧院联合制作先锋话剧《阿Q同志》，并举行公演，编剧黄金罡。

（28）2006年5月，为纪念鲁迅先生诞辰125周年，聊城大学"5566"剧团与九歌文学社将《风波》《奔月》改编为话剧剧本，并搬上了舞台。

（29）2006年，郑天玮根据鲁迅小说《出关》和郭沫若小说《柱下史入关》创作的话剧《出关·入关》发表于《剧本》2006年第2期。

（30）2007年5月，上海话剧艺术中心和加拿大史密斯·吉尔莫剧团联合制作肢体剧《鲁镇往事》，在上海首演后，于2007年、2008年进行亚洲和北美地区的巡演。该剧以鲁迅《一件小事》《孔乙己》《智识即罪恶》《祝福》等作品的情节为创作底本。

（31）2007年，中法演艺人员组成的三枝橘剧团演出两出独角戏《野草》（导演冯家伟，演员康璐启）和《狂人日记》（导演冯家伟，演员陈聪）。

（32）2008年10月30日至11月3日，先锋戏剧《鲁迅2008》在上海淮海西路东大名创库演出。由上海、台北、香港、东京四地民间戏剧工作者赵川、王墨林、汤时康和大桥宏联合编导，是"以鲁迅为旗"艺术活动的重要组成。

（33）2016年3月31日至4月3日，由文化乌镇股份有限公司出品、李静编剧、王翀导演的话剧《大先生》在中国国家话剧院正式上演。这是一部以当代人眼光和剧场美学表现鲁迅精神世界的话剧。该剧剧本荣获2014年老舍文学奖，也是国家艺术基金资助项目、2016年中国原创话剧邀请展特邀剧目。2009年，李静受林兆华之邀，开始准备鲁迅的话剧剧本，直到

2015年才定稿。《大先生》于2015年由中国文史出版社出版。

二、戏曲

（1）1938年，根据《阿Q正传》改编的滑稽戏《阿桂》在上海大世界四楼上演，主演张冶儿。

（2）1946年5月，根据《祝福》改编的越剧《祥林嫂》在上海明星大戏院首演，被称为"新越剧的里程碑"，南薇编剧、导演，袁雪芬、范瑞娟、徐天红、张桂凤、吴小楼、项彩莲、张云霞等主演。该剧后来经过修改后多次上演，1977年10月，上海越剧院在北京演出《祥林嫂》，导演吴琛、吴伯英，主演袁雪芬、金采风、史济华等。

（3）1946年12月，根据《阿Q正传》改编的粤语评书《阿Q和小D打架》，载于《文艺丛刊（第二辑）》。

（4）1948年，孟晋将《阿Q正传》改编为七幕滇剧，由云南省实验剧团演出，次年由云南省教育厅实验剧场出版。

（5）1949年6月24日，《文汇报》连载改编的《阿Q正传弹词》。

（6）1953年，王雁、李凤阳的评剧《祥林嫂》上演，由新凤霞、李忆兰等人主演。

（7）1959年，由杨更生、宗铨编写的川剧剧本《祥林嫂》被搬上舞台。

（8）1961年，陆群执笔的集体改编本《阿Q正传》四幕滑稽戏，由大公滑稽剧团在上海演出。

（9）1979年，潘文德、王云根将《阿Q正传》改编为八场绍剧，由绍兴绍剧团在杭州演出，章金元导演并饰演阿Q。

（10）1981年10月14日，上海越剧院为纪念鲁迅诞辰百年，在人民大舞台首演越剧《鲁迅在广州》，编剧纪乃咸、薛宝根，导演陈鹏、吴伯英，主演刘觉（饰鲁迅）、金采风（饰许广平）。11月，该剧参加上海首届戏剧节，获剧本奖、作曲奖、演奏奖、造型奖，刘觉获表演奖。

（11）1993年，陈涌泉将《阿Q正传》选段改编为独角小戏《阿Q梦》，河南省曲剧团演出，杨帅学饰演阿Q，获得第20届中国戏剧梅花奖。

（12）1996年，京剧《阿Q正传》由台湾"复兴剧团"改编，吴兴国饰演阿Q。

（13）1998年，越剧《孔乙己》由沈正均编剧，郭小男导演，茅威涛主演。

（14）2001年，为纪念辛亥革命80周年，甘肃省京剧团钟文龙把《阿Q正传》改编为京剧《阿Q》，发表于《剧本》第9期，上海京剧院获得首演权。

（15）2002年，陈涌泉根据《阿Q正传》和《孔乙己》改编曲剧《阿Q与孔乙己》并公演，该剧本载于《剧本》2002年第2期。

（16）2003年9月，上海昆剧团推出现代昆剧《伤逝》，张静编剧，钱正导演，黎安、沈昳丽主演。2009年9月，该剧在上海同乐坊芷江梦工场再次公演。

（17）2004年，陈家和将《阿Q正传》改编为同名现代戏河北梆子，发表于《大舞台》第1期，该剧获河北省家乡戏展演优秀剧目奖。

（18）2005年12月，河南豫剧院三团演出了大型豫剧《风雨故园》，陈涌泉编剧，汪荃珍饰演朱安，周令飞担任艺术指导。

（19）2008年，河南沼君戏剧创作中心以小剧场的形式创作演出了豫剧《伤逝》，孟华编剧，李利宏导演，盛红林饰演涓生，卢君饰演子君。

三、电影

（1）1930年，北京陆军军医学校数学教师王乔南将《阿Q正传》改编为电影剧本《女人与面包》，后更名为《阿Q》收录于《阿Q及其他》一书，1932年北平文化学社和东华书店代理发行。

（2）1936年，纪录片《鲁迅先生在上海逝世》真实记录了万人痛别鲁迅的动人场景和鲁迅的最后遗容，是第一部鲁迅题材的纪录片，由明星公司和联华有限公司联合录制。

（3）1948年2月21日，电影《祥林嫂》开拍，9月17日中秋节，同时在国际、大上海等五家电影院上映。

（4）1951年，启明影业公司出品《祥林嫂》，南薇导演、编剧。

（5）1954年，香港植利影业公司出品《程大嫂》，改编自小说《祝福》，李铁导演、编剧。

（6）1956年，北京电影制片厂出品彩色故事片《祝福》，桑弧导演，夏衍编剧，钱江摄影，白杨、魏鹤龄、李景波、管宗祥等主演。该片于1957年获第10届卡罗维发利国际电影节特别奖，1958年获墨西哥国际电影周银帽奖。

（7）文献纪录片《鲁迅生平》，唐弢编剧，黄佐临导演，上海电影制片厂1956年出品。

（8）1958年，香港新新、长城影业公司联合拍摄故事片《阿Q正传》，上海长城画报社出品。导演袁仰安，编剧许炎、徐迟、姚克，关山饰演阿Q。关山获第11届瑞士洛迦诺国际电影节最佳男演员银帆奖。

（9）1961年，陈白尘执笔的《鲁迅传（上集·电影文学剧本）》发表于《人民文学》1961年第1、2期合刊上；同年年底《鲁迅传》（第五稿）于《电影创作》第6期上刊登；1963年3月，上海文艺出版社出版了《电影文学剧本：鲁迅（上集）》，由陈白尘执笔，叶以群、唐弢、柯灵、杜宣、陈鲤庭参与创作。

（10）纪录片《鲁迅战斗的一生》由上海电影制片厂于1976年出品，石一歌编剧，傅敬恭导演，桑弧担任顾问，孙道临担任解说。

（11）1978年，上海电影制片厂、香港凤凰影业公司联合出品《祥林嫂》，岑范、罗君雄导演。

（12）1981年，上海电影制片厂出品彩色故事片《阿Q正传》，导演岑范，编剧陈白尘，严顺开饰演阿Q。该片荣获1982年第2届中国电影金鸡奖最佳服装奖，1982年韦维国际喜剧电影节最佳男演员"金手杖"奖，1983年第6届大众电影百花奖最佳男演员奖，1983年葡萄牙第12届菲格拉达福兹国际电影节评委奖。

（13）1981年，中央新闻纪录电影制片厂出品彩色纪录片《鲁迅传》，编导王相武，摄影费龙，作曲李宝树，解说孙道临。

（14）1981年，北京电影制片厂出品故事片《伤逝》，水华导演，张磊、张瑶均编剧，王心刚、林盈主演。

（15）1981年，长春电影制片厂出品故事片《药》，导演吕绍连，编剧肖尹宪、吕绍连，主演陈国军（饰夏瑜）、梁音（饰华老栓）、陈奇（饰夏四奶奶）。

（16）1991年，上海美术电影制片厂出品木偶动画片《眉间尺》，该片根据鲁迅小说《铸剑》改编。

（17）1992年，中国儿童电影制片厂出品故事片《风雨故园》，导演徐耿，编剧陈述、王春灿、王云根，主演王志文、杨溢、赵奎娥。

（18）1994年，北京电影制片厂、香港电影工作室出品古装故事片《铸剑》，张华勋导演，徐克监制，张扬、杨从洁编剧。

（19）1999年，上海电影制片厂出品彩色纪录片《鲁迅之路》，导演、编剧余纪，解说余自力，摄影孙国梁，作曲刘雁西，美术单露露。

（20）2001年，郭正元将《狂人日记》改编为电影剧本，发表在《电影新作》第2期。

（21）2002年，低成本小制作的电视电影《鲁镇往事》出品。

（22）2005年，上海电影集团出品故事片《鲁迅》，导演丁荫楠，编剧刘志钊，主演濮存昕、张瑜。该片着重表现鲁迅生命最后三年的生活。

（23）2010年，北京天禾兄弟影视投资有限公司与中央电视台电影频道合作启动中华名著系列数字电影拍摄项目，数字电影《铸剑》即其中一部。该剧编剧李梦，导演范冬雨，主演邱爽、杨丽晓、宁理、秦焰、祁潇潇、李金哲。

（24）2012年9月7日，西安国际动画电影节上映动画短片《鲁迅 鲁迅》，导演刘健，时长7分22秒。

（25）2015年，北京电影学院学生制作鲁迅散文动画片《阿长与〈山海经〉》。导演王星辰，本科毕业于北京电影学院，2015年毕业于东京工艺大学，这部作品是其留日读研期间的毕业作品。

四、电视

（1）1980年，中央电视台少儿电视剧《鲁迅和他的作品"故乡"》获全国少年儿童电视剧一等奖。

（2）1981年，电视剧《孔乙己》播出，游本昌出演孔乙己，导演李莉。

（3）1982年，浙江电视台4集电视剧《鲁迅》，童汀苗、史践凡编剧，史践凡导演，王宏海、王若荔主演。

（4）1997年，电视剧《千秋家国梦》，导演卢伦常等，编剧何冀平等，主演赵文瑄、潘虹等。

（5）1999年，上海鲁迅纪念馆与上海东方电视台合作，制作了大型文献纪录片《民族魂——鲁迅》。该电视片从精神界战士、人之子、新文学开山、新人造就者、文化播种者和永在的民族魂六个方面反映鲁迅的主要文化功绩和精神文化遗产对中国现代社会进程的影响。该片获1999年上海市社科成就奖。

（6）2000年，十集电视连续剧《阿Q的故事》在北京电视台第四频道播出，冯昌年、顾小虎导演，卢新宇编剧，陶泽如、孙飞虎、林继凡等主演。

（7）2001年，台湾春晖影业录制《作家身影·鲁迅》。

（8）2001年，香港凤凰周刊录制6集人物专题片《周氏三兄弟》，周忆军撰稿。

（9）2001年3月，由中央电视台、浙江电视台、绍兴有线广播电视台制作的20集电视连续剧《鲁迅与许广平》在中央电视台正式播出，导演史践凡，主演孙维民（饰鲁迅）、史兰芽（饰许广平）。

（10）2002年，阳光卫视《百年婚恋·鲁迅》播出，编导周去病，撰稿张闳。

（11）2003年，央视《记忆》栏目播出人物传记片《鲁迅1936年》，编导金明哲，撰稿摩罗、金明哲。

（12）2004年，黄梅戏音乐电视连续剧《祝福》由中央电视台中国电视剧制作中心和安徽电视台联合摄制，编剧金芝，导演胡连翠、周天虹、李伟。

（13）2006年，香港凤凰卫视录制《民国文人·鲁迅》。

（14）2008年，央视《见证·影像志》栏目播出纪录片《那一场风花雪月的往事》之《师生情缘——鲁迅·许广平》，导演陈晓卿。

（15）中央电视台2011年出品8集人物纪录片《先生鲁迅》，导演王新建。

（16）2012年3月24日，杭州综合频道播出动画片《拜访鲁迅先生的恩师，藤野先生的故乡：福井》。该片由杭州电视台与日本友好台福井电视台联合制作，在中日邦交正常化40周年到来之际，以动画的形式，描述了鲁迅和恩师之间的感人故事。

（17）2012年12月5日至6日，吉林电视台《家事》栏目分别推出两集纪录片《鲁迅 周作人：兄弟失和隐情》（导演宋卫、秦辉，撰稿秦辉）以及《鲁迅 许广平：围城内外的爱情往事》（导演、撰稿潘洁）。

（18）2013年，江西卫视《经典传奇》栏目播出《鲁迅周作人兄弟反目之谜》，编导黄继峰等，编辑沈戈等。

（19）2013年，爱奇艺网站推出《民国悬疑奇案实录》，其中《鲁迅周作人何故失和》一集由郑尘雪编导，郑尘雪、袁子瑶撰稿。

五、其他

（1）1981年，四幕芭蕾舞剧《祝福》，中央芭蕾舞团演出，蒋祖慧编导，郁蕾娣、武兆宁主演。

（2）1981年，芭蕾舞剧《魂》，上海芭蕾舞团演出，朱国良、钱世锦创作，蔡国英、林培兴、杨晓敏担任编导，余庆云、石钟琴饰祥林嫂，欧阳云鹏饰贺老六，孙加民饰演祥林，董锡麟饰演鲁四老爷和阎王。

（3）1981年，芭蕾舞剧《伤逝》，钱世锦创作，蔡国英、林培兴担任编导，欧阳云鹏、吴国民饰涓生，余庆元、汤苏苏饰子君。

（4）1981年，芭蕾舞剧《阿Q》，钱世锦创作，蔡国英、林培兴担任编导，林建伟、王国平饰阿Q，余庆云、施建芳饰吴妈，陈旭东饰赵太爷。

（5）1981年，歌剧《伤逝》，王泉、韩伟改编，施光南作曲，中国歌剧舞剧院首演，程志饰演涓生，殷秀梅饰演子君。

（6）1994年，中国作曲家郭文景根据鲁迅同名小说《狂人日记》改编了歌剧 *Wolf Cub Village*（《狼子村》），首演于荷兰阿姆斯特丹。后相继在巴黎、伦敦、里昂、法兰克福、里斯本、都灵、乌得勒支、鹿特丹、爱丁堡等地演出。该剧自首演以来已在全世界排演过八个舞台演出版本。

（7）2011年9月25日，浙江省歌剧《祝福》在浙江省人民大会堂首演。

（8）2012年9月起，中央电视台《百家讲坛》栏目录制播放孔庆东主讲的"鲁迅"系列。

国外部分

（1）20世纪30年代初，苏联已有编者将《阿Q正传》改编为《阿Q在广州的街垒上》并演出。

（2）1937年，美国雪森库鲁将《阿Q正传》改编为《阿Q之趣史》，由美国聂格风剧团在纽约华盛顿戏院演出。

（3）1946年12月15—19日，韩国知识界发起对鲁迅的纪念活动，表演鲁迅的《阿Q正传》，作品翻译尹世重，导演安英一，参与演出的人员31人。

（4）1954年，日本作家霜川远志将《阿Q正传》改编为二幕五场同名话剧，并公演。

（5）1956—1968年，日本作家霜川远志先后完成剧本《藤野先生》（1956）、《无花的蔷薇》（1967）、《我要骗人》（1968）。

（6）1969年，日本霜川远志将《阿Q正传》改编为三幕话剧《悲剧喜剧》。1974年，日本世代剧团将其搬上舞台。

（7）1975年，法国让·儒尔德伊尔的剧本《阿Q正传》由巴黎第七大学在巴黎阿卡里翁剧场演出。

（8）1977年，日本霜川远志改编的戏剧《不应该忘记阿Q》由日本而立书房出版。

（9）1977年，霜川远志出版鲁迅传记的集大成之作《戏剧·鲁迅传》，包括《藤野先生——仙台的鲁迅》《东京的鲁迅》《绍兴的鲁迅》《北京的鲁迅》《上海的鲁迅》等5个话剧的剧本。该书出版促成其改编的剧本《阿Q正传》于1977年7月19日再次在东京新桥雅库鲁特大厅公演。

（10）20世纪80年代，德国克里斯托夫·海因编剧的《阿Q正传》在德国卡塞尔的黑森州剧院演出。

（11）1985年，《阿Q正传》被改编为印度戏剧《吉根纳特》。

（12）1991年，日本作家井上厦创作话剧《上海月亮》，由小松座剧团在东京演出。

（13）2006年10月，为纪念鲁迅诞辰125周年暨鲁迅仙台留学100周年，日本仙台小剧场编演两幕十场话剧《远火——鲁迅在仙台》在朝阳区文化馆"9剧场"演出。

致谢

感谢我的老师、四川大学李怡教授,该书既受李老师启发而作,出版之际又幸获李老师亲笔题序。老师分享了走进和接受鲁迅文学经典的个人故事与人生经验,印证和肯定了鲁迅传播的特殊意义。炎炎夏日细读老师娓娓道来的支教岁月,真希望再回到川大课堂,继续跟随老师学习提升。

感谢为本书出版付出辛勤劳动的乌誉菡女士以及杜春梅女士。

感谢我的研究生谢甜甜同学,她完成了本书的大部分校对工作。

感谢我的家人,勤奋上进、健康温暖的你们让我总是轻松前行。

此著作受西华师范大学学术出版基金资助,感谢西华师范大学。